ハヤカワ文庫 NV
〈NV36〉

海の男／ホーンブロワー・シリーズ〈1〉

海軍士官候補生

セシル・スコット・フォレスター
高橋泰邦訳

早川書房
122

MR. MIDSHIPMAN HORNBLOWER

by

Cecil Scott Forester

1950

目次

① ジブ（フライング・ジブ）
② ジブ・ブーム
③ バウスプリット（第一斜檣）
④ ドルフィン・ストライカー
⑤ フィギュアヘッド（艦首像）
⑥ ビークヘッド（艦首突出部）
⑦ アンカー（錨）とケーブル（錨索）
⑧a フォアマスト
⑧b メンマスト
⑧c ミズンマスト
⑨a フォア・トゲンスル・ヤード
⑨b メン・トゲンスル・ヤード
⑨c ミズン・トゲンスル・ヤード
⑩a フォア・トゲンスル
⑩b メン・トゲンスル
⑩c ミズン・トゲンスル
⑪a フォア・トプスル・ヤード
⑪b メン・トプスル・ヤード
⑪c ミズン・トプスル・ヤード
⑫abc 各ヤードのブレース（転桁索）
⑬a フォア・トプスル
⑬b メン・トプスルとリーフポイント（縮帆索）
⑬c ミズン・トプスル
⑭a フォア・トップ（檣楼）とラバーズ・ホール
⑭b メン・トップとラバーズ・ホール
⑭c ミズン・トップとラバーズ・ホール
⑮ フトック・シュラウド
⑯a フォア・ヤード
⑯b メン・ヤード
⑰a フォア・コース（大横帆）
⑰b メン・コース
⑱a フォア・シュラウド（横静索）
⑱b メン・シュラウド
⑱c ミズン・シュラウド
⑲ バウ・チェイサー（艦首追撃砲）
⑳ 前部昇降口
㉑ フォクスル（艦首楼）
㉒a フォア・チャンネルと投鉛台
㉒b メン・チャンネルと投鉛台
㉒c ミズン・チャンネルと投鉛台
㉓ 砲門（開、閉）
㉔ メンデッキとガンデッキ（砲列甲板）
㉕ 昇降口
㉖ 艦載艇各種
㉗ カノン砲
㉘ 舷門
㉙ ギャングウェー（舷側通路）
㉚ コーターデッキ（艦尾甲板）
㉛ キャプスタン（索巻き機）
㉜ 舵輪と羅針儀箱
㉝ 前端手摺り
㉞ カロネード砲
㉟ 艦尾手摺り
㊱ クロジャッキ
㊲ ガフ（斜桁）
㊳ スパンカー（ドライバー）
㊴ 軍艦旗
㊵ スパンカー・ブーム
㊶ 艦尾窓（艦長室、大キャビン等）
㊷ 舵
㊸ ペナント（長旗）
㊹ コーターボート（艦尾艇）
㊺ ハンモック・ネッティング

フリゲート艦概念図

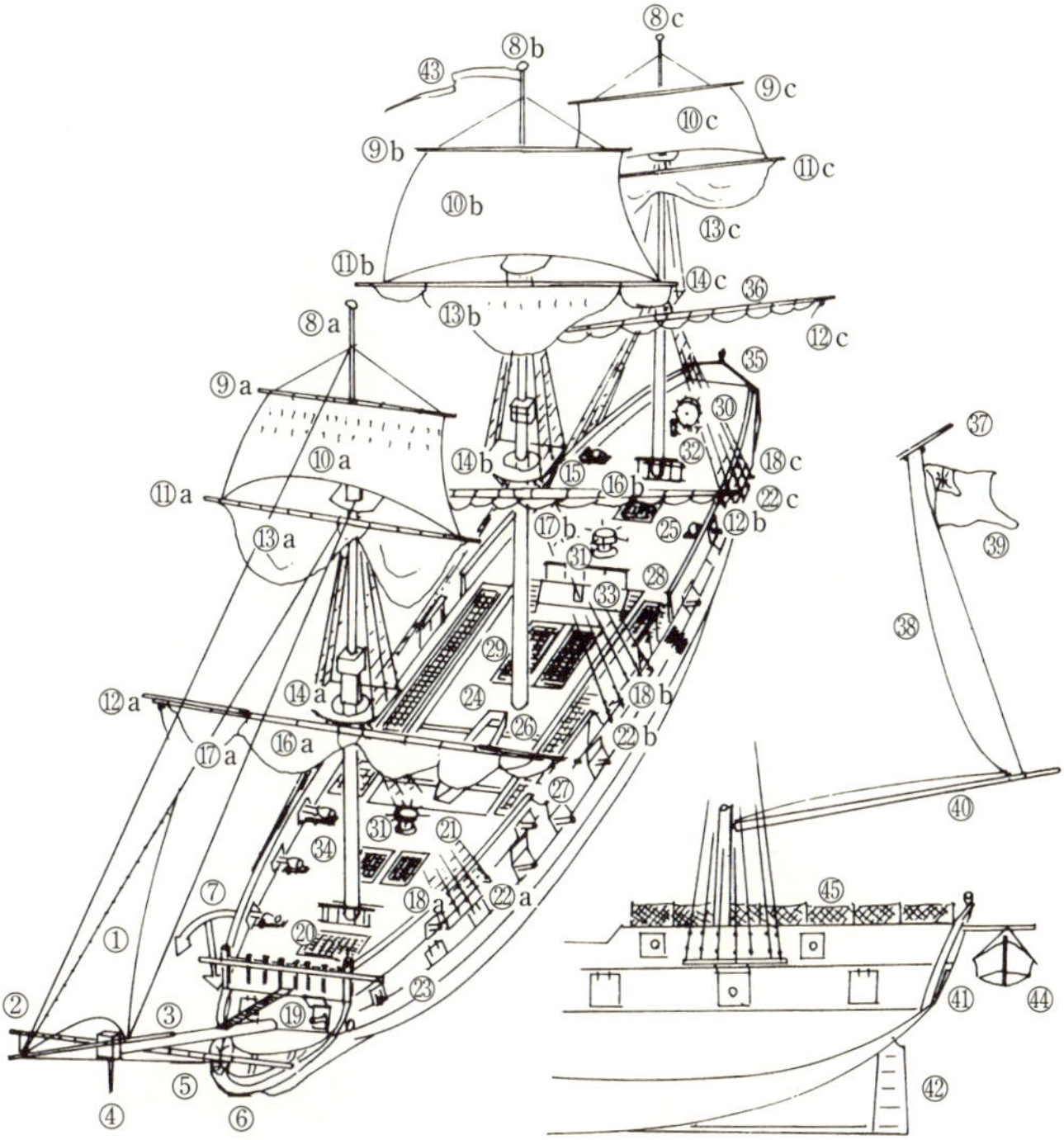

〔作製／高橋泰邦〕

帆 装 各 種

●大型船の帆装はシップ型が多い。前檣・主檣・後檣に横帆を張り、後檣のロワーマストには、ガフに縦帆をつける。これをスパンカー（ドライバー）という。(後檣が縦帆だけのものはバーク、主檣・後檣が共に縦帆だけのものはバーケンティン)。ブリッグは２檣横帆装で、その主檣（後ろのマスト）が縦帆だけのものがブリガンティン。カッターは１檣縦帆装で横帆のトプスル。当時のトプスル・スクーナーは２檣縦帆装で、前檣に横帆のトプスル。

ブリガンティン

カッター

トプスル・スクーナー

シップ

バーク

バーケンティン

ブリッグ

海軍士官候補生

登場人物

ホレイショ・ホーンブロワー……英国海軍士官候補生。のちに海尉心得
キーン……英国艦ジャスティニアン号艦長
ボウルズ……同航海長
ジョン・シンプソン……同士官候補生
ヘップルホワイト……同軍医
チョーク……英国艦ゴライアス号の海尉
コールドウェル……同士官候補生
エドワード・ペルー……英国艦インディファティガブル号艦長
エックルズ……同副長
ソームズ……同航海長
チャッド／マロリー／ボールトン……同海尉
ウォルドロン……同掌帆長
ブレイスガードル……同士官候補生
マグリッジ……同衛生兵
スタイルズ／フィンチ……同水兵
エドリントン……英国陸軍少佐。伯爵
ブゾージュ……反革命派のフランス人准将。男爵
ヌービル……私掠船ピケ号の船長
ド・モンクータン……ムジラックの領主
ダブリング……外交官
デューラス……領事
サー・ヒュー……陸軍少将。ジブラルタルの総督
ホーフィデイル……公爵夫人

1　勝ち目五分

一月の疾風《はやて》が海峡（英仏海峡）をゴーゴーと吹き渡っていた。疾風はたっぷりと雨気をはらんでおり、大粒の雨が、当直任務で甲板をはなれられない士官や水兵のターポリンの合羽《かっぱ》に音を立ててはじけた。疾風は非常にはげしく長時間にわたって吹き荒れたので、スピットヘッドの波風から庇われた海軍錨地にいてさえも、その戦列艦は錨《いかり》を入れたまま落着きなく動き、三角波の中で小さく縦揺れ《ピッチング》をしたり、不意にがくんと動いて、張り切った錨索《ケーブル》に鼻先をこすりつけたりしていた。その軍艦をめざす一艘の渡し船があった。その小船を漕《こ》ぎ進めているのは二人の女だった。渡し船は波の急な斜面に乗り上げては狂ったように躍り立ち、ときおり舳《へさき》を波山につっこむと、一面のしぶきが後ろへ吹き流れた。舳寄りで漕いでいる女は心得たもので、きっと肩越しにふりかえって、渡し船の進路を保つばかりか、危険な波と見ればそれへ舳を立てて転覆を防いでいた。渡し船はジャスティニアン号の右舷側へ横着けする構えでゆっくりと近づいてきた。渡し船がメン投鉛台《チエーン》に近寄ると、当直の士官候補生が渡し船へ向かって大声で誰何《すいか》した。

「アイ・アイ」整調オールを漕ぐ女のたくましい肺から、大声の応答がかえってきた。海軍に古くから伝わる珍妙なしきたりがあって、その応答は渡し船に士官が乗っているという意味である――どうやら艇尾《とも》に、長マントを引っかぶり、ゴミの山と言うほうが当たっていそうな恰好で、うずくまっている人影がそれらしい。

当直主任のマスターズ海尉に見えたのはそのくらいのものだった。彼は要領よくミズンマストの風下側に身をさけていたからで、当直の候補生の指示に従って、渡し船はメン投鉛台《チエーン》のほうへ近寄り、その下に入り、マスターズからは見えなくなった。それからしばらく待つ間があった。きっと、渡し船のあの士官が艦側をのぼるのに骨を折っているのだ。やっとのことで渡し船がまたマスターズ海尉の視界に現われた。二人の女がボートを艦側から突きはなしたからで、こんどは一枚の小さなラグスル（前ぶちよりも後ぶちのほうが長い四角な縦帆）を張っていた。ラグスルを張った渡し船は、こんどは客を乗せずに、波から波へ障害競走の馬のように飛び跳ねながら、一気にポーツマスの街をめざして走り去った。

渡し船を見送っていたマスターズ海尉は、艦尾甲板《コーターデッキ》を誰かが歩いてくるのに気づいた。それは当直の候補生に付き添われたさっきの新来者で、候補生はマスターズを指さしてから、またメン投鉛台《チエーン》の当直部署へひきさがった。マスターズは髪が白くなるまで海軍に勤務してきた男である。海尉に任官できたのは運がよかったからで、艦長に任命されることなど永久にないと、とうの昔から諦《あきら》めていたが、そうとわかっていても、そのためにひどくみじめな気持になったことはなかったし、それに彼は同僚を観察することに楽しみを見つけて気をまぎらせていた。

そんなわけで、彼はいまも近づいてくる人物をじろじろ眺めた。それはやっと少年期を過ぎようかという痩《や》せぎすの若者で、身長は中背というよりいくぶん高く、足は、全体の寸法との釣り合いが若者らしい大きさで、それが脚の細さと大きな半深靴《ブーツ》によって強調されていた。体ばかりよく育って気の利かない感じが、手や肘《ひじ》にまで注意を引いた。この新来者はしぶきでぐしょ濡れの、体に合わない制服を着ていた。骨と皮ばかりの首が、高い首の座からぬっと突き出て、その首の上に色白の骨ばった顔があった。色白の顔というだけでも、乗組員がたちまち濃いマホガニー色に潮焼けしてしまう軍艦の上では物珍しいが、この顔はただ白いだけではない。くぼんだ頰《ほほ》にはかすかに青味がただよっている——明らかに、この新来者は渡し船で来る途中で船酔いを起こしていたのだ。青白い顔には、その顔色と対照して、紙に穴を切り抜いたように見える一対の黒い目がくぼんでいた。マスターズはその目が、持主の船酔いをよそに、鋭い視線であたりを見回し、目新しいにちがいないあれこれをじろじろ眺めているのに気づいて、ちょっぴり興味をそそられた。その目付きには、押さえようのない、そして船酔いにもはにかみにもめげず働きつづける、好奇心と知識欲があったので、マスターズは彼らしいこじつけ方で一人合点をした——この若者は、その気質に注意深い気働きか洞察力といったものを持っており、これから始まろうとする新しい生活に備えて、新しい環境を早くも観察しているのだと。かのダニエル（旧約聖書——ライオンの穴で無傷に夜を過ごし神のあかしを立てたヘブライの予言者）も、ライオンの穴に投げ入れられるが早いかこんなふうにあたりを見回したのではあるまいか。

その黒い目がマスターズの目と合うと、痩せっぽちの若者はぴたっと立ち止まり、はにかんだ様子で、しずくのさがる帽子のつばに手を挙げて敬礼した。口が開き、何か言おうとしたが、はにかみがその持主を圧倒したので、口は目的を果たさずにまた閉じた。新来者は気を新たに取り直し、教え込まれた型通りの言葉をなんとか口に出した。

「ただいま着任いたしました」

「名前は？」マスターズはちょっと待ってから訊いた。

「ホ——ホレイショ・ホーンブロワーです。士官候補生の」と、若者はどもりがちに言った。

「よろしい、ミスタ・ホーンブロワー」マスターズも同じく型通りの応答をした。

「手回り品《ダンネッジ》は一緒に持ってきたかね？」

ホーンブロワーはいままでそんな言葉を聞いたことがなかったが、その意味を察するだけの気転はまだ残っていた。

「衣服箱《シー・チエスト》一個です。──前部《おもて》の、舷門《げんもん》にあります」

ホーンブロワーはこれらの用語を、いかにもためらいがちに言った。船ではみなそう言い、〝前部〟を〝おもて〟と呼ぶし、〝舷門〟を通って乗船したこともわかっていたが、そうした用語を自分の口に出すとなると、ちょっと努力がいった。

「下へ運んでおくように言っておこう」マスターズは言った。「それにきみも下へ行ったほうがいいな。艦長は上陸しておられるし、副長も八点鐘までいかなる理由があっても呼んではならんという命令だ。そこでおれから注意しておくが、ミスタ・ホーンブロワー、脱げるうちにその濡れしょびた服から脱け出しておくことだな」

「イェス・サー」ホーンブロワーは言った。言ったとたんに、間違った言葉づかいをしたことに気づいた──マスターズの顔付きにもそう書いてあったので、彼はマスターズに訂正する暇を与えずに言い直した（この舞台以外の場所でこんな言葉を現実に人間が使うとはとても信じ難かったが……）。

「アイ・アイ・サー」と、ホーンブロワーは言い直し、それから急に思い出したように、また帽子のつばに手をやった。

マスターズは答礼し、あまり風除けにならない舷縁《ブルワーク》のかげで震えている少年水兵の一人へ向いた。「ボーイ！　ミスタ・ホーンブロワーを候補生居住区へ案内しろ」

「アイ・アイ・サー」

ホーンブロワーはボーイのあとについて前部の中央昇降口へ行った。船酔いだけでも足もとがおぼつかなかっただろうが、たまたま突風にあおられたジャスティニアン号がぐぐっと錨索《ケーブル》を引きしぼって揺れたので、彼は昇降口までのわずかな距離で二度も、綱に足をすくわれたようによろけた。昇降口に着くと、ボーイは岩の上をすべっていくうなぎのように、するすると梯子《はしご》を降りていった。ホーンブロワーは元気をふるい立て、ひどく用心深く、おぼつかない足つきで降りざるをえなかった。そうしてまず砲列甲板《ガン・デッキ》の薄暗がりの中へ降り、それから中甲板《ツイン・デッキ》の薄明かりの中へ降りた。彼の鼻孔に飛び込んできた臭いは、同時に耳を襲った騒音と同じく、なじみのない、いろいろ混ざり合ったものだった。次の梯子に移るたびに、ボーイは辛抱強く彼を待っていたが、我慢の限界はもう目に見えていた。最後の数段を降りると——ホーンブロワーはもうすっかり方向感覚を失って、ここは前部か後部か見当がつかなかったが——二人はそこだけくぼみになった陰気くさい一隅に出た。五、六人の男がシャツ姿で囲んでいるテーブルの上で、小さな銅板に立てた獣脂の先細りのローソクが燃え、あたりに光を投げかけていたというより、むしろいっそうあたりの影を濃くしていた。ボーイは消え、ホーンブロワーは置き去りにされてそこにつっ立っていると、やがて、テーブルの上座の、頬ひげを生やした男がひげ面を上げた。

「物を言え、汝、亡霊め（ハムレットの台詞）」と、彼が言った。

ホーンブロワーはこみ上げてくる吐き気に閉口した——渡し船で渡ってきたときの余波が、この中甲板《ツイン・デッキ》の得体の知れぬ息苦しさと臭気で、またぞろ掻き立てられたのだ。物を言うのが難儀な上に、何をどう言ったらいいのかわからないことも手伝って、ますます口がきき難くなった。

「ホーンブロワーと言います」彼はやっと震え声で言った。

「悪運不運もいいところだな」テーブルの二人目の男が、まるで同情のない口調で言った。

と、その瞬間、艦外の咆《ほ》えたける世界で急に風向きが変わり、ジャスティニアン号をいくぶん傾《かし》がらせ、またも艦首を錨索《ケーブル》にこすりつけさせた。ホーンブロワーにとっては、それどころか、まるで世界の止め綱がはずれたかのように思われた。彼は立ったままよろめき、体は寒さで震えているのに、額が汗ばむのを覚えた。

「どうやらきみは」と、テーブルの上座のひげ男が、「先輩たちの邪魔をしに来たようだな。また一人、頭の弱い無知なやつが来たか。きみに任務を教え込まなけりゃならない先輩たちにとっちゃ、いい迷惑だぜ。見ろよ」——話し手は身ぶりでテーブルの全員の注目を強いた——「彼を見ろと言ってるんだ！　国王陛下近来のまずい買い物だ。年はいくつだ？」

「十——十七です」ホーンブロワーはどもりながら言った。

「十七！」話し手の声の呆《あき》れた調子はあまりにも露骨だった。「海の男になりたけりゃ、十二から始めなきゃだめだ。十七！　きみは便所《ヘッド》と揚げ索《ハリヤード》の違いがわかるのか？」

それを聞いて一同から笑い声が上がった。その笑いの性質はホーンブロワーのぐるぐる回る脳味噌でも感じ取れたから〝イエス〟と言っても〝ノー〟と言ってもバカをさらけ出すことに変わりはなかろうと思った。彼はどっちつかずの答えを探した。

「それはクラークの『運用術総覧』を開けば、まっ先に出ていることです」彼はそう言った。

そのとき艦がまた急に傾いたので、彼はテーブルにしがみついた。

「皆さん」彼は頭にあることをどう言ったらいいかと迷いながら、みじめな気分で言いかけた。

「やれやれ！」テーブルの誰かが感嘆符つきで言った。「こいつは酔っぱらってるぜ！」

「スピットヘッドで船酔いか！」別の誰かが驚きと軽蔑のまじった調子で言った。

しかしホーンブロワーは気にかけないことにした。いや、実はそれからしばらくの間、身辺で何が起こっているか気づかなかったのだ。この数日間いらいらした興奮がつづいたことも、たぶん渡し船での遠乗りや、錨泊《びょうはく》中のジャスティニアン号の無気味な動揺と同じぐらいに大きな原因だったのだろうが、理由はどうあれ、おかげで彼はたちまち、スピットヘッドで船酔いを起こした候補生というレッテルを貼《は》られてしまい、そのことが孤独とホームシックの悲哀という当然の結果を生んだことは、いたって自然の成行きだった。

そして孤独とホームシックは、乗組員の欠員補充が済んでいないこの海峡艦隊の一部が、ワイト島の風下に錨泊している間じゅう、夜ごと日ごと、彼の心に重苦しくのしかかっていた。

さっきのボーイがかかえ上げてくれたハンモックで一時間ほど休むと、彼は副長に着任の申告ができる程度に元気を回復した。そして数日後には、艦内のどこを歩いても、はじめての日のように前部か後部か見当がつかなくなるほど方向感覚を失うことはなくなった。

そうこうするうちに、同僚の士官たちも何を考えているかわからないような顔付きはやめて、それぞれの性格を見せるようになった。彼は割り当てられる部署を一つ一つ根気よく覚えてものにした。艦が持場についているとき、彼が当直に立っているとき、そして帆の揚げ降ろしに水兵たちが呼集されたときに、自分のすべき役割を覚えた。彼はこの新しい生活をかなり深く理解するようにさえなり、これよりもっと不足の多い生活だってしかたがなかったのだから、と悟った——運命次第では、錨泊中の艦《ふね》でなく、即刻出撃の命令をうけている艦に乗り組まされたかもしれないのだ。

とは言うものの、そんな程度のことで埋め合わせがつきはしなかった。彼は孤独で不幸だった。はにかみ屋というだけでも友だちを作るのに暇がかかるだろうが、その上あいにくなことに、ジャスティニアン号の候補生居住区の住人たちは、みな彼よりずっと年上の者ばかりだった。商船隊から補充された先任候補生とか、後援者がなかったか、あるいは、必要な試験に合格する能力がなかったために、自力で海尉に任官することがいまだにかなわない二十代の候補生といった連中ばかりなのだ。彼らは最初の、からかい半分に興味を示した時期が過ぎると、とかく彼を無視しがちになり、彼もそれを喜び、すすんで自分の殻《から》に引きこもり、人の注意を引くようなことはいっさいやらなかった。

ジャスティニアン号は、その陰うつな一月中ずっと、楽しい艦《ふね》ではなかった。キーン艦長——戦列艦の艦長をとりまく盛儀盛宴をホーンブロワーがはじめて見たのは、この艦長が帰艦したときだった——は病気がちで、陰うつな性格だった。ある種の艦長たちは自分の名声によって熱狂的な志願者を自分の艦にあふれさせることができるが、そういう名声が彼にはなかったし、毎日毎日、強制徴募隊《プレス・ギャング》が艦の定員を満たすために連れてくる、むっつりした強制徴募の男たちを熱狂的な愛国者に仕立て上げてしまうような人間的魅力にも欠けていた。士官たちはほとんど彼のことを知らなかったし、知っている面も好きにはなれなかった。

ホーンブロワーもはじめての面接に呼びつけられたとき、強い印象はうけなかった——

――書類だらけの机につき、長びく病気で頬がこけて土気色の、中年男という印象しかうけなかった。

「ミスタ・ホーンブロワー」と、彼がややあってから言った。「この際に、きみを本艦に迎えることができて嬉しく思う」

「イェス・サー」と、ホーンブロワーは言った――この場合は「アイ・アイ・サー」よりもこのほうがふさわしく思われたし、年少の候補生は、折りにふれて臨機応変に、どちらかを使い分けることが要求されているように思われた。

「きみは――ええと――十七だね？」キーン艦長はホーンブロワーの公務略歴がすっかり列記されているらしい書類を取り上げた。

「イェス・サー」

「一七七六年七月四日か」と、キーン艦長はホーンブロワーの生年月日を読みながら考えに耽《ふけ》るようだ。「わたしが艦長に任命されたのは、五年後の同月同日だ。わたしはきみが生まれる六年前にすでに海尉だった」

「イェス・サー」ホーンブロワーは相づちを打った――それ以上の感想を口にすべき場合ではなさそうだった。

「医者の息子か――独力で出世したかったら、貴族を父親に選ぶべきだったたな」

「イェス・サー」

「教育はどの程度受けたのかね？」

「パブリック・スクールの最上級生でした」

「すると、キケロもクセノホンも読解できるわけだな」

「イェス・サー。しかしあまり得意ではありません」

「サイン・コサイン（三角関数）を知っていれば、そのほうがいい。スコールを早く予見してトゲンスルを巻き込めれば、そのほうがましだ。海軍では奪格独立句なんというラテン文法なんぞに用はない」

「イェス・サー」

　彼はトップ・ギャラント（前出のトゲンスル）がどういうものか、まだ覚えたてのほやほやだったが、数学の勉強ならばだいぶ進んでいることを、ここで艦長に話してもよかったのだが、やはり控えた。聞かれもしないことを自分から言い出すべからずと、生得の直感力と最近の体験から自制した。

「まあ、命令に服従し、任務を体得すれば、大過なくやって行けるはずだ。よろしい、もう行きたまえ」

「サンキュー・サー」ホーンブロワーは退出した。

　しかし艦長の最後の言葉はたちまち矛盾をきたしたようだった。命令に服従し、任務について熱心に勉強したにもかかわらず、さっそくその日からホーンブロワーに災難が降って湧いたのだ。

それは、ジョン・シンプソンが准士官として候補生居住区にやってきたときに端を発した。ホーンブロワーが彼をはじめて見たのは、同僚と士官食堂で会食しているときだった——シンプソンは三十代の、筋骨たくましい、顔立ちのいい男で、食堂に入ってきたときは、ちょうど数日前のホーンブロワーと同じく、一同を見て立っていた。

「ハロー！」誰かがあまり歓迎しない調子で言った。

「クリーヴランド、いい度胸だな」と、その新来者が言った。「その席をあけろ。テーブルの上座には、またおれが着くんだ」

「しかし——」

「どけと言ってるんだ」シンプソンはにべもなく言った。

ひげ面のクリーヴランドはいくらか渋る様子を見せてから席を移り、代わってシンプソンがその上座につき、一同が向けている好奇の視線に応《こた》えて、テーブルを一渡りねめ回した。

「そういうわけだ、親愛なる同僚諸君。またおれは一家の団欒《だんらん》の中にもどってきた。誰も喜んでくれなくたって別に驚きはしないぜ。それに、おれのほうが諸君にどうにか我慢できるようになるころには、諸君のほうがもっと面白くなくなってるだろうしな、ついでに言っとくが」

「ところできみの任官は――？」誰かが勇をふるって訊いた。

「おれの任官？」シンプソンは身を乗り出してテーブルをトントンと叩きながら、左右に並んだ物問いたげな顔、顔、顔をにらみつけた。

「いま、一回だけその質問に答えてやろう。もし二度と訊くやつがいたら、そいつは、この世に生まれてきたことを後悔するだろうぜ。――かぼちゃ頭の艦長たちの試験委員会は、おれの任官を拒否しやがった。おれを信頼できる航海長にするには、数学の力が足りんとよ。そういうわけで、海尉心得シンプソンは、ここでまた士官候補生ミスタ・シンプソンだ、よろしく。よろしく頼むぜ。そして神が諸君の魂にお慈悲を垂れたまわんことを」

しかし何日経っても、神のお慈悲はいっこうになさそうだった。というのは、シンプソンがもどってからというもの、候補生居住区の生活は、今までのなんとなくつまらないといったものではなく、いまや見るからにみじめなものに一変したからだ。

シンプソンは今までも悪知恵のある暴君だったにちがいないが、いまや任官試験に失敗して傷つき、屈辱をなめた彼は、前にもまして質《たち》の悪い暴君になり、彼の悪知恵は倍加した。なるほど彼は数学には弱かったかもしれないが、他人の生活をその人間にとって重荷になるように仕向けることにかけては悪魔のように頭が働いた。

会食グループの先任士官として、彼は広範囲の公務上の権限をもっていた。弁舌さわやかで、悪知恵にたけた彼は、かりにジャスティニアン号に彼を押えつけるだけの利け者の副長がいたとしても、どのみちのさばってはいただろうし、おまけに副長のクレイはぼんくらときていた。

二度、候補生たちがシンプソンの勝手気ままな横暴に反抗したが、そのたびに、シンプソンは反抗者を投げ飛ばし、ばかでかい鉄拳《てっけん》で相手を気絶させた。何しろシンプソンは、プロ・ボクサーになったら成功しただろうと思われる腕力の持主だった。二度とも、シンプソンはかすり傷ひとつ負わなかった。二度とも相手は目に黒あざをつくり、唇をはれあがらせた上に、かんかんになった副長から罰としてマストのてっぺんに登らされたり、余分の任務を課せられたりした。

候補生居住区は行動に爆発する力のない怒気でふつふつとたぎっていた。候補生の中にもおべっか使いやお追従者《ついしょうもの》が、もちろん何人かいたが、その連中でさえも内心はこの暴君を憎んでいた。

問題の根が深く、最大の憤激をかきたてた原因は、彼が並大抵の横暴で済まなかったことにあった——つまり、きれいなシャツが欲しいと仲間の衣服箱《シー・チエスト》から強制取り立てをやったり、食卓に出された肉の中からいちばんうまそうな切り身を一人占めしたり、誰もが楽しみに待っている酒の配給を取り上げたり、といったことではないのだ。この程度のことならば、まあまあ納得できることとして許されもした。彼らとても権力を持てばやりそうなことだったからだ。

ところが彼は、気まぐれな無理難題を持ちかけて横車を押したのだ。古典を勉強したことのあるホーンブロワーはローマの皇帝たちの暴君ぶりを連想したほどだった。

シンプソンは、クリーヴランドに強いて、彼の貫禄《かんろく》がありすぎる頬ひげを剃り落とさせた。また、ヘスターに、マッケージーを昼となく夜となく三十分ごとに起こす任務を押しつけ、そのために二人とも睡眠をとることができなくなった――それにもしヘスターがその任務をちょっとでも怠ろうものなら、いつでも彼に告げ口をするおべっか使いがいた。

そして早くも、彼は――他の誰に対してもそうだったように――ホーンブロワーのいちばんの弱みを見抜いていた。彼はホーンブロワーがはにかみ屋であることを知ると、まず候補生の集まっている前で、グレイの詩「田舎墓地のエレジー」の数節を暗誦させた。取り巻き連中がホーンブロワーをせっついて暗誦させる。するとシンプソンは、意味ありげな目つきで士官候補生の短剣の鞘《さや》を前のテーブルに置き、取り巻き連中がホーンブロワーを囲む。もしホーンブロワーがちょっとでも口ごもると、テーブルの上に寝そべらせ、短剣の鞘でぴしりとやられる。鞘の側面《ひら》は痛かったし、刃や峰の部分は耐え難かったが、その痛さも、この懲罰の屈辱感にくらべればものの数ではなかった。

そして拷問は、シンプソンが〝聴聞会〟と称するものをつくるにいたって、いっそうひどくなった。ここでホーンブロワーは家庭生活や少年時代について、長ったらしいありきたりの質問攻めに合った。質問の一つ一つに答えないと、短剣の鞘の拷問が待っている。言い抜けやごまかしはできたが、答えはしなければならなかったし、どうせ遅かれ早かれ、容赦ない質問を浴びせられ、聞き手からドッと笑い声が起こるようなことを言わせられるのだった。神かけて、ホーンブロワーの孤独な幼年時代にはなんら恥じることはなかったが、少年というものは、とりわけホーンブロワーのような寡黙《かもく》な少年は、妙なもので、ほかの者なら気にもかけないようなことを恥ずかしがったりするものだ。

このたびかさなるいたぶりで、彼は弱り、病気がちになった。もう少しちゃらんぽらんな人間なら、おどけることで苦境を切り抜け、ときには人気者になることさえあるだろうが、十七歳のホーンブロワーはあまりにも堅苦しい性格で、道化じみることができなかった。彼は迫害に耐え、十七歳のときにしか経験できない、お先まっ暗なみじめな生活を残らず経験しなければならなかった。

彼は決して人前で涙を見せなかったが、夜には一度ならず十七歳のくやし涙をこぼした。彼はしきりに死を思った。何度となく脱走を考えさえしたが、脱走の結果は死ぬよりも悪いと気づき、彼の心はまた、自殺への誘惑がちらつく死のほうへ向かった。彼は死に憧《あこが》れるようになった。友だちもなく、残酷に不当な扱いをうけ、大人の中でひとりぽっちの、しかも非常に内気な少年であってみれば、孤独感もひとしおで、死を思うのも無理からぬことだった。彼には打ち明ける友もなく、その秘密の想いをひとり胸に抱きしめながら、ことを済ますのにいちばん手っ取り早い方法をあれこれ考えめぐらすのだった。

もし艦《ふね》が航海していさえすれば、みな仕事に忙殺されて、わるさを考えつく暇もなかったろうが——いや、錨泊中でも、精力的な艦長と副長ならば乗組員をどしどし働かせて不善をなす暇を与えなかっただろうが、ジャスティニアン号が病身の艦長と無能な副長のもとで、一七九四年の一月いっぱいを、まんぜんと錨泊していなければならなかったのは、ホーンブロワーにとってまことに不運なことだった。

時おり強制される仕事までが、しばしばホーンブロワーの不利なほうに作用した。航海長のボウルズが士官と候補生のために航海術の講義をしたことがあって、あいにく艦長が通りがかり、クラスがめいめいに提出した答案にざっと目を通した。病気のために彼は毒舌になっていたし、シンプソンのことを内心では快く思っていなかった。彼はシンプソンの答案をちらっと見るが早いか、くすくすと皮肉な笑い声を立てた。

「こいつはみんなのお楽しみだぞ。ナイル河の水源地がついに発見された」

「何と言われたんですか、艦長」シンプソンが言った。

「きみの艦《ふね》は——きみの間違いだらけの悪筆から判読したかぎりでは、ミスタ・シンプソン——中央アフリカにいるようだな。さて、ほかにどんな人跡未踏の地《テラ・インコグニータ》が、このクラスの大胆不敵な探検家たちによって踏破されたか、ほかの答案も見せてもらうかな」

それは運命のいたずらであったにちがいない——現実の出来事でなく、作り話というにふさわしいほど劇的だった。ホーンブロワーは、自分のもふくめて、他のどの答案をキーン艦長が選んでも、どういう結果になるかわかっていた。彼が出した答案は、唯一の正解答案だった。他の者はみな、誤差の修正値を引く代わりに足していたり、掛け算を間違っていたり、あるいは（シンプソンのように）問題全体をやり損ったりしていた。

「おめでとう、ミスタ・ホーンブロワー」と、キーン艦長が言った。「きみはこの知能の高い巨人たちの中にあって、唯一人の正解者であることを誇りに思うべきだ。きみはたしかミスタ・シンプソンの年齢《とし》の半分だったな。きみの年が倍になるまでに、いまの倍だけ進歩すれば、われわれは遠く及ばなくなる。ミスタ・ボウルズ、ぜひミスタ・シンプソンが数学の勉強にもっともっと身を入れるように監督してくれたまえ」

そう言い残すと、彼は不治の病が原因で不自由になった足を引きずりながら、中甲板《ツイン・デッキ》を通って立ち去り、ホーンブロワーは自分に投げかけられているにちがいない視線を受けかねて、目を伏せたまま坐っていた。その視線が何を予告しているか、わかりすぎるほどわかっていたからだ。その瞬間、彼は死に憧れ、その夜、死なせてくれと祈りさえした。

二日もしないうちに、ホーンブロワーは陸上の人となっていた。それもシンプソンの指揮のもとにだ。この二人の候補生は、艦隊の各艦から出された分隊と合流し、強制徴募《プレス・ギャング》隊として行動するため、ジャスティニアン号から上陸した分隊を指揮するのが任務だった。

西インド貿易船団が間もなく到着する予定で、船団の海峡到着と同時に乗組員の大半を強制徴募することになったのだ。船を停泊地へ転錨するために残された連中は、安全な隠れ場所を探すために、あらゆる手を使って上陸するだろう。この逃走を阻止し、彼らを一網打尽にひっ捕えるため、非常線を波止場に張るのが、上陸部隊の任務だった。しかし船団からはまだ信号通信がないうちに、手筈はすべて完了していた。

「すべてこの世はこともなし（ブラウニングの詩句）」と、シンプソンが言った。

彼にしては異例の言葉づかいだったが、周囲の事情も異例だったのだ。彼は〈ラム亭〉という旅宿の裏部屋の、ゴーゴーと燃える暖炉の前で、ジンを加えたビールのジョッキを脇に置き、別の椅子に両足をのせて、ずっしりと肘掛け椅子におさまりかえっていた。

「これは西インド貿易船団のために」と、シンプソンはビールを一口ぐいとあおって言った。「願わくば到着の遅からんことを」

シンプソンはまことに柔和だった。仕事とビールと暖かい火が彼を上機嫌にしていた。それに彼をけんか早くさせるほどの酒はまだ入っていなかった。

ホーンブロワーは暖炉の前に向き合って腰かけ、ジンの入っていないビールをちびちび飲みながらシンプソンを観察していると、彼がジャスティニアン号に乗り組んで以来はじめて、悲哀が胸を噛むこともなくなり、歯の疼《うず》く痛みがだんだん消えていくように、次第にみじめな思いが心の底に沈んでいくのが不思議だった。

「乾杯といこうじゃないか、おい」シンプソンが言った。

「ロベスピエール（フランス革命の指導者。恐怖政治を行ない、この年、刑死）に呪いあれ」ホーンブロワーはつじつまの合わないことを言った。

ドアが開いて、二人の士官が入ってきた。一人は候補生で、一方は海尉の片肩章をつけていた——それは陸上に送られた強制徴募隊《プレス・ギャング》の総指揮官、ゴライアス号のチョークだった。さすがのシンプソンもこの上官のために暖炉の前に席をもうけた。

「船団からはいぜんとして連絡がない」チョークが四角張った調子で言った。それからじろりとホーンブロワーを見た。「まだ面識がないと思うが」

「ミスタ・ホーンブロワーです——こちらはチョーク海尉」と、シンプソンが紹介した。

「ミスタ・ホーンブロワーはスピットヘッドで船酔《よっぱら》った士官候補生として有名です」

シンプソンがそんなレッテルを貼っても、腹を立てまいとホーンブロワーは努めた。チョークが話題を変えたのは、ただ礼を失しまいとしてのことにすぎないのだろうと思った。

「おい、給士！　諸君、一杯つきあってくれたまえ。どうやら、まだだいぶ待つことになりそうだ。きみの部下は全員正しく配置についてるだろうね、ミスタ・シンプソン」

「イェス・サー」

チョークは活動的な男だった。部屋の中を歩き回り、窓の外の雨を見つめ、酒が来ると、彼の候補生――コールドウェル――を二人に紹介し、この強いられた不活発な状態にいかにもじりじりしているようだった。

「時間つぶしにカードはどうかな？」と、彼は提案した。「結構！　おい給仕！　カードとテーブルと、明かりをもう一つ」

テーブルが暖炉の前にすえられ、椅子が用意され、カードが運ばれた。

「どんなゲームにしようかな？」チョークはぐるりと見回して訊いた。

彼は海尉で、あとの二人は候補生だから、彼の提案はどうしても相当なウェートを持つ。あとの三人は自然に彼の発言を待つ形になった。

「ヴェンテウン（二十一）？　あれはアホウのやるゲームだな。ルー？　あれはもっと金持ちのアホウがやるゲームだな。じゃあ、ホイストはどうかな？　あれなら、われわれの乏しい才能を発揮する機会が充分あるのじゃないかな。このコールドウェルはホイストの基本をすっかりものにしているよ。ミスタ・シンプソンは？」

数学が盲点というシンプソンのような男がホイストを上手にやれる見込みはないが、

自分は下手だと自覚しているとも思われない。

「結構ですね」と、シンプソンは言った。彼はばくちが好きだから、その目的にかなうものならどんなゲームでもいいのだ。

「ミスタ・ホーンブロワーは？」

「喜んで」

それはたいていの月並みな返事よりは真実に近かった。ホーンブロワーはいい学校でホイストを覚えたのだった。つまり彼の母親が死んでからは、いつでも父親と教区の牧師とその妻の付き合いをしてきたので、このゲームはかなり病みつきになっていた。彼は勝ち目をうまく計算することや、勝負に出るか自重するかによっていろいろ変わる要求の仕方に凝《こ》ったものだった。それで彼の応じ方には、チョークが〝ほう〟と見直しただけの熱があった。チョーク自身もカードは上手だったから、相手のやる気をすぐさま感じ取った。

「結構！」彼はまた言った。「では、場所と組合わせは一度にカットで決めてもいいだろう。賭け金はどうするね、諸君？　一同の得点に一シリングで、勝ったらギニー金貨一枚（二十一シリング）、大きすぎるか？　いいか？　じゃあそれで行こう」

しばらくの間、ゲーム運びは穏やかだった。ホーンブロワーはカットして、はじめシンプソン、つぎはコールドウェルがパートナーに決まった。わずか二番で、シンプソンがお話にならないほど下手くそなことが曝露された。つまりエースを持っていれば必ずエースをまっ先に出すとか、切り札が四枚あるときは必ず一枚札を出すとかいった類いなのだから。それでも彼とホーンブロワーの組が、圧倒的に強い手のおかげで最初の三番勝負に勝った。しかしシンプソンは次にチョークと組んで負け、カットでまたチョークがパートナーになり、また負けた。彼はいい手だとほくほくし、悪い手だと溜め息をついた。

明らかにホイストを、寄り合いの座興か、あるいは、ダイスのように有無を言わせず金のやりとりをする、単なる露骨な手段としか見なさないような、わかってない手合いの一人だった。彼はこのゲームを社会上の儀礼とも頭の体操とも決して考えていなかった。

おまけに、彼は負けがかさむにつれ、給仕が酒を運んで来たり去ったりするにつれて、次第にいらいらしてきて、彼の顔は暖炉の熱気以上のものでまっ赤になった。彼は負けっぷりも悪いし、酒癖も悪かったので、さすがの慎み深く行儀正しいチョークでさえもたまりかね、次のカットでパートナーがホーンブロワーに決まったときはホッとした気ぶりを見せたほどだった。

彼らはあっさり三番勝負に勝ち、またギニー金貨と数シリングがホーンブロワーの貧しい財布にころげ込んだ。いまや勝っているのは彼一人となり、シンプソンがいちばんひどく負けていた。

　ホーンブロワーは久しぶりでまたこのゲームの楽しさにわれを忘れた。シンプソンの怒気も悪態も気にならず、ただ気が散ってうるさいとしか思わなかった。それが危険信号であることを思い出しさえしなかった。いま勝っている分だけ、やがて苦痛で償う羽目になるかもしれないことを、彼はしばらくの間、思いつきもしなかった。

　もう一度カットしたとき、彼はふたたびチョークのパートナーになった。二回いい手が来て、最初の勝負は彼らが取った。つづく二回は、シンプソンとコールドウェルが勝負の決まる間際になって、僅差で勝ち、シンプソンは手放しで得意がった。そして次は、ホーンブロワーが大ばくちのフィネッス（高点の持札を残して低い点の札を出して場札を取ろうとすること）をやって、彼とチョークにオッド・トリック（互いに六回勝った後決勝の第十三回目）のチャンスを残した。

　ここで彼らが勝てばスコアーは二回の得点分だけ大きくなる――シンプソンはにんまりほくそ笑んで、ホーンブロワーの十の札に対してジャックを出した。が、気づいたときは後の祭で、この表情から、彼とコールドウェルがまだ六点しか出来ていないことを見破られる結果になった。

　彼はあわてて手札を数え直した。ホーンブロワーは札をくばり、切札をかえした。シンプソンは例によってエースをまっ先に出したので、ホーンブロワーはこれでリードを奪い返せる自信を得た。ホーンブロワーはあと一枚で上がりそうな、一連の切札と、いいクラブの組を持っていた。シンプソンはぶつぶつ言いながら自分の手をちらっと見た。エースをまっ先に出せば次が苦しくなるという自明の理を、彼がまだ悟っていないとは、よほどどうかしていた。彼はやっと決心してまた札を出した。ホーンブロワーはキングを出して勝ち、間髪を入れずに切札のジャックを出した。これが図に当たって、この勝負を取った。彼はまた札を出し、チョークのクイーンがまた彼らに勝ちをもたらした。

チョークが切札のエースを出すと、シンプソンは口汚くののしってキングを打った。チョークはクラブを出した。クラブはホーンブロワーがキング・クイーンに対して五枚持っていたのだから――チョークがクラブを出すとは意味深長だった。ホーンブロワーが残りの切札を持っているかぎり一枚札《シングルトン》の手になるはずがないからだ。ホーンブロワーのクイーンがその回の勝負を決めた。

チョークがエースを持っていないとすれば、コールドウェルが持っているにちがいない。ホーンブロワーは小さい札を出した。みな同じ組の札を出した。チョークはジャックを、コールドウェルはエースを出し、八枚のクラブが場に出たので、ホーンブロワーはキングと十の札を先に出してもまだクラブが三枚あり――これで三回の得点は確実だし、リードを奪い返す最後の切札がまだ残った。コールドウェルはダイヤのクイーンを出し、ホーンブロワーは一枚札を出し、チョークはエースを出した。

「あとはいただきだ」ホーンブロワーは手札を置いて言った。

「どうしてだよ」手にダイヤを持っているシンプソンが言った。

「五回勝ちだよ」チョークが快活に言った。「勝負あった」

「しかしまだこっちは行けるんじゃないかな？」シンプソンがこだわった。

「ぼくがダイヤかハートの切札を先に出してもまだクラブ三枚あるから」と、ホーンブロワーは説明した。彼にとっては、二足す二ほどの簡単な決まり手だった。シンプソンのような頭にかすみのかかったプレーヤーにとって、五十二枚のカードの計算をするのは大変なことなのだという察しがつきかねた。シンプソンが手札を投げ出した。

「ばかに詳《くわ》しいじゃないか。カードの表と同じくらい裏が読めるのとちがうか」

ホーンブロワーは息をのんだ。もし彼がその気になれば、これは決定的瞬間になりうることを悟った。つい今しがたまでは、ただカードをやって楽しんでいるだけだったのに、いま彼は生死にかかわる問題に直面していた。

さまざまな思いが奔流のように彼の心を流れた。現在の環境の居心地よさにもかかわらず、彼はやがて帰らねばならないジャスティニアン号での生活の、おぞましいみじめさを強く思い出した。いまこそあのみじめな生活に終止符を打つ好機だ。彼は本気で考えていた自殺の方法を思い出し、実行に移そうとしていた計画の芽生えを、こっそり心の裏に隠し込んだ。決意が明確な形をとった。

「失敬な言い草じゃないか、ミスタ・シンプソン」と、彼は言った。そしてぐるりと見回し、チョークとコールドウェルの目と会った。二人とも急に厳しい表情になっていた。が、シンプソンは相変わらずあっけらかんとしていた。「聞き捨てならない。決闘を申し込む」

「決闘？」チョークがあわてて言った。「おいおい。ミスタ・シンプソンはちょっと癇《かん》癪《しゃく》を起こしただけだ。きっと謝るよ」

「わたしはカードでいかさまをやったと言われたんですよ。謝れば済むことじゃありません」

彼は一人前の大人のように振舞おうとしていた。いや、それ以上に、屈辱をうけた男らしく行動しようとしていた。もっとも実のところ、内心ではこの程度の問題に憤慨してはいなかった。というのも、シンプソンにしたところで、頭が混乱してそんなことを口走ったにすぎないのだと、彼は十二分にわかっていたからだ。しかし好機は到来した。この機を逃がしてなるものかと肚《はら》はすでに決まっていたので、この際、許し難い侮辱をうけた男の役どころを堂々と演じて見せることがぜひ必要だった。

「酒がはいれば知恵《あたま》はおるすだ」と、チョークはいぜんことなく済まそうという気組みを見せて言った。「ミスタ・シンプソンは、きっと冗談で言ったんだよ。もう一本持ってこさせて仲良く飲もうじゃないか」

「喜んで」ホーンブロワーはそう言いながら、この争いを仲直りのできないものにする言葉を探した。「もしミスタ・シンプソンが、あなた方お二人の前で、わたしの許しを乞い、根も葉もないことを大人気もなく言ったと認めればの話ですが」

彼はぐるりと振り返り、挑むようにシンプソンの目をにらんだ。言って見れば、牛の前で赤い布を振ったのだから、牛はこちらが満足のいくまで怒り狂って突っかかってきた。

「おまえに謝るだと。この生意気な青二才め！」シンプソンは、アルコールと、踏みつけにされた自尊心が同時に物を言って、爆発した。「くたばりやがれ」

「聞きましたか、お二人？」と、ホーンブロワーは言った。「わたしは侮辱され、ミスタ・シンプソンは謝罪を拒否したばかりか、さらにわたしを侮辱しました。こうなったからには、決着をつける方法は一つしかありません」

それから西インド貿易船団が到着するまでの二日間、ホーンブロワーとシンプソンの二人は、チョークの命令で、決闘まで互いの仲間に強制的に身柄を預けられる決闘者の、奇妙な生活を送った。ホーンブロワーは――いかなる場合もそうだが――与えられた命令にすべて服従し、シンプソンはいくらか遠慮がちに、ぎごちなく命令を出した。

ホーンブロワーが最初の考えをさらに念入りに練ったのはその二日の間だった。水兵の巡察隊をうしろに従えて岸壁を歩きながら、そのことをじっくり考える時間がたっぷりあった。

冷静に考えると——それに暗たんたる絶望感にひたった十七歳の少年も、時に臨んで充分に客観的になれるものだ——それはホイスト・ゲームで一つの難問にいろいろの勝ち目を読むのと同じぐらい簡単だった。ジャスティニアン号での彼の生活に較べれば、どんなにひどいことも物の数ではない。（すでに考えたことがあるように）死そのものさえもだ。いまや死は気やすいものとなり、彼の代わりにシンプソンが死ぬ可能性もあるという魅力あるおまけまで添えて、彼を招いていた。

ホーンブロワーが彼の考えをもう一歩前進させたのはその瞬間だった。——それは新しい展開であり、彼にとってさえ驚くべきものだったから、彼は思わず足を止め、そのために背後に従っていた巡察隊は止まる間もなく彼にぶつかった。

「失礼しました」と、下士官が言った。

「何でもない」ホーンブロワーは物思いに耽《ふけ》りながら言った。

彼は、ジャスティニアン号にもどるとすぐ介添えを依頼した二人の艦長副官——プレストンとダンバーズ——との会話の中で、まず自分の考えを持ち出した。

「もちろん、引き受けよう」と、プレストンは言ったが、この痩せっぽちの若者を疑わしげに見返した。「決闘の方法は？　侮辱を受けた側として、きみには武器を選ぶ権利がある」

「彼に侮辱されたときからずっと、そのことを考えてきたんです。つまり露骨な言い方をすれば、彼の手のうちを見抜くのに苦労したってわけです」

「短剣はうまく使えるか？」ダンバーズが訊いた。

「いいえ」と、ホーンブロワーは言った。実を言うと、短剣を手にしたこともなかった。

「じゃあ、ピストルにしたほうがいいな」プレストンが言った。

「シンプソンはおそらく射撃がうまいぞ」ダンバーズが言った。「おれなら、彼の前に立つのはご免こうむるな」

「言葉に気をつけろよ」プレストンがあわてて言った。「当人を気おくれさせるのはやめろ」

「気おくれなんかしてません」ホーンブロワーは言った。「自分でも同じことを考えていたところですよ」

「こりゃあ落着いたもんだ」ダンバーズが驚いて言った。

ホーンブロワーは肩をすくめた。

「かもしれませんね。あまり心配にならないんです。しかしもっと勝ち目を五分五分にする方法がありそうに思うんです」

「というと？」

「これなら完全に五分と五分にできるんですがね」ホーンブロワーは思い切って言ってみた。「ピストルを二挺用意してください。一方には弾丸《たま》をこめ、一方は空《から》のままにしておくんです。シンプソンとわたしは、どっちがどっちか知らずに、気に入ったのを取る。それから二人は一ヤード以内に立ち、合図で同時に発射する」

「こりゃあひどい！」ダンバーズが言った。

「そいつは反則だろう」プレストンが言った。「つまりそれだと、きみたちの一方は確実に殺されることになる」

「殺すのが決闘の目的でしょう」ホーンブロワーは言った。「もし状況に不正がなければ、何も故障は出ないと思います」

「しかし、それをあくまで実行するつもりなのか？」ダンバーズが驚いてきいた。

「ミスター・ダンバーズ——」ホーンブロワーが言いかけたが、プレストンがさえぎった。

「味方同士で決闘はごめんだぞ。ダンバーズはただ自分ならやる気にならんと言ったまでだ。この件はクリーヴランドとヘザーに相談して彼らが何というか当たってみよう」

一時間もしないうちに、決闘が申し込まれた経緯《いきさつ》が全艦に知れわたった。シンプソンが艦内に本当の友人を持っていなかったことは、たぶん彼にとって不利だったろう。というのは、彼の介添えのクリーヴランドとヘザーは、決闘の事情についてあまり明確な立場を取りたがらず、ただ不承不承ながら決闘の取り極めに同意しただけだった。こうして候補生居住区の暴君は横暴の罰をうける羽目になった。

士官の中には冷やかに面白がる者があった。また士官の中にも水兵の中にも、死が予想されるとき、ある人たちの心にかき立てられる好奇心をのぞかせて、ホーンブロワーとシンプソンをじろじろ眺める者がいた。まるでこの二人の宿敵同士がギロチン刑を宣告された囚人ででもあるかのようだった。正午に、マスターズ海尉が使いをよこしてホーンブロワーを呼びつけた。

「艦長から今度の決闘について査問を行なうように命令されたんだよ、ミスタ・ホーンブロワー。あくまで根気よく努力して、争いを鎮めるようにとのことだ」

「イェス・サー」

「決闘を主張する理由は何だね、ミスタ・ホーンブロワー。酒とカードが原因で、早まった言葉が交わされたように聞いているが？」

「ミスタ・シンプソンは、わたしがいかさまをやったとなじったのです、本艦の士官でない人たちの面前でです」

ここが肝心なところだった。その場に居合わせた者はこの艦の乗組員ではなかった。もしホーンブロワーがシンプソンの言葉を、酔っぱらって怒りっぽくなった男の戯言《たわごと》として大目に見る態度に出ていたら、その言葉は誰にも知られずに聞き流されたかもしれないのだが、実際はこういう立場を取ったので、いまやもみ消す術《すべ》もなく、それはホーンブロワーの思惑どおりだった。

「それにしても、ほかに決着をつける方法もありうるんじゃないか、ミスタ・ホーンブロワー」

「もしミスタ・シンプソンが同じ人たちの前で、心から謝罪するなら、わたしも得心がいくのですが」

シンプソンは臆病者ではない。そんな公然の屈辱をうけるぐらいなら、むしろ死を選ぶだろう。

「なるほど。ところで、きみは決闘に、かなり異常な条件を主張していると聞いているが？」

「それには先例があります。侮辱を受けた側として、わたしは、不正にならない限りで、いかなる条件も選ぶことができます」

「わたしに向かって、海事法律家のような口ぶりだな、ミスタ・ホーンブロワー」

この暗示で、ホーンブロワーは調子に乗って口がすべりすぎたことを悟り、こんごは口を慎しもうと考えた。彼は無言で立ち、マスターズが話をつづけるのを待った。

「では、ミスタ・ホーンブロワー、きみはあくまでこの殺人行為をやりとげようというのかね？」

「イェス・サー」

「では、よろしい、ミスタ・ホーンブロワー」

マスターズは、ホーンブロワーがはじめて乗艦したときよりも、もっとずっと厳しい口調で彼を退らせながら、ホーンブロワーを見つめた。彼は弱気かためらいの気配を探ろうとした――何らかの人間的な感情のゆらめきを探ろうとしたのだ――が、何も見取れなかった。ホーンブロワーの決意はすでに不動のものになっていた。賛否両論をすべて秤《はかり》にかけてみた上で、行動方針を冷酷非情に決定したからには、そのあとで当てにならない種々の感情に左右されることは愚の骨頂だと、彼は持ち前の論理的な頭で割り切っていた。

ホーンブロワーが主張している決闘の条件は、数学的に見て有利な点が多かった。いったんは自ら進んで死ぬことによって、シンプソンの苛酷な扱いから逃がれようと考えたとしても、死なずにそれから逃がれる方法を、いちかばちかやってみるほうが得にきまっている。同様にもしシンプソンが自分より剣もピストルも上手《うわて》だとしても（まずそれは確かだから）、勝ち目五分五分の方法というのはやはり数学的に見て有利だった。最近の行動に悔いるところは何もなかった。

すべて順調だ。数学的に見て、これらの結論は反ばくの余地がなかった。だが、ホーンブロワーは数学がすべてではないと気づいて、がく然とした。その日、暗うつな午後と夜の間、くりかえしくりかえし、あすの朝は硬貨《コイン》の回転に命を賭けるのだという思いが新たに心に浮かぶたびに、彼は心配のあまり思わず息をあえがせているのだった。二つに一つの確率で意識は切れ、肉体は冷たくなって自分は死に、そして、とても信じがたいことだが、世界は自分がいなくても存在しつづけるのだ。その思いが意志に反して全身に身震いを走らせた。

そしてこういう物思いに耽《ふけ》る時間がたっぷりあった。というのも、決闘の瞬間まで宿敵同士の出会いを禁ずる都合から、必然的に孤絶の状態におかれていたからだ。ジャスティニアン号のにぎやかな甲板に出るにしても、それは孤絶の状態が保てるかぎりにおいてだった。

その夜、彼は意気消沈した気分で、不自然な疲れを感じながらハンモックを吊り、いつもより寒々しく感じる中甲板《ツイン・デッキ》の、冷え冷えとした息苦しい、しけた空気の中で服を脱いだ。彼は温《ぬく》もりの中で緊張をほぐしたいと願いながら毛布にくるまったが、くつろいだ気分は起こりそうもなかった。ときどきうとうとと眠りかけては、また緊張と心配のために目を覚まし、明日のことで頭がいっぱいだった。艦の時鐘《タイム・ベル》が三十分ごとに鳴りひびくのを聞き、自分の臆病さを軽蔑しながら、彼は何度も何度も寝返りを打った。とうとう彼は自分に言い聞かせた。――明日の運命はふとした拍子で決まると言ってもいいくらいなのだ。自分の手と目の安定度に依存しなければならないとしたら、こんなふうに夜を過ごしたあとでは必ず死ぬことになる、と。

どうやらこの結論が役に立って、彼は最後の一、二時間眠りこんだようだった。はっとして目を覚ますと、ダンバーズが揺り動かしていたからだ。

「五点鐘（午前六時半）だ」ダンバーズが言った。「一時間で夜が明ける。起きて磨《みが》きたてろ！」

ホーンブロワーはハンモックから滑り降り、シャツ姿で立った。中甲板《ツイン・デッキ》はまっ暗に近く、ダンバーズの姿もおぼろにしか見えなかった。

「副長はおれたちを二番短艇《カッター》で行かせるつもりだ」ダンバーズが言った。「マスターズとシンプソンと介添えの連中は大艇《ランチ》で先に行く。ああ、プレストンが来た」

闇の中に別の人影がおぼろに立った。

「おそろしく寒いな」プレストンが言った。「いやな朝だ。ネルソン、茶はどうした」

ホーンブロワーがズボンをはいていると、会食室のボーイが茶を持ってきた。彼は寒さに震えて、茶わんを取るとき受け皿がカタカタ鳴るのが腹立たしかった。しかし茶は有難かったので、ホーンブロワーは渇《かつ》えたように飲んだ。

「もう一杯くれ」と言って、彼はこの緊張の時に茶のことを考えられたことを得意に思った。

カッターに降りたときも、まだあたりは暗かった。

「離せ」と、艇長《コクスン》が言い、ボートは艦側から突き離された。刺すような風が吹いており、カッターが突堤の目印である二つの灯火をめざすと、縮帆したラグスルが風をはらんだ。

「貸馬車に聖ジョージの銅像のところで待っているように言いつけておいた」と、ダンバーズが言った。「待っているといいがな」

　馬車は待っていた。御者は飲み明かしたにもかかわらず、馬をおとなしく御せるだけに酔いが醒めていた。彼らが藁《わら》の座席に落着くと、ダンバーズがポケット壜《びん》をとり出した。

「一口やるか、ホーンブロワー？」彼は壜を差し出しながら訊いた。「今朝は手が震えないように特に気を使うこともないだろう」

「いや、結構です」ホーンブロワーの空っぽの胃は、そこに酒を注ぎ込むと考えただけで吐き気を催した。

「向こうの連中はひと足さきについているはずだ」プレストンがひとりごとめいて言った。「われわれが突堤に着く直前に、ランチが引っ返していくのが見えた」

　決闘の作法によると、双方別々に定めの場所に到着することになっている。が、帰途には一艘のボートしか必要がないだろう。

「骨挽《ひ》き（戯言で外科医）は彼らと一緒だ」ダンバーズが言った。「もっとも今日はどういう役に立つのか、神様だけがご存じだ」

　彼は鼻先で笑ったが、遅まきながら礼をわきまえて、笑いを呑んだ。

「気分はどうだ、ホーンブロワー」プレストンが訊いた。

「元気ですよ」ホーンブロワーは答えた。そんなに気を使ってくれなくても、自分は充分に元気なんだと付け加えることは控えた。

貸馬車はひっくり返りそうに傾《かし》ぎながら丘の頂きを越え、やがて共有地のわきで止まった。別の馬車が白々明けの薄明かりの中にぽつんと一つ、ローソクの灯を黄色くともして駐《と》まっていた。

「彼らはあそこにいるぞ」プレストンが言った。なるほど、ハリエニシダの藪にかこまれた霜の芝土の上に立っている、ひとかたまりの人影が薄明かりの中に見えた。

近づきながら、ホーンブロワーは、仲間からちょっと離れて立っているシンプソンの顔をちらっと見やった。それは青ざめており、ホーンブロワーはその瞬間、彼が落着かない様子でごくりと唾を飲みこんだのに気づいたが、同時に自分も同じことをしていた。彼らが一緒に近づくと、マスターズがこちらにやって来ながら、例の鋭い詮索《せんさく》好きな目でホーンブロワーをじっと見つめていた。

「今こそこの争いが和解さるべきときだ」と、彼が言った。「わが国は戦争だ。ミスタ・ホーンブロワー、きみがこの決闘を強行せずに、国王に捧げるべき一人の生命を救うことを承服してくれるように望む」

ホーンブロワーはちらっとシンプソンのほうを見やった。その隙にダンバーズが彼に代わって答えた。

「ミスタ・シンプソンがその妥協案を出したのですか？」

「ミスタ・シンプソンは、すべてを水に流したい希望があると、喜んで認めようとしている」

「それではアンフェアーです、その形式には謝罪がふくまれていませんから、謝罪が必要であることに同意していただかなければなりません」

「本人は何と言ってるかね？」マスターズは譲らなかった。

「本人がとやかく言うべき状況ではありません」ダンバーズはホーンブロワーへちらっと視線を向けながら言った。ホーンブロワーはうなずいた。すべては絞首刑執行人の車のように、おぞましくも前に進むほかないのだ。いまや後戻りはありえない。ホーンブロワーはシンプソンが謝罪するだろうとは一瞬たりと考えたことはなかったし、謝罪が行なわれなければ、この問題は流血の結末へ進むほかないのだ。彼があと五分間の命しかないのかどうか、見込みは五分と五分だ。

「では、諸君の心は決まっているのだな」マスターズが言った。「報告書にその事実を述べなければならないが」

「考えを変える気はありません」プレストンが言った。

「それではこの嘆かわしい事態を進行させるほかに仕方がない。ピストルはヘップルホワイト軍医の手に預けておいた」

彼は回れ右をして、彼らを相手のグループのほうへ連れていった――ヘザーとクリーヴランドに付き添われたシンプソンと、手に一挺ずつピストルの銃口のほうを持って立っているヘップルホワイト軍医。彼は酒気の切れたことのない赤ら顔の大男だった。事実彼はこの時も少しゆらゆらしながら酔った薄笑いを浮かべていた。

「あほうな若者たちは、あくまで愚行を演じる決心なのかね？」と、彼がきいたが、このような瞬間にそんな質問をするやつがあるかとばかり、一同は彼を完全に無視していた。

「さて」と、マスターズが言った。「ここにピストルがある。見るとおり両方とも発火薬が詰めてある。ただし条件に従って一方には弾丸《たま》が装塡してあり、一方には装塡してない。ここにギニー金貨を持っている。これを投げて、武器の配分を決めることにする。さて、諸君、投げ銭で本人たちに否応なくピストルを与えることにするか――たとえば、表が出たらミスタ・シンプソンがこちらを取るというふうにするか――それとも投げ銭の勝者が武器の選択権を持つようにするかね？　要は、八百長行為の起こる可能性をできるかぎり除くことにある」

ヘザー、クリーヴランド、ダンバーズ、プレストンの四人は心もとなげな視線を交わした。

「投げ銭の勝者に選ばせよう」プレストンがややあってから言った。

「よろしい、諸君。表か裏か言いたまえ、ミスタ・ホーンブロワー」

「裏！」ホーンブロワーは金貨が空中で回っているうちに言った。

マスターズが金貨を受け取り、その上に手をかぶせた。

「裏だ」マスターズは手をのけて、金貨を集まった介添人たちに見せながら言った。

「きみの好きなほうを取りたまえ」

ヘップルホワイトが二挺のピストルを差し出した。一方は死、一方は生。厳粛な一瞬だった。まったくの偶然にたよるしかない。手を差し出すのに少し努力がいった。

「こちらを取ります」と、彼は言った。触れた手に、武器は氷のように冷たかった。

「では、わたしに課せられた仕事はこれで終わった」マスターズが言った。「あとは諸君が実行するだけだ」

「これを取れ、シンプソン」と、ヘップルホワイトが言った。「それから、武器の取り扱いに注意しろ、ミスタ・ホーンブロワー。大勢が危険にさらされているのだ」

この男は、他人が死に至る危険にさらされ、一方自分は何の危険もない状況を小気味よさそうに眺めながら、相変わらず薄笑いを浮かべていた。シンプソンがヘップルホワイトの差し出したピストルを受け取り、手にしっかりと握った。もう一度、彼の目がホーンブロワーの目と会ったが、その目には何の反応も表情もなかった。

「歩数を測るほど間隔をとらないんだから」ダンバーズが言っていた。「場所はどこでも同じだ。ここは全体に平らだ」

「よかろう」ヘザーが言った。「きみはここに立ってくれ、ミスタ・シンプソン」

プレストンに招かれて、ホーンブロワーは彼のところへ行った。元気よく見せるのも無心をよそおうのもやさしいことではなかった。プレストンが彼の腕をとり、シンプソンの前に立たせた。ほとんど胸と胸が触れそうで、彼の酒臭い息がにおうほどだった。

「最後に言っておくが、諸君」と、マスターズが大声で言った。「和解の余地はないか？」

誰からも返事はなく、ただ深い沈黙がつづくばかりで、その間、ホーンブロワーは早鐘のような心臓の鼓動が他の者にもはっきり聞き取れるにちがいないと思った。静寂はヘザーの発言で破られた。

「合図を誰がするか決めてない！　誰がする？」

「マスターズ海尉に合図を頼もう」ダンバーズが言った。

ホーンブロワーは視線を動かさなかった。ただじっと、シンプソンの右の耳越しに、灰色の空の一点を見つめていた――なんとなく、シンプソンの顔を見ることができず、彼がどこを見ているのか知らなかった。彼の知る世界の終わりが間近に迫っている――間もなく彼の心臓を一発の弾丸《たま》が貫くかもしれないのだ。

「異議がなければ、わたしが合図をしよう」マスターズが言うのが聞こえた。

灰色の空はただ漠としていた。この世の最後の見おさめも、彼は目隠しされているようなものだった。マスターズがまた声を高めた。

「わたしが一、二、三、発射と、このぐらいの間隔で言う。最後の合図で、きみたちは自由に撃ってよろしい。用意はいいか？」

「いいです」シンプソンの声が、ほとんどホーンブロワーの耳元でしたようだった。

「いいです」ホーンブロワーも言った。自分の声に緊張感がこもっているのが聞き取れた。

「一」マスターズが言い、その瞬間に、シンプソンの銃口が自分の左の胸に擬せられるのを感じ、ホーンブロワーも自分のピストルを上げた。

その瞬間だった、たとえ生殺与奪の権をにぎっていても、シンプソンを殺すことはできないと心を決めたのは。そして彼はピストルを上げ、シンプソンの肩先に銃口が押し当てられるように構えた。かすり傷ですむだろう。

「二」マスターズが言った。「三……発射！」

ホーンブロワーは引金をひいた。カチリと音がして、彼のピストル全体から煙が噴き出した。発火薬はすでに飛んで、なくなっている——彼のは弾丸《たま》が装塡されていないほうのピストルだった。彼は死ぬことがどんなものか思い知った。十分の一秒ほど遅れてカチッと音がし、彼の心臓に擬せられたシンプソンのピストルから煙が噴き出した。棒のように、相変わらず二人とも突っ立っており、ゆっくりとことの次第がわかってきた。

「不発か、やれやれ！」ダンバーズが言った。

介添人たちが二人のまわりに集まった。

「ピストルを貸してみろ！」マスターズが言い、ピストルを差し出す弱々しい手から受け取った。

「装塡されているほうはひょっとすると遅れて発射するかもしれない。いま暴発されては困る」

「どっちが装塡されているほうですか？」ヘザーが好奇心に駆られて訊いた。

「それはわからないほうがいいのだ」マスターズは二挺のピストルを手早く持ち変えて、どちらがどちらか誰にもわからないようにした。

「撃ち直してはどうですか？」ダンバーズが訊くと、マスターズはきっと目を上げ、断固とした気組みを示してダンバーズを見返した。

「撃ち直しはない。名誉は完全に挽回《ばんかい》された。この二人の紳士はこの試練を実にりっぱに通り抜けた。もしミスタ・シンプソンがあの出来事に対して遺憾の意を表明しても、いまは誰も彼を軽んじることはできないし、もしミスタ・ホーンブロワーがその和解の言葉を受け入れても、誰も彼を軽んじることはできない」

ヘップルホワイトが吹き出し、咆えるような高笑いをした。

「その顔!」彼は腿《もも》をたたきながら急に大声で言った。「みんな、見るがいい、なんという顔だ! 牛のようにしかつめらしいがな!」

「ミスタ・ヘップルホワイト」マスターズが言った。「きみの態度は不謹慎だ。諸君、馬車が道で待っているし、カッターが突堤にいる。それに朝食を取ったほうがみんなのためによかろうじゃないか。ミスタ・ヘップルホワイトもふくめてな」

それで事件は終わるはずだった。この異様な決闘をめぐって、碇泊中の艦隊中にひろまっていた興奮した話もいつか聞かれなくなった。もっとも今や、ホーンブロワーの名前を知らぬ者はなく、しかもスピットヘッドで船酔いを起こした士官候補生としてでなく、冷徹非情に五分五分の勝負を進んでやった男としてだった。しかしジャスティニアン号自体の中では、別の噂もあった。前部と後部を持ち回りのひそひそ話である。

「ミスタ・ホーンブロワーが艦長に面会の許しを求めておりますが」と、ある朝、副長のクレイが艦長に報告をしている最中に言った。

「ああ、帰りがけに呼んでくれ」キーンは言って、溜め息をついた。

十分後、キャビンのドアにノックがあって、かんかんに怒った若者が入ってきた。

「艦長!」ホーンブロワーが切り出した。

「何が言いたいのか、見当がつく」キーンが言った。

「シンプソンと決闘をしたときのピストルは、二挺とも弾丸《たま》がこめてなかったんです！」

「ヘップルホワイトがしゃべったんだな？」

「しかもそれは艦長の命令によるものだったと聞いておりますが」

「そのとおりだ。わしがマスターズに命じた」

「それは許さるべからざる越権行為です！」

ホーンブロワーはそう言うつもりだったが、ふがいなくも長ったらしい言い回しにつまずいてしまった。

「あるいはそうだったかもしれんな」キーンは例によって机上の書類を並べ変えながら、我慢強く受けた。

そう穏やかに認められるとホーンブロワーは調子が狂って、そのあとしばらくはただ口の中でぶつぶつ言うことしかできなかった。

「わたしは国王陛下に捧げるべき命を救ったのだ」ぶつぶつ言うのが聞こえなくなったところでキーンが語をついだ。「一人の若い生命をな。誰一人、いかなる危害もこうむらずに済んだじゃないか。しかも一方で、きみもシンプソンもともに、勇気あるところを充分に立証した。きみたち両名はこれで自分が砲火に耐えられることがわかったし、他の者にしてもそうだ」

「艦長はわたし個人の名誉を傷つけられました」ホーンブロワーはあらかじめ稽古して

おいた台詞《せりふ》の一つを持ち出した。「それに対する治療法は一つしかないはずです」

「言葉を慎しみたまえ、ミスタ・ホーンブロワー」キーンは一席ぶつ心用意をしながら、苦痛に顔をしかめて椅子の中で掛け直した。「ひと言注意しておくが、海軍には、下級士官が上級士官に決闘を申し入れることはできないという、有益な規律がある。その理由は明白だ——そうでなかったら、進級が簡単になりすぎるだろうからな。下の者から上官に対して単に挑戦の意志表示をしただけでも軍法会議ものだぞ、ミスタ・ホーンブロワー」

「おお！」ホーンブロワーはひるんだ。

「ところで、一つの他意のない忠告をしておこう」キーンはつづけた。「きみは一回の決闘をやって名誉を挽回した。それはいいことだ。決して二度とやるな——それはさらにいいことだ。奇態なことだが、決闘の味をしめて繰り返す人間がおる、虎が血の味をしめたようにな。そういう者たちは決してりっぱな士官ではないし、決して信望ある士官でもない」

ホーンブロワーが、この艦長室に乗り込んできたときの刺すような興奮の大部分は、挑戦の結果として生じるものを期待したがためであったと悟ったのは、そのときだった。危険を求める病的な欲望——いっときなりと舞台の中央で立役になりたいという病的な欲望がなかったとは言えないのだ。キーンが彼の発言を待っていたが、言うべき言葉が見当たらなかった。

「よくわかりました」彼はやっとそう言った。

キーンはまた椅子の中で身じろいだ。

「きみと話し合いたい問題がまだある、ミスタ・ホーンブロワー。インディファティガブル号のペルー艦長がもう一人、士官候補生を欲しがっている。ペルー艦長はホイスト・ゲームが特に好きなのだが、艦内にうまい四人目がいない。彼とわたしは、もしもきみにその気があるならば、きみの転属志願を好意的に考慮することに意見が一致した。覇気のある若い士官なら誰でも、フリゲート艦勤務のチャンスに飛びつくことは、わたしが指摘するまでもない」

「フリゲート艦！」ホーンブロワーは言った。

ペルー艦長の声望と軍功を知らぬ者はなかった。感状、昇進、褒賞金――ペルー指揮下の士官ならすべて望みのままだった。インディファティガブル号への任命争奪競争は激しいにちがいないのだから、これは生涯にまたとないチャンスだ。ホーンブロワーは喜んで受けようとしかけたが、そこでさらに深いおもんぱかりが彼を制した。

「たいへん有難うございます」と、彼は言った。「お礼の申し上げようもありません。しかし、艦長が本艦の士官候補生としてわたくしを受け入れてくださったのですから、もちろん、わたくしは艦長のもとにとどまるべきです」

引きゆがめられた、心配そうな顔がほっとなごんで笑顔になった。

「そう言ってくれる者は多くはおるまい」キーンが言った。「しかし、わたしはきみがこの申し出を受けることを極力すすめる。わたしはきみの忠誠を堪能《たんのう》したくても、もうあまり長くは生きられん。それに本艦はきみのおる所ではない——無能な艦長（何も言わんでくれ）、使い古した副長、それに年をくった候補生たちのいるこの艦はな。きみは出世の早道のありそうな所に行かにゃいかん。ペルー艦長の招きに応じろときみにすすめるからには、心からその利点を認めているからだよ、ミスタ・ホーンブロワー——それにもしきみが承諾してくれれば、わたしにとってもそのほうが気苦労が少なくなるかもしれんのだよ」

「アイ・アイ・サー」と、ホーンブロワーは言った。

2 恐怖の積み荷

狼は羊の群れのまっただ中にいた。灰色の波が立ち騒ぐビスケー湾には、目のとどくかぎり一面に白帆が散らばっていた。そして強い風が吹き渡っていたけれども、どの船もみな危険を冒して重い帆を張り上げていた。

それらは、一隻を除いて、みな遁走《とんそう》を試みていた。その一隻の例外は国王陛下の（英国海軍の意）フリゲート艦インディファティガブル号、艦長サー・エドワード・ペルーだった。

数百マイル彼方の、遙かな大西洋上で一大海戦がおこなわれており、そこでは戦列にあるすべての艦が、英国とフランスのいずれが制海権を握るかという問題と真剣に取り組んでいた。そしてここビスケー湾では、フランスの船団を護送するつもりだった護衛艦隊が、餌食を求める一隻の艦の攻撃にさらされていた。この猛獣は追いつける船を手当たり次第に捕えようと暴れ回った。風下から猛然と襲いかかってきて、その方角へ逃げるチャンスをすべて断ち切ったから、ただささえ動きの鈍い商船が風上へ間切《まぎ》って走る羽目におとされた。

それらの商船はみな、革命下のフランス（この国の経済は目下切り抜けようとしている大動乱のために混乱していた）が鶴首《かくしゅ》して待ちわびている食糧を満載していたし、それらの乗組員たちはみな英国の牢獄に監禁されることを逃がれようと懸命だった。しかし一隻、また一隻と追いつかれた。一発か二発かの射撃で、新流行の三色旗が斜桁《ガフ》からはためきながら降ろされ、拿捕船回航員《プライズクルー》たちが捕獲船を英国の港へとどけるために急派され、その間に、フリゲート艦はまた新たな餌食を追って疾走した。

インディファティガブル号の艦尾甲板《コーターデッキ》で、ペルー艦長はそのつど必要な遅れにぷりぷりしていた。船団は——どの船も許されるかぎり風の真向かいに船首を向けて詰め開き《クロースホールド》で帆走し、しかも最大限に帆を張っていたので——徐々に散らばり、刻々に遠くへ広がっていきつつあったから、いっ時でも無駄にすれば、それらの船の何隻かはただ分散するだけで無事に逃げ切ることになろう。

ペルー艦長はボートを収容する間も惜しんだ。商船が降服するたびに、彼はただ士官と武装した警備兵を任命して移乗させ、拿捕船回航員《プライズクルー》が出かけるやいなや、ふたたびメン・トプスルに風をはらませ、次の犠牲《いけにえ》を追ってそそくさと走り去った。

このとき追跡したブリッグ（前後二本のマストに数枚の横帆を張り、後ろのマスト下部にだけ縦帆をつけた帆船）はなかなか降服しなかった。インディファティガブル号の艦首で、砲身の長い九ポンド砲数門が一度ならず咆哮《ほうこう》した。

この波立った海上で正確に狙いをつけることはあまり容易でなかったし、そのブリッグは何かの奇跡に救われることを願って相変わらず針路を保っていた。

「その気ならばよし」ペルー艦長はぴしりと言った。「向こうがお望みだ。くらわしてやれ」

艦首追撃砲《バウ・チェイサー》の照準手が狙いを変え、相手の船首越しに撃つ代わりに、こんどは船めがけて砲撃した。

「船体に撃ち込むんじゃない、ばか者」ペルー艦長はどなった――一発が危うくブリッグの吃水線《きっすいせん》付近に命中しそうになったのだ。「逃げ足を殺《そ》ぐんだ」

次の一弾は、まぐれ当たりか狙いがよかったせいか、前よりよい射角を与えられた。フォア・トプスルの帆桁《ヤード》の吊り索《スリング》が吹っ飛び、縮めてあった帆がばらりと下がり、帆桁《ヤード》がななめに落ちかかったから、ブリッグは風上に船首が切れ上がり、インディファティガブル号が片舷斉射の用意をし、真横に近々と並んで一時停船《ヒーブ・ツー》する形になった。この威《い》嚇《かく》にあって、さすがに旗が降ろされた。

「なんというブリッグか、名乗れ」ペルー艦長がメガホンでどなった。

「ボルドーのマリー・ガーラント号です」フランス船の船長の返答を、ペルーの片脇の士官が通訳した。「ニュー・オルリンズから米を積んで、航海二十四日目」

「米か！」ペルー艦長は言った。「あれを持って帰れば相当な金で売れるぞ。二百トンはあるだろう。乗組員はせいぜい十二名。回航員は候補生の指揮で四名は要《い》るな」

彼は次の命令を出す前に、インスピレーションを求めるかのように、あたりを見回した。

「ミスタ・ホーンブロワー」

「はい！」

「カッターの乗員四名を率いて、あのブリッグに乗り込め。ミスタ・ソームズが現在位置を教える。あの船をどこでもきみが着けられる英国の港へ持ち込み、そこで届けて指示を仰げ」

「アイ・アイ・サー」

ホーンブロワーは艦尾甲板《コーターデツキ》右舷のカロネード砲の部署についており——それでたぶんペルーの目についたのだろう。——士官候補生の短剣を吊り、ピストルをベルトにはさんでいた。ここは機敏な頭の働きを要するときだ、ペルーがじりじりしているのは誰の目にも明らかだったからだ。インディファティガブル号は戦闘態勢にあり、彼の衣服箱《シー・チエスト》は甲板下で軍医の手術台の一部になっているはずだから、そこから何かを持ち出せる見込みはなかった。彼はそのままの恰好で退艦しなければならなかった。

カッターはその間にもインディファティガブル号の艦尾の所定の位置へ接近しようとしていたので、彼は艦側へ走り、できるだけ大きな、男らしい声を出そうと努めながらカッターへ向かって呼びかけた。指揮をとる海尉の命令で、カッターはフリゲート艦のほうへ舳《へさき》を向けて寄ってきた。

「これが現在位置の経度と緯度だ、ミスタ・ホーンブロワー」航海長のソームズが紙片を渡しながら言った。

「ありがとう」ホーンブロワーは紙片をポケットに突っ込みながら言った。

彼はぎごちなくミズン投鉛台《チェーン》をつたい降り、カッターをのぞき込んだ。艦とボートは一緒に縦揺れ《ピッチング》をして、舳がほとんど海につかんばかりにがぶり、両者の間隔はぎょっとするほど広かった。あごひげを生やした水兵が舳に立って、長い鉤《かぎ》ざおを差し出したが、やっと投鉛台《チェーン》にとどくだけだった。

ホーンブロワーはややしばらくためらっていた。ぶざまで見苦しいとはわかっていた――本で覚えたことなど、いざボートに飛び込む瞬間には何の役にも立たなかった――が、思い切って飛ばねばならない。背後ではペルー艦長がじりじりしているし、ボートの乗員と全艦の乗組員の目が彼に注がれているのだ。艦の発進を遅らせるよりは、飛んで怪我をするほうがましだ。飛んで、いいところを見せるほうがいい。ためらって得なことは何もない、と思いながら、彼はまだ飛ぼうかどうしようか決めかねていた。

たぶんペルーから命令があったのだろう、インディファティガブル号の舵手が艦首をちょっと波の方向からそらした。いくらか斜めに来た波が艦尾を持ち上げて通り過ぎたので、艦尾がそのあと反動でちょっと沈むのと同時に、カッターの舳が浮き上がった。

ホーンブロワーは勇気を出して飛んだ。彼の足がボートの船べり《ガンネル》の上縁《うわぶち》に降り立ち、ごくほんの一瞬間、彼はそこでよろめいた。一人の水兵が彼の短上着《ジャケット》の胸もとを摑《つか》んだので、彼はのけぞらずに前へ落ちた。水兵のたくましい腕でも彼の体を支えることはできなかったから、彼は脚を宙に浮かして頭から突っ込み、二番目の漕ぎ手座についている水兵たちの上に落ちた。彼の体は水兵たちの体に激しくぶつかり、彼らの節くれ立った肩に当たって息が止まったが、もがいてやっと直立の姿になった。

「すまない」彼は船底へ墜落するのをさえぎってくれた水兵たちへ息を切らしながら言った。

「ご心配なく」と、いちばん身近の水兵が言った。入れ墨をし、弁髪を垂らした、タールのようにまっ黒けの水兵だった。「羽みたいに軽かったです」

指揮を執る海尉が艇尾座席《スターンシート》から彼を見ていた。

「あのブリッグへ行っていただけますか？」と彼が頼むと、海尉は大声で号令をかけ、ホーンブロワーが艇尾《とも》のほうへ歩きだすと同時にカッターはぐるっと向きを変えた。

乗員が内心ではおもしろがっているくせに、おうように隠して、如才ないにこにこ顔で迎えなかったことが快い驚きだった。波が穏やかなときでさえ、大きなフリゲート艦から小さなボートに移るのはなまやさしいことではない。おそらくここに乗っている全員も、いつか頭から乗り移った経験があっただろうし、それに、ずるけないで最善を尽くす男を笑い者にするようなことは、インディファティガブル号に乗り組んでわかったとおり、海軍の伝統にはなかった。

「きみがあのブリッグの指揮をとるのか？」海尉がきいた。

「イェス・サー。艦長があなたの部下を四名連れていくように言われました」

「じゃあ腕ききの連中のほうがいいな」海尉はブリッグの装帆を見上げながら言った。

フォア・トプスルの帆桁《ヤード》はあぶなっかしい恰好で落ちかかり、ジブ（船首の三角帆）の揚げ索《ハリヤード》はだらりと垂れ下がっているために、ジブは風をはらんで咆《ほ》えるようにばたついていた。

「この連中を知ってるか？　それともおれが選んでやろうか？」

「選んでいただければありがたいですが」

海尉は四人の名前をどなり、四人の水兵が答えた。

「彼らに酒を飲ませなければ大丈夫だ」海尉が言った。「フランス人乗組員に気をつけろ。油断すると、あっという間に船を奪い返されて、きみたちがフランスの牢獄へぶちこまれることになるぞ」

「アイ・アイ・サー」ホーンブロワーは言った。

カッターは艇側をざざっとブリッグに横着けし、双方の間の海水がクリーム状に泡立った。入れ墨をした水兵が同じ漕ぎ手座の水兵と急いで取り引きをすませ、タバコをポケットにしまいこみ——水兵たちもホーンブロワー同様、私物を置き去りにしてきたのだ——メン投鉛台《チェーン》に飛びついた。ほかの一人がそれにつづき、彼らはホーンブロワーが揺れ返るボートの中を骨折って舳のほうへ移る間、立って待っていた。彼は前部の漕手座の上に、あぶなっかしくバランスをとりながら立った。ブリッグのメン投鉛台《チェーン》はインディファティガブル号のミズン投鉛台《チェーン》よりずっと低かったが、その代わりにこんどは飛び上がらなければならない。水兵の一人が彼の肩に腕をかけて安定させてくれた。

「見計らってください。用意、さあ飛んで」

ホーンブロワーはメン投鉛台《チェーン》に向かって、跳び上がる蛙のように、腕も脚も伸ばしてジャンプした。両手は横静索《シュラウド》にとどいたが、膝がすべって離れたので、静索が手の中をずるずる滑っていくにつれて、横揺れ《ローリング》するブリッグが彼を腿《もも》まで海中につけた。しかし上で待っていたさっきの水兵二人が彼の手首を摑んで船上に引っ張り上げ、もう二人の水兵があとから上がってきた。彼は先に立って甲板へ降りていった。

最初に彼の目に触れたのは、船艙口《ハッチ》カバーの上に坐り、頭をのけぞらせ、ボトルの底をまっすぐ空へ向けてラッパ飲みをしている水夫だった。彼はハッチ・カバーの回りに円座をつくっている大勢の中の一人だった。さらに数本のボトルが目についた。見ていると一本が次から次へと回し飲みにされ、彼が近づいたとき、空《から》になったボトルが船体の一揺れでころがり出し、彼の足先を通り、排水孔《スカッパー》へ音を立てて落ち込んだ。

グループの一人が、風に白髪を吹かせながら立ち上がって彼を迎え、腕を振り、目をきょろきょろさせて突っ立ち、何か非常に重大なことでも言おうとするように気を引き締め、使う言葉を熱心に探すふうだった。

「英国人の畜生め」が、やっと彼の口から出たことばで、男は言い終わると、ハッチ・カバーの上にドスンと尻を落とし、坐った姿勢が横に崩れて寝そべると、腕を枕に眠りこんだ。

「この暇に大いによろしくやったんですよ、きっと」ホーンブロワーの片脇で水兵が言った。

「われわれもあんなふうに楽しみたいもんだね」別の水兵が言った。

まだ四分の一ほど、念入りに密封されたボトルの入っている箱が、ハッチわきの甲板に置いてあったので、いまの水兵がボトルを一本抜き出して珍しげに眺めた。

ホーンブロワーはさっきの海尉の警告を思い出すまでもなかった。強制徴募隊《プレス・ギャング》と一緒に上陸したとき、彼はすでに英国の水兵の酒飲みぶりをまのあたり見ていた。もし彼が許せば、この回航員たちも三十分後にはフランス人たちのように酔っぱらってしまうだろう。半壊の船と酔っぱらい乗組員を相手に、ビスケー湾をよたよた走る恐ろしい光景が心に浮かび、彼は不安でいっぱいになった。

「ボトルをおけ」彼は命じた。

せっぱつまった立場のために彼の十七歳の声が四十歳の男の声のようにしわがれたので、水兵はボトルを持ったままためらった。

「置くんだ、聞こえないのか」ホーンブロワーは言った。不安のあまり必死になっていた。

これが彼の最初の自主的な命令だった。状況は極めて珍奇だったし、興奮のために彼の激しやすい気質が丸出しになっていたが、また同時に、彼の心のもっと計算高い半面が、もしここで自分の命令が聞かれなかったら、今後二度と命令に従わせることはできないと判断していた。ピストルがベルトにはさんであったので、彼はその台尻に手をかけた。場合によってはピストルを抜いて使うことも辞さなかったろうが（あとでこの出来事について考えたとき、発火薬が湿っていなかったら使ったものをと、彼は苦い思いでひとりごちたものだった）、しかしその水兵はもう一度ちらっと彼を見ると、ボトルを箱の中へもどした。この出来事はこれで片付き、次の処置をとるべきときだった。

「この連中を前部《おもて》へ連れて行け」彼はいかにも命令らしい口調で言った。「船首《おもて》の部屋へぶち込んでおけ」

「アイ・アイ・サー」

たいていのフランス人はまだ歩けたが、英国人水兵が他の連中を集合させる間に、えりがみを摑まれて引きずられたのが三人いた。

「こっちゃ来いや」水兵の一人が言った。「こっちだよお」

彼もそんなふうにしゃべるほうがフランス人にわかりやすいにちがいないと考えた。来船したとき挨拶した例のフランス人が、やっと目を覚まし、前部へ引きずられていくことにとつぜん気づくと、身をふりほどき、ホーンブロワーへふりかえった。

「わたし、士官」彼は自分を指さして言った。「わたし、かれらと、行くことない」

「そいつを連れていけ！」ホーンブロワーは言った。この緊張状態で、いちいち細かいことまで吟味してはいられなかった。

彼はボトルの入った箱を船側へ引きずってゆき、一度に二本ずつ舷外へほうり投げた——明らかにそれは何か特製のワインで、フランス人たちはイギリス人が手をつけないうちに飲んでしまおうと考えたにちがいない——が、ホーンブロワーは少しも惜しいと思わなかった。部下に飲ませたら、配給のラム酒と同じようにこのワインでもすぐに酔っぱらいそうだったからだ。

最後のフランス人が船首楼《フォクスル》の下へ消える前にその仕事は終わったので、ホーンブロワーはあたりを見回す時間があった。強い風が耳にやかましく吹きつけていたし、船首でばたつくジブがひっきりなしにゴーゴーと鳴っていたので、高みのひどい破損状態を見ても、まとまった考えごとはむずかしかった。帆はすべてぺたりと裏帆を打って（風を前方から受けて帆がマストに吹きつけられた状態）おり、ブリッグはしばらく後退してはがくりがくりと動揺し、やがてやり放された舵《かじ》のために船体がぐっと回り、風が帆から逃げると、また船体は暴れ馬のように跳ね上がった。

彼の数理的な頭は、よく整備された船や、後部の帆と前部の帆との間の微妙な調整についてすでに豊富な知識をもっていた。が、ここではその釣合いがすっかり狂っていたので、ホーンブロワーが平面に作用するいろいろな力の問題と取り組んでいると、部下がぞろぞろ戻ってきた。

少なくとも一つのことは確かだった。つまり、あぶなっかしい恰好で落ちかかっているフォア・トプスルは、このままもっと振り回されると、ちぎれて落ち、あらゆる種類の予測できぬ被害を及ぼすだろうということだ。この船は適当な方法で一時停船《ヒーブツー》しなければならないが、その処置法はホーンブロワーにも見当がついたので、ためらう様子を見せずになんとか命令を頭の中で用意することができた。

「後部《とも》の各ヤードを左舷へ回せ」と、彼は言った。「全員、転桁索《ブレース》（帆桁を回す綱）につけ」

彼らは命令に従い、その間に彼自身はこわごわ舵輪のところへ行った。これまでにもペルー艦長の命令で職業的実務をおぼえるかたわら、舵手として何回か当直したことはあったが、やはり嬉しくはなかった。舵輪の取っ手（外に放射状に飛出ているもの）は握っても指になじまない感じだった。

彼は試しに、しかしおそるおそる舵輪を回してみた。しかし舵柄《かじ》は取りやすかった。

後部の帆桁《ヤード》が回されると、ブリッグは打って変わって快く揺れ、船がふたたび理にかなった構造物になると同時に、舵輪の取っ手はおのずと手応えを彼の敏感な指に伝えた。ホーンブロワーの五感が経験的に舵効《だこう》の問題を解決するのと一緒に、彼の頭もそれを解き終えていた。この状態なら舵輪は固定しておいても安全だとわかったので、取っ手索《ベケット》を取っ手に掛けて舵輪からはなれたが、マリー・ガーラント号は快く揺れ、波を右舷船首から受けていた。

水兵たちは彼の指揮能力を満足すべきものと思ったようだが、ホーンブロワーはフォアマストの混乱状態を見ながら、次の問題をどう処理したものか、かいもく見当がつかなかった。いや、どこがどうなっているかさえもはっきりわからなかった。しかし彼の指揮下にある水兵たちは幅広い経験の持主たちだから、何べんとなく似たような非常事態をこなしてきたにちがいない。まず――いや、ただ――彼の責任を誰かに肩代わりさせさえすればいいことだ。

「この中でいちばん古参の者は誰か」彼はたずねた――声を震わせまいとする気張りから、ぶっきらぼうになった。

「マシューズです」ややあって誰かが答え、親指でさしてみせたのは、カッターで彼が船底へ墜落するのをさえぎってくれた例の弁髪を垂らした入れ墨の水兵だった。

「よろしい。ではおまえを下士官に任命する、マシューズ。すぐ仕事にかかり、前部《おもて》のごちゃごちゃを片付けろ。おれはこの船尾《とも》で忙しい」

それはホーンブロワーにとってひやひやものだったが、マシューズは握った手の甲を額に当てた。

「アイ・アイ・サー」彼はごくさりげなく言った。

「先にあのジブを巻き込め、ばたついて八つ裂きになる前にな」ホーンブロワーはすっかり大胆になっていた。

「アイ・アイ・サー」

「では、かかれ」

水兵たちは船首部へ行き、ホーンブロワーは船尾方向へ歩いた。彼は望遠鏡を掛け金からはずして船尾の最後部へ行き、水平線を見わたした。点々と帆船が見えていた。最寄りのはみな拿捕船《だほ》である証拠に、張れるだけの帆を張り、英国へ向かって精一杯の速力を上げていた。遙か風上に、船団を追い回しているインディファティガブル号のトプスルが見えた——脚の遅い、風上に詰めて走る能力の劣る船はすでにことごとく追いついて拿捕してしまったので、これからの追跡は一回ごとに長くなるだろう。

間もなく彼はイギリス本土から三百マイルのこの広い海上に一人ぼっちになる。三百マイル——追風《おいて》なら二日。だが、もし風が逆転したら何日かかることやら。

彼は望遠鏡をもとの場所に戻した。部下はすでに一生懸命作業をしていたので、彼は甲板下に降り、きれいな士官用キャビンを見回した。二つのキャビンは船長と航海士のものだろう。一つの二人部屋は掌帆長《ボースン》とコックか船匠《だいく》の部屋か。彼は船尾の食糧貯蔵室を見つけた。内部の種々雑多な貯蔵品ですぐそれとわかった。そのドアは鍵束をぶらさげたまま開いたり閉まったりしていた。フランス人船長はどうせ一切合財を失うのだからと、ワインのケースを持ち出したあと鍵締めするめんどうをしなかったのだ。ホーンブロワーはドアに鍵を掛け、鍵束をポケットにしまった。と、急に孤独感をおぼえた――海で人の上に立つ者の孤独を彼ははじめて経験したのだった。

彼はまた甲板に上がった。彼の姿を見ると、マシューズが急いで船首部からやって来て、額に拳《こぶし》の甲を当てた。

「失礼ですが、あの帆桁《ヤード》を吊り直すには滑車索《テークル》を使わなけりゃだめです」

「よし」

「いまの人数より手が必要です。フランスのやつを何人か働かしていいですか?」

「使えると思うならな。何人か素面《しらふ》の者がいればだが」

「使えると思います、酔っぱらっていても素面でも」

「よかろう」

そのとき、彼はピストルの発火薬がおそらく湿っているだろうと思いついて自分のうかつを強く責めた。が、小さなボートで行動したあと、発火薬の詰め替えをしないピストルを信頼していた自分に対して、さほど自嘲の念をいだかなかった。

マシューズが船首へもどった隙に、彼は大急ぎでまた下へ降りた。船長室にピストルを何挺もおさめたケースがあり、そのそばに火薬の罎《びん》と薬嚢《やくのう》がぶらさがっていたことを思い出したのだ。彼はそれら二挺のピストルと自分のと両方に弾丸《たま》をこめ、三挺のピストルをベルトにはさんで甲板にもどると、ちょうど部下が五、六人のフランス人水夫をせっついて船首楼《フォクスル》の下から出てくるところだった。

彼は船尾楼甲板《プープデッキ》で、手を後ろ手に組んで仁王立ちになり、いっこうに頓着《とんじゃく》せず、しかも万事心得ているというポーズをとった。いくつものテークルで帆桁《ヤード》と帆の重量を支え、一時間ばかりの重労働のすえに、帆桁《ヤード》は吊り上げられ、帆が張り直された。

作業が完了する間際になって、ホーンブロワーの心はまた現実にもどり、間もなくコースを決めなければならないことを思い出したので、また下へ駆け降り、海図と両脚器《デバイダー》と平行定規を用意した。ポケットから、現在位置の書いてある、しわくちゃの紙片を取り出した——ついさっき、何の気もなくそこに突っ込んだのだが、あのとき、差し当っての急務は、インディファティガブル号からカッターへ移乗することだった。あのときは何と勇ましくこの紙片を取り扱ったことか——思い出すとうら悲しくなった。海軍での生活は、一つの危機から別の危機へと移るように思われるけれども、実は全体が一つづきの危機なのであり、一つの非常事態として処理するあいだも次の非常事態を処理する計画を立てておく必要があることを、彼は感じはじめた。

彼は海図の上に身をこごめ、位置を測り、コースを予定した。これまでは頼りになるソームズ航海長の監督の下に行なわれた学科演習であったものが、いまや自分の生命と信望のよりどころとなるべき重大事なのだと思うと、妙に落着かない気分だった。彼は計算を確かめ、コースを決定し、忘れるといけないので紙片に書きとめた。

こうして、フォア・トプスルの帆桁《ヤード》が吊り直され、捕虜はまた船首楼《フォクスル》の下の大部屋へ連れもどされ、マシューズが次の命令を待って彼のほうを見たときには、彼はすっかり用意がととのっていた。

「追風《おいて》を受けて帆走する」と、彼は言った。「マシューズ、操舵当直を立てろ」

彼自身は転桁索《ブレース》のところで手伝った。風は穏やかになっているから、部下は現在の装帆のままでこのブリッグを操作できると彼は感じた。

「針路はどうしますか」舵輪についた水兵が言ったので、ホーンブロワーは急いでポケットの紙片を探った。

「北東微北《ノーイースト・バイ・ノース》」彼は大声で読み上げた。

「北東微北《ノーイースト・バイ・ノース》、サー」と、舵手が復唱し、やがてマリー・ガーラント号は波風に乗り、英国本土めざしてコースを決めた。

このころにはすでに夕闇が迫っており、見渡す水平線の円周には一点の帆も見えなかった。水平線のすぐ向こうには、たくさんの船がいるにちがいないとわかっていても、闇が濃くなる中で、それは彼の孤独感を和らげる役にはあまり立たなかった。

やることは多く、憶えておくことも多い、そしてすべての責任が不馴れな彼の双肩にかかっていた。捕虜は船首楼《フオクスル》下に閉じこめておかねばならず、見張りは立てねばならず——鉄と火打ち石を探し出してコンパス箱のランプに火を入れるこまごました仕事まであった。船首楼《フオクスル》に見張員を一人——これは下の捕虜の監督も兼ねられた。後部《とも》の舵輪に一人。あとの二人はいっとき仮眠をとり——なにしろどの帆を巻き込むのも総がかりの作業だ——食事も甲板上にある飲料水小出し用の水樽の水と、船尾の食糧貯蔵室から持ち出したビスケットで、そそくさと済まし——天候には絶えず注意していなければならなかった。ホーンブロワーは暗闇の甲板を往きつ戻りつ歩いていた。

「少し寝《やす》まれたらどうですか」舵手が言った。

「あとで眠るよ、ハンター」ホーンブロワーは、眠ることなど思いつきもしなかったことを口ぶりから気取られないように注意しながら言った。

それは思いやりのある進言だと思い、事実彼はそれに従おうと下へ降り、船長室の寝台に身を投げてはみたのだが、もちろん眠ることはできなかった。見張員が当直を交替するため通廊で大声を上げて他の二人を起こしたとき（彼らは隣りの部屋で眠っていた）、彼もついまた起き出して甲板に上り、万事異状ないことを確かめないではいられなかった。マシューズが当直に立っていたので、心配はないと感じ、彼はまた下へ降りたが、寝台に身を横たえるが早いか、新たな考えが彼をまたも立ち上がらせるのだった。彼の肌は心配で冷たくなり、その心配ととてつもなく大きな自己軽蔑が心の中で席を競っていた。彼は甲板に飛び出し、船首の副肋材《ふくろくざい》（船首から突き出た第一斜檣を左右から固定している短い柱）のわきにしゃがみこんでいるマシューズのほうへ歩いていった。

「船体に浸水があるかどうか確認する仕事はまだ何もやってなかったな」と、彼は言った――マシューズを非難することにならず、それでいて同時に、統制を保つために、自分自身に責任を帰することにもならないようにするため、彼は船首まで歩いてくる間に、その言い方を急いで考えておいたのだった。

「そうでしたね」マシューズが言った。

「インディファティガブル号から撃った一発は船体に命中したが、どの程度の損傷を与えたかな？」

「よくわかりません。あのときはカッターに乗ってましたから」

「明るくなったら、すぐ調べて見なけりゃいけない。しかしビルジ・ウェル（漏水や結露の水などをためる船底の凹所）の測深は今やっておいたほうがいいな」

これは度胸のいる発言だった。彼はインディファティガブル号で運用術の速成教育を受けている間に、あちこち回された各部の指揮官の命令をうけて働きながら、そのつど少しずつ実務を覚えてきたのだった。一度船匠《だいく》がビルジを測るとき一緒に行ったことがあったが――この船はどこに行けばビルジ・ウェルがあって測深できるのか、わからなかった。

「アイ・アイ・サー」と、マシューズがためらいなく言って、船尾のポンプへすたすたと歩いていった。「明かりが入用でしょう。わたしが取ってきます」

マシューズはかんてらを持ってもどってくると、ポンプのわきに巻いてぶら下げてある側鉛索《レッド・ライン》を照らしつけたので、ホーンブロワーはすぐそれと見て取った。彼は側鉛索《ライン》をおろし、三フィートのおもりをつけた棒をビルジ・ウェルの開口部に差し込み、そこで折りよく思い出してその棒をもう一度引き抜き、乾いていることを確かめた。それから棒を落とし、側鉛索《ライン》をくり出してやると、やがて棒が船底にうまくどすんと当たった手応えがあった。彼は側鉛索《ライン》をたぐり、マシューズがかんてらをさしつける前で、いくらか手足の震えをおぼえながら棒を引き出して調べた。

「一滴も漏れてません！」マシューズが言った。「きのう洗った鍋みたいに乾いてますよ」

ホーンブロワーは快い驚きを味わった。これまで話に聞いたどんな船にもある程度は漏水があった。出来のいいインディファティガブル号でさえも、ポンプ排水は毎日欠かせなかった。この乾き方は、特異な現象なのか、それとも非常に異常なものなのか、彼にはわからなかった。彼は何の言質も与えたくなかったし、落着きはらっていたかった。「ふーむ」やがて彼が口に出した感想はそれだった。「よかろう、マシューズ。ラインを巻いてくれ」

マリー・ガーラント号にはぜんぜん漏水がないとわかったからには、こんどこそ彼も思い切って眠ることができそうだったが、彼がまた部屋にさがって間もなく、意地の悪いことに風向きが変わり、いくらか強まる気配になったのだ。この有難くない報告をもって降りてきて、彼の部屋のドアを激しく叩いたのはマシューズだった。

「もうあまり長くは所定のコースを保つことができません」マシューズは断定的に言った。「それに風が突風みたいになってきました」

「よろしい、いま上がって行く。全員集合」

その声に内心のおののきが本当に現われたのでなかったとすれば、とつぜん目覚まされた余韻だったろうか、ホーンブロワーは怒ったような言い方をした。

こんな少数の乗組員で、天候に不意を突かれるような危険をおかす勇気は毫《ごう》もなかった。間もなくわかったとおり、何一つ素早くはやれなかった。四人の水兵が苦心惨憺してトプスルを縮帆し、荒天準備をする間、彼は舵を取らなければならなかった。

作業は夜半までかかり、やっと終わったころには、マリー・ガーランド号がもはや北東微北の針路を保てないことは明らかだった。ホーンブロワーは操舵をやめ、海図を見に降りたが、そこでわかったことは、彼がすでに暗算で出していた悲観的な結論が正しかったということにすぎなかった。この間切り《タック》で、できるだけ風を正面に受けて進んでも、ウェッサン島（フランス北西岸沖の島）の風上に出ることはできない。今のような手不足で、風がもどるだろうなどと空頼みをして走りつづける度胸は彼にはなかった。いままでに読んだ本も教わった教官もすべて、風下の海岸に吹きつけられる恐ろしい結果を警告していた。いまは回頭するほかに方法がない。彼は重い心で甲板にもどった。

「総員、船を下手《したて》回しにしろ」彼はインディファティガブル号のボールトン三等海尉を見習い、咆えるような声で号令しようと声をはげました。

彼らは無事にブリッグを回頭させ、船は新しいコースをとり、右舷開き《スターボード・タック》の詰め開き《クロースホールド》で走った。これでフランスの危険な海岸から遠ざかることは確かだったが、同時に英国本土の懐しい海岸をもほとんど真後ろにして遠ざかることになった——英国本土まで、あっさり二日の帆走で、などという望みは完全に消えたし、ホーンブロワーにとって、その夜眠れる見込みはまったくなくなった。

ホーンブロワーは海軍に入る前の年に、文無しのフランス人亡命者がフランス語と音楽とダンスを教える教室に通っていたことがあった。早々と、この意地悪な亡命者はホーンブロワーにぜんぜん音楽の才がなく、従ってダンスを教えるのはまず不可能なことだと見抜いてしまったので、彼は月謝の分だけフランス語に熱中して辛抱強く勉強したのだった。亡命者が教えたことの多くはホーンブロワーの強い記憶力の中に永住の地を見出した。それが大いに役に立とうとは、思いもしなかったのだが、その明け方、フランス人船長がたって面会を求めてきたとき、彼は思いがけない発見をした。フランス人船長はあまり英語を知らなかったが、ホーンブロワーがはにかみを振り切って、たどたどしい言葉をしゃべれるようになったとたんに、二人はフランス語で話し合うほうがうまく行くことがわかり、ホーンブロワーは愉快な驚きを味わった。

船長は甲板の水樽から渇えたように水を飲んだ。彼の頬はもちろんひげを剃ってなく、ぎゅう詰めの船首楼《フオクスル》下で、酔っぱらいと一緒に十二時間も監禁されていたために、やつれた顔つきをしていた。

「部下が腹をすかしている」船長が言った。彼自身は空腹そうに見えなかった。

「わたしの部下もだ」ホーンブロワーは言った。「わたしもだ」

自然、二人は身振り手振りでフランス語をしゃべり、手の一振りで双方の部下を、胸の一叩きで自分自身を示した。

「わたしのほうにコックがいる」船長が言った。

しばらく問答したのち休戦協定が結ばれた。フランス人捕虜は甲板に出ることを許され、コックが全船の食事を賄《まかな》うことになり、その代わりこれらの楽しみが許されている正午まで、フランス人たちは船を奪回するような真似をしないことを約した。

「結構」やがて船長は言い、ホーンブロワーが乗組員の釈放を許すにあたって必要な命令を出し終わるのを待って、彼は、大声でコックを呼びつけ、夕食について熱心な話し合いに入った。間もなく調理場《ガレー》の煙突からもくもくと嬉しい煙が出はじめた。

それから船長は灰色の空を仰ぎ、ごく小さく縮帆したトプスルを見上げ、そしてランプに照らされたコンパス箱をちらっとのぞきこんだ。

「英国へ行くには逆風だ」

「そうだ」ホーンブロワーは手短かに言った。このフランス人に内心の恐怖と苦い思いを気取られたくなかった。

船長は足下に伝わるブリッグの動きを注意深く感じ取っているようだった。

「少し足が重いのじゃないか？」と、彼は言った。

「かもしれない」ホーンブロワーは言った。彼はこのマリー・ガーラント号に、いや、およそ船というものに、通じていなかったから、この問題について意見の持ちようがなかったが、無知をさらけ出してはならぬと思った。

「漏水があるのか？」船長が訊いた。

「水は溜まってない」

「ああ！　しかしビルジ・ウェルを検べたって水はないだろうよ。本船は米を積んでいるんだ、憶えておいてもらおう」

「わかった」

ホーンブロワーはそう答えたものの、いま言われたことの意味をはっと悟りながら、この瞬間に外見の平静を保ってさりげなく装うのは非常にむずかしかった。米は浸入した海水を一滴あまさず吸い込んでしまうから、ビルジ・ウェルを測深しても漏水は検出されないのだ——それにもかかわらず吸収された一滴一滴の水は、やはり船からそれだけの浮力を奪う。

「憎むべきあんたのフリゲート艦からの一弾が本船の船側《サイド》に命中した。もちろん損傷は調べただろうね」

「もちろん」ホーンブロワーは大胆な嘘を言った。

しかし機会ができるが早いか、彼はその点についてマシューズに打ち明けた。するとマシューズの顔が見る見るけわしくなった。

「弾丸《たま》はどこに当たったのですか」

「前部《おもて》の、左舷の船側のどこかだったと思うが」

ホーンブロワーとマシューズは舷側から首を伸ばしてのぞいた。

「何も見えません」マシューズは言った。「はらみ綱《ボーラインン》で船側《サイド》へ降りさせてください、そしたら何か見つけられるでしょう」

ホーンブロワーは同意しかけて思い直した。

「おれが自分で降りて見る」

彼にそんなことを言わせた動機を分析することはできなかった。一つには、自分自身の目で物を見たかったからだ。一つには、自分で心用意のできていない命令を与えてはならないという信条に動かされたからでもある――しかし主としてそれは、自分の怠慢に対して自分自身に償いを課したい欲求からでもあったにちがいない。

マシューズとカースンが彼に命綱《ボーライン》をまきつけ、舷外に彼を降ろした。彼は自分の体が船側にそってぶらぶらし、すぐ目の下で波が泡立っているのを感じた。船が縦揺れ《ピッチング》をすると、波面がぐっと上がってきて彼を洗い、最初の五秒間で彼は腰まで濡れていた。また船が横揺れ《ローリング》をすると、彼は船側からぶらんと引き離されたり船側に叩きつけられたりした。命綱《ボーライン》を持つ水兵たちは舷縁《ブルワーク》ぞいに船尾方向へ少しずつ位置を移して、ブリッグの水面上の船側全面を彼が点検できるようにしたが、砲弾による破孔は一つも見つからなかった。デッキに引きあげられたとき、彼はマシューズに思ったとおりだと言った。

「じゃあ吃水線の下です」と、マシューズがホーンブロワーの考えているとおりのことを言った。「確かに弾丸《たま》は命中したんですね？」

「ああ、確かだ」ホーンブロワーはぶっきらぼうに言った。

睡眠不足と心労と罪意識が一緒になって彼を短気にしていたので、彼は乱暴な口をきかないと泣きくずれそうだった。しかし彼は次の行動をすでに決意していた――部下に引きあげられる間に覚悟を決めていたのだ。

「船を反対の開き《タック》で一時停船《ヒーブツー》して、もう一度調べて見よう」

反対の開き《タック》にすれば船体は反対側に傾斜するから、砲弾の破孔は、もしあるとすれば、それほど深く水中に没しはしないはずだ。ホーンブロワーは部下が船を下手《したて》回しにする間、服から水を滴らせながら立っていた。風は刺すように冷たかったが、彼は寒さよりはむしろ期待で震えていた。船体の傾斜で、彼はさっきよりもっとずっとしっかり船側に押しつけられたので、水兵たちは吃水線のあたりに付着している海生生物を彼の足がこすれるところまで彼を降ろした。そうしておいて、彼らはホーンブロワーを船側ぞいに引きずりながら、船尾方向へ移動した。と、ちょうどフォアマストの真横よりやや後ろにあたる船側に、彼は求めるものを発見した。

「止まれ！」彼は体をひたす胸のむかつくような絶望感を制しながら、上へどなった。船側ぞいに動いていた命綱《ボーライン》が止まった。「もう少し降ろせ！　あと二フィート！」

いまや彼は腰まで海中につかっており、船が揺れると、波は、かりそめの死のように、いっとき彼の頭上にかぶった。破孔はここにあった。船体がこの開き《タック》で停まっていてさえ吃水線から二フィート下だ――裂けてぎざぎざになった破孔で、丸いというより四角く、直径一フィートあった。波があたりに沸《わ》き返ると、泡立って船内へ流れ込む音が聞こえるような気さえしたが、それはまったくの空耳かもしれなかった。

彼は甲板へどなって体を引き上げさせると、水兵たちが彼の報告を聞きたがってそわそわと立っていた。

「吃水線の二フィート下ですか?」マシューズが言った。「砲撃したとき、この船は詰め開き《クロースホールド》で走っていたし、もちろん大きく傾斜していました。それにしても砲撃したとき、船首が持ち上がっていたにちがいありません。それにもちろん、今はあのときより脚が入ってますし」

まさにそのとおりだった。いまになって何をしようと、どれだけ船を傾斜させようと、あの穴は水の上に出はしない。それに反対の開き《タック》にすれば、穴はますます水中に沈み、水圧はずっと強くなる。しかし現在の開き《タック》では、船はフランスを目ざしている。そしてもっと浸水すれば、船はますます深く脚を入れるから、水圧はそれだけ大きくなって、あの穴から海水を噴き込むことになる。どうしてもあの浸水個所を塞《ふさ》ぐために何か手段を講じなければならない。ホーンブロワーは運用術のハンドブックを読んで覚えた処置法を思い出した。

「帆を刺し子にして、あの穴にかぶせるほかない」彼は言い放った。「フランス人たちを呼んできてくれ」

帆を刺し子にするというのは、半ばよりをほぐした綱を、刺し縫いの要領で、できるだけたくさん帆布に織り込み、大きなけばけばの靴拭《ドア・マット》いのような物を作ることだった。

この作業が終わったら、帆布の刺し子を降ろして船底の下から腹掛けのように回し、破孔の上に当てがう。こうすると水圧がそのけばけばの厚い刺し子を穴にぴったりと押しつけるので、海水が少なくとも前よりはずっと入りにくくなるはずだ。

フランス人たちはこの作業を機敏には手伝わなかった。もはや彼らの船ではなかったし、彼らは英国の牢獄へ向かっているのだから、自分の命がかかっているとはいえ、どことなく冷淡だった。新しいトゲンスルを取り出し――ホーンブロワーは帆布が丈夫なほどいいと思ったからだ――そして組みわけをして綱をある長さに切り、それを帆布に織り込む、よりをほどく作業にあたらせた。フランス人船長はみんなが作業中の甲板にしゃがみこんで見ていた。

「この前の戦争中に、ポーツマスの牢獄で五年過ごしたよ。五年もね」

「へえ」ホーンブロワーは言った。

いつもの彼なら同情しそうなところだったが、自分自身の問題に心を奪われていた上に、寒さでこごえていた。同情どころか、できればこの船長を英国へ、そしてふたたび牢獄へ送ってやろうという意志を十二分に持っていただけでなく、いますぐに下へ降りて彼の予備の衣類を失敬しようとも思っていた。

下に降りると、周囲の騒音――航海中の木造船のギーギーという軋《きし》みやゴロンゴロンという音――がいつもより耳につくように思われた。ブリッグは素直に揺れて停まっているのに、下の各隔壁は、船が嵐の中でばらばらに分解しかけてでもいるように、ひどい軋みや裂けるような音を立てていた。彼はそれを刺激されすぎた想像力のせいだと片付けたが、彼が暖かそうな物で体を拭き、船長の一張羅《いっちょうら》を着こんだころには、船体は遭難でもしたかのようなひどい軋み方になっていた。

彼は作業の進行状況を見るために、ふたたび甲板に上がった。甲板に出て二分も経たないうちに、切ったロープを取ろうと後ろへ手を伸ばしたフランス人の一人が、手を止めて甲板をじっと見つめた。彼は甲板の板張りの合わせ目をつつき、顔を上げ、ホーンブロワーの目を引いて話しかけた。ホーンブロワーは言葉が通じる振りをしたわけではなかったが、身振りで意味がわかった。板張りの合わせ目が少し開いている。そこから目塗りのピッチがはみ出している。ホーンブロワーはその現象を、意味がわからないままに眺めた——合わせ目が一、二フィートだけ開いており、あとの部分はしっかり合わさっているようだ。いや！　注意してさらによく見ると、まだほかにも一、二カ所、合わせ目からピッチがうねになって盛り上がっているところがあった。これは彼の限られた体験では、いや、広い読書経験からも、わからないことだった。しかしフランス人船長がわきに来て、やはり甲板を見つめていた。

「こりゃいかん！　リ！　リ！」

彼が使ったフランス語の〝ｒｉｚ〟はホーンブロワーに通じなかったが、船長は甲板を足でトントンと踏みつけて、その下を示した。

「積み荷だ！」と、彼は説明した。「積み荷が——ふくらんだんだ」

マシューズがそばに来て、フランス語は知らなくても事態を理解した。

「たしか、この船は米を満船しているって話じゃなかったですか？」彼がきいた。

「そうだ」

「じゃあ、それだ。米が水を吸ってふくらんできたんですよ」

なるほどそうだ。水でふやけた米は二倍にも三倍にも膨張する。積み荷の米がふくらんで、船の板張りの合わせ目をぱっくり開かせようとしているのだ。ホーンブロワーは下で異常な軋みやビシビシという音がしていたことを思い出した。一瞬、目の前がまっ暗になった。彼は天の啓示と加護を求めて敵意に満ちた海を見回したが、どちらも見つからなかった。口をきいても、困難に直面した海軍士官の威厳を保てる心用意ができるまでに数秒の間があった。

「こうなると、あの帆布を当てるのが早ければ早いほどいいわけだ」と、彼は言った。ごく自然な声を出そうというのはやはり無理だった。「フランス人たちを急がせろ」

彼は向きを変えて甲板を歩き、気を静めて、いつものように頭を働かせようと計ったのだが、フランス人船長が片わきについて、ヨブの慰安者（悩めるヨブを慰めに来て、かえってヨブを悲しませた三人の友の一人。慰めるように見せかけて実はいっそう相手の苦悩を深める人）のようにぺらぺらとしゃべった。

「さっき本船の脚が重いんじゃないかと言っただろう。さっきよりもっと脚が入っているぞ」

「くたばりやがれ」ホーンブロワーは英語で言った——その文句に相当するフランス語が思いつかなかった。

こうして立っていても、急激な衝撃を足裏に感じた。それはまるで誰かが下から大鎚《おおづち》で甲板を叩いたかのようだった。船体が少しずつ裂けているのだ。

「作業を急げ！」彼は作業班をふりかえってわめき、言ってしまってから自分に腹を立てた。威厳のない興奮ぶりが丸出しだったからだ。

やっと帆布の五フィート四方が刺し子になり、ロープが索輪《つなわ》（索を輪にしてつくった目）に通され、作業班が大急ぎでそれを船首へ運んでいき、船底の下をくぐらせて船尾方向へ引き、破孔に当てがった。ホーンブロワーは服を脱いでいた。船長の私物を尊重してでなく、自分のために濡らさずにとっておくためだった。

「おれが降りて、ちゃんと当たってるかどうか見てくる。マシューズ、命綱《ボーライン》を用意してくれ」

裸で濡れると、まるで風が体を吹き抜けるようだった。船の横揺れ《ローリング》のたびに、船側に体をすりつけていると、肌の感じがだんだんに失せ、船側を過ぎる波が情け容赦なく叩いた。しかし彼は刺し子の帆が破孔に当たっているのを見届け、けばけばの厚いものがちゃんと吸い付き、破孔の形なりに深くくぼんでいるので、穴はがっちりと塞がれているという確信を得て、強い満足感を味わった。彼がどなると部下たちが彼を引き上げ、彼の指図を待った。彼は寒さと睡眠不足で頭が鈍り、裸で立ったまま次の行動を決めるのに骨を折った。

「スターボード・タックにもどせ」彼はやっと言った。

もしこの船が沈んでも、フランスの海岸から百マイル二百マイルと離れていれば、大して問題ではない。またもし船が浮いているなら、風下の海岸や逆に拿捕される危険な海域から充分に距離をとっておきたい。右舷開き《スターボード・タック》にすれば、当て物をした破孔は水深が深くなって危険を増すだろうが、この方法がいちばん見込みがあるように思われる。フランス人船長は彼らが下手《したて》回しにする準備にかかるのを見ると、ホーンブロワーを振り返ってべらべらと抗議した。この風なら、反対の開き《タック》にすれば簡単にボルドーへ行き着ける。ホーンブロワーは全員の命を危険にさらそうとしている、となじった。ホーンブロワーの感覚を失った心に、さっき出てこなかったフランス語が求めもしないのに、忍び込んできた。こんどは使うことができた。

「アレ　オー　ディヤーブル（くたばれ）」彼はフランス人船長のごわごわした毛のシャツを頭からかぶりながら吐きつけた。

頭が出たときも、フランス人船長はまだべらべらと抗議していたが、その口調があまり激しいので、新たな疑いがホーンブロワーの心に湧いてきた。マシューズに命じてフランス人捕虜が武器を持っていないか調べてまわらせた。ジャックナイフのほか何も見つからなかったが、ホーンブロワーは用心のためナイフを全部押収させ、服装がととのうと、三挺のピストルの装薬を抜き、装塡しなおし、発火薬を新しいのに取りかえた。三挺のピストルをベルトにたばさんだ恰好は海賊然として、いかにもまだ空想的な遊びをしそうな子供っぽい姿だったが、ホーンブロワーはフランス人たちが反乱を企てるときがありそうな気がしてならなかったし、そうなれば、索止め栓《ビレーピン》（索をS字形に巻きつけて留める長さ三十センチほどの棒）や何かを手当たり次第に武器にして向かってくる十二名の死物狂いの連中と戦うには、三挺のピストルでも多すぎることはないと思った。

　マシューズが仏頂面をして彼を待っていた。

「サー」と、彼は言った。「失礼ですが、この様子はいただけませんね。正直なところ、いけませんよ。船のこの感じは気に入りません。だんだん脚が重くなってるし、ぶち割れるのは、間違いないです。差し出口をして失礼ですが」

　下にいるときは、船体が苦しげにきしむのが聞こえたし、この甲板に上がってみると、甲板の板張りの合わせ目はだんだん広く開いてくる。理由はもう明白だった。米の膨張力が吃水線下の外板《がいはん》の合わせ目を押し広げたにちがいない。だから破孔をふさいでも、いまとなっては二の次の浸水を減らしたにすぎないのだ。海水はいぜん浸入しているにちがいないし、積み荷はいぜん膨張していて、満開を過ぎた花のように船をぱっくり割り開こうとしている。船というものは外部からの打撃に耐えるように造られているのであり、内から外に向かう圧力を支える構造ではないのだ。合わせ目はだんだん広くなろうし、そうなれば海水はますます速く積み荷を浸していくだろう。

「あっ、あれは！」マシューズが出し抜けに言った。

真昼間の明かりの中で、小さな灰色の物が排水孔《スカッパー》ぞいにちょろちょろと走った。また一つ、そのあとを追い、また次がそれを追った。

ネズミだ！　下で何かけいれんの発作のような震動が起こっているために、やつらは無尽蔵にある積み荷の餌の間の、住み心地よい巣から逃げ出したにちがいない。中の圧力は強大にちがいない。

そのとき、ホーンブロワーは、離れた所で何かが割れたような、小さな衝撃を足裏に感じた。だが、最後の切り札、彼が考えつく限りこれが最後の防御線が、もう一つあった。

「投げ荷しよう」ホーンブロワーは言った。いままでその言葉を使ったことは一度もなかったが、読んだことはあった。「捕虜を集めろ、ただちに取りかかる」

クサビを打ち込んでがっちり固定されていたハッチ・カバーが、奇妙な形で意味ありげにこんもり盛り上がっていた。クサビが叩き取られると、一枚の厚板の片端が音を立てってはがれ、斜めに持ち上がり、作業班がカバーを取り除くと、その下から茶色い物が盛り上がってきた——下からの圧力で艙口につかえるまで押し出された米袋だ。

「そのテークルにロープを取って、そいつを吊り上げろ」ホーンブロワーは言った。

一袋ずつ、米が船艙《ホールド》から引っ張り上げられた。ときどき袋が裂け、米がざーっと甲板に流れ落ちたが、そんなことは問題ではなかった。別の作業班が米や袋を風下側の舷側に運び、いつも飢えている海に投げ込んだ。はじめの三俵が片付いたところで、いよいよ困難が増した。積み荷は下にぎっしり詰まっていて、袋をその位置から引き上げるのには、非常な力が必要だった。水夫が二人艙内に降りて、てこで袋をこじ上げ、吊り索《スリング》を引っ掛けた。ホーンブロワーが指名したとき、その二人のフランス人にちょっとたじろぐ気配があった——米袋は全部が全部びっしりと詰まっていないかもしれないし、揺れる船の艙内は危険な場所で、一揺れで彼らは生き埋めになるかもしれないのだが——ホーンブロワーはこんな場合に他人の人間的な恐れなどに構ってはいられなかった。彼は一瞬のためらいも許さず叱りとばしたので、彼らは急いで艙口から降りていった。

一時間また一時間とつづく作業はたいへんな重労働だった。テークルについている水夫たちは汗をだくだく流し、疲労しきってのめり込みそうだったが、周期的に下の仲間と交替しなければならなかった。それというのも、米袋は何層にもびっしり積み重なって、下は船底を、上は甲板の梁《はり》を強く押しつけていたので、艙口のすぐ下の荷が吊り上げられると、その周囲の荷をそれぞれの段からこじ上げて取らなければならなかった。

　そうして艙口付近にわずかな空きができると、彼らはさらに深く艙内へ降りていったが、そこで彼らは避け難い事実を発見した。積み荷の下のほうの数段は海水に濡れ、中身はふやけて膨張し、袋はみなはち切れていた。艙内の下半分はほとびたばら米でびっしり埋まり、これはシャベルともっこで取り出すしか方法がなかった。また上段のまだ破れていない袋も、艙口からだんだん遠くなるにしたがってぎゅうぎゅう詰めになっており、それをかかえ上げ、もっこで吊り上げるために艙口の真下まで手で運ぶのは大変な労力を要した。

　この難問題に直面していたホーンブロワーは、何か肘《ひじ》に触れるものがあって気をそらすと、マシューズが報告に来ていた。

「効果ないです。船脚は前より深くなってますし、脚の入り方が速くなってきました」

　ホーンブロワーは一緒に舷側へ行き、のぞき込んだ。間違いなかった。彼はさっき自分で船側に降りたのだから、吃水の深さはしっかり憶えていたし、船底の下から回した帆布の刺し子の高さも目安になった。船は前よりもたっぷり六インチ脚を入れていた——しかも少なくとも五十トンの米が吊り上げられ、船外へ投げられた後がこれだ。ブリッグ船はざるのように浸水しており、あちこちにぱっくり開いた外板の合わせ目からも注ぎ込む海水が、たちまち水気の切れた米に吸い込まれているにちがいない。

ホーンブロワーは左手が痛むので見ると、われ知らず手摺りを痛いほどぎゅっと握りしめているのに気づいた。彼は手を放し、あたりを、午後の太陽を、しわ立つ海を眺めた。ここでサジを投げて敗北を認めたくはなかった。フランス人船長がやってきた。

「ばかげたことだ。正気の沙汰じゃない。わたしの部下は疲労ですっかり参っている」

見ると、艙口の向こうで、ハンターがロープを鞭《むち》にして振りまわしながら、フランス人船員たちを仕事に駆り立てているところだった。もはやフランス人たちから大した労働力は引き出せなかったし、その瞬間、マリー・ガーラント号は波に重たげに乗り上げ、向こう側へごろんと大きく傾いた。ホーンブロワーの乏しい経験からも、船の動きの緩慢さと不吉な生気のなさを感じ取ることができた。もうこのブリッグはそう長く浮いていない。やるべきことはいろいろある。

「退船準備をしよう、マシューズ」と、彼は言った。

彼はしゃべりながら顎《あご》を突き上げた。フランス人にも部下にも自分の絶望感を気取らせたくなかった。

「アイ・アイ・サー」マシューズが言った。

マリー・ガーラント号はメンマストの真横うしろの架台にボートを一艘備えていた。マシューズに呼び集められて、水夫たちは荷役作業を放棄し、大急ぎでボートに食糧と水を積み込む仕事にかかった。

「失礼ですが」と、ハンターが手を休めてホーンブロワーに声をかけ、「温かい服を着られたほうがいいです。わたしは無蓋《オープン》ボートで十日間漂流したことがあります」

「ありがとう、ハンター」と、ホーンブロワーは言った。

思いつくことがいろいろあった。航海計器類、海図、コンパス——揺れ返る小さなボートの中で六分儀（天測して位置を測るのに使う器械）を使ってうまく天測できるだろうか？　食糧と水は積めるだけ積むべきだという心の声があったが——ホーンブロワーは疑わしげにそのおんぼろボートを眺めた——十七人が乗れば満員で船べりから水が入るだろう。フランス人船長とマシューズの判断に多くを任せなければならなくなるだろう。

テークルに水夫が配置され、ボートは架台から吊り上げられ、風下側の船尾のかげに出来たわずかな風かげに降ろされた。マリー・ガーラント号は波に乗り上げるのを拒んで、船首を波に突っ込んだ。青波が右舷船首を越えて打ち込み、どっと船首楼甲板《フオクスル・デツキ》を流れ、船体部分の陰気な凹甲板に流れこんで各排水孔《スカツパー》から落ちていった。もうあまり余裕はない——下で起こった物の裂ける音は、積み荷がいぜんふくれつづけて隔壁を圧迫している証拠だった。フランス人たちの間に恐怖が起こり、彼らは大声で叫びながらボートの中へころげ込みはじめた。フランス人船長は一度ホーンブロワーをふりかえってから部下につづいた。二人の英国人水兵はすでに舷側を乗り越え、ボートが船側にぶち当たるのを防いでいた。

「行け」ホーンブロワーはまだ去りがてにしているマシューズとカースンへ言った。彼は船長だ。最後に退船するのが彼の職責である。

ブリッグはもうすっかり水船になっていたので、甲板からボートに乗り移るのはさして困難ではなかった。英国人水兵たちが艇尾座席《スターンシート》に着き、彼の席を作った。

「舵柄《かじ》を取れ、マシューズ」ホーンブロワーは言った。彼は自分にこの定員過剰のボートを操る能力があるとは思わなかった。「離せ！」

ボートとブリッグは別れた。マリー・ガーラント号は舵を固定され、風に鼻先を向けて、そのまま漂った。と、とつぜん傾斜し、右舷の排水孔《スカッパー》あたりまでほとんど水面下に没した。次の波は甲板に砕けて乗り越え、開けっぱなしの艙口へどっと注ぎ込んだ。いまや船は甲板が水面すれすれになって姿勢を起こし、やがて波面に没して見えなくなった。一瞬、帆が青波の下で光りさえした。

「沈んだ」マシューズが言った。

ホーンブロワーは自分がはじめて指揮をとった船の最期を見守った。マリー・ガーラント号は港に持ち込むべく彼に委ねられたのだったが、彼は失敗した。はじめての独立独歩の任務に失敗した。彼は目にあふれる涙を誰も気づかないようにと願いながら、じっと一心に入り陽を見つめた。

3　失敗のつぐない

曙の光がビスケー湾の波立つ海面に忍びやかに広がり、その広大な海原にぽつんと揺れる一艘の小さなボートを映し出した。それは満員のボートだった。舳《へさき》には沈没したブリッグ、マリー・ガーラント号の乗組員たちが身を寄せ合ってかたまり、中央部には船長と航海士が腰掛け、船尾《とも》にはかつて拿捕《だほ》したブリッグの回航員だった士官候補生ホレイショ・ホーンブロワーと四人の英国人水兵が腰掛けている。

　ホーンブロワーは船酔いにかかっていた。インディファティガブル号の動揺に苦労してやっとなじんだ彼のデリケートな胃袋が、海錨《シー・アンカー》（艇首を風、波に保つために艇首から流す抵抗物）に逆らってがくんがくんと縦揺れ《ピッチング》をする小さなボートの異様な動きに謀叛《むほん》を起こしたのだ。彼は二日目の夜を一睡もせずに過ごしたために、船酔いもだが、体が寒くて、ぐったりしていた。闇の中で夜っぴて彼は発作的に吐いていたので、船酔いから来る消沈した気分の中で、マリー・ガーラント号喪失のことを暗然と考えていた。

　あの破孔を塞ぐことをもっと早く思いつきさえしたら！　いろいろ口実が心に浮かん

だが、みな振り払った。やることはあまりに多く、それを処理する人手はあまりに少なかった——フランス人乗組員の監視、帆の損傷の修理、コースの選定。マリー・ガーラント号が運んでいた米の積み荷の吸水性のために、せっかく彼はビルジ・ウェルの測深を思いつきながら一杯喰わされた。なるほどこうしたこともすべて事実かもしれないが、しかもなお彼の船を、彼がはじめて指揮をとった船を失ったという事実は残っている。彼自身の目から見れば、この失敗に対する言い訳の余地はなかった。

フランス人乗組員たちは夜明けとともに目を覚まして、カササギの巣のように騒々しくさえずっていた。彼のわきにいるマシューズとカースンは痛む手足の節々を楽にしようと、ぎくしゃくと身じろいでいた。

「朝食はどうしますか？」マシューズが言った。

それはホーンブロワーが孤独な子供時代にやった遊びに似ていた。あのころ、彼は空《から》っぽの豚小舎の中に坐って、自分が無蓋《オープン》ボートで流されたつもりになったものだった。そしてパンでも何でも台所から手に入れておいた物を小分けして十何日分かに割り当て、一日一個ずつでもつかどうか注意深く勘定した。しかし小さい男の子の旺盛な食欲はその日数をごく短くして、せいぜい五分しかもたなかった。つまり豚小舎の中に立ち上がり、小手をかざして水平線を見回し、救助の手を探すが見つからなかったので、また坐り直し、漂流生活はつらいものだとひとり言をいい、そこでまた一晩たったことに決め、だんだん残り少なくなっていく食糧からまた一日分を食べる時間だということにした。

その通りここでもホーンブロワーの目の前で、フランス人船長と航海士がボート中の一人一人に堅パンのビスケットを一個ずつ支給し、漕ぎ手座の下の水樽から交替で一人一人へ小さな金属製水飲みに一杯ずつ与えていた。しかし豚小舎に坐っていたときは、生き生きした空想力にもかかわらず、ホーンブロワーはこんなおぞましい船酔いや寒さやこむらがえりのことなどついぞ思いつかなかったし、また彼の肉の薄い背や尻が、艇《スタ》尾座席《ーンシート》の固い木にたえずごしごし押しつけられてどんなに痛むかもついぞ思い及ばなかった。そして子供時代の途方もなく自信に満ちた心には、指揮をとる十七歳の海軍士官の双肩に責任の重荷がいかに重くのしかかってくるものかなど、ついぞ思い浮かばなかった。

彼はつい昨日の子供時代の思い出から自分を引き戻して、現在の状況に対した。灰色の空には、彼の経験の目で知りうるかぎりでは、荒天になりそうな前兆はなかった。彼は風向きを測るために、指を湿して立てながらボートのコンパスをのぞいた。

「少し西寄りに戻ってきました」彼と同じ動作をしていたマシューズが言った。

「そうだな」ホーンブロワーは相づちを打ち、最近教わったコンパス方位の唱え方（三十二点の方位の名称を順々にそらで唱えてまた元にもどる）を心の中でそそくさと復習した。ウェッサン島の風上を通ろうとする彼のコースが北東微北《ノーイースト・バイ・ノース》であることはわかっていたし、詰め開き《クロースホールド》のボートは風向きに対して八点（一点は十一度十五分）以上風上へは向かない——一晩中シー・アンカーを流して舳を風上に向けたままほとんど停めたままにしていたのも、風があまりにも北に寄りすぎていて、英国へ針路をとることができなかったからだ。しかし今、風向きはもとにもどった。北東微東から八点で北西微西《ノーウエスト・バイ・ウエスト》だし、風はそれよりずっと西寄りだ。こんどは詰め開き《クロースホールド》で走ってウェッサン島の風上を通ることができるし、不測の出来事が起こってもいいだけの余裕を残しても、運用術の教科書や彼の常識が非常に危険だと教える風下側の海岸から充分に距離をとることができる。

「帆走に移ろう、マシューズ」と、彼は言った。彼の手は謀叛《むほん》を起こした胃袋が受けつけようとしないビスケットをまだ握っていた。

「アイ・アイ・サー」

舳にかたまったフランス人水夫たちへひと声どなって注意を引いた。この状況では、シー・アンカーを引き上げるというわかり切った仕事を命じるのに、ホーンブロワーのたどたどしいフランス語はまず必要なかった。しかしボートは満員で、乾舷《フリー・ボート》（水面から舷縁までの高さ）が一フィート足らずでは、作業はあまりやさしくなかった。マストはすでに立っていた。二人のフランス人水夫が用心深く調子をとりながら揚げ索《ハリヤード》を引くと、帆がマストに張り上がった。

「ハンター、帆脚索《シート》を取れ」ホーンブロワーは言った。「マシューズ、舵柄《かじ》を取れ。ポート・タックのクロースホールドで行け」

「ポートタックのクロースホールドで行きます」

フランス人船長は中央部の座席からこの手順を非常に興味深げに見守っていた。彼は最後の決定的な命令を理解してはいなかったが、ボートが回り、左舷開き《ポートタック》に安定して英国をめざしたとたんに、すばやくその意味をつかんだ。彼はぷりぷりと抗議の言葉をつぶやきながら立ち上がった。

「風はボルドーへ向かって追風《おいて》だ」彼は拳《こぶし》で身振りをつけながら言った。「明日までにはボルドーに着ける。なぜ北へ行くのか」

「われわれは英国へ行く」ホーンブロワーは言った。

「しかし――しかし――それには一週間かかるぞ！　追風つづきでも一週間だ。このボートは――超満員だ。嵐が来たら一たまりもない。正気の沙汰とも思えない」

この船長はどうせ言い出したら聞かないとホーンブロワーは思っていたから、そのお説教めいた発言をわざわざ翻訳することはしなかった。彼は非常に疲れていたし、船酔いもひどかったから、外国語で議論をする気になれなかった。そこで船長を無視した。たとえどんなことがあろうとフランスへ針路を向けるつもりは毛頭ない。彼の海軍軍人としての生活は始まったばかりなのだ。たとえマリー・ガーラント号喪失のために履歴が損われようと、フランスの牢獄で何年も消耗するつもりはさらさらなかった。

「サー！」フランス人船長が言った。

船長と漕ぎ手座に同席している航海士も抗議していたので、いま二人は背後の乗組員たちをふり返り、彼らに状況を説明した。怒りをこめた動きで乗組員たちがざわめいた。

「サー！」船長はまた言った。「ぜひボルドーへ向かってもらいたい」

彼は衆を頼んで要求する気ぶりを示した。現に乗組員の一人はボートの鉤《かぎ》ざおを抜き取ろうとしていたし、それは危険な武器になる。ホーンブロワーはベルトからピストルの一挺を引き抜き、船長に狙いをつけた。胸から四フィートのところに銃口を見て、船長はその威嚇《いかく》の前にたじろいだ。彼から目を離さずに、ホーンブロワーは左手で別のピストルを抜いた。

「これを持て、マシューズ」

「アイ・アイ・サー」と言って、マシューズは命令どおりにし、それから適当な間をおいて、「失礼ですが、撃鉄《げきてつ》を起こしておかれたほうがいいんじゃないですか」

「うん」ホーンブロワーは自分のうかつさに呆れながら言った。

彼はカチリと撃鉄を引いた。この威嚇的な音が船長の危機感をいっそう鋭くした。撃鉄を起こし、弾丸《たま》をこめたピストルが、揺れるボートの中で自分の腹を狙っている。彼はけんめいに両手を振った。

「お願いだ、どっかほかへ向けてください」

彼はさらに後じさり、背後の乗組員に背を押しつけた。

「こら、やめろ、貴様」マシューズが大声でどなった。一人の水夫が帆の揚げ索《ハリヤード》をこっそりやり放そうとしていた。

「危険そうな者は誰でも撃て、マシューズ」ホーンブロワーは言った。

彼はこの連中に自分の意志を承服させることに余念がなく、自分の自由を維持することに懸命なあまり、顔が引きつり凶暴なこわい顔になった。その顔を見れば、一瞬たりと彼の決意を疑うことはできなかった。彼は自分と自分の決断の間に邪魔者が入り込むことを許さなかった。ベルトにはまだもう一挺ピストルがあるから、フランス人たちはいま殺到すれば、英国人たちを制圧する前に、自分たちの四分の一が死ぬ羽目になることは察しがついているはずだし、フランス人船長は自分がまっ先に死ぬことを承知している。彼の体のわきからひらひらと離れた彼の表現力ゆたかな両手が——その間もピストルから目は離せずに——これ以上の抵抗をしないようにと部下に言い聞かせた。彼らのささやき声が消えると、船長は嘆願しはじめた。

「この前の戦争中、わたしは五年間も英国の牢獄に入っていた。ひとつ協定しようじゃないか。フランスへ行こう。海岸に着いたら——どこでもあなたの好きな所で結構です——われわれは上陸し、あなた方はそのまま航海をつづければいい。あるいは、全員上陸して、わたしができる限り顔をきかせて、あなたとあなたの部下を、捕虜交換条約に従って、交換条件も身代金もつけずに英国へ送還の便をはかるから。誓って約束は守ります」

「だめだ」ホーンブロワーは言った。

英国は、ビスケー湾沿岸からより、ここからのほうがずっと到達しやすいのだ。それにその提案はどうかというと、フランス革命の大波で打ち上げられた新政府のことを、ホーンブロワーもかなりに知っているが、当局が一介の商船の船長の申立てによって捕虜を手離すようなことは決してしはしない。それに熟練した船員がフランスでは払底している。これらの十二名を帰らせないことは彼の任務だ。

「だめだ」ホーンブロワーは船長の新たな抗議に答えて言った。

「一発、あごにくらわしてやりますか?」ホーンブロワーのわきで、ハンターが言った。

「よせ」ホーンブロワーは言った。船長は身振りから言葉の意味を察して、陰気に黙りこんでしまった。

しかし膝の上に置かれたホーンブロワーのピストルがいぜん彼に向いているのを見ると、船長はまた立ち上がった。居眠りをした拍子に指が引き金をひくかもしれない。

「そのピストルをおさめてください、お願いします。ぶっそうですから」

ホーンブロワーの目は冷やかで、同情の色はなかった。

「どうか、しまってください。あなたがこのボートの指揮をとられるのを、妨げることは何もしません。約束します」

「誓うか？」

「誓います」

「ほかの者たちは？」

船長が乗組員たちを見回して、ぺらぺらと説明をすると、不承不承ながら彼らも同意した。

「彼らも誓ってます」

「では、よろしい」

ホーンブロワーはピストルをベルトにもどしかけて、ふと思いつき、自分の腹を撃ったりしないように撃鉄を半分だけ倒しておいた。ボートじゅうの者がほっとして無関心になった。ボートはいまリズミカルに浮き沈みをくりかえしており、シー・アンカーに抗してがくんがくんと揺れていたときより遙かに快い動きになっていたので、ホーンブロワーの胃袋もいくらか逆らわなくなった。

彼はこれで二晩眠っていなかった。彼の頭が深くうつ向いたと思うと、やがて彼は横のハンターによりかかり、安らかに眠った。

その間にボートはほぼ横風をうけて、着実に英国をめざしていた。その日遅く、マシューズがけいれんと疲れのために、とうとう音を上げて、舵柄《かじ》をカースンに委ねたとき、彼は起こされ、そのあとは全員が交替で当直し、一人が帆脚索《シート》を、一人が舵柄《かじ》を取り、あとの二人は休息をとるようにした。ホーンブロワーは順番がくると帆脚索《シート》を取ったが、舵柄《かじ》を取る自信はなかった。とくに夜になるとそうだった。頬に当たる風の感じと、舵柄《チラー》の手応えでボートの針路を保つ勘が自分にはないことを知っていたからだ。

彼らがはじめて帆影を見つけたのは、翌日の朝食後かなり経ってからだった――いや昼近くといってよい。最初に発見したのはフランス人の水夫で、彼の興奮した叫び声に全員が色めきたった。ボートの風上側の舳越しに見通す水平線の向こうから、三枚の四角いトプスルが現われ、一点に定針されたコースを急速に近づいてきたので、ボートが波頭に浮き上がるたびに、見えてくる帆の範囲がぐんぐん大きくなった。

「あれはどこの船だと思う？　マシューズ」ホーンブロワーは訊いた。その間もボートの中はフランス人たちの興奮でざわめいていた。

「わかりませんが、見た感じは気に入りませんね」マシューズは疑わしげに言った。

「この風ならトゲンスルを張っていそうなもんですが――それに大横帆《コース》もね。しかし張ってない。それにあのジブの恰好が気に入りませんね。あいつは――ひょっとするとフランス野郎の船じゃないかって気がするんですが」

平和の目的で航海する船なら、張れるだけの帆を張っているのが当たり前だろうに、その船はそうではない。従ってその船は何かの戦争目的に従事しているのだが、それがフランス船であるよりも英国船である見込みのほうが大きかった。たとえここがビスケー湾であってもだ。ホーンブロワーは長い間その船を見ていた。大型帆船なみの艤装《ぎそう》はしているけれども小型の船だ。平甲板で、速そうな感じだ——船体がいまはときどき見えるようになった。ずらっと一列に砲門が並んでいる。

「どう見てもフランス船ですよ」ハンターが言った。「私掠船《しりゃくせん》（敵船捕獲略奪の免許をえた民有武装船）のようにも……」

「転桁用意」ホーンブロワーは言った。

彼らは風を受けてボートを回し、その船からまっすぐ逃げる向きになった。しかしジャングルでと同様に戦争でも、逃げることは追跡と攻撃を招くことだ。その船はコースを定めてトゲンスルを張り上げ、ぐっとこちらへ向かってスピードを上げ、半ケーブル（約九十メートル）のところを通過し、こちらの退路を遮断して停船した。船の手摺《てす》りぞいに物見高い連中が目白押しに並んでいる——その大きさの船にしては大人数の乗組員だ。呼びかけの声が波面を渡ってボートまでとどいたが、それはフランス語だった。英国人水兵たちはしゅんとなって毒づいたが、一方、フランス人船長は上機嫌で立ち上がって応答し、フランス人の乗組員たちはボートを操って船に横付けした。

ホーンブロワーが甲板に上がったとき、幅広のレースの襟飾りのある深紫色《プラム》の上衣を着たハンサムな若い男が出迎えた。

「ピケ号へようこそ」と、彼はフランス語で言った。「わたしがこの私掠船のヌービル船長です。そしてあなたは――？」

「英帝国軍艦インディファティガブル号の士官候補生ホーンブロワー」と、ホーンブロワーは怒った声で言った。

「ご機嫌が悪いようですな」ヌービルが言った。「かかる武運にあまり気落ちなさらんように。あなた方は本船に収容されますが、港にもどるまでは、航海中できるかぎりの便宜をはかります。ぜひ遠慮なく寛《くつろ》いでいただきたい。例えば、そのベルトのピストルは少なからずご不便にちがいない。その重荷をあなたから取り除かせていただきたい」

彼はしゃべりながらホーンブロワーから手際よくピストルを抜き取り、鋭くホーンブロワーを観察してから、また語をついだ。

「腰に下げておられるその短剣ですが、拝借させていただけませんか？　もちろん袂《たもと》を分かつときにはお返しします。しかしこの船上におられる間、人を信じやすい心には、はなはだもって物騒なものを身につけておられると、あなたの熱烈な若気があなたを何らかの早まった行為に駆り立てないつもりでもないと案じるわけです。早速にたいへん恐縮です。では、あなたのために用意されている居室へご案内しましょうか？」

いんぎんに一礼して、彼は下へ案内した。甲板を二層降りると、おそらく吃水線《きっすいせん》より一、二フィート下がっているだろうが、そこは広い、がらんとした中甲板《ツィン・デッキ》で、照明は薄暗く、いくつかの昇降口を通じてわずかに換気が行なわれていた。

「奴隷《どれい》甲板」と、ヌービルが無頓着に説明した。

「奴隷甲板？」

「さよう。中間航路（アフリカ西岸と西インド諸島の中間部。大西洋の真ん中）を航海中、奴隷たちが監禁されるのはここです」

たちまち大方のことが諒解できた。奴隷船ならいつでも私掠船に改装できる。奴隷船はアフリカの河川で奴隷の買いつけをしている間に、反乱が起こって襲撃された場合に自衛するためのたくさんの火器ですでに武装されている。また、奴隷船は一般の商船よりスピードが出る。一つには貨物を積む空間を必要としないためであり、一つには、たとえば、奴隷のように非常に死んだり腐ったりしやすい荷を運ぶために、スピードは欠くべからざる性能であるからだ。それに奴隷船は、獲物を探して航海する間、大勢の人間と、それを賄《まかな》う大量の食糧と水を運べるように造られているのだ。

「サン・ドミンゴのわれわれの市場が最近のいくつかの事件で閉鎖されてしまい――このことは聞いておられるに違いない――そこで相変わらずピケ号から利潤を見込めるようにというわけで、わたしは本船を私掠船に改装したというわけです。それに、目下のところ『公安委員会』の活動が、パリをアフリカ西海岸よりもさらに不健康な場所にしている実情を見て、わたしは自分で自分の船を指揮することに決めました。もちろん、ある決断力と大胆不敵さが、私掠船を採算のとれるものにするために必要なことは言うまでもない」

ヌービルの顔は一瞬こわばって、この上なく激しい断固たる表情に変わったが、またたちまち和《なご》んで、もとの無意味ないんぎんさにもどった。

「この隔壁のドアは」と、彼はつづけて、「捕虜となった士官たちのために取っておいた居住区に通じています。ここに、見られるとおり、あなたの寝台があります。ここで寛いでください。万一本船が戦闘行動に入る場合には——実は再三のことだが、——上の昇降口《ハッチ》はくさびを打って閉鎖されます。しかしそういう場合以外は、思いのままに船内を歩き回ることももちろん自由です。ただし、これは付け加えておいたほうがいいと思うのだが、捕虜の側に、本船の仕事や安寧を妨げるような軽はずみな動きがあると、乗組員の非常な憤激を買うことになるだろう。ご承知と思うが、彼らは利害を共にして働いているし、彼らの生命と自由を賭けている。もし彼らの利益と自由を危うくした者が舷側から海中へ投げ込まれたとしても、別に驚くにはあたらない」

ホーンブロワーは返事をしようと努めた。この最後の話の、次第に凄《すご》みを増す口調にけおされて、ほとんど口もきけなくなっていることをさらけ出したくなかったからだ。

「わかった」

「結構！　さて、これ以上何か入用な物がありますか？」

ホーンブロワーはこれから孤独な監禁状態を味わうことになる殺風景な居室を見回した。ぶらぶら揺れる、かす油《スラッシュ》のランプが投げかける薄暗い火影に照らされている。

「何か読む物をもらえたらと思うが」

ヌービルはちょっと考えた。

「あいにく専門書ばかりですな。グランジーンの『航海術原論』や、ルブランの『運用術便覧』や、それに類する書物をお貸ししてもいいが――もしそこに書かれているフランス語が理解できると思われるなら」

「やってみる」ホーンブロワーは言った。

おそらくそれは猛烈な頭の体操の道具をあてがわれたようなものだろう。フランス語の読解と自分の専門の勉強とをいちどきにやる努力のおかげで、ピケ号が獲物を求めて巡航していた暗い毎日、彼の心はいつも忙殺されていた。

たいていいつもフランス人たちは彼を無視していた――一度、彼の四人の部下が船のポンプ作業のように卑しい仕事に使われていることに対して、ヌービルに強硬に抗議したことがあったが、ヌービルがその件について話し合うことを冷たく拒んだので、彼は談判に負けて――もしそれが談判と呼べればの話だが――引き退らなければならなかった。ホーンブロワーは頬をほてらせ、耳をまっ赤にして居室にもどった。そして例によって、彼が精神的に動揺しているとき、また罪の思いが新たな力をもってよみがえってくるのだった。

もしあの破孔をもっと早く塞いでいさえしたら！　もっと頭のよく働く士官だったらそうしていただろうと、彼は心の中でひとりごちた。そして自分の船を、インディファティガブル号の大切な拿捕船を失い、自分にはそれを償う術《すべ》もない。ときおり彼は努めてその状況を冷静にふり返ってみることもあった。

専門的に見れば、彼は職務怠慢の罪で処罰されることはないかもしれない——おそらくないだろう。フリゲート艦からかなりな砲火を浴びた二百トンのブリッグにわずか四人の回航員を率いて乗り込まされた候補生が、彼の指揮中に船が沈んだからといって、ひどい譴責《けんせき》をうけることはないだろう。しかしホーンブロワーは、自分に少なくとも一半の落ち度があったことも同時に知っていた。もしそれが知識不足のためだったとすれば——知識不足に言い訳は成り立たない。もしいろいろな気遣いにわずらわされて即刻破孔を塞ぐ作業が遅れたのだったら、それは無能ということであり、無能に言い訳は成り立たない。

こんなふうに考えていると、彼は絶望と自己軽蔑の波に押しひしがれ、そして慰めてくれる者は一人もいなかった。彼の誕生日は、この十八歳という大いなる年齢《とし》に自分自身を見ると、生涯最悪の日だった。十八歳、そしてフランスの私掠船船長の掌中にある面よごしの捕虜！　彼の自尊心はどん底にあって救うべくもなかった。

ピケ号は世界で最も往来の激しい海域、英仏海峡への主要な航路筋で餌食を漁っていたが、来る日も来る日も帆影をちらと見ることもなく走り回っていた。これほど海原の広大さを如実《にょじつ》に示すものはない。ピケ号は三角形のコースを保っていた。ビスケー湾の北西部に達すると変針して南下し、ふたたび北東へ走る三角航路を、各檣頭に見張りを立てて走りつづけながら、見えるものといえばただ波立つ水の荒野だけだった――しかしその朝、フォア・トゲン・マストの檣頭からうわずったわめき声が甲板上の全員の注意を引いた。その中にはホーンブロワーもぽつねんとまじっていた。舵手の横でヌービルが見張員に大声で質問を返したが、ホーンブロワーは最近の勉強のおかげで、その返答を翻訳することができた。風上に帆影が見えるというのだ。そして次の瞬間、見張員はその船がコースを変えてこちらへ走ってくると報告した。

これはただごとではない。戦時中、一般の商船は船種不明の相手には疑い深く、なるべく遠ざかろうとする。とくに自分のほうが風上にいて、安全度がずっと高いときはなおさらだ。戦う用意があるか完全に病的な好奇心を持っている者しか風上の位置を放棄したりはしない。

狂おしい理由《いわれ》のない希望がホーンブロワーの胸を満たした。海上の軍艦は――自国の制海権のおかげで――フランス軍艦であるより英国艦である可能性のほうがはるかに大きい。それにここは、フランスの通商破壊船（戦時中敵国商船を捕獲または破壊する武装商船）の監視と、フランスの封鎖艦隊の阻止という一石二鳥の効果をあげるため特に配置された彼の艦、インディファティガブル号の巡航海域だ。同艦が彼と回航員をマリー・ガーラント号に移乗させたのはここから百マイルの地点だった。いま視認された帆船がインディファティガブル号でない確率は千分の一だと、彼は懸命に誇張して自分に言い聞かせた。しかし――正確に期待できるのは、はっきり言って――その船が臨検に来つつある事実を踏んでも、見込みはせいぜい十分の一――いや十分の一以下だ。

　彼はヌービルを見やりながら自分の考えをまとめようとした。ピケ号は高速で軽快だし、風下に逃げ道は開けている。あの正体不明の帆船がこちらへ針路を変えたということは怪しむべき状況だが、インド航路の通商船――この最も金目のある獲物――は、軍艦に外観を似せ、図太い操船でおどして危険な敵を退散させたことも知られている。そうだとすれば、餌食を虎視《こし》たんたんと狙っている人間にとってはたまらない誘惑だろう。

　ヌービルの号令で、満帆が張りわたり、いつでも交戦か追撃に移れる準備がととのい、詰め開き《クロースホールド》でピケ号は正体不明の船の方角へ向きを変えた。そして間もなく、甲板上のホーンブロワーにも、ピケ号がうねりに乗った瞬間、はるかな水平線上に、米粒ほどの小さな白いまぶしいものがちらっと見えた。そこへ顔をまっ赤にして興奮したマシューズが船首のほうからホーンブロワーのわきへ駆けてきた。

「あれは懐しいインディファティガブル号ですよ。間違いありません！」

彼は手摺りに飛び上がり、横静索《シュラウド》につかまって、小手をかざして見つめた。

「そうです！　あれはインディファティガブル号ですよ！　いまローヤルスルを広げてるところです。もうすぐ彼女の上にもどって一杯やれますよ！」

フランス人の准士官が手を伸ばし、マシューズのズボンの尻を摑んで引き降ろし、殴ったり蹴ったりしながらまた船首のほうへ追い立てていった。そのとき、一瞬遅れて、ヌービルが大声で号令し、船を回頭させ、インディファティガブル号を真後ろに見て遠ざかる針路をとった。ヌービルが片脇へホーンブロワーを招いた。

「あんたの古巣の艦《ふね》だと思うが、ミスタ・ホーンブロワー？」

「そうだ」

「あの艦《ふね》の帆走のいちばんの長所は？」

ホーンブロワーの目がヌービルの目と会った。

「そんな高潔そうな顔つきをしたもうな」ヌービルが薄い唇に笑みを浮かべて言った。「あんたに情報を提供させようと思えばどうにでもできるんだ。手はいろいろある。しかしあんたには幸いなことに、その必要はない。追風《おいて》に帆を揚げて走って、ピケ号を追い越せる船は、世界広しといえどもない――とくに英帝国の不恰好なフリゲート艦には一隻もない。まあ見ていたまえ、すぐわかる」

彼はすたすたと船尾手摺りに寄り、望遠鏡ではるか後方を熱心に見入った。が、ホーンブロワーも肉眼で負けず劣らず食い入るように見つめていた。

「見ますかな?」ヌービルが望遠鏡を差し出した。

ホーンブロワーは受け取ったが、それは自分の目を確かめるためより自分の艦《ふね》をもっと近々と見たいためだった。その瞬間、彼はインディファティガブル号が懐しくなった。たまらなくホームシックにかかった。しかし彼女がどんどん引き離されていくことは否定すべくもなかった。いまやふたたびトゲンスルは見えなくなり、てっぺんのローヤルスルだけが見えていた。

「二時間すると、あのマストの先も隠れてしまうだろう」ヌービルは望遠鏡を取り返し、ぴしっと畳みこんだ。

彼は手摺りに寄って悲しげに立ちつくすホーンブロワーから離れていきながら、舵手に向かってもっと安定した舵が取れないのかと叱りつけた。ホーンブロワーはそのどなり声を聞くともなく聞いていた。風が顔に吹きつけ、吹き乱された髪が耳にかぶさり、目の下で航跡が沸き返っていた。アダムもこんなふうにエデンの園をふりかえったのだろうか。ホーンブロワーは息苦しい暗い候補生居住区を思い出した。あのいろいろな臭いと軋む音、全員呼集の号令に応じて起き出すような寒い夜々、こくぞう虫のついた堅パンと板のような牛肉——彼は、望みなき憧れに胸のむかつく思いで恋い焦れるのだった。自由は水平線の彼方に消えようとしている。

しかし、何かすることはないかと彼を下へ駆り立てたのは、そうした個人的な感情ではなかった。それらはなるほど彼の頭の働きを機敏にしたかもしれないが、彼を鼓舞したものは責任感だった。

全員配置について、奴隷甲板はいつものように人気《ひとけ》がなかった。隔壁の向こうに本ののっている彼の寝台があり、その上でかす油《スラッシュ》のランプが揺れている。そこには彼にインスピレーションを与えるものは何もなかった。

後部の隔壁に鍵締めされた別のドアがあった。その向こうは甲板用倉庫のようなものになっている。二度、それが開けられ、そこからペンキや似たような備品が持ち出されるのを見たことがあった。

ペンキ！　そこから彼はあることを思いついた。彼はドアからランプまで見上げて、また目をもどし、歩き出しながらポケットから折りたたみナイフを取り出した。しかしやがて彼は自嘲の笑みを浮かべてあとがえった。そのドアは鏡板が張ってあるのではなく、二枚のがっしりした厚板で出来ており、内側に大梁《おおばり》がかってあるのだ。鍵穴はあるが、そこからでは仕事に取りかかることができない。そのドアを彼のナイフでくり抜くには何時間もかかるだろう、この一分でも貴重な時にだ。

ふたたびあたりに目を配りながら、彼の心臓はおおわらわに鼓動していたが、負けず劣らず彼の頭もおおわらわに働いていた。彼はランプに手を伸ばして揺さぶってみた。

油はほぼいっぱい入っている。彼はちょっとためらってたたずみ、しばらく勇気をふるい起こす間があったが、やがて行動に移った。

容赦ない手でグランジーンの『航海術原論』のページを引き破っては丸めて小さな玉を作り、それをドアの下に置いた。彼は軍服の上衣をかなぐり捨てて、青い毛のジャージーを頭から脱いだ。彼の長い力強い指がジャージーを引き裂き、むしるようにして熱心に糸をほぐした。あちこちにほぐれた糸口が出来ると、もはやそれに時間を費そうとはしないで、シャツを紙の上に落として、またあたりを見回した。寝台のマットだ！それには藁《わら》が詰めてある。有難い！ナイフで側《がわ》をさっと切り開き、中身をひとかかえほど搔《か》き出した。絶えず圧しつぶされて、中身はかちかちになっていたが、それを振りつけたりもんだりしているとだんだん大きな塊りになってはみ出し、床の上に腰の高さほど積み上がった。これなら望みどおりの激しい火勢が得られる。

彼はじっとたたずみ、無理に頭を澄まし、論理的に考えるように努めた――マリー・ガーラント号を失う原因になったのは、性急な行動と思慮の欠如だったが、こんどはジャージーで暇どった。

彼は続いて取るべき手を工夫した。まず『運用術便覧』のページで長いこよりを作り、それにランプの火をつけた。それから獣脂――ランプの熱で溶けてどろどろになっていた――を紙の玉や、床や、ドア敷居の上にまき散らした。こよりの火の一触れで、紙玉に火がつき、火はみるみる燃えひろがった。もうのっぴきならぬ状況だ。彼は火の上に藁を積み上げ、それからとつぜん異常な力を出して、寝台を止め金から引きはずし、そうしながら叩きこわし、壊れたがらくたを藁の上に積み上げた。それから薪の山にランプを落とし、上衣をわし掴みにして部屋を出た。ドアを閉めようと思ったがやめることにした——空気が入るほどいい。彼は上衣を着込むと梯子を駆けのぼった。

甲板に上がると、彼は震える手をポケットに押し込み、努めてなにくわぬふりをして手摺りにもたれて休んだ。興奮のため脱力感があり、興奮は待っても静まらなかった。火災が発見されるまでの一分一分が大事だ。一人のフランス人士官が得意げに笑って彼に何か言い、手摺り越しに後方を指さした。おそらくインディファティガブル号を置き去りにしたとでも言っているのだろう。ホーンブロワーはうら悲しげに微笑を返した。それが最初に思いついた身振りだったが、そうしてから微笑は適当でないと思い、陰気なしかめ面をつくって見せた。

風が颯々と吹いていたので、ピケ号は満帆に順風をうけてまったく順調に走っていた。ホーンブロワーはそれを頬に感じた。頬がほてっているからだ。甲板では全員がいつになく忙しく夢中になっているようだった。ヌービルは舵手に目を配りながら、ときどき見上げては、すべての帆がうまく利いているかどうか確かめていたし、乗組員たちは砲撃配置につき、二人の水夫と一人の准士官が測程器《ログ》を投げて船の速力を測っていた。やれやれ、まだあと何分待つのだ？

あれを見ろ！　後部昇降口《ハッチ》の縁材《コーミング》が、かげろうのようにちらちら光る空気の中でゆがみ、ゆらゆら動いているように見えた。熱い空気がそこから上ってくるのにちがいない。そしてそれはうず巻く煙のさきがけだろうか、それとも違うか？　そうだ！　その瞬間に警報が発せられた。わめき声、すっ飛ぶ足音、一瞬のざわめき、連打する太鼓の大きな音、かん走った叫び声──「火事だ《オー・フー》！　火事だ《オー・フー》！」

アリストテレスの自然の四大要素──土、水、空気、火──は、つねに船乗りの天敵だ──とホーンブロワーは考えた──だが、木造船にとっては、風下の海岸、疾風《はやて》、波のどれも火ほど恐ろしくはない。年を経た、厚く塗料で塗りこめられた木材は、火がつきやすく、激しい勢いで燃える。帆やタールを塗った索具《リギン》は花火のように燃える。そして船内には乗組員たちを木っ端微塵《こ・ぱ・み・じん》に吹き飛ばそうと機会を待っている何十トンもの火薬がある。

ホーンブロワーはいく組もの消火班があわてて作業にとりかかり、ポンプが甲板上を引かれていき、消火ホースが取り付けられるのを見守った。誰かが船尾のヌービルめがけて飛んで来た。おそらく火災現場の報告だろう。ヌービルはそれを聞くと、ちらっと手摺りのホーンブロワーへ視線を走らせ、それから伝令へ命令をどなった。すでに後部昇降口《ハッチ》から噴き上がる煙は濃さを増していた。ヌービルの命令で、後詰《ごづめ》の班がその開口部から煙の中へ飛び込んでいった。そして煙はあとからあとからと噴き出しつづけ、追風に吹かれた煙はたちまち船首方向へ流されていった――煙は両方の船側の吃水線からも噴き出しているにちがいない。

ヌービルが怒気にかられた顔付きで、ホーンブロワーのほうへ大股で踏み出したが、舵手の叫び声に足を止められた。舵輪を手放すことができない舵手は足で船室の天窓をさし示した。ちかちかと下の炎のほのめきが映っていた。見る間に側面のガラスが倒れ、その開口からどっと火が噴き出した。あの塗料の倉庫はその船室の真下にあたる。いまやさぞかしすさまじい火の海だろうとホーンブロワーは想像した――彼はかなり平静さを取り戻していた。あとで振り返ったとき、自分でもびっくりしたほどの落着きぶりだった。ヌービルがあたりを、そして海と空を見回し、激怒の身振りで両手を頭に上げた。生まれてはじめてホーンブロワーは、人間が文字どおり髪の毛を引きむしるところを見た。

どなり声に応じて別の手動ポンプが運ばれてきて、四人の水夫が取っ手を押しはじめた。ガツンガツン、ガツンガツン――咆《ほ》える火音にまじって伴奏をつけた。細い水の噴流がぱっくり口を開けた天窓から注ぎ込んだ。もっと大勢が列をつくってバケツをリレーし、海から水を汲んでは手から手へ渡して天窓の中へ浴びせかけたが、バケツの水はポンプの噴水よりさらに効力がなかった。下から、低くこもった爆発音が一つ聞こえたので、ホーンブロワーは船がいまにも木っ端微塵に吹き飛ばされるものと予期して息をのんだ。しかし、そのあと爆発はつづいて起こらなかった。火にあぶられて銃器が暴発したのか、それとも熱気で樽が勢いよくはじけたのだろう。

と、そのときとつぜんバケツをリレーしていた列が崩れた。一人の足下で板の合わせ目が赤々と大口をあけて笑ったようにばっくりと割れ、そこからどっと炎が噴き出したのだ。士官がヌービルの腕を摑み、あらあらしい語気で言い争っていたが、やがてヌービルが絶望して屈服するのが見られた。水兵たちが散ってマストに登り、フォア・トプスルとフォア大横帆《コース》を巻き込み、別の一団はメン転桁索《ブレース》へ走った。舵輪が回り、ピケ号は風上へ向きを変えた。

その変化は劇的だった。もっともはじめのうちは実感というより見掛けのものだったが——。というのは、風が反対側から吹きつけるようになって、火音が現場より前にいる者たちの耳にはあまりはっきり聞こえなかったからだ。しかし変針はやはり非常に有効だった。つまり、船のずっと後部の下層の部屋であがった火の手は、それ以上風にあおられて前部へ燃えひろがらず、すでに半ば燃えつきた部分へ吹きもどされた。だが、甲板の後部は完全に燃え上がっていた。舵手は舵輪から追い払われ、炎は閃光を放って舵機や装帆に燃え移り、完全に焼きつくした——いままでそこに帆があったのに、次の瞬間には斜桁《ガフ》から垂れ下がる黒焦げの切れ切れしかなかった。しかし船首が風に向かっているので、他の帆には火が燃え移らなかった。急きょ張られたミズン補助縦帆《トライスル》が船首を風に立てているのだ。

前方を見ていたホーンブロワーが、ふたたびインディファティガブル号を認めたのはそのときだった。彼女は満帆を張り上げ、こちらを目ざして突進してきた。ピケ号が浮き上がったとたんに、彼女の艦首から突き出た第一斜檣《バウスプリット》の下に、白いわけ波を見ることができた。降服は必至だ。あの砲列の威嚇に会っては、ピケ号ぐらいの戦闘力の船では、たとえ無傷でも、抵抗することはできないからだ。

風上側に一ケーブル（約百八十五メートル）の水をあけて、インディファティガブル号は艦首を風上に立てて一時停船《ヒーブツー》したが、まだ完全に停まり切らないうちから早くも数隻のボートを舷外に吊り出していた。ペルー艦長は煙を見つけ、ピケ号が漂泊している理由を推測し、接近しながら準備をととのえておいたのだろう。長艇《ロングボート》とランチは、ときにはカロネード砲を載せる舳にポンプを持っていた。各ボートはピケ号の後方におり、もはや騒ぎもなく燃上する船尾に放水した。水兵が大勢乗った艦長艇《ギグ》が二艘、船尾へまっすぐ着けてきて火災との戦いに加わったが、ボールトン三等海尉がホーンブロワーを見つけて一瞬足を止め、「驚いたな、きみじゃないか！」と、びっくりした声を上げた。「ここで何をしているんだ？」

そうは訊いたものの、返事を待たなかった。彼はヌービルをピケ号の船長と認め、船尾方向へすたすたと歩いて彼の降服申入れを受け、目を頭上に走らせて帆や索具《リギン》に異状のないことを確認してから消火活動の指揮をとった。火災はやがて制圧されたが、その理由は何よりも、火の手が届く範囲内のあらゆる物を焼き尽くしていたからだ。ピケ号は船尾手摺りから前へある長さと、そして下は水際ぎりぎりまで焼けていたので、インディファティガブル号から見ると奇妙な光景だった。それでもピケ号は差し当たって何の危険もなかった。うまく行けば、ちょっと骨は折れても、英国へ回航して修理し、ふたたび海へ送り出すことができるだろう。

しかし重要なのはこの船の海難救助でなく、この船がもはやフランスの支配下にないという事実、もはや英国の通商路を破壊する目的には使われないという事実だ。

ホーンブロワーが帰艦して出頭したとき、サー・エドワード・ペルーが彼との会話の間に指摘した要点はそれだった。ホーンブロワーは、ペルー艦長の命令で、マリー・ガーラント号に回航員として派遣されたとき以来、彼に起こった出来事を順に話すことから始めたのだった。ペルー艦長は果たしてホーンブロワーが予期したとおり——たぶん恐れさえもしただろうが——あのブリッグ喪失の件を軽く聞き流した。あの船は降服前に砲撃で損傷をうけていたのだし、今となってはその損傷が軽微だったか甚大だったか誰にも断定はできないことだとして、ペルー艦長はその件にこだわらなかった。ホーンブロワーはあの船を救おうと努力したのだが、持ち駒が足りなくて不成功に終わったのだ――あのときインディファティガブル号は彼に多くの人員をさけなかった、と言って、艦長はホーンブロワーに罪ありとはしなかった。重ねて言うが、英国がマリー・ガーラント号の積み荷によって利益を受けるよりも、フランスから同船を奪ったことのほうが重要なのだ。この事情は、ピケ号救助についてもまったく同じことであると。

「あの船があんなふうに発火したのは幸運だった」ペルー艦長はピケ号が浮いているほうへ目をやりながら感想をもらした。ピケ号はいく艘ものボートに横付けされたままいぜん停まっていたが、その船尾から漂い流れる煙はごくうっすらとたなびいているだけだった。「あの船は本艦からどんどん遠ざかり、一時間で視界から消えた。その後、いったいどんな事態が起こったのか、思い当たるフシはないかね、ミスタ・ホーンブロワー」

ホーンブロワーは当然この質問を受けるものと予想していたし、心用意もできていた。いまこそありのままを答え、彼の働きに価する賞賛を受け、官報で発表され、たぶん海尉心得としての任命をも受けるだろう。しかしペルーはブリッグ喪失の詳細を全部は知らないし、たとえ知っているとしても、それについての考評には手心を加えてくれるのではあるまいか。

「思い当たることはありません」と、ホーンブロワーは言った。「きっと塗料倉庫で自然発火があったためだろうと思います。ほかに理由は考えられません」

あの破孔を塞ぐことを怠った過失は自分だけが知っている。自分に対する刑罰の決定は自分だけにできることだ。それで彼はこの道を選んだのだ。これが彼自身の目から見て自分を立ち直らせる唯一の道だったから、いまの言葉が口から出たとき、彼ははじめて大いなる救いを感じ、一抹《いちまつ》の悔いも残らなかった。

「幸運だったのだな、やっぱり」ペルー艦長はつくづくピケ号を眺めるのだった。

4 敵艦奪取

狼は、こんどは羊の囲いの外側をうろつき回っていた。英国海軍フリゲート艦インディファティガブル号は、フランスのコルヴェット艦パピヨン号をジロンド川河口（ビスケー湾東部）に追い込んでしまったので、河口の砲台の庇護《ひご》のもとに河中に錨泊している同艦を襲撃する方法を探しているところだった。

ペルー艦長は大胆にも、できるだけ浅海の奥へ——実は、砲台が彼を遠ざからせようと警告の砲撃をしてくるまで——艦を持ち込み、望遠鏡でコルヴェット艦を長い間、射るようなまなざしで見つめていた。それから望遠鏡をたたみこむと、くるりと回れ右をして、インディファティガブル号を危険な風下の海岸から——実際は陸から見えないところへ——遠ざからせる命令を下した。彼の退去を見て、フランス側はこれで安全とほくほくしたかもしれないが、やがてそれが間違いだったことを思い知るだろうと、彼は見通していた。それと言うのも、彼はこのまま彼らを悩ませずにそっとしておくつもりはさらさらなかったからだ。

もしあのコルヴェット艦を拿捕か撃沈できれば、あれが英国の通商路の襲撃に使えなくなるばかりでなく、フランス側はこの地点の沿岸防備力を強化しなくてはならず、それだけどこか他の場所に向けるべき力を殺《そ》がざるを得なくなるだろう。戦争は猛烈な打撃と反撃の問題だから、大砲四十門のフリゲート艦でも、巧みに操れば、巧みな痛撃を加えることができる。

その午後、士官候補生ホーンブロワーが艦尾甲板《コーターデッキ》の風下舷を歩いていると——風下側が当直士官補佐としての下位の部署だったからだが——同じ候補生のケネディが近づいてきた。ケネディは気取った仕草《しぐさ》で帽子をとって、ていねいに一礼した。ダンスの教師から習った型どおり、左足を一歩前に出し、帽子を右膝のわきに振り降ろすやり方だ。ホーンブロワーも調子を合わせて帽子をみぞおちのあたりに当てがい、つづけて素早く三回おじぎを返した。彼の体のぎごちない動きのおかげで、ほとんどその気はないのに、儀式めいたおごそかさを滑稽にまねることができた。

「やんごとなきお方様」ケネディが言った。「わたくしは艦長サー・エドワード・ペルーのご挨拶《あいさつ》を帯して参りました。卿は午後の当直の八点鐘とともに、晩餐に貴下のご来臨の栄を給わりますよう、伏してお願い申し上げるようにとのことでございます」

「サー・エドワードに、よろしくお伝えのほどを」ホーンブロワーは名前を口にするとき深く礼をして答え、「お招き、有難くおうけし、暫時お邪魔いたすでありましょう」

「艦長はさぞかし安堵《あんど》され、かつまた喜ばれることでございましょう。さっそくにも有難きご承諾の旨、それがしの慶賀を添えて申し伝えるでございましょう」

二人は前にもまして念入りに帽子を振って礼を交わしたが、その瞬間、二人とも、当直士官のボールトン海尉が風上舷から彼らを見ていることに気づいたので、あわてて帽子をかぶり、ジョージ国王陛下からの辞令を捧持する海軍士官の威厳によりふさわしい態度をとった。

「艦長の肚《はら》はなんだ？」ホーンブロワーは訊いた。

ケネディは鼻柱にそって指を当てた。

「それがわかりゃあ二階級特進ってところだがな。何かが起こりかけている。そのうちにはわれわれにもわかるだろう。それまで、われわれ小者にできることは、自分たちの呪われた運命に気づかぬふりをすることとぐらいさ。ところで艦《ふね》を転覆させないように気をつけろよ」

インディファティガブル号の大キャビンで夕食がとられている間、何かが起こりそうな気配はいっこうになかった。サー・ペルーはテーブルの上座でていねいな招待主《ホスト》ぶりだった。会話は上官たち——エックルズとチャッド両海尉と、航海長のソームズ——の間で自由に気兼ねなく流れていた。ホーンブロワーともう一人の下級士官——二年以上も先任の候補生マロリー——は身分をわきまえて沈黙を守っていたが、おかげで食べるほうに余念なく精を出すことができた。料理は候補生居住区で出されるものとは段違いに上等だった。

「ワインをぐっと空けたまえ、ミスタ・ホーンブロワー」ペルー艦長が自分のグラスを挙げながら言った。

ホーンブロワーはグラスを挙げながら、掛けたまま努めて上品に一礼した。彼は用心深く飲んだ。というのも、彼は酒に弱く、酔った気分を好かなかったからだ。

テーブルの上が片付けられ、一同はペルーの次の行動を待ちながら、しばらく期待の間があった。

「ところで、ミスタ・ソームズ」と、ペルーが口を開き、「その海図を取ってもらおうか」

それは水深が記入してあるジロンド河口の海図だった。誰かの鉛筆書きで、海岸線の各砲台の位置が書き込んであった。

「パピロン号は」と、サー・エドワードが言った（別にフランス風の発音はしなかった）。「ちょうどこの地点にいる。ミスタ・ソームズが交差方位《ベアリング》を取った」

彼は川筋のずっと上のほうにある鉛筆の×印を指さした。

「諸君には」と、ペルーはつづけて、「ボートに分乗してパピロン号を持ち出してもらう」

なるほど、それだったのか。港内で敵艦を奪取する決死隊だ。

「ミスタ・エックルズが総指揮をとる。彼の計画を話してもらおう」

驚くほど若々しい青い目をした、半白の髪の副長が一同を見回した。

「わたしはランチに乗る」と、彼は言った。「ミスタ・ソームズはカッター。ミスタ・チャッドとミスタ・マロリーは一号艦長艇《ギグ》と二号艦長艇《ギグ》を指揮してくれ。それからミスタ・ホーンブロワーは雑用艇《ジョリーボート》（艦船付属の雑役用ボートで二〜四本のオールでこぎ、カッターより小さい）を指揮してくれ。ミスタ・ホーンブロワーのボート以外は、各ボートとも後任指揮官として下級士官一名を同乗させる」

乗員七名の雑用艇《ジョリーボート》にその必要はない。ランチとカッターはそれぞれ三十名から四十名の水兵を、艦長艇《ギグ》はそれぞれ二十名を乗せていく。これは全艦の約半数にあたる大部隊の派兵ということになる。

「パピロン号は軍艦である」エックルズは自分の考えを読み上げる調子で説明した。

「商船ではない。片舷に砲十門を持ち、兵員は充分である」

百より二百にちかい員数にちがいない——百二十名の英国側水兵に対抗するには充分の人数だ。

「しかしわれわれは夜陰に乗じてこれを襲撃し、奇襲によって奪取することにする」エックルズはまた考えを読み上げる調子で言った。

「奇襲は」と、ペルー艦長が言葉をはさみ、「諸君も承知のとおり、この戦闘の主体である——話の腰を折って失礼した、ミスタ・エックルズ」

「目下のところ」と、エックルズが話をつづけ、「本艦は陸上から見えない所にいるが、これから再び接近する。本艦は海岸線付近をうろついていなかったから、蛙ども（フランス人を軽蔑した呼称）は本艦が完全に退去したものと思っているだろう。われわれは日没後、陸岸に向かい、できるかぎり近接したのち、全ボート突入する。攻撃は、見張員が充分に寝入る時間を考慮して、四時三十分に開始する。ランチは右舷艦尾側から攻撃し、カッターは左舷艦尾側から攻撃する。ミスタ・マロリーのギグは左舷艦首から、ミスタ・チャッドは右舷艦首から攻撃してくれ。ミスタ・チャッドは艦首楼《フオクスル》を奪取するやただちに同艦の錨索《ケーブル》を切断し、他のボートの乗組員はそのときまでに少なくとも艦尾甲板《コーターデツキ》に到達しているように」

エックルズは大型ボートの指揮官三人を見回し、彼らは諒解してうなずいた。そこで彼は語をついだ。

「ミスタ・ホーンブロワーは雑用艇《ジョリーボート》をもって、攻撃隊が甲板上に足場を獲得するまで待機してくれ。攻撃隊が乗り込んだならば、きみは、右舷でも左舷でも適当と思うメン投鉛台《チエーン》から乗り込み、甲板上で戦闘がどのように展開していようと構わず、ただちにメン横静索《シユラウド》を登り、メン・トプスルがほどけて広がっていることを確かめ、命令あり次第、帆脚索《シート》を引いて帆を開き切ってくれ。わたし自身、あるいはわたしが戦死または負傷した場合はミスタ・ソームズが、水兵二名を舵輪につかせ、艦が動きだしたらただちに舵《か》柄《じ》を取らせる。潮流が艦を港外へ運び出してくれるし、海岸の砲台の着弾距離のすぐ外側でインディファティガブル号がわれわれを待ち受けているはずだ」

「何か言うことはないかね、諸君」ペルー艦長が訊いた。

いまこそ彼は思い切って発言すべきときだ——発言できる唯一の機会だ。エックルズの命令が彼の胃袋にむかつくような不安感を植え付けていた。ホーンブロワーはメンマストのてっぺんで作業のできる柄ではなかったし、自分でもそれを承知していた。彼は高い所が大嫌いだし、高みへ登るのも大嫌いだった。彼には猿のような敏捷さも、有能な船乗りの自信もない。インディファティガブル号においてさえも、暗闇に高い所へ登るのはおぼつかないのだから、まったく不案内な敵艦の上で、不案内に索具《リギン》の間をよじ登るなど、考えるだにそら恐ろしい限りだった。彼は与えられた任務に自分は全く不向きだと感じたのだから、その旨をただちに申し出るべきだった。

しかしその機会が過ぎ去るのを感じた。作戦計画を諒解した他の士官たちのさりげない態度に圧倒されていたからだ。彼は動かない顔、顔、顔を見回した。誰も彼に注意を向ける者はなかったので、彼は自分だけがしゃしゃり出るのをためらった。彼は言葉をのんだ。口を開くところまで行ったのだが、いぜん誰も彼に目をくれず、彼の異議は死産に終わった。

「ではよろしい、諸君」ペルー艦長は言った。「詳細の説明に入ったほうがいいだろう。ミスタ・エックルズ」

こうなっては、もう手遅れだ。海図を前にしたエックルズは、ジロンド河口の浅瀬と泥質の洲《す》をぬって進むコースを指示し、海岸の砲台の位置と、インディファティガブル号が日中に接近しうる距離に対するコルドワン灯台の影響力について詳細に説明した。ホーンブロワーは不安をよそに心を集中しようと努めながら耳を傾けた。エックルズが作戦要領を説明し終わると、ペルー艦長は会議を閉じた。

「諸君、各自の任務は以上のとおりだ。準備に取り掛かってくれたまえ。間もなく日没だし、諸君はやることがたくさんあるだろう」

ボートで行く乗組員たちに仕事を割り当てなければならなかった。全員が武装していることとボートに非常の用意がととのっていることを確認する必要があった。一人一人に分担の任務を教え込まなければならなかった。そしてホーンブロワーはメン横《シュ》静索《ラウド》をよじ登り、メン・トプスルの帆桁《ヤード》にそって帆を広げる稽古をしなければならなかった。

彼は二回やった。自分を鞭うって檣楼下横静索《フトック・シュラウド》（檣楼や檣楼座板を下檣の上部に固定している短い数本の横静索）をよじ登るむずかしい動作をやってみた。檣楼下横静索《フトック・シュラウド》はメンマストから外側へ張り出しているので、段索《ラットライン》（横静索を登るための足がかり）を手指と足指でしっかり捕まえ、背を下向きにぶら下がって数フィートよじ登る必要があった。彼はぎごちないが、ゆっくり用心深く動いて、なんとかやりとげることができた。それから足場綱《フット・ロープ》（帆を張ったりたたむとき水夫の足場となる綱）の上に立ち、帆桁端《ヤーダーム》まで横歩きをした——足場綱《フット・ロープ》は帆桁《ヤード》ぞいに、その下四フィート近くにさがるように取り付けられている。ここを渡る要領は、足場綱《フット・ロープ》に乗り、帆桁《ヤード》越しに腕をまわして、帆桁《ヤード》を腋の下でかかえこみ、足場綱《フット・ロープ》づたいに横歩きをして括帆索《ガスケット》（たたみ上げた帆を帆桁などにくくりつける小綱）を解き放し、帆布を広げる。ホーンブロワーは、目の下百フィートを落下する想像に胃の腑がむかつくのと戦いながら、全行程を二度稽古した。最後に、彼は不安にあえぎながら、手を移して転桁索《ブレース》を摑み、思い切って甲板まですするすると伝い降りた——トプスルを広げる時が来たら、これがいちばんいいルートになるだろう。これは長い危険な登攀《とうはん》だ——彼は水兵たちが高みへ登るのをはじめて見たとき思ったことだったが、いままた心でひとりごちた——国でサーカスにこんな呼び物を出したら「おお」だの「ああ」などと感に耐えた嘆声を浴びることだろう。

　しかし彼は甲板に降り立ったとき、決して自分に満足していなかったし、心の裏では、パピヨン号でこの軽業をくりかえす時が来たら、自分が手をすべらせ、まっさかさまに甲板へ——風を切って落ちる一、二秒間の恐怖ののちに、体をたたきつけられる姿をまざまざと思い描いていた。しかも奇襲攻撃の成否は、他の者に劣らず彼の肩にかかっている――もしトプスルがうまく張れず、コルヴェット艦の舵が効《き》くだけの速力が出せなかったら、あの艦は河口に無数に点在する浅瀬のどれかに座礁し、不名誉にも逆に拿捕され、インディファティガブル号の乗組員の半数は死ぬか捕虜になるだろう。

甲板中央部《ウエスト》に雑用艇《ジョリーボート》乗員が整列して彼の点検を待っていた。彼はオールが全部適当に消音されており、乗員の一人一人がピストルと斬り込み刀《カットラス》で武装していることを確かめ、どのピストルも、暴発して襲撃を感づかれる恐れのないように、打ち金が半ば倒してあることを確認した。それからトプスルを広げるときの役割を一人一人に割り当て、死傷者が出て止むなくこの作戦計画に予定外の変更が行なわれることもあり得る点を強調した。

「おれがまっ先に横静索《シュラウド》に取りつく」と、ホーンブロワーは言った。

そうすべき立場にちがいない。自分が先頭に立たねばならぬ――それが自分に課せられた任務だ。いや、それだけではない。もし自分が何か別の命令を出していたら、たちまち何か言われ――ひいては侮《あなど》りをうけることにもなっただろう。

「ジャクスン」と、ホーンブロワーは艇長《コクスン》を指名して、「きみは最後にボートを降り、おれが倒れたら指揮をとれ」

「アイ・アイ・サー」

「死ぬ」という代わりに「倒れる」という詩的表現を使うのが通例だが、ホーンブロワーが現在の状況でその恐るべき本当の意味を考えたのは、その言葉を口に出してからのことだった。

「何もかもわかったか？」ホーンブロワーはしわがれ声できいた。声がそんなふうに割れたのは心の圧迫のせいだった。

一人をのぞいて全員がうなずいた。

「失礼ですが」と、整調オールを漕ぐ若い水兵のヘイルズが言った。「自分はちょっとへんてこな気分です」

ヘイルズは浅黒い顔をした小柄な若者だった。彼はしゃべりながら、漠然とした身ぶりで手を額に当てた。

「へんな気分がするのはおまえだけではない」ホーンブロワーはぴしっと言った。

他の水兵たちがくすくす笑った。砲台の激しい砲火を浴びることや、反撃をものともせず武装したコルヴェット艦に乗り込むことを考えれば、臆病者の胸に不安がかき立てられるのも無理はない。この決死隊に選ばれた大部分の者が多少とも胸騒ぎを感じているにちがいない。

「そのことではありません」ヘイルズが憤然として言った。「もちろん違います」

しかしホーンブロワーも他の者も構いつけなかった。

「いいから黙ってろ」ジャクスンがこわい顔で言った。危険な任務を割り当てられたあとで気分が悪いと訴える者に与えられるものは軽蔑以外の何ものでもない。ホーンブロワーは軽蔑と同時に同情をおぼえた。彼自身、不安を口に出さないだけで、大同小異の臆病者だ――人が何と思うだろうかと恐れて口に出さないだけなのだ。

「解散」ホーンブロワーは言った。「出発のときは全員集合の命令を下す」

まだ数時間の猶予があり、その間にインディファティガブル号は着実に測深を行ない、ペルー艦長自ら指揮をとりながら海岸へ忍び寄った。ホーンブロワーは焦燥感とひどい不安にもかかわらず、ペルーがこの暗夜に危険きわまりない海面に大きなフリゲート艦を潜入させながら見せる卓越した操船ぶりを観賞する余裕はあった。それまで彼をとらえていた小刻みな震えが次第におさまってくる経過に強い興味をひかれた。ホーンブロワーは自分の死の床でも観察と研究をつづけるようなタイプだ。インディファティガブル号が河口沖に達し、ボートを発進させることが望ましい地点に来たころまでには、ホーンブロワーは接岸航法の原理の応用法についてと、敵艦奪取決死隊の組織について、多くのことを体得していた――そして自己分析によって、攻撃前の攻撃隊員たちの心理についても、いろいろ学ぶところがあった。

インクのように黒い波面に揺れる雑用艇《ジョリーボート》に乗り込むころには、彼はもうどこから見てもすっかり自己を統御しており、静かな落着いた声でボートを離す号令を下した。ホーンブロワーが舵柄《かじ》を取った――そのがっしりした木製の柄《え》の感触は頼もしく、それに手と肘《ひじ》を掛けて艇尾座席《スターンシート》に腰をすえた形はもうすっかり板についており、水兵たちは先行する四艘のボートの黒い影を追ってゆっくり漕ぎはじめた。時間はまだ充分にあり、潮の流れが彼らを河口の三角口（ラッパ形をして潮の干満があり、満潮時には海の一部のようになる）へ運んでくれるはずだ。そのほうがちょうどよいのだ。何しろ片側にはサン・ディユの砲台が並び、三角口内の奥にはブラーユ要塞があるのだ。可航水路を斉射する訓練をつんだ四十門の大口径の大砲があるのだから、それらの一門から一発でも撃たれたら、五艘のボートは――もちろん雑用艇《ジョリボート》も――ひとたまりもない。

ホーンブロワーは注意深く、前を行くカッターに目をすえていた。ソームズが全ボートを可航水路に進める恐ろしい責任を負っているので、彼のほうはただカッターの航跡について行けばよい――彼のすることは何もない、あのメン・トプスルを広げること、ただその一事だけ。ホーンブロワーはまた体が震えているのに気づいた。

さっきへんな気分だと言った水兵、ヘイルズは整調オールを漕いでいた。ホーンブロワーからはただ彼がゆっくりしたストロークで漕ぐたびに、前後にリズミカルに動く黒い形が見えるだけだった。一回ちらっと見たあと、ホーンブロワーはすぐに彼のことを忘れ、じっとカッターを見つめていたが、そのときとつぜん起こった騒音が彼の心をふたたびボートに引きもどした。誰かがストロークを間違えたのだ。その結果、六挺のオール全部の調子が乱れた。ガタンという音さえした。

「バカもの、しっかり気を入れてやれ、ヘイルズ」艇長《コクスン》のジャクスンがものすごく緊迫した語気をこめて低く言った。

返事の代わりに、ヘイルズから不意に叫び声があがった。大きくはあったが幸いに遠くまでひびくほどではなく、しかしヘイルズが倒れこんできてホーンブロワーとジャクスンの足にぶつかり、足をばたつかせたり身をもんだりした。

「こいつ発作を起こしやがった」ジャクスンがうなるように言った。

ばた足と身もだえはつづいた。海面ごしに闇の向こうから、鋭い、軽蔑をこめた低声が聞こえた。

「ミスタ・ホーンブロワー」その声は言った——それは低声でこっそりと浴びせる質問に、あらんかぎりの激怒をこめたエックルズだった。「部下を静粛にできないのか？」

エックルズは雑用艇《ジョリーボート》に横付けせんばかりにランチを回してきていたが、いつもの悪口雑言の一言もないことに絶対静粛の必要性が劇的に示されていた。ホーンブロワーは、明日、艦尾甲板《コーターデッキ》において衆目の前で行なわれる、峻厳きわまりない懲罰の光景が目に見えた。彼は弁明しようと口をあけたが、ブラーユ要塞の砲列の下で、無蓋《オープン》ボートに乗った奇襲隊員が弁解どころではないと、幸いにも気づいた。

「アイ・アイ・サー」とだけ、彼が低声で返すと、ランチはカッターを追い、戦隊を誘導する任務にもどった。

「彼のオールを取れ、ジャクスン」彼は艇長《コクスン》に激しい怒りをこめて低声で言い、それから身をこごめて自分の手で、身もだえするヘイルズの体を引き寄せ、ジャクスンの邪魔にならないようにした。

「水をぶっかけてやったらいいですよ」ジャクスンが後部漕ぎ手座へ移りながら吐き捨てた。

「手元にバケツがあります」

海水は船乗りの万病に効く特効薬だ。しばしば、水兵たちが短上着《ジャケット》ばかりか寝具までも濡れながら、一日も病気にならないことは事実だ。しかしホーンブロワーは病人を寝かしておいた。彼の身もだえはそろそろ止みかけていたし、ホーンブロワーはバケツで音を立てたくなかった。百余名の生命が静粛さに依存しているのだ。すでに三角口深く入りこんでいるから、海岸から楽に狙える射程内に入っている——そしてただ一発でも砲声が起これば、パピヨン号の乗組員は目を覚まし、舷側に兵員を配置して、奇襲隊を撃退する用意をし、乗り着けるボートに砲弾を落下させ、ぶどう弾の嵐で近づくボートを粉砕する用意をするだろう。

しずしずと、ボート戦隊は三角口の奥へ滑っていった。カッターのソームズは漕ぐペースを落とさせ、ごくたまに進路を保つためにひと漕ぎ入れるだけだった。おそらく彼は充分に心得てやっているのだろう。彼が選んだ水路は、泥質の洲と洲の間に隠された、水路とも言えない水路で、ごく小さなボート以外には通れない所だったから、彼は水深を測るのに二十フィートのポールを携《たずさ》えていた——この方が測鉛《レッド》より手早く、ずっと静かに使えるからだ。

時間は刻々に過ぎていったが、しかも夜はまだ完全な闇で、近づく夜明けの気配はまったくなかった。じっと目を凝《こ》らしても、ホーンブロワーは左右の平坦な洲さえはっきり見えるとは言いかねた。これでは潮流に運ばれて進む小さなボートを陸上から見つけるには、よほど鋭い目が必要だろう。

ヘイルズが足元で身じろぎ、やがてまた身じろいだ。彼の手が闇の中で探り回って、ホーンブロワーの足首に行き当たると、いかにも珍しい物でも見つけたように、しきりにいじり回した。彼が何やらつぶやいたが、言葉は引き伸ばされて、うめき声になった。

「静かに!」ホーンブロワーは、離れたところから聞こえない声で、状況の切迫を伝えるために、まるで昔の聖者のように、体で物を言おうとしながら低声で言った。ヘイルズはホーンブロワーの膝に肘をつき、それを力に体を起こして座位になったが、やがてさらに力を入れて立ち上がろうとし、膝を曲げたままふらつき、ホーンブロワーにもたれかかって身をささえた。

「坐れ、バカ者!」ホーンブロワーは怒気と心配で震えながらささやいた。

「メリーはどこだ?」ヘイルズはくだけた調子できいた。

「黙れ！」

「メリー！」ヘイルズはよろけて彼にぶつかりながら言った。「メリー！」

連呼する声がそのたびに大きくなった。ヘイルズは間もなく大声でしゃべり出すぞと、ホーンブロワーは直感した。医者だった彼の父親との会話の古い記憶が心の裏でこそりと目覚めた。てんかんの発作から覚めた人間は自分の行動に責任が持てないので、危険なこともあり、事実しばしば危険だということを思い出した。

「メリー！」ヘイルズがまた言った。

勝利と百余名の生命は、ヘイルズを沈黙させることに、それもいますぐ沈黙させられるかどうかにかかっている。ホーンブロワーはベルトに差しているピストルを思いつき、その台尻を使おうかと考えたが、ほかにもっと都合のいい武器があった。彼は舵柄《チラー》をはずした。三フィートの固い樫《かし》の棒だ。それを彼は憎悪と怒りをこめて力一杯振りおろした。舵柄《チラー》はヘイルズの頭を打ち砕き、ヘイルズは叫ぼうとした言葉をのどでぷっつり途切らせ、ボートの底へ無言で倒れこんだ。ボートの乗組員からは何の声もなく、ただジャクスンから溜め息のようなものが聞こえただけで、全員が賛否いずれか、ホーンブロワーはわからなかったし、頓着《とんじゃく》しなかった。彼はなすべきことをなしたのであり、それを確信していた。彼は手のつけられないバカ者を叩き伏せたのだ。十中八、九は殺してしまっただろうが、決死隊の生死をかけた奇襲は危険にさらされずにすんだのだ。彼は舵柄《チラー》をもとにもどし、粛々《しゆくしゆく》として艦長艇《ギグ》の航跡をたどりつづける無言の行にかえった。

ずっと前方に——暗闇の中で距離を推測することは不可能だったが——黒い海面に接して、大きな暗黒の核があった。コルヴェット艦かもしれない。さらに十数回、音もなく漕いだとき、ホーンブロワーは敵艦を確認した。ソームズはボート戦隊をまっすぐ目標に導き、みごとに水先案内役を果たしたのだ。カッターとランチはいま二艘の艦長艇《ギグ》から離れて散開していた。四艘のボートはいっせいに集中攻撃をかける用意に入って散っていった。

「漕ぎ方やめ！」ホーンブロワーは低声で言い、雑用艇《ジヨリーボート》の乗員が漕ぐのを止めた。

ホーンブロワーは命令をうけていた。攻撃隊が甲板に足場を獲得するまで待たねばならない。手が発作的に舵柄《チラー》を握りしめた。ヘイルズを処分した興奮が、闇の中で不案内な索具《リギン》によじ登らねばならないという思いを、彼の心からすっかり追い出していたが、いまその思いは倍加した切迫感をともなって立ち返った。ホーンブロワーは恐ろしかった。

コルヴェット艦は見えているのに、ボート戦隊は彼の視界から消えた。彼の視野から出はずれてしまった。コルヴェット艦は錨《いかり》を入れたまま揺れ、夜空を背景にマストや帆桁《ヤード》が見えた——あそこへ登らねばならないのだ！

コルヴェット艦はそびえ立っているように思われた。コルヴェット艦の間近で、暗い海面にひとつ水しぶきが見えた――ボート戦隊は急速に接近していく。誰かのストロークが少し不注意だった。それと同時にコルヴェット艦の甲板からどなり声が聞こえ、そのどなり声がくりかえされたとき、艦側に殺到する各ボートから、百倍のこだまが返った。鬨《とき》の声は威勢よく長く引き伸ばされ、確然と目的を持ったものだった。

眠っていた敵にとってその喧騒は寝耳に水だろうし、歓声の進行は各ボートの乗組員に味方の成功の拡大を知らせることになる。英国人水兵たちは狂人のように鬨の声を上げていた。コルヴェット艦からの一つの閃光とバーンという一発の銃声が最初の発砲が行なわれたことを告げた。間もなく甲板の数カ所からピストルがパンパンとつづき、マスケット銃がバンバンと鳴った。

「漕ぎ方はじめ！」ホーンブロワーは言った。その命令はまるで拷問によって無理やり引きむしられたかのような言い方だった。

雑用艇《ジョリーボート》は前進し、その間にホーンブロワーは自分の感情を圧服して、艦上で展開している状況を見定めようと努めた。コルヴェット艦のどちら側が良いと選ぶ理由は見つからなかったし、左舷の艦側が手前だったから、彼は左舷のメン投鉛台《チェーン》へ向けてボートの舵柄《かじ》を取った。自分の動作に夢中《チラー》なあまり、「オール挙げ」の命令をすんでのところで忘れるところだった。彼は舵柄を引きつけ、ボートが急回頭し、舳手《バウマン》（前オールの漕ぎ手）が鉤《かぎ》ざおを引っかけた。

すぐ上の甲板上で、鍋《なべ》を叩いて回る鋳掛屋《いかけや》そっくりの音が聞こえた——ホーンブロワーは艇尾座席《スターンシート》に立ち上がりながら、その奇妙な音に気づいていた。腰の斬り込み刀《カットラス》とベルトのピストルを触ってから、彼はメン投鉛台《チェーン》めがけて跳躍した。向こう見ずなジャンプで投鉛台《チェーン》に飛びつくと、懸垂力《けんすいりょく》で体を放り上げた。横静索《シュラウド》が両手につかまり、足はその下の段索《ラットライン》を探り当て、彼はよじ登りはじめた。頭が舷縁《ブルワーク》の上に出て甲板が見えた拍子に、一発のピストルの閃光が一瞬にこの光景を照らし出し、甲板上の激闘を絵のように静止したものに見せた。彼の前下で一人の英国人水兵がフランス人士官と斬り込み刀《カットラス》同士で激しくわたり合っていたので、さっきの鋳掛屋の音は斬り込み刀《カットラス》と斬り込み刀《カットラス》が打ち合う音だったと気づき、漠然とした驚きを感じた——刀のはっしと相打つ響き、と詩人がうたうあの音だ。ロマンはそこまでで終わり。

われに返って彼は横静索《シュラウド》を登りはじめた。肘で檣楼下横静索《ファトック・シュラウド》を探ってそれに移り、足指で段索《ラットライン》をはさみつけ、両手で必死にしがみつきながら、背を下にしてぶら下がった。それは死物狂いの二、三秒間つづいただけで、やがて彼はトップマスト横静索《シュラウド》に尻上がりで登り、最後の登りにかかった。

彼の肺はここまでの運動量で破裂しそうだった。トップスルの帆桁《ヤード》だ。ホーンブロワーはそれに横ざまに身を投げてぶら下がり、足で足場綱《フット・ロープ》を探った。神よ！　足場綱《フット・ロープ》がない

――彼の足は闇の中を探るが、抵抗のない空を蹴るばかりだ。甲板から百フィート上で、彼は腕の長さいっぱいに父親の手でぶら下げられた赤児のように、ぶら下がったまま身をよじり足をばたつかせた。足場綱《フット・ロープ》はなかった。フランス側がこれを取り外しておいたのは、まさにこの事態を考えてのことだったかもしれない。足場綱《フット・ロープ》がなくては、帆桁端《ヤーダーム》へ渡ることができない。だが、括帆索《ガスケット》を解き放ち、帆を広げなければならない――すべてはそれにかかっているのだ。ホーンブロワーは、命知らずの水兵がまるで綱渡りをするように、まっすぐ立ったまま帆桁《ヤード》の上を駆け渡るのを見たことがあった。いま、帆桁《ヤーダ》端《ーム》まで行き着く方法はそれしかない。

暗黒の奈落を下に見てその帆桁《ヤード》づたいに歩くという考えに、ふがいなくも彼の肉体が反抗して、一瞬彼は息をつぐことができなかった。これが恐怖だ――男の本性をまる裸かにし、臓腑を水に変え、手足を紙に変えてしまう恐怖だ。

それでも彼の積極果敢な心は働きつづけた。ヘイルズを始末したときは断固としていたではないか。自分個人がからんでいないときにはずいぶん勇敢だった。精いっぱいの腕力で哀れなてんかん持ちを叩き伏せたではないか。そんなところで見せられる勇気などは卑しいものだ。肉体的な勇敢さという単純粗野な面で自分は完全に欠けている。これは臆病というものだ――男たちが他の男たちへこっそり耳打ちするたぐいのものだ。それは考えるだに忍びない――これは闇の中を甲板へ落下する思いよりも（これも恐ろしいが）もっと悪い。

息を殺して、彼は帆桁《ヤード》に膝をかけ、身を引き起こしてついに真っ直ぐ立った。足下に帆で包まれた円材を感じると、彼の本能がそこで一瞬でもぐずついてはならないと命じた。

「みんな、来い！」彼はどなると、勢いよく帆桁《ヤード》の上を渡っていった。

帆桁端《ヤーダーム》まで二十フィートあったが、彼は狂気じみた大股の数歩で渡り切った。今や完全に向こう見ずになって、彼は帆桁《ヤード》に両手をつき、それを抱えこみ、ふたたびそれとぶっちがいに腹をのせて身を支えながら、両手で括帆索《ガスケット》を探った。帆桁《ヤード》にゴツンと音がしたので、彼のあとに従えと命じておいたオールドロイドが、彼を追って帆桁《ヤード》を渡って来たことがわかった――彼はまだ六フィートばかり余していた。雑用艇《ジョリーボート》の他の乗員たちが帆桁《ヤード》に取りついていることも、クラフが先頭に立って右舷の帆桁端《ヤーダーム》へ渡ったことも疑いなかった。そのことは帆の広がる速さで明らかだった。彼のわきに転桁索《ブレース》があった。いまや危険の思いなどさらになく――というのは、興奮と勝利感でうわの空だったからで――彼は転桁索《ブレース》を両手に摑むと、ぐいと帆桁《ヤード》から身を離した。ぶらつく両脚がロープを探り当て、それにからみつくと、彼はするすると滑り降りはじめた。

なんという愚かさか！　常識も分別も身についていないのか？　警戒心と注意力を決してゆるめてはならないことを思い出さないのか？　彼は委細構わず勢いよく滑り降り

たから、ロープが彼の両手を麻痺《まひ》させ、彼が速度を落とそうとして握力を強めると、たまらない痛みが来たので、止むなくまた手をゆるめて滑り降りるほかなくなって、ロープがまるで手袋をむしり取りでもするように彼の手の皮をべろりと剝《は》いだ。足が甲板についたので、彼はあたりを見回し、一瞬手の痛みを忘れた。

ちょうど灰色のかすかな光が見えはじめており、戦闘の物音はなかった。奇襲はみごとに効を奏したのだ——とつじょコルヴェット艦の甲板に躍り込んだ百人の決死隊が、守錨当直員《アンカーワッチ》を一掃し、下層の当直員が上がってきて抵抗できないうちに、一回の突撃で艦上を制圧してしまったのだ。チャッドの非常に高い声が艦首楼《フォクスル》からきーんと響いてきた。

「錨索《ケーブル》切れました！」

するとと後部《とも》のほうからエックルズが野太い声でどなった。

「ミスタ・ホーンブロワー！」

「はい！」ホーンブロワーは大声で応じた。

「揚げ索《ハリヤード》につけ！」

どやどやと大勢が手助けに駆けつけてきた——彼の雑用艇《ジョリーボート》の乗員だけでなく、自発性と元気のある男たちが残らずやってきた。揚げ索《ハリヤード》、帆脚索《シート》、そして転桁索《ブレース》。帆が丸くふくらみ、南寄りの軽風をいっぱいにはらんで張り上がったので、パピヨン号は回頭し、始まったばかりの引き潮に乗って動きだした。夜のひき明けは早く、海面にいくらか靄《もや》をただよわせて明けた。

右舷艦尾を越えて、陰にこもったうなりが通ったと思うと、朝靄が不自然に大きな、一連のすさまじい爆発音で引き裂かれた。ホーンブロワーのわきを、生まれてはじめて聞く砲弾数発がかすめ過ぎた。

「ミスタ・チャッド！　フォアスルを張れ！　フォア・トプスルを広げろ！　誰か上へ行って、ミズン・トプスルを張れ！」

左舷艦首方向から別の一斉射撃が来た——ブラーユ要塞が片側から彼らに砲火を浴びせ、サン・ディユ砲台が反対側から撃ちかけてきた。いまやパピヨン号上の事態を察知しているのだ。しかしコルヴェット艦は風と潮流に乗って船脚を速めていたので、薄明かりの中で撃ち止めるのは容易な業ではないだろう。危機一髪のところだった。数秒の遅れが致命的にもなっただろう。次の斉射の一発だけが、音の聞こえる距離を飛び過ぎ、頭上で大きくひゅうっと鳴る音でその弾道があとづけられた。

「ミスタ・マロリー、そのフォア前支索《ステイ》を組み継《スプライス》ぎさせろ！」

「アイ・アイ・サー！」

いまや甲板上が見回せるほど明るくなった。エックルズが艦尾楼《プープ》の前端に立ってコルヴェット艦の操帆を指揮し、ソームズが舵輪のわきで可航水路を下る操舵指揮を執っているのが見えた。赤い上衣を着た海兵隊の二班が、銃剣をつけて、昇降口の上で警備についていた。甲板には、四、五人の水兵が、妙に投げやりな恰好で横たわっていた。いや、戦死者だ。ホーンブロワーは若者の無神経さでそれを見ることができた。しかし負傷者も一人いた。砕けた腿《もも》の痛みにうなりながらしゃがみ込んでいる——ホーンブロワーは、同じ無関心さで彼を見ることができなかったので、そのとき一人の水兵がマロリーから部署を離れる許可を求めて許され、彼を介抱したときは——たぶん自分自身のためだったろうが——嬉しかった。

「回し方用意!」エックルズが艦尾楼《プープ》からどなった。コルヴェット艦はすでに河口中央の大きな洲に達し、これから外海へ向かって変針をしようとしていた。

水兵たちが各転桁索《ブレース》へ走っていくので、ホーンブロワーはつられて後を追った。しかしざらざらのロープに触れたとたんに、あやうく悲鳴を上げかけたほど激しい痛みを覚えた。彼の両手のひらは生肉のようで、そこから血が流れているところは切りたての生肉といった感じだった。いったんそれに気をとられると、傷はもう我慢のならないほど痛んだ。

フォアスルの帆脚索《シート》がこちらへ回ってきたと思うと、コルヴェット艦は軽快に針路を転じた。

「懐しのインディーがいるぞ!」誰かが叫んだ。

インディファティガブル号はいまやはっきりと見え、海岸砲台の射程のすぐ外で、艦首を風上に向けてほとんど停止し、拿捕船とのランデブーをしようと用意していた。誰かが歓声を上げた。するとその歓声に全員が唱和し、その間にも、射程いっぱいに発砲されたサン・ディユ砲台からの最後の斉射が舷側わきの海面に水柱を立てたが、目をくれる者はなかった。ホーンブロワーは手をかばいながらポケットからそろそろとハンカチを抜き取り、手に巻きつけようとした。

「手伝いましょうか？」ジャクスンが言った。

ジャクスンは赤むけた手を見ると首を振った。

「不注意でしたね。降りては休み、休んでは降りるようにしなけりゃいけませんよ」ホーンブロワーから負傷の原因を説明されて彼は言った。「まったく不注意でしたよ、こう言っちゃ失礼なんですがね。しかしあんた方、お若い紳士《ヤングジエントルメン》（士官候補生の俗称）にはよくあることってすよ。実に命知らずで、向こう見ずですからね」

ホーンブロワーは頭上のメン・トプスルを振り仰ぎ、闇の中であのほっそりした棒のような円材の上を渡ってあの帆桁端《ヤーダーム》まで出ていったときのことを思い出した。それを思い浮かべただけで、足下にがっしりした甲板を踏んまえて立っていながら、ちょっと胴震いをした。

「失礼しました。気を悪くさせるつもりじゃなかったんです」ジャクスンは結び目をつくりながら言った。「はい、出来ました。できるだけうまくやったつもりですが」

「ありがとう、ジャクスン」ホーンブロワーは言った。

「雑用艇《ジョリーボート》を失ったことを報告しなけりゃなりませんね」

「失った？」

「艦側に引っ張られてません。つまりですね、ボート番を残さなかったでしょう。ウェルズがボート番でしたね。しかしわたしが先にやつを横静索《シュラウド》に登らせたんです、ヘイルズが行けなくなったんでね。あれだけの作業には手不足でしたよ。それで雑用艇《ジョリーボート》はこの艦が変針したとき流れてしまったにちがいないです」

「で、ヘイルズは、どうなんだ？」

「やつはまだボートに乗ったままでした」

ホーンブロワーはふり返って、ジロンド河の三角口を見渡した。あそこのどこかに雑《ジョ》用艇《リーボート》が漂い流れており、その中にヘイルズが横たわっているのだ。おそらく死んでいるだろうが、生きている可能性もある。どちらにしても、フランス側が発見することはまず間違いなかったが、ホーンブロワーは置き去りにしたヘイルズのことを思いついたとたんに、後悔の冷たい波が胸中の暖かい勝利感を消してしまった。もしヘイルズがいなかったら、彼は決してメン・トプスルの帆桁端《ヤーダーム》へ駆け渡る度胸は出なかっただろう（少なくとも彼はそう思った）。今ごろは、任務を完遂できた満足感にほれぼれと浸るどころか、心傷つき、卑怯者としての烙印《らくいん》を押されていただろう。

ジャクスンは彼の顔のうら悲しげな表情を見た。

「そんなに心配しないことですよ。雑用艇《ジョリーボート》の喪失の責任をあんたに問うようなことはしませんよ。艦長もエックルズ海尉も、しやしませんよ」

「雑用艇《ジョリーボート》のことを考えていたんじゃない」ホーンブロワーは言った。「ヘイルズのことを考えていたんだ」

「へえ、やつのことを？　やつのことなら悔《く》やむことはないすよ。やつはどうせ船乗りにゃなれっこなかったんすから。なれるわけないっしょう」

5　神を見た男

ビスケー湾に冬が来た。秋分が過ぎるとともに強風は暴力を増して荒らび、フランス沿岸の監視にあたっている英国海軍の骨折り苦労と危険はふえる一方だった。

東寄りの強風のときは——刺すように冷たく、シケにもまれる艦はただひたすらこれに耐えるほかなかったが——波しぶきは帆綱や索具《リギン》に凍りつき、波に動揺する船体はザルのように水が漏った。また西寄りの強風が吹くと、各艦は爪を立てて這《は》いずるようにして風下の海岸から安全な沖へとのがれ、しかも充分な操船余地を獲得することと、大胆にも港から出てくるフランス船があればすかさずこれに襲いかかれる位置を保つこととの間の、危険な兼ね合いを計らねばならなかった。

これはシケにもまれる艦の話である。しかしそれらの艦にはシケにもまれる男たちが乗っているのであり、彼らは一週また一週、一月また一月と、打ちつづく寒気、しきりに降る長雨、塩漬けの食糧、果てしのない労役、封鎖艦隊の生活の倦怠と悲哀を耐え忍ばねばならなかった。

封鎖艦隊の目であり爪である多忙なフリゲート艦にあってさえも、倦怠感はさけられなかった。昇降口を密閉し、上の甲板の合わせ目からは下の人間たちの上に滴が落ち、長い夜と短い昼、寸断される睡眠、それでもなおやり足りぬ仕事の連続――この長期間の耐乏生活からくる倦怠感に耐えねばならなかった。

インディファティガブル号でさえも、いらいらした気分が漂っており、一介の候補生にすぎないホーンブロワーさえ、毎週規則的に行なわれる艦長の検閲の前に、自分の分隊の乗組員たちを監督しながら、そうした空気に気づいた。

「その顔はどうした、スタイルズ」彼は訊いた。

「で、で、できものです。たちが悪いんです」

スタイルズの頰と唇には、ねとねとした膏薬《こうやく》が五カ所も六カ所も点々と貼りつけてあった。

「何か手当てをしたのか？」

「衛生兵がしました。膏薬をくれて、もうじきよくなると言ってました」

「よろしい」

ところで、スタイルズの左右にいる水兵たちの顔の表情に、何か不自然なものがあるか、ないか？　いわくありげにひとり笑いをする人間のような顔つきをしてはいないか？　こっそり忍び笑いをするようなところがないか？　ホーンブロワーは嘲笑の種にはなりたくなかった。そういうことは統制をとる上によろしくない——それにもし水兵たちが彼らの上官の知らない秘密を共有しているようならば、統制上ますます悪い。

　彼はもう一度、隊列を鋭くいちべつした。スタイルズは棒を呑んだように立っており、その黒ずんだ顔には何の表情も見られない。耳の上の巻き毛はちゃんと櫛でとかしてあるし、これといっておかしな所は見当たらない。しかしホーンブロワーはさっきの話が分隊の他の者たちにとってからかいのもとになっているのではないかと感じ取り、これはおもしろくないと思った。

　点検が終わったあと、彼は士官次室《ガンルーム》で軍医のローと論じ合った。

「できもの？」と、ローが言った。「もちろん水兵たちはできものをでかしているよ。塩漬けの豚肉と、挽《ひ》き割りの豆が九週間もぶっ通しじゃあね——できものができるのも当たり前じゃないかね？　できもの——ただれ——膿疱《のうほう》——エジプトの天然痘、なんでもござれだ」

「顔に？」

「顔もできものがよくできるところだよ。自分の経験から推して考えりゃわかるだろう」

「衛生兵は治療をしているんですか？」ホーンブロワーは食い下がった。

「もちろん」

「彼はどんな人間ですか？」

「マグリッジか？」

「それが彼の名前ですか？」

「彼は腕のいい衛生兵だよ。彼に黒ビールを調合させてみろ、わかるから。いや、わたしが何か調合してやってもいい——きみはたいそう不機嫌のようだからな」

ロー軍医はグラスのラム酒を飲み干すと、テーブルを叩いてボーイを呼んだ。ホーンブロワーは、ローがまだ素面《しらふ》のうちに見つけて、これだけでも情報を与えてもらったのは運がよかったことに気づき、その場を立ち去り、ミズンマストの寂しい場所でこの問題を深く考えてみようと檣楼《トップ》へ登った。これが彼の新しい戦闘部署だった。水兵たちが配置についていないときには、ここに上がると、わずかながらありがたい孤独を見出すことができる——人間がひしめくインディファティガブル号で、これは得がたいことである。

厚ラシャの短上着《ジャケット》に暖かそうにくるまって、ホーンブロワーはミズンの檣楼《トップ》に腰かけた。頭上では、マストの先端が灰色の空にでたらめな円を描いている。横では、ミズン横静索《シュラウド》が、吹きすさぶ強風の中でカン高い調べを奏でており、下では、小さく縮帆したトプスルに風をうけて北に艦首を向けたまま横揺れ《ローリング》と縦揺れ《ピッチング》をくりかえす艦の上で、いつもの生活がつづいている。

八点鐘で、艦はふたたび南へ回頭し、果てしないパトロールをつづけることになっている。そのときまで、ホーンブロワーは自由で、スタイルズの顔のできもののことや、分隊の他の水兵たちの顔の、いわくありげな含み笑いのことについて黙想に耽《ふけ》ることができる。

二つの手が檣楼《トップ》をめぐらす丈夫な木柵に現われたので、黙想を邪魔されたホーンブロワーは苦々しげに顔を上げると、頭が一つ木柵の上に出てきた。それはホーンブロワーの分隊のフィンチで、やはりこのミズンの檣楼《トップ》が戦闘部署になっている水兵だ。彼は房髪と薄青い目をした、きゃしゃな小男で、ときどきバカのようににやにやしているが、このときも、檣楼《トップ》が先客に占領されていると知っていくらか失望の色を見せてから、ホーンブロワーだと気づいて、例のにやにや笑いがぱっと顔に浮かんだ。

「失礼しました。ここにおられると知らなかったものですから」

フィンチは檣楼下横静索《フトック・シュラウド》から檣楼《トップ》まで移ってきた動作のまま、後ろ下がりで止まり、居心地悪げにぶら下がっていたので、横揺れ《ローリング》のたびに今にも振り落とされそうだ。

「やあ、よかったら、ここへ来いよ」ホーンブロワーは優しく応じる自分を呪わしく思いながら言った。きちんとした士官なら、フィンチにそのまま戻れと言って、邪魔はさせないだろうに、と思った。

「すみません、お願いします」と、フィンチが言い、木柵越しに片足を入れてきて、横《ロー》揺れ《リング》を利用してひょいと檣楼《トップ》の中へ入った。

彼はしゃがみ、ミズン・トプスルの下から前方のメンマスト上部をのぞいていたが、やがてふりかえり、軽いいたずらを見つけられた子供のように、ご機嫌をとるような微笑をホーンブロワーへ返した。

ホーンブロワーはフィンチが少し頭が弱いことを知っていた——手当たり次第の強制徴募隊はバカでも新米水夫《おかもの》でもかまわず掻き集めて艦隊の要員補充をするからだ——もっとも彼は旗や帆をたたんだり、縮帆や舵取りもできる熟練した船乗りではあった。また例の微笑が浮かんだ。

「下より、ここのほうがいいもんですから」と、フィンチは弁解めいて言った。

「そうだな」ホーンブロワーは話の継ぎ穂がないような気のない調子で言った。

彼はフィンチを無視して顔をそらし、居心地よく背をもたせ直すと、檣楼《トップ》の安定した揺れに身をあずけ、例の問題は成行き任せで夢想にひたった。が、夢想にひたり切ることは容易でなかった。というのも、フィンチは籠《かご》の中のリスのように落着きがなく、前をのぞいたり、坐り直したりして、ひっきりなしにホーンブロワーの考えごとの流れをさまたげ、彼の貴重な三十分間の自由も無為に終わりそうだった。

「一体、どうしたと言うんだ、フィンチ、悪魔にでもとりつかれたのか」ホーンブロワーはついに勘忍袋の緒が切れて、ぎすぎすした声で言った。

「悪魔ですか？　あれは悪魔じゃありません。やつはここにはいませんよ、失礼ですが」

いたずらっ子のような、例の弱々しい謎めいたにやにやがまた浮かんだ。その不可解な青い目には何か神秘の深淵が広がっていた。フィンチはまたトプスルの下からのぞいた。それは〝いないいないいない、ばあ〟をやっている幼児のような仕種だった。

「あそこです！」フィンチが言った。「あのとき見たんです。神がメン檣楼《トップ》に立たれたんです」

「神？」

「はい、そうです。ときどきメン檣楼《トップ》に立たれます。そうしょっちゅうじゃありませんけど。あのとき神さまを見たんです、あごひげが風に吹きなびいていました。神が見えるのは、ここからだけなんです」

こういう妄想を抱く者には、何と言ったらいいのか？　ホーンブロワーは返事を求めて頭を絞ったが、何も思いつかなかった。フィンチは彼の存在などすっかり忘れたらしく、ミズン・トプスルの下からまた、〝いないいないいない、ばあ〟をやっている。

「そら、あそこにいる！」フィンチはひとりごとをいった。「そら、またいた！　神はメン檣楼《トップ》に、悪魔は錨索《ケーブル》のとぐろの中にいる」

「実に適切だな」ホーンブロワーは皮肉に、しかしひとりごとめいて言った。フィンチの妄想を笑う気にはならなかった。

「折半直《ドッグ・ワッチ》（二時間交代の当直。他はみな四時間交代。十六〜十八時と十八〜二十時の二回にわかれる）の間、悪魔は錨索《ケーブル》のとぐろの中にいる」フィンチがまた、まったく誰にともなく言った。「神は永久にメン檣楼《トップ》にいる」

「おかしな時間割だな」ホーンブロワーはこっそりと感想をもらした。

下の甲板から、八点鐘の最初の一打（二点ずつ連打する）が聞こえ、同時に掌帆手たちの号笛がピーピーと鳴り響き、をウォルドロン掌帆長の咆《ほ》えるような声が響き渡った。

「下層当直員、甲板に上がれ！　総員、上手《うわて》回し！　総員集合！　総員集合！　先任衛兵伍長（艦上で警察任務に当たる下士官）は昇降口を最後に上がる者の名前を書き留めろ。全員集合！」

平和な合間は、たださえ短い上に、フィンチの邪魔で寸断されて、終わってしまった。ホーンブロワーは木柵越しに飛んで、檣楼下横静索《フトック・シュラウド》につかまった。彼にとって新米水兵《おかもの》の昇降口《ホール》をくぐり抜けて降りるのは楽ではなかった。もしや副長が見ていて、船乗りらしからぬ動作だといって懲戒《ちょうかい》されはしないかと思うと、動作がぎごちなくなった。

フィンチは彼が檣楼《トップ》を去るまで待っていたが、これだけ先に降りはじめても、甲板に降り立つまでにあっさり追い越されてしまった。何しろフィンチは熟練した水兵らしく、猿のように身軽に横静索《シュラウド》を駆け降りてしまったからだ。そうして、フィンチの奇妙な幻覚のことは、艦を新しいコースに乗せる作業の間、しばらく心の底に沈んでいた。

しかしその日遅く、ホーンブロワーの心はフィンチの言っていたあの奇妙なことに立ちもどらずにはいなかった。フィンチが、見えると言ったものを本当に見たと信じていることは間違いなかった。彼の言葉からも表情からもそれは確かだ。彼は神のあごひげのことを言っていた――錨索《ケーブル》のとぐろの中にいる悪魔の姿形についてひと言言わなかったことが惜しまれる。角《つの》、割れている蹄《ひづめ》、それにくまでかな、とホーンブロワーは考えた。それに、なぜ、悪魔は折半直《ドッグ・ワッチ》の間、錨索《ケーブル》のとぐろの中にだけ出てくるのか？　悪魔が時間割を守るなどとは、おかしなことだ。

と、そのときとつぜん思いつくことがあって、ホーンブロワーははっと息を止めた。もしかすると、なにか世俗的な解釈ができるのではないか。悪魔が折半直《ドッグ・ワッチ》に錨索《ケーブル》のとぐろに現われるというのは、比喩と取っても悪くなさそうだ。悪魔の仕事がそこで行なわれているのかもしれない。

ホーンブロワーは自分が何をすべきか、さらに、ここで適切な処置とは何か決めねばならなかった。エックルズ副長にこの面妖な話を報告してもいいのだが、この一年間の軍務で、新米の士官候補生に起こりがちなことを勘違いして、未確認の疑惑で副長を悩ましたことはない。しばらくはこのまま、まず自分で様子を見るほうがいいだろう。

しかし何を見るのかはわかっていない――万一にも何かを発見することがあるとしてもだ――そして、もし何かを発見した場合に、それにどう処したらいいかわからない。もっと悪いことには、士官らしい方法でそれに対処できるかどうかわからない。人の笑いものになることだってありうる。どんな状況を発見するにせよ、その扱いを誤って、そしりと嘲笑をうけることになるかもしれないし、艦内の統制を危うくするかもしれない——士官と水兵を一つに結びつけている忠誠というか細い絆《きずな》を弱め、艦長の命令で三百人の乗組員を、苦情も言わせずに、正体の明かされていない困難に耐えさせ、命令一下、いつでも死に立ち向かわせる統制を危うくするかもしれない。

八点鐘（ここでは午後四時）が午後の当直の終了を告げ、折半直《ドッグ・ワッチ》の開始を告げたとき、ホーンブロワーはこうした心配を持ちあつかいながらも、下に降りてかんてらにローソクをともし、前部《おもて》の錨索庫へ出かけて行った。

下のここは息苦しく臭くて、それに艦が前後左右に揺れるたびに、彼は前進を妨げるいろいろな障害物に蹴つまずいた。それでも前面にかすかな明かりが見えてきて、ひそひそささやく声が聞こえた。ホーンブロワーは、もしや反乱の相談が行なわれているのではないかという心配を押し殺した。彼はかんてらの窓に手を当てがって明かりを暗くし、忍び足で進んだ。

低い甲板の横梁《ビーム》から二つのかんてらが揺れ、その下に二十人余りの水兵がしゃがみこんでいた——いや、もっといるだろう——そして彼らの話し声が内にこもって大きく聞こえてきたが、ホーンブロワーの耳には聞き分けられなかった。やがてその声がワーンと高まり、円座の中央で誰かがとつぜん立ち上がり、梁《はり》が許すかぎり、ほぼ身長いっぱいに立った。その男は理由もなく左右に激しく身を震わせている。顔はこちらからそむけられているが、彼は男の手が後ろ手に縛られているのを見てぎょっとした。

周囲の男たちは賞金をかけた拳闘試合の観衆のように、ふたたびワーッとどよめき、手を縛られた男がくるっと回ったので、その男の顔が見えた。それはスタイルズ、できものに悩んでいたあの水兵だ。ホーンブロワーにはすぐわかった。しかし彼にいちばん強く印象を残したのはそのことではなかった。彼の顔にしがみつき、揺れる無気味な明かりを浴びておぞましく身をよじる灰色の生物――スタイルズがそれほど激しく身を震わせているのは、それを振り落とすためだった。それはネズミだった。ホーンブロワーの胃袋が恐怖のためにもんどり打った。

激しく顔を振りつけて、スタイルズは噛みついたネズミを払い落とし、ネズミを振り落とすと、すぐさまひざまずき、いぜん後ろ手に縛られたまま、彼自身の歯をむいてネズミを追いはじめた。その瞬間、「タイム！」と誰かの大声がかかった――掌帆手のパートリッジの声だ。ホーンブロワーはしょっちゅうその声で目覚まされていたので、すぐそれとわかった。

「五匹死んだ」別の声が言った。「五分かそれ以上の賭《か》けを払え」

ホーンブロワーはさっと前進した。錨索《ケーブル》の一部をぐるりと巻いて直径十フィートの闘技場がつくられ、その中で、スタイルズが膝のまわりに、生きているネズミ、死んでい

るネズミを散らして、ひざまずいているのだった。パートリッジは、測程器《ログ》を投げると
き時間を計るのに使われる砂時計を前に置いて、リングのそばにしゃがんでいた。

「六匹死んでる」誰かが文句をつけた。「そいつは死んでるぞ」

「いや、死んでない」

「背骨が折れてる。そいつも死んだうちだ」

「いや、死んでない」パートリッジが言った。

その瞬間、文句をつけた男が目を上げ、ホーンブロワーの姿を認め、言いかけた言葉が消えた。彼の沈黙につられて、他の者がその視線をたどり、ぎくっと硬直した。ホーンブロワーは前へ踏み出した。彼は何をすべきか、いぜん迷っていた。いま目撃した恐ろしい光景に掻き立てられた吐き気と戦っていた。けんめいに恐怖を克服し、すばやく頭を働かせて、綱紀を粛正するという立場をとった。

「リーダーは誰だ」彼は詰問した。

彼は一同を見回した。下士官と次席クラスの准士官――掌帆手と船匠《だいく》の見習い――がほとんどだった。衛生兵のマグリッジ――彼の存在から想像のつくことは多かった。しかしホーンブロワーの立場はむずかしかった。海軍に入って日の浅い一介の士官候補生にとって、艦上での権威は、彼自身の人格に負うところが多い。彼自身、准士官に過ぎないのだ。要するに、士官候補生は、一艦の経済にとって、艦の水槽の組成や貯蔵量の

すべてに通じているウォッシュバーン——あそこにいる船匠《だいく》の助手——よりも、存在価値ははるかに小さく、交代させるのもずっと簡単なのだ。

「リーダーは誰だ」彼はまた詰問した。まともな返事はやはりなかった。

「わたしたちは当直じゃないんですからね」後ろのほうで誰かが言った。

ホーンブロワーはすでに恐怖を克服していた。憤然たる思いはいぜん身内で燃えさかっていたが、表面的には平静な様子を保つことができた。

「ああ、きみたちは当直中じゃない」彼は冷静に言った。「きみたちはバクチを打っている」

それを聞いて、マグリッジが抗弁した。「バクチだって？　ミスタ・ホーンブロワー。そいつは聞きずてならない。これはいたって紳士的な試合なんですぜ。バクチかどうかを証明することは、ちょいとむずかしいでしょうね」

マグリッジが飲んでいることは明らかで、たぶん彼の部の上司を見習ったのだろう。医療品倉庫にはブランデーがあってすぐ手に入る。怒りの波がどっと押し寄せてホーンブロワーは身震いした。このうえ静かに立っているのは無理だった。しかし内面の圧力の高まりが彼にインスピレーションをもたらした。

「ミスタ・マグリッジ」彼は冷やかに言った。「大きな口をきかないほうがいいぞ。ほかに告発できる点はいくらでもあるんだ、ミスタ・マグリッジ。国王陛下の軍隊の一員として軍隊に適さないとあれば告発できるんだぞ、ミスタ・マグリッジ。同様に、きみを含めて、補助的正犯として告発されることもある。もしおれがきみだったら、戦時服務規定を調べるところだがな、ミスタ・マグリッジ。そういう犯罪に対する刑罰は、たしか、艦隊中を鞭打たれて回るのだったと思う」

ホーンブロワーは、噛まれた顔から血を流しているスタイルズを指さし、その身振りでいっそう彼の議論に力を与えた。彼は同じ方法でもっと有効に議論を進める人間たちに会ったことがある。彼らは法的な弁護に立ち上がり、法的に勝利をおさめた。彼はいま相手を煙に巻き、彼の道義的義憤に捌け口を与えることができた。

「きみたち一人一人を告発しようと思えば、できるんだぞ」彼は大声を張り上げた。「だれもかれも、軍法会議にかけられるし――降等できるし――鞭打ち刑を与えることもできるんだぞ。もう一度そういう顔をしてみろ、必ずやってやるぞ、ミスタ・マグリッジ。おれがエックルズ副長にしゃべれば、五分後には、おまえたち全員が手錠をはめられるぞ。このようなけがらわしい遊びは今後いっさい許さない。そこいらのネズミを片付けろ、そこのおまえ、オールドロイド。それからおまえもだ、ルイス。スタイルズ、顔の膏薬を貼《は》り直せ。おい、マグリッジ、この連中を指図して、ウォルドロン掌帆長に見つからないうちに錨索《ケーブル》をちゃんと巻いておけ。こんごおまえら全員を監視するぞ。こんどちょっとでも不行跡の気配があったら、おまえたち全員を鉄格子にぶち込む。おれが神かけて言ったからには本気だぞ！」

ホーンブロワーは自分の能弁にも落着きにも驚いた。自分にこんな高圧的な態度でことを押し通す能力があるとは知らなかった。彼はこの退場を威厳のあるものにするとどめの一撃がないものかと心の中を探っていたが、回れ右をしてから思いついたので、彼はもう一度ふりかえって言い渡した。

「こんごはきみたちが折半直《ドッグ・ワッチ》のとき甲板《デッキ》でにぎやかに騒いでいるのを見たいものだな。フランス人みたいに錨索庫でこそこそするのはよせ」

それは尊大な老艦長あたりがやりそうな説教で、少壮の士官候補生らしくないものだったが、とにかくそれは彼の退場をいかめしくするのに役立った。彼が立ち去ると同時にいきまいたざわめきが起こった。

彼は甲板に上がり、まだ暮れ切らぬ宵《よい》の口の、暗うつな鉛色の空を仰ぎながら、体を温めようと甲板を歩き回った。その間も、インディファティガブル号はゴーゴーと鳴る西風に真っ向から立ち向かって波をぶち割りながら風上へと押し進み、しぶきが煙幕のように艦首をおおって張り渡り、無理な力のかかる外板の合わせ目から水が漏り、船体の各部が苦しげに軋《きし》んでいた。先立つ日々、いや、おそらくさらに教えきれぬほどつづいただろう遠い冬のすべての日々と少しも変わらぬ、一日の暮れ時だった。

それでも一日一日と過ぎ、そしてついに単調さを破る時が来た。陰気に明けたその暁に、見張員のしわがれ声が全員の目を風上へ——ぼんやり浮かんだシミのような一点が船の存在を示す水平線へふり向かせた。

インディファティガブル号は精いっぱい風上に艦首を向けていたので、当直員たちが、各転桁索《ブレース》へと走ってきた。ペルー艦長が寝間着の上に厚ラシャの短上着《ジャケット》をはおって出てきたが、かつらをつけずに、ピンク色のナイトキャップをかぶった彼の頭がこっけいだった。彼はその正体不明の帆船に望遠鏡の焦点を合わせた——十いくつもの望遠鏡がその方角に向けられていた。

当直の下級士官用に備え付けてある望遠鏡をのぞいていたホーンブロワーは、その三枚の帆が狭くなり、やがてまた広くなり、また一つの四角形に合わさるのを見た。

「回れ右をしたな」ペルー艦長が言った。「上手《うわて》回し！」

インディファティガブル号は反対の開き《タック》でぐるっと回った。当直員たちは先を争ってマストに登り、縮帆してある各トプスルを広げ、一方、下の甲板から士官たちが激しく張り切る帆を見上げて、彼らの耳をちぎらんばかりに吹き過ぎる強風が、帆を引き裂いたり、帆桁《ヤード》などの円材を吹き飛ばしたりする可能性を目測した。インディファティガブル号は大きく傾斜し、やがて波に洗われる甲板に立っているのがむずかしくなった。差し当たり任務のない者はみな風上舷の手摺りにしがみつき、相手の船をうかがった。

「フォアとメンのトップ・マストがまったく同じ造りだ」ボールトン海尉が望遠鏡を目

に当てながらホーンブロワーに言った。「トプスルが淑女の指のように白い。あれは間違いなくフランス船だぞ」

英国艦の帆はあらゆる天候のなかで長く就役して黒ずんでいる。フランス船が港をこっそり出て封鎖線を突破しようとするとき、その風雨にさらされたことがなくシミ一つない帆布が国籍をあばいてしまうもので、もっとあいまいな専門的特徴を考え合わせる必要はほとんどなかった。

「こっちが風上ですね」ホーンブロワーは言った。彼の目は望遠鏡で見つめるために痛み、腕も望遠鏡を目に当てがっているのでくたびれてきたが、追跡の興奮で力を抜くことができなかった。

「この程度じゃお誂え向きとは言えない」ボールトンが不平を鳴らした。

「メン転桁索《ブレース》につけ！」そのときペルー艦長がどなった。

できるだけ風上へ艦首を切り上げて進むように帆を調整するのが最も大事なことだ。風上に百ヤード上がることは、真後ろの追跡で一マイル詰めたと同じ勘定になる。ペルー艦長は帆を見上げ、流れ去る航跡をふりかえり、またフランス船を見通し、風力を測り、帆にかかる風力を推定し、双方の間隔を詰めるために、これまでの海上生活の経験から考えつくあらゆることをやっていた。

ペルーの次の命令で総員が風上舷の大砲をすべて突き出した。これは一つには船体の傾斜を少なくし、インディファティガブル号にもっとがっちり脚を入れさせるためだ。

「さて、そろそろ近寄るかな」ボールトンがのんきそうな口調で言った。

「戦闘配置につけ！」ペルー艦長が叫んだ。

　全艦がその命令を待ちうけていた。軍楽隊員たちが打ち鳴らすドラムの響きが全艦にこだました。掌帆手たちが命令を復唱する号笛がピーピーと鳴り渡り、総員が統制ある動きで各自の部署へ走った。ホーンブロワーは風上舷のミズン横静索《シュラウド》に飛びつきながら、何人かの顔に気合の入った笑みが浮かんでいるのを見た——戦闘と差し迫った死の可能性は、封鎖作戦の果てしなき単調さを破る願ってもない気分転換だ。

　ミズン檣楼《トップ》に上がった彼は部下を見渡した。彼らはマスケット銃の各部のカバーをはずし、発火装置をのぞいていた。全員戦闘用意よしと満足したホーンブロワーは旋回砲《スイブルガン》へ注意を向けた。彼は砲尾からターポリンのおおいを取り、砲口から木栓を抜き、砲を固定している緊締索をふりほどき、回転軸が台座の上で自由に回り、砲耳（砲身の両側にある円筒形の突出物でこれによって砲身が砲架にささえられる）が砲架の中で自由に動くことを確認した。引き縄をぐいとひと引きしてみると、点火装置はよく火花を放ち、新しい火打ち石を付け替える必要はないことがわかった。

　フィンチが砲の装薬を入れた帆布の弾帯を肩にかついで檣楼《トップ》によじ登ってきた。マスケット銃の弾薬袋は木柵に取り付けた索輪に、いつでも使えるよう備えてあった。フィンチが短い銃身の先から装薬を詰め込んだ。ホーンブロワーはそれにこめる弾丸の袋を用意した。それから彼は点火用の撃茎を取り、点火孔に押し込み、撃茎のとがった先が装薬の薄いサージの布袋に突き刺さっていることを手触りで確かめた。点火用の撃茎と火打ち石式発火装置《フリントロック》はこの檣楼《トップ》の上では欠くべからざるものだ。火縄や導火線などは、帆や索具に燃え移って、手に負えない火災を起こす危険があまりにも大きいので使えない。しかし、檣楼《トップ》からマスケット銃や旋回砲《スイブルガン》の射撃は重要な戦法だ。艦と艦が帆桁端《ヤーダーム》を触れ合うほどに接舷したとき、ホーンブロワーの手勢は、敵の首脳部と操縦要員が集まっている艦尾楼甲板《プープ・デッキ》を掃射できる。

「やめろ、フィンチ！」ホーンブロワーはいら立って言った。ちょうど振り返ったとき、フィンチがメン檣楼《トップ》をのぞき上げているのが目に入ったのだ。この緊張の瞬間に、フィンチの妄想はわずらわしかった。

「すみません」フィンチが任務にもどりながら言った。

しかししばらく後、ホーンブロワーはフィンチが小声でひとり言をいっているのを聞いた。

「ブレイスガードルさんがあそこにいる。それにオールドロイドもいるし、ほかの連中もみんないる。だけど神もあそこにいる、そう、神もいる」

「下手回し《したて》！」眼下の甲板から大声の命令が聞こえてきた。

インディファティガブル号は傾斜しながら急回頭し、各転桁索《ブレース》が帆桁《ヤード》を回すと、帆桁《ヤード》という帆桁《ヤード》がうめくような音を立てた。フランス艦が大胆にも向きを変えて縦射しようと図ったのだ。しかしペルー艦長の間髪を入れぬ操艦がその意図を挫《くじ》いた。いまや両艦は舷と舷を並行させ、長砲の射程距離に互いを見ながら追風《おいて》を受けて自由に帆走していた。

「あれを見てみろ！」檣楼《トップ》のマスケット銃手の一人、ダグラスがわめいた。「片舷二十門だ。威勢がよさそうじゃないか、え？」

ダグラスのわきに立つホーンブロワーは、フランス艦の甲板を見下ろすことができた。砲がずらりと砲門から突き出し、砲手たちが各砲を鈴なりに囲み、白いズボンに青い上衣の士官たちが往ったり来たり歩き回り、追風をうけてまっしぐらに進む艦首から波しぶきが噴き立っている。

「あいつをプリマス湾に持ち込んだら、もっとずっと威風堂々と見えるだろうぜ」ホーンブロワーと反対側の水兵が言った。

インディファティガブル号のほうがいくらか船脚が速かった。ときどき右へちょっと当て舵をしながら次第に敵との間隔をせばめ、決定的な射程距離に詰めていきながら、しかもフランス艦が上手《うわて》回しで風上へ逸出することを許さなかった。ホーンブロワーは双方の静けさに心を動かされた。フランス艦はとかく長距離で射撃を開始し、最初の注意深く装塡した片舷全砲の斉射を無駄にしがちだと、これまでいつも思いこんでいたからだ。

「いつ撃ちだす気かな？」ダグラスがホーンブロワーの考えをそっくり口に出した。

「むこうの都合のいいときにさ」フィンチがきーきー声で言った。

両艦の間の、波立つ海面が次第にせまくなっていた。ホーンブロワーは旋回砲《スイブルガン》をぐるりと回し、照準をのぞいた。フランス艦の艦尾甲板《コーターデッキ》にうまく狙いがついたが、距離があまりにも遠すぎて、マスケット銃の散弾ではとても無理だった——とにかく彼はペルー艦長が許可するまで射撃を開始する気にはとてもならなかった。

「狙いごろの連中がいるぜ」ダグラスがフランス艦のミズン檣楼《トップ》を指さした。

その制服と十字肩帯から判断すると、どうやら陸軍の兵隊が乗り組んでいるようだった。フランス側は熟練した船乗りの乗組員が払底しているので、陸軍の兵隊を乗り込ませることがよくあった。英国海軍では、海兵隊員すら高みに登らせることは決してない。

フランスの陸兵たちはこちらの意志表示を見て拳を振りつけ、その中の若い将校が剣を抜いて頭上に振りかざした。両艦はこのように互いに並航しているのだから、もしもホーンブロワーがその艦尾甲板《コーターデッキ》を掃射する代わりに、その檣楼《トップ》の銃火を沈黙させようと決心するなら、そこは彼の恰好の目標になるだろう。彼は殺すことが任務であるその兵隊たちを好奇の目でじっと見つめた。あまりにも気を取られていたので、一発の砲声に不意をつかれた。

彼が見下ろす前に、フランス艦の片舷全砲がばらばらに発砲しており、一瞬遅れてインディファティガブル号も片舷斉射の反動でぐらっと傾いた。風が硝煙を艦首方向へ吹き流したので、ミズン檣楼《トップ》にいる彼らは少しも硝煙にわずらわされなかった。ホーンブロワーには、インディファティガブル号の甲板で戦死者たちが飛び散り、フランス艦の甲板でも戦死者たちがばたばたと倒れるのが一目で見えた。いぜん射程はたいへん長い――マスケット銃では非常な遠隔射撃だ、と彼の目は見て取った。

「やつらが撃ちかけていています」ハーバートが言った。

「やらしておけ」ホーンブロワーは言った。

こんな射程で、揺れる檣楼《トップ》からマスケット銃を撃ったところで、めったに的に命中するものではない。それは自明の理だ――あまりにもわかり切ったことだ。狂おしいばかりに興奮しているホーンブロワーでさえもそのことに気づいたので、彼の確信は口調にもありありとうかがえた。いまの短いひと言で部下が落着く様子を見るのは興味深かった。眼下では引き続き全砲が咆哮《ほうこう》しており、両艦は急速に接近しつつあった。

「さあ、射撃開始だぞ、みんな！」ホーンブロワーは言った。「フィンチ！」

彼は旋回砲《スイブルガン》の短い砲身を見下ろした。筒先の刻み目のV字の中に、フランス艦の舵輪が見え、二人の操舵手がその後ろに、二人の士官がその傍に立っている。彼はぐいと引き縄をひいた。十分の一秒遅れて、旋回砲《スイブルガン》がごう然と火を噴いた。硝煙があたりに渦巻く前に、発火装置の撃茎が点火孔から吹き飛ばされ、彼のこめかみをかすめ過ぎたのを意識していた。フィンチがすでに砲腔をスポンジ棒でぬぐっていた。

いまのマスケット銃の散弾は、ひどく飛び散ったにちがいなかった。その証拠に、舵手の一人が倒れているだけで、別の者がそれに代わろうと早くも駆けつけてきた。その瞬間、檣楼《トップ》全体がおそろしく傾いた。ホーンブロワーはそれを感じたが、その理由はわからなかった。一時にあまりにも多くのことが起こりすぎた。

足下のがっしりした木材が彼をのせたままがたがた震動した——たぶん、砲弾がミズンマストに命中したのだろう。フィンチが装薬を押し込んでいた。何かが旋回砲《スイブルガン》の砲尾に強力な打撃力で当たり、そこに金属の眩《まぶ》しいしぶきを残した——フランス艦のミズン檣楼《トップ》から撃ったマスケット銃の弾丸《たま》だ。

ホーンブロワーは冷静でいようと努めた。別のとがった撃茎を取り出し、はれ物にさわるようにして点火孔へそれを押し込んだ。それは的確に、ためらわず、しかもそっとやらなければならない。撃茎が点火孔の中で折れようものなら、それこそ始末におえぬことになりかねない。彼は手探りで撃茎が装薬に突き刺さっているのを確かめた。フィンチがマスケット銃の散弾を詰めた炸裂弾の上に詰め物《おくり》を押し込んだ。ホーンブロワーが砲身を下へ向け直していると、一発の弾丸が片舷の木柵に当たったが、彼は見向きもしなかった。

　きっと、この檣楼《トップ》は荒海よりももっと揺れているのではないか？　なに、構うものか。彼は敵の艦尾甲板《コーターデッキ》にぴったりと狙いを定めた。引き縄をひいた。何人も倒れるのが見えた。舵輪の放射状の把手《とって》が、やり放されたまま、くるくると回るのが手に取るように見えた。すると二隻の軍艦が左右から寄り合い、すさまじい衝撃で鉢合わせをし、彼の世界は分解して、今までに起こったこともそれに較べれば整然としていたと言えるほどの大混乱に陥った。

　ミズンマストが倒れようとしていた。檣楼《トップ》がめまいのする弧を描いて揺れたが、幸運にも彼は旋回砲《スイブルガン》につかまったおかげで、辛うじて石投げ器から放たれた石ころのように弾き飛ばされずに済んだ。

　檣楼《トップ》はくるくる回った。片舷の横静索《シュラウド》が吹き飛ばされ、芯《しん》に二発の砲弾をうけたマストはよろめき、ぐらりぐらりと揺れた。そこでミズン前支索《ステー》の張力がマストを前方へ傾《かし》げ、他の横静索《シュラウド》の張力が右舷へ傾《かし》げ、そして後支索《バックステー》が離れると、ミズン・トプスルにはらんだ風があとを引き受けた。マストはどっと前方へ倒れかかった。

　トップ・マストがメン帆桁《ヤード》にひっかかり、マスト全体は構成部分（マストはトップ・マストから台座まで一本の柱ではなく、順に太くなる柱材をつないである）ごとに分解するまでそこに倒れかかったままでいた。切断されたマストの根元がその瞬間、甲板上にうまくのっていたにちがいない。ロー ワー・マストとトップ

・マストはいぜん檣帽《キャップ》と檣頭縦材でつながれたまま一続きの長さを保っていた、もっともトップ・マストが檣帽《キャップ》のところでぼっきり折れなかった理由は言い難かったが。とにかくマストの下部が甲板上にあぶなっかしくもうまく立ち、トップ・マストがメン帆桁《ヤード》に寄りかかって止まっていたおかげで、ホーンブロワーとフィンチにはまだ生きる望みがあった。が、艦の動揺か、フランス艦からのもう一弾か、あるいは無理な力がかかり過ぎている円材の分離によって、その望みは完全に絶ち切られてしまう。マストが裂けることもあり得るし、トップ・マストが折れることもあり得るし、マストの根元が甲板の上を滑ることもあり得る——これらの切迫した出来事のどれか一つが起こらぬうちに、彼らは、できれば、自らを助けなければならない。

メン・トップ・マストとその上方の何やかやすべてがこの大混乱に巻き込まれていた。トップ・マストとその付属物もやはり倒れてぶら下がっており、帆桁《ヤード》やロープは恐ろしくもつれ合ってひとかたまりになっていた。ミズン・トプスルはちぎれて飛んでいた。ホーンブロワーの目がフィンチの目と合った。フィンチと彼は旋回砲《スイブルガン》にしがみついているのだが、その急傾斜した檣楼《トップ》にはほかに一人もいなかった。

右舷がわのミズン・トップ・マストの横静索《シュラウド》はまだ切れずに残っていた。それもトップ・マストと同じくメン帆桁《ヤード》にかけ渡しになって止まっており、バイオリンの弦のようにぴんと張りつめており、メン帆桁《ヤード》がちょうどバイオリンの弦を張るこまのように横静《シュラウ》索《ド》をぴんと張り締めていた。だが、その横静索《シュラウド》ぞいに唯一の逃げ道がある——この物騒な檣楼《トップ》から比較的安全なそのメン帆桁《ヤード》へとつづく坂だ。

マストが滑りはじめ、帆桁端《ヤーダーム》のほうへころがりはじめた。たとえメン帆桁《ヤード》はもっても、ミズンマストは間もなく海中へ横倒しになるだろう。彼らの周囲は雷鳴のような騒音だった——円材がぶつかり合い、索が切れ飛んでいるのだ。大砲はいぜん鳴りどよもしており、下方の人間すべてがわめいたり悲鳴を上げたりしているように思われた。

檣楼《トップ》がまた恐ろしく傾《かし》いだ。二組の横静索《シュラウド》が張力に耐え切れなくなって離れ、騒音がもう一つの騒音をぬってはっきりと聞こえ、その横静索《シュラウド》が切れると同時にミズンマストはぐいとよじれ、檣楼《トップ》と旋回砲《スイブルガン》と、それにしがみついている二人の哀れな人間をさらに大きく振り回した。フィンチのすわった青い目が檣楼《トップ》の動きにつれて回った。あとでホーンブロワーは知ったのだが、マストが倒れるまでの全時間はわずか数秒間に過ぎなかった。が、このときは、少なくとも何分間か、かなり物を考える時間があるように思われた。フィンチの目と同じく、彼の目もあたりに必死の視線を投げかけ、生きるチャンスを見つけた。

「メン帆桁《ヤード》！」彼は金切り声で叫んだ。

フィンチの顔は例の呆けた微笑を浮かべていた。本能か訓練から彼は旋回砲《スイブルガン》につかまりつづけているのだけれども、一見なんの恐怖感も、メン帆桁《ヤード》へのがれて助かりたいという欲望もなさそうだった。

「フィンチ、ばかやろう！」ホーンブロワーはわめいた。彼は必死で旋回砲《スイブルガン》に膝をからげて片手を自由にし、手合図をしたが、いぜんフィンチは身じろぎひとつしない。

「飛べ、ばか者！」ホーンブロワーは夢中で叫んだ。「横静索《シュラウド》だ——ヤードだ！　飛べ！」

フィンチはにっこりしただけだった。

「飛んで、メン檣楼《トップ》へ行くんだ！　ええい、くそ——！」その恐怖の瞬間にインスピレーションが起こった。「メン檣楼《トップ》だ！　神があそこにいるぞ、フィンチ！　神のところへ行くんだ、急げ！」

その言葉がフィンチの混乱した頭に突き通った。まるで浮世離れした様子でフィンチがうなずいた。そして旋回砲《スイブルガン》から手を離し、蛙のように空中へ飛び上がるように思われた。彼の体はミズン・トップ・マストの横静索《シュラウド》と十字に交わる形で落ち、やがて横静索《シュラウド》をよじ登りはじめた。

マストがまたぐらっとずったので、ホーンブロワーが横静索《シュラウド》めがけて飛び立ったときには距離が遠すぎた。彼の肩だけがいちばん外れの横静索《シュラウド》にやっととどいた。彼はぶら下がり、肩から下がぶらんこのように向こうの空中へ飛び去るのを辛うじてこらえ、しがみついたが、手がかりを失いかけた。と、傾《かし》いでいくマストの反動が彼を助ける方向に働き、彼は手がかりを掴み直した。そしてあとは恐慌で気もそぞろに横静索《シュラウド》をよじ登っていた。ありがたいメン帆桁《ヤード》があって、彼はそれにぶっちがいに飛びつき、その嬉しい頑丈さに体ごとからみつき、両足で足場綱《フット・ロープ》を探った。

ちょうどそのとき、インディファティガブル号の横揺れ《ローリング》が、釣り合っていた円材に最後のはずみをつけたが、彼はメン帆桁《ヤード》に取りついていたので無事で、安定していた。しかしはずみをつけられたミズン・トップマストは、折れた本体から離れ、艦側の海面へ落ちていった。

ホーンブロワーは先行するフィンチを追って、帆桁《ヤード》を横歩きに伝わっていき、メン檣楼《トップ》のブレイスガードル士官候補生に迎えられて狂喜した。ブレイスガードルは神ではなかったが、ホーンブロワーは檣楼《トップ》の手摺りに身を投げ込むようにもたれながらひそかに考えた——もしメン檣楼《トップ》に神がいると言わなかったら、フィンチは決してあの跳躍をしなかっただろう、と。

「助からないかと思ったよ」ブレイスガードルが彼を助け入れ、背中をどんと叩きながら言った。「ホーンブロワー候補生、われらの天《あま》かける天使」

フィンチも檣楼《トップ》の中で例の呆けたにやにや笑いを浮かべながら、檣楼《トップ》の乗組員たちに取り囲まれていた。すべてが気違いじみて陽気なように思われた。急に自分たちが戦闘のさ中にいることを思い出してぎょっとしたが、しかし砲撃はすでに終わっており、鬨《とき》の声もほぼ消えていた。

彼はよろよろと檣楼《トップ》の側面へ行き——歩き難いのが不思議だ——そして見渡した。ブレイスガードルが一緒に来た。この高さからは遠見になって、フランス艦の甲板上にいる人間の群れを一望に見わけることができた。あのチェックのシャツはたしか英国人水兵たちが着ていたはずだ。たしかにあれはインディファティガブル号の副長エックルズ海尉だ、メガホンを持って艦尾甲板にいるのは——。

「どうなってるんだ?」彼は面くらってブレイスガードルにきいた。

「どうなってるかって?」ブレイスガードルは納得するまでしばらく見つめていた。「斬り込んで奪取したんだよ。両艦が接舷した瞬間にエックルズと斬り込み隊が艦側を乗り越えて攻め込んだんだ。なんだ、見てなかったのか」

「ああ、見てなかった」ホーンブロワーは無理に冗談めかして、「あのときは、ほかにいろいろ気を取られることがあったんでな」

彼はミズン檣楼《トップ》が傾《かし》いでぐらぐら揺れたときの様子を思い出し、急に吐き気を催した。しかしブレイスガードルには見られたくなかった。

「甲板《デッキ》に降りて報告しなけりゃならないな」と、彼は言った。メン横静索《シュラウド》を降りるのは手間がかかって危なっかしい仕事だった。というのは、彼の手も足も彼が掛けようとする場所へ行きしぶるように思われたからだ。そして甲板に降り立ったときですら、手足はまだおぼつかない感じだった。ボールトン海尉が艦尾甲板《コーターデッキ》でミズンマストの残骸を取り片付ける作業を監督していた。ホーンブロワーが近づくと、不意を突かれてびくっとした。

「きみはデイビー・ジョーンズ（海の悪霊）と一緒に海へ落ちたんだと思っていたよ」彼は高みを見上げた。「危うくメン帆桁《ヤード》に行き着いたってわけか？」

「イェス・サー」

「上出来だ。生まれつきぶらんこがうまいと見えるな、ホーンブロワー」ボールトンは横を向いて部下へどなった。「こら、引くのを止めろ！　クラインズ、その滑車索《テークル》を伝って投鉛台《チェーン》に降りろ！　あわてるな、落っこちるぞ！」

彼はしばらく部下の作業を見守ってから、やがてまたホーンブロワーへ向き直った。

「これから二ヵ月ばかりは、連中に苦労させられないですむ。再装備で彼らはぶっ倒れるまでこき使われることになる。拿捕船回航員を出して手不足になるからな。肉屋の勘定書（戦死者）のことは言うに及ばずだ。これで当分の間、彼らも気分転換が欲しいなんて思わんだろう。きみも当分そうじゃないかな、ホーンブロワー」

「イェス・サー」と、ホーンブロワーは言った。

6　蛙と海老《えび》

「来た来た」ケネディ候補生が言った。

ホーンブロワー候補生の音痴の耳が軍楽隊の耳ざわりな音を聞きつけてから間もなく、緋《ひ》と白と金の目もあやな縦隊の先頭が街角を曲がってきた。

暑い日光が真鍮《しんちゆう》の楽器に照り返った。軍楽隊のうしろで、衛兵にかこまれた歩兵少尉の誇らかに捧持する軍旗がひるがえっていた。二名の騎馬将校が軍旗のあとにつづき、そのうしろから銃剣を日光にきらめかせて、半個大隊の赤い長い隊列が大蛇のようにくねくねと従い、それにつれだって、この軍隊の華やかな行進に予定されていないプリマスの子供という子供が、ぞろぞろと走ってきた。

桟橋《さんばし》で待ちうけている水兵たちは、陸軍の行進が近づいてくるのを物珍しげに眺めた。その物珍しげな表情には、同情のようなものと軽蔑のようなものとがないまざっていた。陸兵たちの厳格一点張りの訓練、鉄のように冷厳な統制、退屈な型にはまった任務などは、水兵たちの生活しているもっと遙かに柔軟性のある環境と截然たる違いだった。

水兵たちが見守るうちに、軍楽隊の華やかな吹奏が終わると、騎馬将校の一人がくるりと馬を回して隊伍に正対した。大声の号令一下、全員が桟橋へ向いた。その動作は実に正確だったから、五百の長靴の踵《かかと》がたった一つの音を立てた。大男の曹長が、肩から腰にかけた肩帯をぴかぴかさせ、指揮杖の銀細工を日光にきらめかせながら、すでに完全な兵士の列をさらに整頓した。三回目の号令で一斉にマスケット銃の台尻が地面に降ろされた。

「取れ、剣！」騎馬将校が大声で号令したが、それがホーンブロワーに理解できた最初の言葉だった。

するとと嚮導《きょうどう》兵が、同じ糸に操られた人形のようにぴたり歩調を合わせて、三歩前へ進み出、頭《かしら》を回して列を見渡してから、兵たちが銃剣をはずし、鞘《さや》におさめ、マスケット銃を各自の体側にもどす時間を与えた。嚮導兵はもとの位置へもどったが、これまたホーンブロワーの見たかぎりでは完全に一致した動作だった。が、完全でなかった証拠に、曹長が大声で不満の意を示し、嚮導兵を前進させ、戻る動作をやり直させた。この一連の形式的な動作には、ホーンブロワーもさすがに目を丸くして見とれていた。

「彼が嵐の晩、マストの上に登ってる恰好を見たいもんだな」ケネディが低声で言った。

「彼にメン・トプスルの耳索《みみづな》（横帆の上のすみを帆桁に取り付ける細索）が取れると思うか？」

「このえび（服色から来た英国兵士の侮称）たちにか！」ブレイスガードル候補生が言った。

全部で五個中隊の、緋色の隊列が棒をのんだように並び、ほこやりを持った軍曹が間隔を示し——ほこやりからほこやりまで、顔の列がさっと頭を下げて、また上げ、いちばん身長の高い者が各中隊の両翼に、いちばん低い者が中央に、寸分の狂いなく背の順に整列していた。指一本動かず、眉ひとつぴくりともしない。各兵の背に髪粉をつけた弁髪がぴんと下がっていた。

さっきの騎馬将校が隊列の前を、パカパカと馬に速歩《だく》を踏ませて進み、海軍の乗組員一同が待っている所へやってきたので、指揮のボールトン海尉が帽子のつばに手をやりながら前へ踏み出した。

「本隊は乗船準備よろしい」陸軍将校が言った。「軍用こうりはただちにここに到着する予定」

「アイ・アイ・陸軍少佐《メイジャー》」ボールトンが言った——その陸軍の階級名と海軍式応答が奇妙な取り合わせだった。

「それより『伯爵』と呼ぶほうがよかろう」少佐が言った。

「アイ・アイ・サー——伯爵」ボールトンはすっかり調子を狂わされて返事をした。

第四十三歩兵連隊のこの一翼を指揮する陸軍少佐、エドリントン伯爵は、まだ二十代前半の骨格たくましい青年将校だった。ぴったりと体に合った軍服を着こなし、軍人らしいりりしい姿で、堂々たる軍馬に打ちまたがっていたが、現在の責任ある指揮官の地位には少し若すぎるように思われた。しかし将校任命辞令を金で購《か》う慣習があるからには、非常に若い男が高い指揮官の地位につく可能性があるし、陸軍はこの制度に満足しているらしかった。

「フランス人外人部隊はここに出向くようにとの命令をうけている」エドリントン卿は言葉をつづけた。「彼らの輸送に関しても手筈がととのっていると思うが」

「はい、伯爵」

「あの乞食どもはわたしの知るかぎり、一人として英語がしゃべれない。そちらに通訳のできる士官がいるか？」

「イェス・サー。ミスタ・ホーンブロワー」

「はい！」

「フランス人外人部隊の乗船に付き添ってくれ」

「アイ・アイ・サー」

またもや軍楽隊の吹奏があり——ホーンブロワーの音痴の耳は、それを英国歩兵隊のバンドよりも力のない騒音だ、ぐらいにしか聞きわけなかったが——それはフランス人外人部隊がわき道から桟橋のずっと下手に到着したことを告げるファンファーレだったので、ホーンブロワーはそこへ急いだ。

これは英国、キリスト教国家、カソリック・フランスの混成軍、あるいは少なくともその分遣隊で――フランス革命に抗戦すべく、亡命フランス貴族たちによって挙兵された軍勢の一部隊だった。縦隊の先頭に、金の百合の花をつけた白地の旗と、一団の騎馬将校が見えたので、それへ向かってホーンブロワーは帽子に手をかけた。騎馬将校の一人が答礼した。

「クリスチャン王ルイ十七世に仕える准将、プゾージュ男爵」と、その将校はフランス語で自己紹介風に言った。彼は青色のリボンを肩から掛けた、てらてら光る白地の軍服を着ていた。

フランス語をたどたどしく使いながら、ホーンブロワーは自己紹介し、英帝国国王陛下の海軍士官候補生で、フランス人部隊の乗船の世話をするために派遣された者だと名乗った。

「ご苦労」プゾージュが言った。「当方の用意はできている」

ホーンブロワーはフランス兵の縦隊を見やった。彼らはあたりを眺めながら、思い思いの恰好で立っていた。みな青い軍服を着て、身なりはよく、英国政府から支給されたものだろうとホーンブロワーは思ったが、白い肩帯はすでに汚れ、金具は曇り、銃器には光沢がなかった。それでもきっと戦うことはできるだろう。

「あれが閣下の隊に配船された輸送船です」ホーンブロワーは指さしながら言った。

「ソフィア号が三百名と、ダンバートン号――その向こうにいる船ですが、二百五十名を乗せます。この桟橋に、船まで運ぶ運貨船《はしけ》が来ています」

「必要な命令を出してくれ、ムッシュー・ド・モンクータン」と、プゾージュが片脇の将校の一人に言った。

雇われた軍用こうり運搬車の列が、兵隊たちの荷物を山と積んで、すでに隊列のわきをギーギーと軋《きし》みながらやって来ていたので、隊列は三々五々にぎやかにしゃべる群れにわかれ、兵隊たちは各自の手荷物を探りはじめた。

しばらくたってから、各自手荷物を持った兵隊たちがふたたび集合したが、そこで部隊の荷物をさばく輜重隊《しちょうたい》を編成する問題が起こった。任務を割り当てられた兵隊たちは、いかにもいやそうに自分の手荷物を戦友たちにあずけた。ホーンブロワーはなおもいろいろな手筈を説明していた。

「馬は全部ソフィア号に乗ります。同船は六頭収容する設備があります。部隊の荷物は——」

彼はそこで急に口をつぐんだ。運搬車の一台に何か異様な装置が乗っているのに目を引かれたからだ。

「あれは何ですか、失礼ですが」彼は好奇心にかられて尋ねた。

「あれは」プゾージュが答えた。「ギロチンだ」

「ギロチン？」

ホーンブロワーはごく最近その装置について読んだことがあった。過激な革命党員たちはこのギロチンをパリ市内にすえ、さかんに使った。フランス国王ルイ十六世自身もこの断頭台の露と消えた。ホーンブロワーはまさかこの反革命軍の列にギロチンを見つけようとは思ってもいなかった。

「さよう」プゾージュは言った。「これをフランスへ持って行く。わたしはあの無政府主義者どもに自分の機械の味見をさせてやる所存だ」

そのときボールトン海尉の大声が会話を中断したので、ホーンブロワーは幸いにも返事をする必要がなかった。

「なぜぐずぐずしてるか、ミスタ・ホーンブロワー。潮時をはずさせたいのか」

フランス部隊の非能率的な動きのために時間を浪費させられて、ホーンブロワーがどなられる羽目になったが、これが人生というものである――これはすでに予期していたことだったし、こういう場合には弁解するより黙って叱責《しっせき》に甘んじるほうが得であることもすでに心得ていた。彼はふたたびフランス人部隊を乗船させる任務に精を出した。やっといやな任務を終わり、勘定書と、最後のフランス人と馬と荷物が無事に乗船を終わったという報告を持ってボールトンのところへ出頭すると、自分の所持品を大急ぎでまとめ、通訳としてまだ彼が必要なソフィア号へ移乗するようにとの命令が待っていた。

船団はプリマス湾を船脚速く下り、エディストーンを回り、海峡を南下した。船団の編成は、ある特色ある長旗《ペナント》をひるがえしたインディファティガブル号と、遠征軍の護送に協力を命じられた二隻のブリッグ砲艦と、それに四隻の輸送船で——これにはフランス共和政府を転覆させようとするにはいささか貧弱な——とホーンブロワーには思われた——軍勢が分乗していた。

総勢わずか一千百名の歩兵にすぎず、つまり第四十三歩兵連隊の半個大隊と、フランス人の弱そうな部隊（あらゆる国籍の名利目当てに雇われた兵士が多いのに、もしそれをフランス軍部隊と呼べるものならばの話だが）である。そしてホーンブロワーは、暗い悪臭ふんぷんたる中甲板《ツイン・デッキ》で何列にもひしめき合い、船酔いに苦しんでいるフランス人たちを見て、とやかく考えることは控えるだけの分別を持っていたけれども、いったいそんな小兵力にどんな成果を期待できるのか不思議だった。

彼がこれまでに読んだ歴史にも、多くの戦争で、フランスの海岸に多くの小部隊が敵前上陸を敢行したことはあった。またそういう作戦が敵側の為政者によって「ギニー金貨で窓を破るもの」と表現されたことがあるのも彼は知っていたけれども、これまで彼は原則的にはそうした作戦を是とするほうだった。——が、いま自分がそうした攻撃隊の一員として参加してみると話は別だった。

だから、彼が目にした部隊が作戦に投入される全軍ではなく——実はそのごく一部分にすぎないことをプゾージュから聞いたときはホッとした。

プゾージュは船酔いでいくらか青ざめていたが、雄々しくそれと闘いながら、船室の卓上に地図を広げて、作戦計画を説明した。

「キリスト教国軍はこのキブロン（フランス西北部ブリタニー南西岸の半島）から上陸することになっている。彼らはポーツマスから乗船した——こういう英国の地名は発音しにくいな——われわれがプリマスを出発した前日だ。ド・シャレット男爵の率いる五千の兵力だ。彼らはキブロンからバンヌ、レンヌと進撃する手筈になっている」

「それで、閣下の部隊はどうする予定なのですか？」ホーンブロワーは訊いた。

プゾージュはまた地図を指さした。

「ここにムジラックの町がある。キブロンから二十リーグ（約百キロ）の地点だ。ここで南から来た幹線道路がマレイ川を渡り、ここで潮の流れが止まる。見る通り、小さな川にすぎないが、両岸は湿地帯だし、その道路は橋を渡るだけでなく、長い畷《なわて》（低湿地の中に土を盛り上げてつくった道）になって川沿いにつづく。反乱軍はその南におり、北上の際にはムジラックを通過しなければならない。われわれはそこに布陣する。われわれは橋を破壊し、この渡河地点を守備して、ド・シャレットが全ブルターニュを立ち上がらせるまで反乱軍の前進を遅らせる。彼は間もなく二万の武装兵を持つようになり、反乱軍はふたたび忠誠を誓い、われわれはパリーに軍を進めて、クリスチャン王ルイ十七世陛下を復位させる」

それが作戦計画だった。ホーンブロワーはこのフランス人の熱情に動かされた。確かにその道路は海岸線から十マイル以内を通っており、そのビレーヌ川の広い三角河口に小部隊を上陸させてムジラックを奪うことは可能だろう。畷《なわて》を守備することは、プゾージュが言うとおり、たとえ敵の大部隊を相手にしても一日や二日はなんの困難もなかろう。そうすればド・シャレットが活動するチャンスも充分に生まれよう。

「ここにいるわが友ド・モンクータンは」と、プゾージュはつづけて、「ムジラックの領主なのだ。あそこの領民は彼を喜んで迎えるはずだ」

「大部分の者はね」モンクータンは灰色の目を細めながら言った。「なかには快く思わない者もおるだろうが、わたしは喜んで彼らと一戦を交じえるつもりだ」

西部フランス、バンデ県(ビスケー湾に面する県)、ブルターニュ地方は久しく騒乱が絶えず、貴族の統率のもとに、住民がパリー政府に対して反乱を起こしたことも一度ならずあった。しかし反乱はすべて敗北に終わった。そしていまフランスに向けて護送されていく王党派の軍勢は、それら敗北した軍勢の残党によって編成されたもので――こんどこそ最後の賭けであってみれば、必死の軍勢だ。その意味で見直すと、この作戦計画はあまりかんばしいものとも思われなかった。

船団がベル島を回り、ビレーヌ川の三角河口へ向けて針路を定めたのは、灰色の朝――空も灰色なら岩も灰色の朝だった。遙か北のほうにあたって、キブロン湾に点々と白いトプスルが見られた――ホーンブロワーはソフィア号の甲板から、そこにいる遠征隊主力の上官に到着を告げる信号を、インディファティガブル号がしきりに送っているのを見ていた。陸上の道程《みちのり》にしてまだ四十マイルも隔ったところにいながら、おおむね互いの見えるところで、二カ所から打撃を加えるように陸地の地勢を利用できるということは、まさに海軍の機動性と神出鬼没性を立証するものだった。

ホーンブロワーは望遠鏡で険悪な海岸線を隈《くま》なく探り、ソフィア号船長宛ての命令書を読みかえし、そしてまた海岸を見つめた。彼が目ざすマレイ川の狭い三角河口と、軍勢が上陸することになっている細長い泥地帯を見わけることができた。

ソフィア号が定められた投錨地へ向けて微速で進む間、舷側から測鉛《レッド》が投下され、船は落着きなく揺れていた。この辺の海面は、陸地でかこわれているにもかかわらず、方向の違う潮流がぶつかりあい、凪《な》いでいるときでも三角波の立つことがあるのだ。やがて船首の錨索孔《ホーズホール》から錨索《ケーブル》がゴーゴーと繰り出され、ソフィア号はぐるっと回って潮流に船首を立て、その間に、乗組員たちは各ボートを舷外に吊り出す作業にとりかかった。

「フランス、愛するうるわしのフランス」プゾージュがホーンブロワーの片脇で言った。

インディファティガブル号から大声で呼ばわる声が波面を渡ってきた。

「ミスタ・ホーンブロワー！」

「はーい！」ホーンブロワーは船長のメガホンで力いっぱい答えた。

「きみはフランス人部隊と一緒に上陸し、追って別命あるまで彼らのもとに留まれ」

「アイ・アイ・サー」

生まれてはじめて外国の土に第一歩を印する機会が、こんな形でやってきた。

プゾージュの兵士たちが下からどやどやと出て来ていた。彼らを船側に待っているボートに降ろすのは、のろくさくて、いらだたしい仕事だった。ホーンブロワーはいまごろ海岸ではどんなことが始まっているだろうかと、ぼんやり考えていた。きっと、騎馬の伝令たちがこの遠征部隊の敵前上陸を注進するために北へ南へと走っていることだろうし、間もなく、フランス革命党の将軍たちが麾下《きか》の将兵を行進させ、急きょこの地へ進軍してくることだろう。奪わねばならぬ重要な戦略拠点は十マイル足らずの内陸部にある。

彼はまた任務にもどった。部隊が上陸したらすぐ、彼は貨物と弾薬が陸揚げされたことを確認すると同時に、いまはメンマストの前の特設の厩《うまや》にしょんぼり立っているあの軍馬の陸揚げをも確認しなければならない。

第一陣のボートはすでにすべて船側を離れていた。ホーンブロワーは上陸部隊が、フランス隊は左手から、赤い上衣の英国歩兵隊は右手から、泥と水の中をよろめきながら上がっていくのを見た。浜辺の向こうのほうに漁師の小屋が何軒か見え、前衛部隊がそれらの漁師の家を奪うために前進するのが見えた。少なくとも上陸は、一発の弾丸も発砲されることなく行なわれた。

ホーンブロワーが弾薬と一緒に上陸すると、ボールトン海尉が浜辺で指揮をとっていた。「その弾薬は満潮のマークよりもずっと上に揚げろ。英兵《えび》たちが弾薬輸送用の荷車を調達してくるまでは送り出せない。それに大砲を引かせる馬も必要だ」

そのときボールトンの作業隊は六ポンド砲二門を野戦用荷馬車にのせて、エンヤラエンヤラと浜に引き上げているところだった。それらの荷馬車は御者が乗り、上陸部隊に強制徴発された馬に引かせるはずだった。というのは、英国の遠征隊は必要なものをすべて現地で調達することにして陸揚げされるのが古来の伝統だったからだ。プゾージュと彼の幕僚たちは彼らの乗馬の陸揚げをじりじりと待っており、軍馬がなんとかだましボートから浜辺に連れてこられるや、ただちに乗馬した。

「フランスへ向かって前進!」プゾージュは剣を抜き、柄《つか》を口まで捧げながらどなった。

モンクータンと他の将校は前衛歩兵隊の先頭に立つためにパカパカと馬を乗っ立てていき、一方、プゾージュは居残ってエドリントン卿と二言三言交わした。英国歩兵隊は一糸乱れぬ緋色の一列隊形に整列していた。

もっと内陸のほうでときおり赤い点々が見えるのは、軽装備の一隊が先行させられ、歩哨に配置されているのだ。ホーンブロワーには会話は聞き取れなかったが、ボールトンがそれに引き入れられているのに気づいていたし、ややあってボールトンが彼を呼びつけた。

「きみは仏兵《かえる》たちに同行してもらわなければならない、ホーンブロワー」と、彼が言った。

「馬を与えよう」と、エドリントンが言い添えた。「あれに乗っていくがいい――あの葦毛《あしげ》だ。信頼できる人間を彼らに同行させねばならない。彼らにたえず目を配り、彼らがふざけた真似を始めたら、ただちに知らせてくれ――彼らは何をやりだすかわかったものではない」

「きみのほうの貨物の残りが陸揚げされるぞ」ボールトンが言った。「きみが荷車を後送して来次第、あれを送り届ける。いったい何だ、あれは」

「あれは携行用のギロチンです」ホーンブロワーは言った。「フランス軍の貨物の一部です」

三人はそろって振り返り、プゾージュを見た。彼は訳のわからない会話の間、いらいらと乗馬の鞍《くら》にまたがって待っていた。それでも三人が何を話題にしているかは知っていた。「あれをまっ先にムジラックへ送ってもらわねばならない」と、彼はホーンブロワーに言った。「済まないが、この諸君にそう話してもらえまいか？」

ホーンブロワーは通訳した。

「わたしは大砲と弾薬を先に送る」ボールトンが言った。「しかしあれもすぐ彼の手に入るように取り計らおう。さあ、出発しろ」

ホーンブロワーはおぼつかなげに葦毛の馬に近づいた。およそ乗馬について知っていることといえば、農場で覚えたことぐらいだったが、彼があぶみに足をかけ、やっとこ鞍にまたがって、こわごわ手綱を掴んだとたんに馬は歩き出した。馬の上から見下ろすと、メン・トゲンスルの帆桁《ヤード》から見下ろすように地面が遠く思われた。

プゾージュがくるりと馬を回して浜を走りはじめたので、葦毛は必死にしがみつくホーンブロワーを乗せ、前を行くそのフランスの馬のはね上げる泥にまみれながら、あとを追った。

ぬかるみの小径は、漁師の小屋から緑の芝草の土手の間を内陸へとつづき、プゾージュはさっそうと速歩《だく》で進み、ホーンブロワーはその後ろから跳ね上がりながらついていった。彼らが二、三マイルも行かぬうちに、ぬかるみを急行軍するフランス歩兵隊の後尾に追いついたので、プゾージュは手綱《たづな》を引いて馬を並足にした。

縦隊が低い起伏を登ったとき、遙か前方に白地の軍旗が見えた。ホーンブロワーは堤越しに岩のごろごろした畑地を見ることができた。左手には灰色の石造りの小さな農家があった。青い軍服の兵士が一人、荷車を引いた白い馬を連れ去ろうとしており、一方ではさらに二、三名の兵士が、狂乱する農夫の女房をおさえつけているところだった。あんな風にして、かつての遠征軍も必要な輸送力を確保したのだろう。別の畑では一人の兵士が銃剣でつつきながら牝牛を追っていた――どんな動機からか、ホーンブロワーには想像できなかった。二回、遠くでマスケット銃の銃声が聞こえたが、誰もそれに注意を向けなかった。

やがて二人の兵士が痩せこけた馬たちを連れて道を下って、海岸のほうへ急いで来るのと出会った。行軍する縦隊のあちこちから彼らに投げかけられた冗談に、兵士たちの相好が崩れ、にたにたと笑った。しかしさらに少し進んだとき、狭い畑地に鋤《すき》が一本ぽつんとつっ立ち、そのわきに灰色の束ねたものが転がっているのがホーンブロワーの目に入った。何かの束と見えたのは男の死体だった。

右手のずっと向こうに川原の低湿地がつづき、間もなく遙か前方に、彼らが占拠するために派遣された橋と畷《なわて》を望むことができた。彼らがたどっている道筋は、わずかに下りになって町に入り、二軒の灰色の田舎家の間を通って、やがて沿道に町筋がつづく広い通りになった。灰色の石造りの教会があり、旅宿兼宿駅とすぐ見わけのつく建物があって、兵士たちがその周りに大勢集まっていた。通りはそこで少し広くなり、並木通りがあるところから、ホーンブロワーはここが町の中央広場にちがいないと思った。二階の窓から二つ三つ顔がのぞいたが、その他はどの家も戸を閉ざし、二人の女がそれぞれの店をあわてて閉めているほかは、町民の姿は見られなかった。

プゾージュは広場で馬をとめ、いろいろ命令を出しはじめた。すでに駅馬が宿駅から引き出されつつあったし、数人一組の兵士のグループが、急を要するらしい用向きで忙しく往き来していた。プゾージュの命令どおり、一人の将校が部下を召集し——といってもそれまでには叱ったり身振り手振りを使ったりしなければならなかったが——橋のほうへ進発した。別の一隊は反対の方角からの奇襲を予想して、その方面の守備につくため大通りを下っていった。

兵士の一群れが、戸を破って押し入った店から持ち出したパンをむしゃむしゃやっており、二、三度、町民がプゾージュの前へ引っ立てられてきて、彼の命令でまたそそくさと町の留置場へ連れ去られた。ムジラックの町は完全に占拠された。

プゾージュもそう思ったらしく、しばらくすると、ちらっとホーンブロワーへいちべつをくれておいて、馬を回し、速歩《だく》で畷《なわて》のほうへ行った。町は道路が湿地帯にはいる手前で終わり、道わきの小さな荒地に、この方面に差し向けられた一隊が、早くも焚き火を起こし、兵士たちがその周りに集まり、その脇に片身の死骸になって転がっている牛から、切り取った肉の塊りを銃剣に刺して焙《あぶ》っていた。

ずっと前方の、畷《なわて》が橋になって川を渡るところに、一人の歩哨が背後の橋の欄干にマスケット銃を立てかけて腰をおろし、ひなたぼっこをしていた。すべてがのどかだった。プゾージュはホーンブロワーを片脇に従えて、アーチ型の橋の中央まで馬を進め、対岸の田園風景を見渡した。敵がいる気配はなかったので引き返すと、赤い上衣を着た騎馬の将校が待ちうけていた——エドリントン卿だった。

「自分の目で確かめに来た」彼が言った。「この陣地はたしかに守りが堅そうだ。ここに銃器を配置すれば、あの太鼓橋を爆破するまでこの橋を確保することができるだろう。しかし半マイル下流に浅瀬があって、引き潮時には渡れる。そこにわたしは陣を布こうと思う——もしあの浅瀬を失えば、形勢は逆転して、わがほうは海岸からの連絡路を絶たれて孤立する。いま言ったことを——名は何といったかな？——この方に伝えてくれ」

ホーンブロワーはできるだけうまく通訳し、二人の指揮官があちこちを指さして話し合い、それぞれの役割を取り決める間、通訳として脇に控えた。

「これで話は決まった」エドリントン卿がややあって言った。「いいかな、ミスタ・ホーンブロワー、絶えず戦況を報告してもらわなければならないぞ」

彼は二人にうなずき、馬をくるりと回して速歩《だく》で立ち去った。彼が立ち去るのと入れ代わりに、一台の荷車がムジラックの方角から近づいて来、その後方でガラガラという大きな音が二門の六ポンド砲の到着を告げた。それぞれ水兵たちに口輪を取られた二頭の馬が骨を折って引っ張ってきた。荷車の前部に腰掛けているのはブレイスガードル候補生で、ホーンブロワーを見ると、あけっぴろげの笑顔で敬礼した。

「艦尾甲板《コーターデッキ》からこやし車まではほんの一歩に過ぎない」彼はひらりと飛び降りながら大声で言った。「士官候補生から砲兵隊の隊長までもな」

彼は艀《なわて》を、それから周囲を眺めた。

「砲をあそこに降ろせば、ぐるりが狙えるだろう」ホーンブロワーは提案した。

「その通り」

ブレイスガードルの指図で、大砲が道のわきに引き出され、艀《なわて》に砲口を向けた。こ、や、し車から荷がおろされ、ターポリンが地面に広げられ、大砲の装薬がその上に置かれて別のターポリンのカバーが掛けられた。弾丸とぶどう弾の袋が大砲のわきに積み上げられた。船乗りたちは新しい環境に刺激されて熱心に働いていた。

「貧乏すれば妙な仲間が出来る」ブレイスガードルが言った。「そして戦争すると妙な任務につくもんだ。橋を爆破したことがあるのか？」

「一度も」

「おれもない。来いよ、やって見ようじゃないか。おれの乗り物にご同席ねがえますか？」

ホーンブロワーはブレイスガードルと一緒にこ、や、し車に乗り込むと、二人の水兵がとぼとぼ歩く馬のくつわを取って艀《なわて》を進み、橋まで行った。そこで彼らは止まり、引き潮で流れの速い泥水の川を見下ろし、欄干越しに首を伸ばして、そのがん丈な石造りの橋を見た。

「アーチの頂上にある要石《かなめいし》を爆破することが大事だ」ブレイスガードルが言った。

それは橋を破壊する秘訣だが、ホーンブロワーは橋からブレイスガードルへ、それからまた橋へ視線をもどすうちに、それは言い得て実行し難いことに思われてきた。火薬は上向きに爆発するのだから、それを四方から支えなければならない――橋のアーチの下で、どうやってそれをするのだ？

「橋脚はどうだ？」彼は試しに言ってみた。

「やって見てもいいな」ブレイスガードルはこやし車の横の水兵をふりかえった。「ハネイ、綱を持ってこい」

彼らは欄干にロープを縛りつけ、滑り降りて、橋脚の土台のまわりのつるつるする危なっかしい出っ張りを足がかりにした。川が足もとをゴボゴボと流れていた。

「これで解決がつきそうだぞ」ブレイスガードルはアーチの下にほとんど体を二つ折りにしてしゃがみながら言った。

彼らが準備を進めるうちに時間はどんどん過ぎていった。橋の守備隊から作業班を連れてこなければならず、つるはしやかなてこを探すか即席に作らなければならず、それに橋脚を組み立てている大きな荒石材のいくつかをアーチの肩の部分から掘り出さなければならなかった。そうして出来たいくつかの穴に、上から用心深く下ろされた二樽の火薬を押し込み、それぞれの樽の口に火縄を差し込み、外部へ導火線を引き、一方、樽は詰め込めるだけの石と土で穴の奥に封じ込めた。作業が終わったとき、アーチの下はもう夕暮れの薄暗さだった。作業班は骨を折ってロープ伝いに橋の上へ登り、ブレイスガードルとホーンブロワーが下に残って、もう一度互いに顔を見合わせた。

「おれが導火線に火をつける」ブレイスガードルが言った。「先に登れ」

言い争っても仕方のないことだった。ブレイスガードルは橋を爆破する命令を帯びていたからで、ホーンブロワーは止むなくロープ伝いによじ登り、一方ブレイスガードルはポケットからほくち箱を取り出した。橋の上の道に登るや、ホーンブロワーはただちにこやし車を遠のかせて、待った。ほんの二、三分でブレイスガードルが現われた。夢中でロープをよじ登り、欄干越しに飛び込んだ。

「逃げろ！」口から出たのはその一言だった。

一緒に、二人は橋からいちもくさんに逃げ、畷《なわて》の接合点にしゃがみこんで息を切らせた。と、鈍くこもった爆発音が起こり、彼らの足下の地面が震動し、そしてもくもくと煙が上がった。

「行って見よう」ブレイスガードルが言った。

二人はいま来た足跡をたどるようにして引き返し、まだ煙と土ほこりに包まれている橋へ行った。

「一部だけだ――」現場に近づき、土ほこりが消え去ると同時に、ブレイスガードルが言いかけた。

と、その瞬間、二回目の爆発が起こり、彼らは立ったままよろめいた。路床《ろしょう》の砕石がはじけ飛んで片脇の欄干に当たり、弾丸のように微塵《みじん》に砕け散って、破片がばらばらと二人にはねかえった。ガラガラ、ゴロゴロと、アーチ型の石橋が川の中へ崩れ落ちた。

「ありゃあ、二つ目の樽が爆発したんだ」ブレイスガードルが顔を拭きながら言った。

「導火線の長さが同じとは限らないってことを思い出すべきだったな。もしもうちょいと近づいていたら、あたら前途有望な二つの人生が終わっていたかもしれないぜ」

「とにかく、橋は落ちた」

「終わり良きものすべて良し」ブレイスガードルが言った。

七十ポンドの火薬がものを言った。橋はすっぱりと断ち切られ、残るのはわずかに幅数フィートのぎざぎざな断面だけで、橋上の路面は、モルタルの強さを証明する向こう側の橋脚のぎざぎざな断面のほうへ突き出ていた。のぞきこむ二人の眼下に、石くれでほとんど堰《せ》かれた川床が見えた。

「もう今夜は、守錨当直《アンカー・ワッチ》の必要がないな」ブレイスガードルが言った。

ホーンブロワーは葦毛の馬をつないでおいたほうへ視線を回した。彼は馬を引いて、徒歩でムジラックへもどりたい誘惑を感じたが、恥ずかしくてできなかった。彼は骨を折って鞍にまたがり、帰り道のほうへ馬の首を回した。行く手の空が日没に近づいて赤く染まりはじめていた。

彼は大通りに入り、わずかに曲がって中央広場へ出たが、そこであるものを目にして、思わず手綱を引き、馬を止めた。広場は町民と兵士でいっぱいで、広場の中央に、ひときわ高く、細長い四角形のものが、上のほうにぴかぴか光る刃をつけて夕空にそびえていた。その刃がドサッとあたりに響く音を立てて落ち、その長方形のものの台座を取り巻いた一団の男たちが何かを片脇へ引き出し、すでにそこに積み上げられている山にそれを加えた。携帯用ギロチンが働いているのだ。

ホーンブロワーは吐き気と恐怖に馬上で腰が抜けたようにまたがっていた——これは監獄のどんな刑罰よりもひどい。彼が馬をせきたてて進もうとしたとき、妙な音が耳をとらえた。一人の男が大きなはっきりとした声で歌っており、広場に面した一軒の建物から短い行列が現われた。先頭に、黒っぽい巻き毛の大きな男が、白いシャツと黒っぽいズボン姿で歩いていた。男の両側と背後に兵士が歩いている。歌っているのはこの男だった。曲はホーンブロワーに何の感じも与えなかったが、歌の文句ははっきりと聞き取れた——それはフランス革命歌の一節で、その歌声はこだまとなり、すでに英仏海峡の彼方へさえも響き渡っていた。

「おお、聖なるかな祖国への愛——」白いシャツの男が歌い、彼の歌声を聞くと、広場の町民たちの間にざわめきが起こり、彼らはひざまずいて頭を垂れ、手が胸に十字に重ねられた。

死刑執行人たちが刃をふたたび巻き上げ、白シャツの男は刃の動きを目で追い、その間も震えをおびた声で歌っていた。刃がてっぺんに着くと、執行人たちが白シャツの男のところに飛び降り、彼をギロチンへ連れて上がり、ついに歌声は止んだ。やがてまた刃が鳴り響いて落ちた。

兵士たちが町民を家のほうへ追い払いはじめたところを見ると、これが最後の死刑執行らしかったので、ホーンブロワーは馬をせきたてて、四方へ散っていく群衆をぬって進んだ。とつぜん馬が怒って鼻嵐を吹かせ、横ざまに飛び出したので、彼はすんでのところで鞍から投げ出されるところだった——馬はギロチンの横に積まれた恐ろしい山の臭いをかぎつけたのだ。広場の横手にバルコニーのある家があり、ホーンブロワーがふと見上げると、ちょうどそこに立っているブゾージュの姿が見えた。彼は白い軍服に青い肩帯をかけ、幕僚を左右に従えて、手摺りに両手をかけていた。戸口に歩哨が立っていたので、その一人にホーンブロワーは馬を預けて家に入った。ちょうどブゾージュが階段を降りてくるところだった。

「今晩は」ブゾージュはまことにいんぎんに言った。「司令部への道がわかって結構だった。迷うことはなかったかね？　ちょうど夕食をとろうとしていたところで、きみが仲間に入ってくれれば楽しい。馬は手に入ったようだね。ここにいるムッシュー・ド・ビルレルが馬を世話するように命令を出してくれることと思う」

すべてが信じ難かった。この洗練された紳士たちが、いま終わったばかりのあの虐殺を命じたとは信じ難かった。いま夕食に同席しているこの優雅な青年たちが、野蛮ながら熱血の若い共和政体転覆に命を賭けているとは信じ難かった。しかし、その夜、四柱式寝台（四すみに柱があってそれにカーテンをつったベッド）にもぐり込んだとき、彼、ホレイショ・ホーンブロワー自身に、恐るべき危険が差し迫っていたことも、同様に信じ難かった。

表の通りでは、処刑の収穫である首なし死体がいくつも運び去られるのを見て、女たちが大仰な叫び声を張り上げていたので、彼は絶対に眠れまいと思ったが、若さと疲労は是非もなく、彼はほとんど一晩ぐっすり眠った。もっとも目覚めたときは、悪魔を追い払おうと戦いつづけていたような気分だった。暗闇の中で、すべてが異様だった。そしてその異様な感じの理由がわかるまでにしばらくの間があった。

彼はベッドに寝ており――これまで三百の夜を過ごしてきた――ハンモックではなかった。そしてベッドは、フリゲート艦の生き生きした動きにつれて揺れ動く代わりに、岩のように安定しているのだった。周囲の息苦しさは四囲のベッド・カーテンのためであり、すえた体臭や、船底の汚水《ビルジ・ウオーター》の臭気がまじりあった候補生居住区の息苦しさではなかった。彼は陸上に、家の中に、ベッドの中にいるのであり、あたりのものはすべて死んだように静まり返り、航海中の木造船の、無数の騒音になじんだ人間には、それは不自然な静けさだった。

もちろん、彼はブルターニュの、ムジラックなる町の家の中にいるのだ。この遠征隊の一翼をなすフランス人部隊——この遠征隊自体が、尊王の大義名分をもって革命下のフランスに侵攻しつつある大軍の一部である——を指揮する准将、プゾージュ男爵の司令部で眠っているのだ。自分はいまフランスにおり、海とインディファティガブル号から十マイルも離れた所で、死か捕虜か、身を預けているのはただ烏合《うごう》の衆のフランス人ばかり——実は半数が雇兵で、フランス人というのは名義だけだが——と改めて気づくと、ホーンブロワーは動悸が速くなり、かすかながら胸のむかつく不安感がわいてくるのを覚えるのだった。

彼はなまじフランス語を知っていることが悔やまれた——知らなければ、こんな所にいないはずだし、運が良ければ、一マイル下流の浅瀬を守備している、英軍第四十三近衛歩兵連隊の半個大隊に加わっていたかもしれないのだ。

彼がベッドから起き出したのは、一つにはその英軍部隊のことを考えたためだった。彼らとの連絡が保たれていることを確認するのは彼の任務だったし、眠っている間に状況が変化したかもしれない。彼はベッド・カーテンを引き開け、床に降り立った。脚に体重がかかったとたんに、脚がまるで言うことを聞かないことに気づいた——きのう一日じゅう馬に乗っていたために、体じゅうの筋肉と節々に痛みが残っていて、ほとんど歩けないほどだった。

しかし彼は暗がりの中をよたよたと窓辺まで行き、掛け金を見つけてシャッターを押し開けた。十一、二日の上弦の月が人気《ひとけ》ない通りを照らしていたので、下をのぞくと、表に立っている歩哨の三角帽子が見え、銃剣が月光を照り返していた。窓から引き返すと、彼は上衣と靴を探して身づくろいをし、斬り込み刀《カットラス》のベルトを締めると、忍び足で階段を降りた。玄関広間のすぐわきの部屋を見ると、テーブルの上に獣脂のローソクのろうが垂れ、そのわきにフランス風の軍曹が、腕に顔を伏せて仮眠をしていた。うたた寝だった証拠に、軍曹はホーンブロワーが戸口に立ち止まった拍子に顔を起こした。その部屋の床には、非番の衛兵たちが、マスケット銃を壁に立てかけ、囲いの中の豚のように身を寄せ合って高いびきをかいていた。

ホーンブロワーは軍曹へうなずいてみせて表口のドアを開け、通りへ踏み出した。澄んだ夜気を吸うと胸がさわやかにふくらんだ——いや、朝の空気と言うべきだろう、東の空はほのかに明るみはじめているのだから——そして歩哨は英国海軍士官の姿を見つけると、ぎごちなく気を付けの姿勢をとった。

広場にはいぜんとしてギロチンのぞっとする枠組みが月明かりの空にシンとそびえており、そのまわりには犠牲者たちの血の黒いシミが残っていた。処刑されたのはどんな連中だったのだろうか、王党員がさっそく捕まえて殺すとは、どういう人間たちだろうか、とホーンブロワーは考えた。そして、もし亡命者たちが革命当時から怨みを抱いていた相手ばかりでなかったとすれば、あの連中はきっと革命政府の小役人――町長や徴税官などだったにちがいない、と考えた。なんと野蛮で、無慈悲な世界だ。そう思った瞬間、彼はその世界でまったく一人ぼっちで、寂しく、心は重く沈み、不幸だった。

そのとき一軒の戸口から、隊伍を組んだ兵士を連れた衛兵の軍曹が現われて、彼は物思いから気をそらされた。通りの歩哨が交替になり、軍曹たちはその家をぐるりと回って他の歩哨を交替させた。つづいて、通りの向こうの別の家から、やはり軍曹に引率された四人の鼓手が現われた。彼らは一列に並んで太鼓のばち《ドラム・スティック》を顔の前に高くかざし、やがて軍曹の号令で、八本のスティックがいっせいに振りおろされてひび割れた音を立て、鼓手たちは硬く弾んだ陽気なリズムを打ちながら通りを行進しはじめた。最初の街角で、彼らは止まり、太鼓がドロドロと長く威嚇的に鳴りひびき、やがてまた前と同じリズムを打って行進していった。彼らは戦闘準備を告げて、兵士たちを宿舎から任務へと呼集しているのだ。

ホーンブロワーは音痴だが、リズムに対しては非常に敏感なので、これはりっぱな音楽だ、本当の音楽だと思った。彼は消沈した気分が吹っ切れて、司令部へ引き返した。さっきの衛兵軍曹が交替になった歩哨たちを連れてもどってきた。最初に目覚まされた兵士たちが寝ぼけまなこであちこちの街筋に姿を見せはじめ、やがて蹄鉄《ていてつ》の音をひびかせて、騎馬の伝令が司令部へ乗りつけ、そうしてまた一日が始まった。

青白い顔のフランス軍将校が伝令のもたらした通信文を読み、ホーンブロワーに読ませるために、ていねいに手渡した。彼はしばらくの間、通信文を持てあました――手書きのフランス語には馴れていなかったからだ――が、やがてその意味はわかってきた。それからは別に新しい事態の発展はうかがえなかった。きのうキブロンに上陸した遠征軍主力は、今朝、バンヌおよびレンヌへと前進するが、ホーンブロワーの属する支隊はその側面を守備して現在の位置を確保せよというのだった。

そのとき、シミ一つない白の軍服に青い肩帯をつけたド・プゾージュ男爵が現われ、無言で通信文を読むと、ホーンブロワーを振り返って、朝食へ誘ういんぎんな身振りを示した。

彼らは壁に料理用の銅なべがぴかぴか光る広い台所へもどり、無口な女がコーヒーとパンを運んだ。彼女は愛国心の強いフランス女性で熱狂的な反革命派であるにちがいなかったが、そんな気振りは少しも見せなかった。もちろん彼女は、この一団の男たちが彼女の家を接収し、金も払わずに彼女の食糧を食べ、彼女の部屋で眠っていることに、内心穏やかならぬものがあろう。もしかすると、軍用に徴発された馬や荷車のなかにも彼女のものがあるかもしれない――それに、ゆうべギロチンにかかって死んだ人間たちの幾人かは彼女の知り合いだったかもしれない。しかし彼女はコーヒーを運び、そして拍車を鳴らしながら広い台所にぐるりと立った将校たちは朝食をはじめた。

ホーンブロワーは茶わんと一切れのパンを取った――これまでの四カ月、彼の唯一のパンといえばビスケットだけだった――そしてコーヒーをすすった。パンが自分は好きなのかどうか、よくわからなかった。コーヒーは前に三、四回味わったことがあるだけだった。

しかし二度目に茶わんを口へ持っていったとき、彼はコーヒーをすすらなかった。飲まないうちに、遠雷のような砲声が一つ聞こえ、彼は茶わんを下ろし、体を硬くしてじっと立った。砲声はくりかえされ、二度目より三度目と、一発ごとに鋭く、近くこだまを返して響き渡った――啜《なわて》に陣取るブレイスガードルの六ポンド砲だ。

台所では一瞬の動揺とざわめきがあった。誰かが茶わんをひっくり返して、テーブルの上に黒い液体の渦巻く川をつくった。ほかの誰かは踵の拍車と拍車をからみつかせてよろめき、誰かの腕の中へのめり込んだ。誰も彼もが一時にしゃべりはじめるようだった。ホーンブロワーもほかの者たちと同じように興奮していた。表へ飛び出して様子を見たいと思ったが、その拍子に、戦闘を開始する英国海軍軍艦インディファティガブル号で見てきた統制ある落着きを思い出した。自分はこのフランス人たちとは育ちが違うのだと思い直し、また茶わんを口へ持っていき、静かに飲んだ。

すでにほとんどの将校たちが馬を引けとどなりながら台所から走り出ていた。鞍を着けるには時間がかかる。彼は台所を大股で往ったり来たりするプゾージュと目が合ったので、コーヒーを飲み干した——少し熱すぎて快いとは言いかねたが、態度としてはよかったと感じた。パンも残っていたので、食欲はなかったけれども、思い切ってかじり、嚙み、飲み込んだ。もしこれから一日じゅう戦場にいることになれば、次の食事はいつ取れるともわからないので、彼は半斤ほどの塊りをポケットに押し込んだ。

軍馬がみな前庭に引き出されて鞍をつけられていた。興奮した空気は馬たちにも影響していて、彼らは将校たちの罵声の中で躍り上がったり横歩きをしたりした。プゾージュがさっと鞍に飛び乗り、幕僚たちを従えてパカパカと走り去り、あとにはホーンブロワーの葦毛の馬をおさえている兵隊が一人だけ残った。こうしている間が花だ――もし馬が見抜いて飛び出したり後脚で立ち上がったりしたら、三十秒とは鞍に乗っていられないだろうと、ホーンブロワーにはわかっていた。

彼はゆっくりと外に出て馬のほうへ歩いた。馬は馬丁が首を叩いてやったので、いまのところは前より落着いている。彼は実にゆっくりと用心深く鞍によじ登った。はみを引いて、馬の勇み立つのを制しながら、落着いて通りへ馬を歩かせ、走り去った将校たちのあとを追って橋のほうへ向かった。馬をうっかり走らせて放り出されるよりは、ずっと歩かせて目的地に行き着くほうがましだ。

大砲はいぜん轟いており、ブレイスガードルの六ポンド砲二門から硝煙が噴き出すのを見ることができた。左手で、太陽が澄みきった空に昇っていた。

橋に着いてみると、状況は一目で見て取れそうだった。橋が爆破されたあとのギャップをはさんで、双方の前衛が撃ち合っており、マレイ川を越えて、畷《なわて》の向こう端で、ぱっと煙が上がるのは、敵の砲兵隊がゆっくりした間隔で最大射程から砲撃している証拠だった。こちら側の畷《なわて》のわきには、ブレイスガードルの二門の六ポンド砲があり、窪地でほとんど完全に遮蔽《しゃへい》されていた。斬り込み刀《カットラス》を下げたブレイスガードルは、部下の水兵たちが操作している大砲の間につっ立っており、ホーンブロワーを見つけると気軽に手を振った。

黒っぽい歩兵の縦隊が遠い畷《なわて》に現われた。ドカン——ドカンと、ブレイスガードルの大砲が発射した。その音に、ホーンブロワーの馬が躍り立ったので、一瞬彼は気をそされたが、次に見直したときにはもう隊列は消えていた。と、とつぜん彼の側近くで畷《なわて》の欄干が飛び散った。何かが馬の足下近くの路床に恐ろしい衝撃力で当たり、唸りを残して飛び過ぎた——それは生まれてから今までに最も間近をかすめた砲弾だった。

彼は馬と取っ組み合いをする間にあぶみを踏みはずしたが、何とか馬を制するや直ぐに、これは下馬して、畷《なわて》のわきの大砲のほうへ引いて行くほうが賢明だと考えた。ブレイスガードルがにやにやと迎えた。

「やっこさんたちがここを渡る見込みはない」彼は言った。「少なくとも、仏兵《かえる》たちが頑張っている間はな。それに連中はやる気があるらしいからな。あのギャップはぶどう弾の射程内だ。やつらには絶対に架橋させない。やつらは何のために火薬を無駄使いしているのか。気がしれないぜ」

「こちらの力を試しているんだろうよ」ホーンブロワーは限りなく戦いの駆け引きを心得ているように気取った調子で言った。

彼はもし体に許したら興奮で震えるところだった。自分の態度は誇張された不自然さがあるかどうか、自分ではわからないが、たとえそうでも、興奮を表に現わすよりはましだ。いまこうして砲弾が頭上にうなりを発して飛びかすめる中で、百戦練磨の古強者《ふるつわもの》然と仁王立ちに立っていると、ある種の悪夢に似た形で、何か変に楽しいものがあった。

ブレイスガードルは嬉しそうに微笑を浮かべて、完全に自制心を保っているように思われたので、ホーンブロワーはあれも自分と同じポーズなのかなと考えながら、厳しく彼を見直したが、何とも言えなかった。

「そら、また来たぞ」ブレイスガードルが言った。「なんだ、前哨だけだ」

ばらばらと、数名の兵士が睱《なわて》ぞいに橋へ走っていった。彼らは地面に腹ばって寝撃ちの構えになり、不規則に間をおいて射撃を始めた。すでに向こうにはいく人かの戦死者が転がっており、散兵は死体を楯にしていた。ギャップのこちら側では、散兵はもっとも有利に身を隠しながら撃ち返した。

「やつらに勝ち味はない。とにかくここではな」ブレイスガードルが言った。「それにあすこを見ろ」

町から出動した王党軍の本隊が道路を行進してきた。見守るうちに、対岸から発射された一発の砲弾が縦隊の先頭に命中し、砕片が隊列の中へ飛び散った。死者があちらこちらへ吹き飛ばされるのが見え、隊列は乱れた。プゾージュが馬を飛ばしてきて大声で叱咤《しった》し、隊列は死傷者を路上に残したまま方向を転じ、畷《なわて》の横の低湿地へ隠れ込んだ。

王党軍のほぼ総勢が集まっては、革命軍がここを強行渡河することはまったく不可能のように思われた。

「このことを英軍《えび》へ報告したほうがいいだろう」ホーンブロワーは言った。

「明け方に、下流のほうで砲撃があったからな」ブレイスガードルが同意した。

このあたりは広い湿地のへりに沿って、青々と茂った草地をぬう小径があり、第四十三歩兵連隊が守備している浅瀬へとつづいていた。ホーンブロワーは馬に乗る前に、その小径へ馬を引いていった。馬をその方角へ行かせるには、そうしたほうが間違いがなかろうと思ったのだ。

さほど行かないうちに、川岸にぽつんと一つ緋色の点が見えた——英軍の側面から迂回して湿地と川を渡ろうとする万一の動きに備えて、本隊から差し向けられた歩哨線だ。やがて、浅瀬のある場所の目印になっている小屋が見えてきた。そのわきの平地に、本隊が戦局の進展を待っている場所とすぐわかる、大きな緋色の広がりがあった。この地点で低湿地はせばまり、ちょっと高くなった地面がうねのようになって川へ近づいていた。

そこへ、エドリントン卿に率いられた赤い上衣の一隊がやってきた。ホーンブロワーは馬を進めて報告したが、下で馬が落着きなく動くので、何となくぎくしゃくした動作だった。

「本格的な攻撃はない、と言うんだね？」エドリントンが訊いた。

「自分が出発したときには、まだそれらしき気配はありませんでした」

「ふーん」エドリントンは川向こうを見すえた。「ここでも同じだ。強行渡河をしようとする動きはない。彼らがちょっかいを出しながら、本格的な攻勢に出ないのは、なぜかな？」

「彼らは不必要に火薬を燃やしているように思いましたが」

「彼らもバカではない」エドリントンはぴしりと言い、また川向こうへ刺すような視線を向けた。「とにかく、何か考えあってのことと考えたほうが怪我《けが》がない」

彼は馬を返し、ゆるく駆けさせて本隊へもどると、気を付けをして待つ大尉に命令を下した。大尉が大声で号令をかけると、一隊は立ち上がって整列し、棒を並べたように動かなかった。つづいて二度の号令で彼らは右向け右をし、二列縦隊で行進を始めた。全員が歩調をとり、マスケット銃が同じ角度で担《にな》われていた。エドリントンが隊の行進を見送った。

「側面を警戒すれば怪我はない」彼が言った。

川面を渡ってくる砲声に、彼らはまた川のほうへ注意を向けた。低湿地の向こう側に、土手を急速に行進する敵の縦隊が見えた。

「さっきと同じ隊列がもどっていきます」中隊長が言った。「あれも別の隊も、まったく同じようですが」

「行進しては、散発的に盲撃ちをしている」エドリントンは言った。「ミスタ・ホーンブロワー、亡命者の隊はキブロン方面へ側面警備を出しているか？」

「キブロン方面へですか？」はっとして訊き返した。

「ちっ、きみは簡単明瞭な質問が聞こえないのか？　出しているのか、いないのか？」

「わかりません」ホーンブロワーはみじめな気持で白状した。

キブロンには五千の亡命者軍がいるのだから、その方角に歩哨を立てておく必要はなさそうに思われた。

「では、フランス人亡命者の将軍に、わたしからよろしくと伝えてくれ、そのついでに、まだならば、強力な分遣隊を街道に配置すべきではないかと進言してくれ」

「アイ・アイ・サー」

ホーンブロワーは馬首をめぐらして橋へ向かう小径をもどった。太陽はいまや人気《ひとけ》ない原野の真上からじりじりと照りつけていた。いぜんとして、ときおり砲声が聞こえたが、頭上では青空に雲雀《ひばり》がさえずっていた。

そして彼がムジラックと橋へつづく最後の低いうねへ向かったとき、とつぜん時ならぬ銃声が起こった。彼は叫び声やどなり声も聞こえたような気がしたので、うねの頂きに登ってみて、思わず手綱を引いて馬を止めた。

前方の原野は一面に、白い十字の肩帯をかけた青色の軍服姿で埋められており、その全員が狂い立ったように彼をめがけて走ってくるのだった。兵卒の群れの間に点々と騎馬兵も馬を駆っており、日光にきらめくサーベルを振り回していた。遙か左手のほうには、騎馬兵の縦隊が野原をつっ切って疾走しており、さらにその背後では、街道から海のほうへ急速に移動する銃剣の列に日光がきらめいていた。

もはや事態は疑うべくもなかった。馬上で見つめる、その胸のむかつく数秒間に、ホーンブロワーは真相を悟った。革命党軍はキブロンとムジラックの中間に一隊を割り込ませ、亡命者軍を対岸からの示威運動で釘付けにしている間に、一気に駆け下って、思いがけない方角からのこの攻撃で、完全に不意を襲ったのだ。キブロンで何があったか知る由《よし》もない――が、いまはそれを考えている時ではない。

ホーンブロワーは手綱を引きつけて馬首をめぐらし、踵で馬腹を蹴込むと、懸命に馬をせかせながら、英軍のほうへと道をとって返した。彼は鞍の上で大きく弾み、転げ落ちかけては夢中でしがみつき、落馬して、追跡してくるフランス軍に捕われはしないかと、恐怖心に駆られていっさんに走りつづけた。

英軍の歩哨線についたとき、馬蹄のひびきを聞きつけて、すべての目が彼へ向いた。エドリントンが手綱を腕にかけて、そこに立っていた。

「敵襲！」ホーンブロワーは後ろを指さしながら声をからして叫んだ。「やつらが来ます！」

「やっぱり予想通りだったな！」エドリントンが言った。

彼はあぶみに足をかけて乗馬する前に、大声で命令していた。第四十三歩兵連隊の本隊は、彼が鞍にまたがったときにはすでに整列していた。彼の副官が川岸にいる中隊を呼びもどすために馬を飛ばしていった。

「フランス軍は、騎馬、徒士《かち》、大砲の総がかりだろうな」エドリントンが言った。

「少なくとも騎馬と徒士《かち》です」ホーンブロワーは頭を澄まそうと努めながら息を切らして言った。

「大砲は見ませんでした」

「そして亡命者軍は脱兎のごとく敗走中か」

「イエス・サー」

「そら、やつらの先頭が来た」

最寄りの起伏を越えて、いくつか青い軍服が現われた。軍服の主たちは走り疲れてよろけながらも、まだ走っていた。

「彼らの退却を掩護《えんご》しなくてはなるまいな、助けるに値いしない連中だが」エドリントンが言った。「見ろ、あそこを！」

彼が側面の警備に出した中隊が、ゆるい斜面の頂きに見えていた。緑に赤く映えて、その隊は小さな方陣にかたまり、そして見る間に、一団の騎馬隊が丘の斜面をおおってその方陣へ殺到し、その周囲を渦巻きになって回った。

「彼らをあそこに配置したのは、正に図星だったな」エドリントンは静かに感想を漏らした。

「ああ、メインの小隊が来る」

浅瀬から引き返してきた隊が行進してきた。厳しい号令が大声で発せられる。サーベルと銀を冠せた指揮杖をもった曹長が、まるで練兵場にでもいるように歩調と隊伍を整える一方、二つの小隊は車輪のようにくるりと回った。

「きみはわたしのそばについているがいいだろう、ミスタ・ホーンブロワー」エドリントンが言った。

彼は二つの縦隊の切れ間に馬を進めたので、ホーンブロワーは押し黙って彼に従った。次の号令で、軍勢は低地を渡って着々と進撃したが、その間も軍曹たちは歩調の掛け声をつづけ、曹長は間隔を見守っていた。どこを見ても亡命者軍の将兵が算を乱して敗走しており、その大部分の者はいまや疲労困憊《こんぱい》の極に達していた――そしてぽつりぽつりと、息を切らし、もはや一歩も動けなくなって地面に倒れるのが見えた。

と、そのとき、右手の低い斜面を越えて、羽飾りの列が現われ、サーベルの列が現われ、そして騎兵隊が速足で急速に前進してきた。サーベルが振り上げられるのが見え、馬が一斉に速駆けに移るのが見え、とっかんの声が聞こえた。ホーンブロワーの周囲の赤い上衣が停止した。次の大声の号令で、次のゆっくりした、悠然たる動きがあり、そして半個大隊は、騎馬将校たちを中心に、そして頭上に隊旗をひるがえして方陣になった。突撃してくる騎兵の一群は百ヤード以内に来ていた。

深い声の将校が、まるで何かのおごそかな儀式でもあるかのように朗々たる調子で次次に号令をかけた。最初の号令でマスケット銃が兵士たちの肩からおろされ、次の号令に応えて、同時にカチリと発火装置の開かれる音がした。三度目の号令で、マスケット銃が方陣の一面にそって構えられた。

「高すぎる！」曹長が言った。「もっと低く、こら、七番」

突撃してくる騎兵隊はもう三十ヤードしか離れていなかった。ホーンブロワーは、先頭を切る騎兵たちがマントを肩からひるがえし、馬の首に身を伏せ、腕いっぱいにサーベルを突き出してくるのが見えた。

「撃て！」深い声が言った。

それに応じて、マスケット銃がいっせいに火を噴いたので、たった一発の鋭い爆発音が聞こえただけだった。硝煙が方陣のまわりに渦を巻き、消えた。ホーンブロワーが見ていた場所には、いまや数十の人馬が、あるいは苦痛にもがき、あるいはじっと横たわって、地面に散らばっていた。騎兵隊は岩にせかれた奔流のように割れ、方陣の側面をなすところなくかすめ過ぎていた。

「なかなかよろしい」エドリントンが評した。

深い声がまた歌うように号令をかけた。全部同じ糸に操られる人形のように、いま発砲した中隊が弾丸《たま》をこめなおした——全員が同時に弾丸をくわえ、全員が装薬を詰め込み、全員がまったく同時に同じ角度に頭を下げて、マスケット銃の銃身へ弾丸を吐き出した。エドリントンは下の低地で騎兵隊が烏合の衆になってかたまっているのを鋭く睨《にら》んだ。

「四十三歩兵連隊、前進！」彼は命じた。

厳粛な儀式のような動きで、方陣が解散し、ふたたび二列縦隊にもどり、いっとき中断された行進をつづけた。分離していた中隊が戦死した兵馬の環から行進してきて合流した。誰かが歓声をあげた。

「行進中は口をきくな！」曹長が咆《ほ》えた。「軍曹、いましゃべった者の名前を控えろ」

しかしホーンブロワーは、曹長が縦隊と縦隊の間隔にいかに鋭く目を配っているかについて気づいた。中隊がぐるっと回って戻り、その間隔を埋めて方陣をつくれるように、その間隔は正確に維持されねばならないのだ。

「そら、また来たぞ」エドリントンが言った。

騎兵隊は新たな突撃隊形をつくっていたが、方陣はすでにそれに応じる用意ができていた。いまや馬たちは息を切らし、敵兵たちには前ほどの闘志がなかった。襲来したのは堅固な馬の津波《つなみ》ではなく、分裂したグループで、まず方陣の一面に殺到し、つぎに別の面に襲いかかり、銃剣の列まで来ると止まるか方向を変えるかした。

数度の攻撃もあまりにも力弱く、方陣の一斉射撃には歯が立たなかった。中にはもっと断固たるグループもいくつかあったが、こちらは指揮官の命令一下、あちこちで斑ごとに銃弾を浴びせた。

ホーンブロワーは一人の敵兵が——その金モールから見て将校だが——銃剣の列の前で手綱を引いて馬を止め、ピストルを抜くのを見た。彼が発射する間を与えず、五、六挺のマスケット銃が一斉に火を噴いた。将校の顔は見るも恐ろしい血まみれのマスクになり、人馬もろともどっと地面に倒れた。するとたちまち騎兵隊は、野面を群れて飛ぶむくどりのように、ぐるっと方向を変えて逃げ去ったので、行進はまたつづけられた。

「仏兵《かえる》たちには統制がない、敵のも味方のも」エドリントンが言った。

行進は海へ、インディファティガブル号の有難い庇護のもとへと向かっていたが、歩度は我慢がならないほど遅いようにホーンブロワーには思われた。兵士たちは分列行進の歩調で、いらいらするほど悠々と進んでいたが、一方、彼らの周囲や遙か前方には、亡命者軍の逃走兵たちが安全な場所へと、幅の広い流れになって走っていた。ふりかえると、広野はすべて行進する縦隊で——というより、懸命の追い討ちをかける革命党軍は、先を急ぐいくつかの集団で埋めつくされているのを、ホーンブロワーは見た。

「いったん兵たちを走らせたが最後、彼らはもう収拾がつかなくなるものだ」エドリントンがホーンブロワーの視線をたどりながら感想を漏らした。

側面で起こった喚声と銃声が彼らの注意を引いた。野を駆け、障害物にひどく飛び上がりながら、痩せ馬に引かれる一台の荷車がやってきた。水兵の上衣とズボンを着けた誰かが手綱を取っていた。他の水夫たちが周囲に群がる騎兵たちへ、荷車の側壁ごしにマスケット銃を撃ちかけているのが見えた。それは例のこやし車に乗ったブレイスガードルだった。大砲は失ったのだろうが、部下は助けたのだ。

車が縦隊に近づくと、追跡の騎兵たちは諦めて左右に散った。ブレイスガードルはこやし車に仁王立ちになり、馬にまたがったホーンブロワーを見つけると、興奮した様子で手を振った。

「ボーディシア（ブリテン国の女王。時のローマの支配に反抗してロンドンなどを奪回したが、ついにローマ軍に敗れて自殺）と彼女の戦車だ！」彼は大声で叫んだ。

「先に行って、われわれの乗船準備をしてもらえば有難いが」エドリントンが金管楽器のような大声を張り上げて言った。

「アイ・アイ・サー！」

痩せ馬は、後ろに傾《かし》がる車と、にやにや笑いながらその囲いにしがみついている水兵たちを引っ張って、パカパカと走っていった。もう反対の側面に、歩兵の一団が現われた——狂い立った、動作の大仰な群衆のようで、第四十三歩兵連隊の退路を遮断しようと小走りになっていった。

「四十三歩兵連隊、横隊をつくれ！」エドリントンが叫んだ。

何かの、よく油のきいた重い機械のように、半個大隊は敵の集団に対した。縦隊が横隊になり、各兵士が塀に並べられた煉瓦のように各自の位置に移動した。

「四十三歩兵連隊、前進！」

緋色の横隊が、ゆっくりと、断固たる気構えを見せて押し出した。敵の集団はそれと一戦を交えようと足を速め、将校たちが剣を振りかざして陣頭に立ち、兵卒たちを後に従えと叱咤していた。

「撃ち方用意！」

すべてのマスケット銃が一斉に銃先を下げた。発火装置がカチリと鳴った。

た。

「構え銃《つつ》！」

マスケット銃の銃口が上向き、敵の集団はその恐ろしい威嚇の前にたじろいだ。一人一人が戦友の体を楯にして一斉射撃から身を守ろうと、後じさってひと塊りにもみ合った。

「撃て！」

耳をつんざく一斉射撃。ホーンブロワーは馬上の有利な場所から英国歩兵連隊の頭越しに見渡すと、敵の集団の前面が刈り取られた草のようになぎ倒されるのが見えた。なおも赤い横隊は前進し、ゆっくりした一歩ごとに、大声の命令で、機械のように正確な反応を示して、兵士たちが弾丸《たま》をこめなおした。

五百の口が五百の弾丸《たま》を吐き入れ、五百の右腕が五百のさく杖《じょう》（先ごめ銃に火薬を詰める細長い棒）をいっせいにあげた。マスケット銃が構えられたとき、赤い横隊の前は倒れ伏した死傷者ばかりだった。敵の集団はこちらが前進する前に後退していたからで、またも一斉射撃の脅威にあって、さらに遠くへたじろいだ。一斉射撃が行なわれ、前進がつづいた。また一斉射撃、また前進。

いまや敵の集団はちりぢりになって退却していた。いまや兵卒たちが群を離れて逃げていた。いまや一人一人がしっぽを巻いて、その恐ろしいマスケット銃隊から逃げ出していた。丘の斜面は、亡命者の軍勢が算を乱して逃げていたときと同じように、敗走する敵兵たちでまっ黒だった。

「全隊止まれ！」

前進は終わった。横隊は二列縦隊になり、また退却が始まった。

「なかなか見ごたえがあった」エドリントンが評した。

ホーンブロワーの馬は一面に転がっている死傷者をまたぎまたぎ歩くので、しきりに背をゆさぶった。ホーンブロワーは鞍にへばりつくのに忙しく、それに頭はそれこそぐるぐると渦を巻いていたから、最後の斜面を登りきって、眼前に三角河口のきらきら光る海面が開けても、とっさにはそれと気づかなかった。

何隻もの艦船が錨《いかり》を入れて揺れており、そして何と嬉しい眺めか、ボートというボートが浜をめざして集まってくるところだった。幅狭くつづく泥質の浜は亡命者軍でびっしり埋まっていた。まさに攻撃すべき時である。その証拠に、革命党軍の歩兵隊のもっとも勇敢な連中が、こちらの縦隊を取り巻いて、遠距離から撃ち込んできた。あちこちで兵士が倒れた。

「間隔を詰めろ！」軍曹たちがすかさずどなり、隊伍は死傷者を置き去りに、あくまで行進をつづけた。

副官の馬がとつぜん鼻嵐を吹かせて躍り立ったと思うと、まず膝から崩れ、脚をばたつかせて横倒しになったが、顔にそばかすのある副官はあぶみから足を離し、鞍から飛び降りて、危うく下敷きになるのを免れた。

「撃たれたか、スタンレー」エドリントンが訊いた。

「いえ、このとおりぴんぴんしております」副官は緋色の上衣の土ほこりを払いながら答えた。

「遠くまで歩くことはない。あの連中を追い払うのに前衛を投入する必要はない。ここで守備陣地をはらずばなるまい」

彼はあたりを見回し、浜の上の漁師小屋を見、水際で周章狼狽している亡命者軍を見、そして応戦の準備をするいとまを与えずに追い討ちをかけてくる革命党軍の歩兵の集団を見やった。赤い上衣の数名がどやどやとその数軒の漁師小屋に走り込み、間もなく窓に現われた。

幸いなことに、その漁師小屋は浜までの間隙を側面から守り、反対側の側面は、切り立って人を寄せつけない岬《みさき》によって守られていて、岬の頂上には赤い上衣の一組が陣取っていた。この二点間の間隙には、残存する四個中隊が長い横隊をつくり、ちょうど浜の斜面の稜線で敵から隠されていた。

艦隊中のボートがすでに下の小さな浅瀬の間に入り込んで、亡命者の軍勢を積み込んでいた。ホーンブロワーは一発のピストルの銃声を聞いた。たぶん下で、恐怖心にかられた兵卒たちがなだれこんでボートを水船にしてしまうのを阻止する方法はそれしかなくて、将校の一人が命令を徹底させるために威嚇射撃をしたのだろう。それに呼応するかのように、向こう側で雷鳴のような砲声が聞こえた。砲兵隊の一隊がマスケット銃の射程のすぐ外側に砲をすえて、英国軍の陣地へ砲撃を始めたのだ。そしてその周囲一帯に、革命政府軍の歩兵数個大隊が密集していた。砲弾がつぎつぎに唸りを立てて頭上すれすれを飛びかすめた。

「弾丸《たま》がなくなるまで撃たせておけ」エドリントンが言った。「長いほどいい」

敵の砲兵隊は地面の起伏にかばわれた英国軍にほとんど損害を与えることができなかったし、敵の司令官も時間の浪費を防ぐ必要性もさることながら、砲撃の効果がないことも悟ったにちがいない。向こうで、太鼓がドロドロと鳴りはじめた——言い表わしようのない威嚇的な騒音だった——そして縦隊がいくつも押し寄せてきた。彼らはすでに間近に迫っていたから、ホーンブロワーは帽子と剣を振り回す陣頭の将校たちの顔立ちまで見わけられた。

「四十三歩兵連隊、射撃用意！」エドリントンが言い、発火装置がいっせいにカチリと鳴った。「七歩前進——進め！」

一——二——三……七歩、骨を折って歩調をとると、横隊は浜のわずかな斜面をのぼって稜線に達した。

「構え銃《つつ》！　撃て！」

一斉射撃にあってはひとたまりもない。敵の縦隊は止まり、ゆらぎ、またつぎの斉射をうけ、また浴びせられて総崩れになった。

「みごとだ!」エドリントンが言った。

砲兵隊がまた咆えはじめた。二名の赤い上衣の兵士が一組の人形のようにはね飛ばされ、ホーンブロワーの馬の足もと近くに、恐ろしい血の塊りとなって転がった。

「間隔を詰めろ!」一人の軍曹が言ったが、左右の兵士がすでにその隙間《すきま》を埋めていた。

「四十三歩兵連隊、七歩後退――はじめ!」

赤い上衣を着た操り人形たちが歩調正しく後退して、横隊はふたたび稜線下へもどった。革命政府軍の集団がふたたび襲って来、また一糸乱れぬマスケット銃隊によって撃退されるの繰り返しが、二回だったか三回だったか、ホーンブロワーはあとで思い出すことができなかった。彼がふりかえると、浜辺にはほとんど人影がなく、ブレイスガードルがとぼとぼと斜面をのぼって報告に来るのが見えた。しかしそのときすでに太陽は背後の海に沈もうとしていた。

「一個中隊はさいてもいい」エドリントンが答えたが、視線はフランス軍の集団から離れなかった。「彼らが乗船を終わったら、ボート全部を用意して待機させてくれ」

一個中隊が戦列を離れた。次の攻撃も撃退された――たび重なる失敗で、はじめのころの迫撃力はもはやこもっていなかった。いまや砲兵隊は側面の岬へ狙いを移しはじめ、その頂上にいる赤い上衣の中へ砲丸を撃ち込んでいたし、その間に敵の一隊はその地点を攻撃すべく移動した。

「これで余裕ができる」エドリントンが言った。「グリフィン大尉、隊員を撤退させてよろしい。軍旗護衛小隊はここに残れ」

波打ち際へ、中央の各中隊が下り、待機している各ボートへ乗り込んだ。一方、軍旗を囲む一隊はいぜん軍旗をなびかせて、彼らの陣地がまだあることを浜の稜線越しに敵方へ見えるようにした。漁師小屋にいた中隊が出て来て、隊形を整え、やはり水際へ行進していった。エドリントンが馬を駆って、小さな岬の裾へ走っていった。そしてフランス軍が攻撃隊形を整えているのを見、歩兵連隊が寄せ波の中を歩いてボートへ渡っていくのを見守った。

「擲弾兵《てきだん》、撤退!」彼はとつぜん大声で命じた。「急げ! 軍旗小隊!」

岬の海側の崖を、最後の小隊が走り、滑り、こけながら降りてきた。一挺のマスケット銃が乱暴に扱われて不意に暴発した。最後の兵が斜面を下ると同時に、軍旗小隊も水際に達し、大事な荷物を捧持してボートによじ登りはじめた。荒々しい鬨《とき》の声がフランス軍から起こり、全軍が撤収された陣地めがけて殺到してきた。

「さあ、きみも」エドリントンが馬を海側へ向き変えさせながら言った。

ホーンブロワーは馬が浅瀬に踏みこんだ拍子に鞍から落ちた。手綱を放して海中へ躍り込んだ。腰まで水につかり、肩までつかり、舳《へさき》に四ポンド砲をのせたロングボートが、オールだけで止まっている所へと急ぐと、砲のわきにいたブレイスガードルが彼を引き上げた。

彼は顔を上げると同時に胸を突かれる出来事を見た。エドリントンはインディファティガブル号の艦長艇《ギグ》に行き着いていたが、まだ馬の手綱を摑んでいた。フランス軍がどっと浜を下って彼らに迫ろうとしていたので、彼はふり向きざま、身近の兵からマスケット銃を取り、馬の頭に銃口を当てて発射した。馬は断末魔《だんまつま》の苦痛にあがきながら浅瀬にどうと倒れた。ホーンブロワーの葦毛の馬だけがフランス軍の戦利品として残った。

「ボート、戻せ！」ブレイスガードルが号令すると、ロングボートは海岸を離れた。ホーンブロワーはもう手足を動かす力も尽き果てたように、ボートの鼻先に横たわったが、浜では、わめきののしり、手を振り回すフランス兵たちが、夕日に赤く照らされてひしめいていた。

「ちょっと待った」ブレイスガードルが言い、四ポンド砲の引き綱へ手を伸ばし、巧みな手つきで引いた。

砲がホーンブロワーの耳もとで轟然と咆哮し、砲弾は浜辺で死の刈り取りを行なった。

「あれは散弾だよ」ブレイスガードルが言った。「四十八発入りだ。漕ぎ方やめ、左舷《ポート》！　漕ぎ方はじめ、右舷《スターボート》！」

ロングボートは方向を変え、海岸をあとにして、見るも嬉しい船団へ向かった。ホーンブロワーは暮れていくフランスの海岸をふりかえった。

これが事件の終末だ。フランス革命をくつがえさんとする祖国英国の試みは血なまぐさい敗北に終わって撃退された。パリの新聞は狂喜するだろう。ロンドンの官報はこの事件に冷やかな五行をさくだろう。千里眼ではないが、ホーンブロワーには、一年も経てば世界はこの事件をほとんど憶えていないだろうと予見できた。二十年もしたら、完全に忘れ去られてしまうだろう。しかしながら、あのムジラックの広場の首なし死体、粉砕されたあの赤い上衣の兵士たち、四ポンド砲の散弾炸裂《さくれつ》でやられたあのフランス兵たち——彼らはすべて、この日が歴史の書き変えられた一日でもあるかのように思って死んだのだ。

そして、彼も死んだように疲れ果てていた。彼のポケットには、今朝そこに突っ込んだままころっと忘れていたパンが、まだ入っていた。

7 スペインのガレー船

スペインがフランスと和睦《わぼく》したとき、インディファティガブル号はカジス湾（スペイン南西部大西洋岸）に錨泊していた。たまたまホーンブロワーは当直の候補生だったので、赤と黄色のスペイン国旗を艇尾《とも》に垂らした八挺オールの縦帆装の船の接近に、チャッド海尉の注意を喚起したのは彼だった。

チャッドの望遠鏡が肩章と傾《かし》げてかぶった帽子に金色の光を見わけ、彼は舷側見張班と海兵隊の舷門衛兵に、同盟国軍の大尉へ伝統的な栄誉礼を与えるように大声で号令をかけた。急の知らせをうけたペルー艦長は、来訪者を舷門まで出迎え、そして会見は終始ここで行なわれた。

スペイン将校は帽子を胸に当てて深く一礼してから、英国軍艦あての封緘《ふうかん》された書状を差し出した。

「ここへ、ミスタ・ホーンブロワー」ペルーが書状の封を切らずに持ったまま言った。

「この男にフランス語で話してくれ。下へ来てワインを一杯どうかとすすめてくれ」

しかしスペイン将校はさらに一礼して接待を謝絶し、また一礼して、ペルー艦長が今すぐ書状を開いてくれるように求めた。ペルーは封を切り、苦労してフランス語の文面を読んだ。彼はフランス語をぜんぜんしゃべれないが、読むほうはいくらかできる。読み終わるとホーンブロワーに手渡した。

「これはスペインのやつが和睦したという意味だろうな？」

ホーンブロワーは十二行にわたって敬意を表する文句を骨折って読み進んだ。それはベルチテ太公閣下（最高貴族ほかアンダルシヤ総督に終わる十八の称号が列記されていた）より、敬愛するバス勲爵士サー・エドワード・ペルーへの挨拶だった。二段目は短くて、内容は簡潔な和睦成立の通告だった。そして三段目は一段目と同じように長ったらしくて、ほとんど同じ言い回しを繰り返して重苦しい別れの挨拶が述べてあった。

「それだけです」ホーンブロワーは言った。

しかしスペイン人の大尉は書面に添えて、さらに口頭のメッセージを持ってきていた。

「あなたの艦長に話してください」彼は舌足らずのスペイン語なまりのフランス語で言い、「これからは中立国として、スペインはその権利を行使しなければなりません。貴艦はここに錨泊してすでに二十四時間になります。これから六時間後に――」スペイン将校はポケットから金時計を出して、ちらっと見てから――「もし貴艦がいぜんあのプンタレス砲台の射程内にある場合は、貴艦を砲撃する命令が下されることになります」

ホーンブロワーはその乱暴きわまりないメッセージの内容を、少しも和らげようとせずに、ただ文句どおりに通訳したので、ペルーは浅黒い顔を怒気で白くして聞いていた。「彼に言え――」彼は切り出してから怒気をおさえた。「いや、彼に腹を立てさせられたことを見せるような真似はしない」

彼は帽子を胸に当て、スペイン将校の礼法を真似て、できるだけ丁重に一礼してから、ホーンブロワーへ向いた。

「彼のメッセージを喜んで受けたと言ってくれ。諸般の事情から別れ別れになることは遺憾であり、両国間の関係がどうあれ、彼の個人的な友誼《ゆうぎ》は決して忘れないつもりだと言ってくれ。それから――いや、何か適当なことを言ってくれ、いいね、ホーンブロワー。威厳ある態度で彼の下艦を見送ろう。見張班！　掌帆手！　鼓手！」

ホーンブロワーはできる限りの敬意を表した文句を並べ立てると、一区切りごとに、艦長と大尉がお辞儀を交わし、スペインの使者は一礼ごとに一歩後じさり、ペルーはそれについて進みながら、負けじと礼を返した。小太鼓が低くどろどろと鳴り、海兵隊が捧げ銃《つつ》をし、号笛が鳴り渡り、スペインの使者の頭がメンデッキの高さに降りるまで号笛礼がつづいたが、相手が見えなくなった拍子に、ペルー艦長はぴんと背を伸ばし、帽子を乱暴にかぶると、くるっと回って副長に対した。

「ミスタ・エックルズ、できれば即刻、抜錨出帆したい」

そう言い残すと、一人になって心の平静をとりもどすために、足音高く下へ降りていった。

水兵たちが高みに登って、帆を解き、いつでも帆脚索《シート》を引いて帆を張り渡らせる用意をしていたし、一方、索巻き機《キャプスタン》のカタンカタンいう音で、他の水兵たちが錨索《ケーブル》を短く巻き込んでいる様子がわかった。ホーンブロワーは船匠《だいく》のウェールズと一緒に左舷の舷門にたたずみ、ヨーロッパでもっとも美しい街の一つの白い家並を見渡していた。

「二度あそこに上陸したことがある」ウェールズが言った。「あそこのワインはうまい——ヴィノと呼んでる——もしそういうきたならしい名前が好きなら聞かしてやるがな。だが、あのブランデーは絶対にやるなよ、ミスタ・ホーンブロワー。毒薬だよ、あれは、ひでえ毒薬だよ。やあ！　お見送りをいただくようだぞ」

二つの長くとがった船首が湾の奥から現われ、インディファティガブル号のほうへ鋭い舳《へさき》を向けてきた。ホーンブロワーはウェールズの視線をたどったとき、思わず驚きの声を上げずにはいられなかった。近づいてくる二隻の船はガレー船だ。それぞれの船側にそって、オールがリズミカルに上がっては下り、オールがいっせいに羽を広げたように上がるとき、日光がきらきらと反射した。百挺のオールがいっせいに弧を描くさまは申し分なく美しかった。

ホーンブロワーは学生のころ訳したラテン語の詩の一行を思い出し、ローマ人にとって、戦船《いくさぶね》の〝白き翼〟とはガレー船のオールのことだと知ったときの驚きがよみがえった。いまとなるとその比喩は陳腐《ちんぷ》だ。ホーンブロワーが今まで、完ぺきな運動の見本だと見なしてきた飛行中の鷗《かもめ》でも、あのガレー船より美しくはないからだ。

ガレー船は海中に深く脚を入れ、横幅に対して船丈が非常に長かった。帆も大三角帆の帆桁《ヤード》も、その船尾方向へ傾斜した低いマストにはつけられていない。船首は金の塗装で燃え立つように輝き、檣頭にスペインの赤と金の旗をなびかせながら、軽風に向かって進む船体のまわりに、湾の海水が泡立っている。上―前―下―と、すべてのオールが変わらぬリズムで動き、すべての水かき《プレート》は一ストロークの間に、ただの一インチもそれぞれの間隔に狂いがなかった。二隻とも舳《へさき》に、二門の長砲が船のめざす方角にまっすぐ突き出ていた。

「二十四ポンド砲だ」ウェールズが言った。「凪《なぎ》のときあれをくらってみろ、木っ端微塵《こっぱみじん》だ。こっちが大砲を向けられない方角に距離をとりながら、こっちが白旗を掲げるまで縦射してくる。もうそうなったら観念するんだな――スペインの監獄よりトルコのがましだ」

まるで定規で線を引き、鎖で間隔を測りでもしたように、二隻のガレー船は、インディファティガブル号の左舷ぞいに近々と並航し、追い越していった。行きずりに、どろどろと鳴る太鼓の音と号笛の合図で、インディファティガブル号の乗組員が注意を喚起が答礼した。

された、行き過ぎる国旗と長旗《ペナント》に対して敬意を表すると、向こうでもガレー船の士官たち
「フリゲート艦でもあるまいに、彼らに敬礼するのは、なんとなく、お門違いな感じだな」ウェールズが声をひそめてつぶやいた。

インディファティガブル号と一直線になったとき、その旗艦が右舷のオールをいっせいに逆転して、コマのように一ヵ所でくるりと回り、こちらの針路を横切った。すると軽風がそのガレー船からこちらへまっすぐ吹きつけ、つづいて後続の僚艦から吹きつけるようになった。ひどい悪臭が風にのってきて、ホーンブロワーの鼻孔を襲った。いや、ホーンブロワーだけでなかったことは明らかで、甲板に居合わせた全員からたまりかねた悲鳴が上がった。

「ガレー船は、みんな、あんなふうにくさいんだよ」ウェールズが説明した。「オール一挺に四人で、五十挺ある。つまりガレー船の奴隷二百人というわけだ。みんな座席に鎖でつながれている。ガレー船に奴隷として乗り込んだが最後、鎖につながれっぱなしで、解いてもらえるのは海に投げ込まれるときだ。水兵たちが手すきのときに、船底の汚水をポンプで排出することもあるが、スペイン野郎はたくさんいないから、それもしょっちゅうやるわけじゃない」

ホーンブロワーは例によって正確な知識を求めた。

「何人ぐらいいるんだ、ミスタ・ウェールズ」

「三十人ぐらいだろう。航海中、帆を操作するには充分だ。あるいは砲手としてはな――やつらは戦闘開始の前に、いまみたいに、帆桁《ヤード》や帆をしまい込んじまうんだよ、ミスタ・ホーンブロワー」とウェールズは例によって先輩ぶった口調で言ったが、同時に、〝ミスタ〟にちょっと力がこもる――将来昇進の望みのない六十歳の准士官が、いつかは提督になるかもしれない十八歳の准士官（名義上は同階級）に呼びかけるとき、これは避け難いことだった。「それで事情がわかるだろう。せいぜい三十人の乗組員に二百人の奴隷と来ちゃあ、放しておくわけにゃいかないよ、とてもじゃないがね」

二隻のガレー船はふたたび方向を転じ、こんどはインディファティガブル号の右舷がわで行き合い、すれちがった。オールの入る間隔が目に見えて遅くなったので、ホーンブロワーは相手の船を充分に観察する時間があった――船首楼《フオクスル》が低く、船尾楼《プープ》が高く、その間は全通単甲板になっている。その甲板通路《ギャングウエー》を、一人の乗組員が鞭を持って歩いている。

漕ぎ手たちの姿は舷縁《ブルワーク》のかげになって見えず、オールだけが船側の穴から突き出ており、ホーンブロワーの見たかぎりでは、波よけの革がオールの柄《え》（握りと水かきの中間の部分）につけられていて、穴をふさぐようになっているようだった。

船尾楼《プープ》には、舵柄《チラー》に水兵二名がつき、そのそばに少人数の士官がひとかたまり、金モールを日光にきらきらさせて立っていた。その金モールと、舳の二十四ポンド船首追撃《バウ・チェイ》砲《サー》がなければ、ちょうど昔の人間が海戦に使ったのとまったく同じ種類の船を見ているようだった。ポリビアスやツキジデス（ギリシャの歴史家）がほとんどこれと同じガレー船のことを書いている——そう言えば、ガレー船がレパント（ギリシャ西部、コリント湾岸）でトルコ海軍と最後の大海戦を行なってからまだ二百年そこそこだ（一五七一年の海戦。トルコ艦隊は全滅した）。しかしあのころの海戦は片や何百隻というガレー船でもって戦われたのだ。

「いま何隻ぐらい就役しているのかな？」ホーンブロワーは訊いた。

「十二隻ぐらいかな——もちろん正確に知っている訳じゃないがね。ふだんはカルタヘナが彼らの基地だ、海峡の向こうの」

つまりウェールズは地中海のジブラルタル海峡のことを言っているのだと、ホーンブロワーは理解した。

「大西洋に持っていくにはきゃしゃすぎる」ホーンブロワーは評した。

この少数のガレー船がいまだに生き残っている理由を推測することはたやすい——スペイン人の生得の保守主義がその理由の大きな部分を占めているのだろう。それに、ガレー船漕ぎの刑に処することが犯罪者を処分する一方法である点もある。そしてつまるところ、ガレー船は凪《なぎ》のときならいまなお役に立つということだろう——ジブラルタル海峡を通航中に風が凪いで動けなくなった商船を、カジスかカルタヘナから漕ぎ出したガレー船が先を争って略奪することはできるわけだ。それにごく低く評価しても、風が順風でない場合の港の出し入れに、ガレー船を曳き船として使うこともできそうだ。

「ミスタ・ホーンブロワー！」エックルズ副長の声だ。「艦長にお伝えしてくれ、出帆準備ができましたと」

ホーンブロワーは伝令として下へ駆け降りた。

「エックルズ副長に伝えてくれ」と、ペルーが机から顔を上げて言った。「すぐ甲板に上がるとな」

インディファティガブル号がなんとか安全に岬角の風上を通過できるだけの南寄りの風が吹いていた。錨《いかり》を吊錨架《キャット》に引き揚げると、艦は帆桁《ヤード》を回して、ゆっくりと沖へ向かって動きはじめた。艦内にみなぎる統制ある静けさの中で、艦首の水切りの下にさざなみ立つ水音がはっきりと聞こえた――これから艦が入っていく海の世界の荒々しさや危険を予告することもなく、ただ無心に奏でる楽の音だった。

トプスルをかかげて忍びやかに進むインディファティガブル号はせいぜい三ノットの速力しか出していなかったから、二隻のガレー船はふたたび追いつき、追い越していった。オールは最大速力のリズムで上下し、まるでガレー船が彼ら独得の性能を見せびらかしているかのようだった。風上側へ追い越すとき、金箔《きんぱく》が日光を浴びて燦然《さんぜん》と輝き、そしてまたもやあの耐え難い悪臭が、インディファティガブル号の乗組員の鼻をすぼめさせた。

「風下にいてくれると有難いんだが」ペルー艦長が望遠鏡をのぞきながらつぶやいた。

「しかしそれではスペイン流の礼儀に反すると見える。ミスタ・カトラー！」

「はい！」砲術長が答えた。

「礼砲を始めてもいいぞ」

「アイ・アイ・サー」

前部風下側の大砲が、礼砲の第一発を轟然と発射すると、プンタレス砲台が答礼をはじめた。礼砲の轟きが美しい湾の四囲にひびきわたった。国家が国家へ礼をつくして話しかけていた。

「こんどあの砲声を聞くときは、砲弾《たま》が飛んでくることだろうな」ペルー艦長はプンタレス砲台とその上にひるがえるスペイン国旗を海の向こうに見つめながら言った。

いかにも、戦局は英国に不利になりつつあった。一国また一国と、対フランス抗争から身を引いていた。あるものは武力にいためつけられて、あるものは活気に満ちた若い共和政体の外交政策によって手玉にとられた結果だ。いったん戦列から離れて中立への第一歩が踏み出されたら、中立から相手側へ味方しての参戦という次の一歩はたやすいことだ。少しでも物を考える者にとって、これは自明の理だ。やがては全ヨーロッパが同盟を結んで英国に敵対し、英国が新生フランスの力と全世界の敵意を向こうに回して、死力を尽くして戦う秋《とき》が、ホーンブロワーは手に取るように予見できた。

「帆を上げてくれたまえ、ミスタ・エックルズ」ペルー艦長が言った。

二百人の訓練を積んだ足がわれ先にマストへ登った。二百人の熟練した腕が帆を解いて広げると、インディファティガブル号は軟風にいくらか傾《かし》ぎながら、スピードを倍加した。いまや艦は大西洋の長いうねりを受けはじめていた。二隻のガレー船も同様で、インディファティガブル号が追い越そうとするとき、旗艦は鼻先を長いうねりに突っ込んで、水しぶきが艦首楼《フオクスル》に煙のようにおおいかぶさるのが見られた。こうなると、そんなきゃしゃな船には無理だ。片舷のオールが後ろへ、反対側のは前へと漕いだ。二隻のガレー船は波くぼに入って一瞬ひどくローリングしてから、旋回を終わり、カジス湾の安全な水域へと引き返していった。

インディファティガブル号の前部で誰かがブーと軽蔑の声を上げると、その叫び声にたちまち全艦が呼応した。ブーという声、口笛、ねこの鳴声をまねたやじの声の嵐がガレー船を追い、いっとき乗組員は完全に統制を失った。その間、ペルーは艦尾甲板《コーターデツキ》で怒気をこめてぶつぶつ言い、下士官たちは違反者たちの名前を控えようと大股で歩き回ったが無駄だった。それはスペインへ送る不吉な訣別《けつべつ》の挨拶だった。

いかにも不吉だった。それから間もなく、ペルー艦長が全船へ布告を出して、スペインが完全に寝返り、財宝を積んだ船団が無事に到着すると同時に、英国に対して宣戦を布告し、これで革命下の共和国はヨーロッパでもっとも衰微した君主国の同盟をかちとったとのニュースを伝えたのだった。

英国の戦力はいまやぎりぎりのところまで伸び切った。監視すべき海岸線はさらに数千マイルふえ、封鎖すべき艦隊がまた一つふえ、警戒すべき私掠船隊もまた一つふえ、そして逃げ込める港、疲れた乗組員たちに海上勤務をつづけさせるための新鮮な真水と乏しい補給品を積み取る港は激減した。今こそ半ば未開のバーバリ海岸諸国との友好関係が促進されねばならないし、また太守たち（アルジェリアなどの太守）やサルタンたち（トルコ皇帝など回教国の君主）のごうまん無礼にも耐えて、地中海方面の英国駐留軍――それらすべてが陸上で包囲されていた――およびそれらへの海上ルートを維持している艦船を、まかなうだけの痩せ牛と大麦を、北アフリカから補給できるようにしなければならなかった。オラン（アルジェリア西北部の港）、テツアン（モロッコ北東部の港）、アルジェー（アルジェリア北部の港）は英国金貨の流入で、まれに見る好景気の波にひたった。

ジブラルタル海峡が鏡のように凪ぎわたった一日だった。海は銀の楯のようで、空はサファイアの円蓋のようで、一方にはアフリカの山脈が、一方にはスペインの山脈が黒ずんだ鋸《のこぎり》の歯のように水平線に浮いていた。これはインディファティガブル号にとって気楽な状況ではなかったが、それは甲板の合わせ目のピッチを溶かす灼熱《しゃくねつ》の太陽のせいではなかった。たいていいつも大西洋から地中海へ流れ込むわずかな海流があり、同じ方角に吹く卓越風があるのだ。

こういう凪《なぎ》の日には、船が海峡の奥まで運ばれ、あのジブラルタルの岩峰《ザ・ロック》を通り過ぎてしまい、ジブラルタル湾に入るために何日も、ときには何週間も風上へ間切《まぎ》って進まねばならないことが珍しくない。だからペルー艦長がオランから大麦を積み出した彼の船団のことを心配するのも無理からぬことだった。ジブラルタルは食糧の補給がぜひとも必要であり——スペインはすでに攻囲軍を進めていたので——海流や風にながされて目的地を通り過ぎるなど、とんでもないことだった。

動き渋る船団への彼の命令は、そのつど信号旗と号砲によって厳しく伝えられた。それというのも、手不足な商船はペルーが望む苦労の多い方法を歓迎しなかったからだ。インディファティガブル号も船団の各船におとらず搭載《とうさい》ボートを降ろしており、動きの取れない商船はいまやみな曳行《えいこう》されていた。それは恐ろしく骨の折れる、精根尽きる労働で、オールを握る乗員たちは必死になって漕ぎ、水かきを海中にくぐらせては引きつけるのだが、曳行索は張ったりたるんだりするばかりで、まったく手に負えず、船は右へ左へと気まぐれに横ばいするのだった。

こうしてボートの乗員の完全な疲労困憊を犠牲にしても、この方法で船団が得た速力は一ノット以下だったが、少なくともそのおかげで、ジブラルタル海峡の潮流が船団を風下へ流す時間を長びかせて、従って船団を錨地まで運んでくれる待望の南風——二時間だけ吹いてくれれば充分なのだ――に恵まれるチャンスが多くなった。

インディファティガブル号のロングボートやカッターでは、オールを漕ぐ乗員たちがひどい労働ですっかり頭が鈍っていたので、艦内の騒ぎが聞き取れなかった。彼らは非情な空の下で、ひたすらオールを漕ぐのに死力を尽くし、二時間の地獄の責苦を生き抜くのが精いっぱいだったが、そのとき艦首楼《フォクスル》からどなる艦長自身の声でわれに返った。

「ミスタ・ボールトン！　ミスタ・チャッド！　そこを放棄してくれ。艦に上がって、ただちに部下に武装させたほうがいい。カジスからわが友だちがやってくるぞ」

艦尾甲板《コーターデッキ》にもどると、ペルーは望遠鏡で、かすんだ水平線を見た。いまやここからでも、最初に檣頭から報告されたものを見わけることができた。

「やつらはまっすぐこちらを目ざしている」と、彼は言った。

その二隻のガレー船はカジス湾から出て来たのだ。おそらくタリファの物見から早馬が、この千載一遇《せんざいいちぐう》の好機の到来を――海はべた凪で、身動きとれぬ船団が散らばっていることを注進したものだろう。

今こそガレー船がその健在ぶりを実証するときだ。インディファティガブル号が大砲の射程やっとのところで動きがとれずにいる間に、不運な商船隊を――連れ去ることはできないまでも――拿捕《だほ》するか、少なくとも焼き払うことはできる。

ペルー艦長は目を転じて、二隻のシップ（三本マストの横帆船）と三隻のブリッグからなる商船隊を見渡した。そのうち一隻は半マイル以内にいるから、こちらの艦砲で援護できるかもしれないが、それぞれ一マイル、半マイル、二マイルと離れているので——かばってやることはできない。

「ピストルと斬り込み刀《カットラス》だ、みんな！」彼は艦外からどやどやと上がってきた乗組員たちへ言った。「あの静索《ステイ》・テークルを引っ張り込め。そのカロネード砲で手きびしくやってやれ、砲術長」

インディファティガブル号はこれまでにも、こうした準備に費す時間が一分刻みでものを言うような作戦に数限りなく参加してきた。ボートの乗員たちは手に手に武器をとり、六ポンドのカロネード砲がカッターとロングボートの舳に降ろされた。間もなく、武装した乗組員を満載し、不意の非常事態に対する準備をととのえた各ボートは、ガレー船を迎え撃つべく漕ぎ出した。

「いったい何をするつもりなのか、ミスタ・ホーンブロワー」

ペルーは、ホーンブロワーが彼の特別の預かり物である雑用艇《ジョリーボート》を舷外に吊り出そうとしているのを見つけたのだ。ペルーは彼の士官候補生がその十二フィートのボートと六人の乗員で、戦闘用のガレー船に対してなにほどのことができるつもりなのかといぶかった。

「あの商船に漕ぎ着ければ、乗組員を補強できます、艦長」と、ホーンブロワーは言った。

た。

「おお、それならよし、つづけろ。あれは折れ葦（当てにならない物）にもせよ、きみの分別に任せよう」

「一本参った！」雑用艇がフリゲート艦の艦側から突き離されて漕ぎ出すと、ジャクスンがうっとりしたように言った。「参りましたよ！　ほかに誰一人、そのことを思いついた者はなかったでしょうよ」

雑用艇《ジョリーボート》の艇長《コクスン》ジャクスンは、ホーンブロワーが商船の乗組員を補充するという案を実行するつもりのないことを明らかに見抜いていた。

「あの鼻持ちならねえスペイン野郎ども」調整手が声をひそめて言った。

ホーンブロワーは自分が内心で感じているのと同じ、スペイン人への激しい敵愾心《てきがいしん》が自分の部下の心にもあることに気づいた。つかの間にそれを噛みわけてみて、その原因は自分たちがはじめてガレー船というものを知ったときの周囲の情況、たとえばガレー船が残したあの悪臭などにあると考えた。彼はいままでこうした個人的憎悪の感情というものをついぞ知らなかった。これまで戦ってきたのは国王の下僕《しもべ》としてで、個人的な怨みからではなかった。それなのにいまここでは、本当にこの敵と真っ向から取っ組んで戦ってやろうという熱意で、焼きつける空の下に舵柄《チラー》を握り、思わず身を乗り出しているのだった。

ロングボートとカッターはずっと先に出発していたし、それに乗り組んでいるのが曳《ひ》き船で疲労困憊した連中とはいえ、彼らは力強く漕いで、かなりのスピードを出していたので、雑用艇《ジョリーボート》は鏡のように凪ぎ渡った海という利点があってさえも、彼らにはなかなか追いつけなかった。船端からのぞく海は、オールの水かきが白く掻き回すときを除けば、これ以上に青い色があろうとは思えない、深い青だった。ずっと前方には、船団の船が散らばって、この不意の凪に身動きできずに浮かんでおり、そのすぐ向こうで、獲物に襲いかかろうとするガレー船のオールがいっせいにきらめくのを、ホーンブロワーは見つけた。

ロングボートとカッターは、できるだけ多くの船を援護しようとして左右に離れはじめ、艦長艇《ギグ》はいぜんはるか後方にいた。この調子では、たとえホーンブロワーが望んだとしても、どの船かに乗り込む時間はなさそうだ。彼は舵柄《チラー》を大きく押してコースを曲げ、カッターを追った。ガレー船の一隻がそのとき、二隻の商船の間に出し抜けに現われたからだ。ホーンブロワーは、カッターが前進する舳の六ポンド・カロネード砲を回して、そのガレー船に狙いをつけるのを見た。

「漕げ、漕げ！　それ！」彼は興奮にいきり立ち、声を引きつらせて叫んだ。

彼はこれからどういうことになるのか想像できなかったが、その戦闘に加わりたかった。六ポンドのちゃちな大砲は、マスケット銃の射程以上に出ると、大した正確さはないのだ。群がる敵中へぶどう弾をばらまく役には立つが、戦闘用のガレー船の強化された船首に、その弾丸はあまり効果がないだろう。

「漕げ！」彼はまた声を引きつらせた。カッターの斜め後ろに大きく間隔をとりながら、もう追いつきかけていた。

カロネード砲がズドーンと鳴った。ホーンブロワーはガレー船の船首から破片が飛ぶのを見たように思ったが、その砲撃は、豆鉄砲が突進する牡牛を阻止できないのと同じように、ガレー船をたじろがせる効果はなかった。ガレー船はわずかに向きを変え、真直ぐ針路をとったと思うと、オールのピッチが上がった。ガレー船はサラミス島沖海戦（BC四八〇年にここでペルシャ軍を破った）のギリシャ艦のように、衝角（体当たりするため艦首の水線下につけた突出）で突こうと突進してきた。

「漕げ！」ホーンブロワーは声をからして叫んだ。

直感的に、彼はちょっと当て舵をして、雑用艇《ジョリーボート》を敵の側面へ出るようにした。

「漕ぎ方やめ！」

雑用艇《ジョリーボート》のオールが静止し、そのまま流してカッターを追い越した。ソームズが艇尾座《スターンシ》席《ート》に立ち上がり、彼のほうへ青い海面を切りわけてくる死を見つめているのが見えた。舳と舳と向き合いならば、カッターにもあるいは見込みがあったかもしれないのだが、カッターが相手の舳をかわそうとするのが遅すぎた。カッターが回り、泣き所の側面がガレー船の波切りに向くのが見えた。

彼に見えたのはそれだけだった。次の瞬間、ガレー船自体が悲劇の幕切れを彼の目から隠してしまったからだ。雑用艇《ジョリーボート》の右舷のオールが、ガレー船の右舷のオールとすれすれのところを通り過ぎた。ギー、ガシンという音が聞こえ、いまの衝突でガレー船の前進がほとんど止まるのが見えた。彼はまるで狂気じみた闘争の欲望にいきり立ち、彼の頭は狂気ならではの速さで働いていた。

「左舷、漕ぎ方はじめ！」彼がわめくと、雑用艇《ジョリーボート》はガレー船の船尾の下で急旋回した。

「全員、漕ぎ方はじめ！」

雑用艇《ジョリーボート》は牡牛を追うテリヤのようにガレー船の後ろから飛びかかった。

「おい貴様、四爪錨を引っ掛けるんだ、ジャクスン！」

ジャクスンは返事の代わりに不敵な言葉を叫びながら前へ飛び出したが、漕ぎ手の調子を崩さずに彼らを飛び越えていくように思われた。舳で、ジャクスンは長い綱のついたボートの四爪錨を摑み、力いっぱい放り上げた。それはガレー船の船尾わきの、凝《こ》った箔押しの手摺《てす》りのどこかに引っ掛かった。ジャクスンが綱を強く引き、オールは雑用艇《ジョリーボート》をガレー船の船尾へ寄せようと狂ったように動いた。

その瞬間、ホーンブロワーはそれを見た——あとあとまでも長く彼の心に去来したその光景——ガレー船の船尾の下からぽっかりと、カッターの砕けた前部が浮かび出て、そこには彼らを蹂躪《じゆうりん》したガレー船の長い船底の下をくぐって生き残った乗員たちがしがみついているではないか。苦痛にゆがむ顔、紫色に変わった顔、すでに死の弛緩《しかん》を見せている顔があった。しかし一瞬の間にそれは過ぎ去り、ホーンブロワーはガレー船がぐっと前進する拍子に、綱からボートに伝わってくる反動を感じた。

「持ちこたえられません！」ジャクスンが叫んだ。

「索止め《クリート》に巻きつけろ、バカ者！」

ガレー船は雑用艇《ジョリーボート》を曳いていた。船尾に掛けられた二十フィートの綱の端に結えられたボートを、大きな舵の弧線からわずかに離れたところに引きずっていた。白波がボートの周囲で泡立ち、舳は張力でぐいと上向けられていた。それはまるで鯨を仕留めでもしたような、血迷った一瞬だった。誰かがナイフを手に、スペイン船の船尾楼《プープ》へ走って来て、曳き綱を切ろうとした。

「撃て、ジャクスン！」ホーンブロワーはまた引きつった声で叫んだ。

ジャクスンのピストルがはじけ、スペイン人は甲板に倒れて見えなくなった――みごと命中だ。彼の闘争的な狂気にもめげず、泡立つ海水のざわめきと灼熱の太陽にもめげず、彼は次の行動を考えようと努めた。彼の気組みも常識も、最善の方法は勝算を度外視して敵に肉迫することだと彼に教えた。

「ボートを着けろ、あそこだ！」彼はどなった――ボートの中の全員がどなり、わめいていた。舳の水兵が四爪錨の綱を取って引っ張りはじめたが、ボートが勢いよく海面を走っているために、引きつけることがむずかしく、それでも何とか一、二ヤードは詰めたものの、あとはもうどうにも手に負えなくなった。というのは、四爪錨は水面から十ないし十一フィートの船尾楼《プープ》に掛かっている上に、ボートがガレー船の船尾に近づけば近づくほど、曳き綱の仰角がますます急になるからだった。ボートの舳は前にもまして高く突き上がった。

「やめろ！」ホーンブロワーは言い、それからまた彼の声が高くなって、「全員、ピストル用意！」

一列に並んだ浅黒い顔が四つ五つ、ガレー船の船尾に現われていた。マスケット銃がボートの中を狙っており、そこで短いが激しい撃ち合いになった。一人の水夫がうめきながらボートの底へ倒れ込んだが、上でも並んでいた顔が消えた。ホーンブロワーは揺れる艇尾座席《スターンシート》に危なっかしく立ってみたが、ガレー船の船尾楼甲板《プープデッキ》には、明らかに舵《かじ》柄を取る水兵たちのものと思われる二つの頭のてっぺんが見えるほか、何も見られなかった。

「弾丸《たま》をこめろ」彼は奇跡的にその命令を下すことを思い出して、部下に言った。さく杖がピストルの銃身へ押し込まれた。

「もしもまたポンピ（ポーツマスの俗称）が見たかったら、注意深くやれ」ホーンブロワーは言った。

彼は興奮に身を震わせ、激しい闘志で狂おしいばかりになっていたので、そういう分別のある命令を出しているのは彼の自動的な、厳しく仕込まれた部分だった。彼のもっと優れた能力は彼の血に渇えた欲望によってすっかり駄目にされていた。彼はピンク色の靄《もや》を通して物を見ていたのだ——後にこのことを思い返したときの感じはそうだった。

とつぜんガラスの砕ける音がした。誰かがマスケット銃の銃身で、ガレー船の船尾キャビンの後ろ正面にある大きな窓を突き破ったのだ。幸いなことに、窓を突き破ってから、その男は狙いをつけるために姿勢を取り直さねばならなかった。不ぞろいなピストルの斉射とマスケット銃の銃声とが同時だった。スペイン人の弾丸がどこへ飛んだか知る由もなかった。が、スペイン人は窓の向こうへ倒れた。

「しめた！　入り口が出来たぞ！」ホーンブロワーはうわずった声で叫んでから気持を鎮めて、「弾丸《たま》をこめろ」

弾丸が銃身に突き入れられているのを目にしながら彼は立ち上がった。まだ使ってないピストルがベルトに差してある。斬り込み刀《カットラス》は腰にある。

「おい、艇尾《とも》へ来い」彼は調整手へ言った。雑用艇《ジョリーボート》は舳にこれ以上の重みがかかったらもたない。「おまえもだ」

ホーンブロワーは漕ぎ手座の上に釣り合いをとって立ち、四爪錨の綱とキャビンの窓をじろじろ見較べた。

「おれのあとから一人ずつよこせ、ジャクスン」彼は言った。

やがて彼は勇をふるって四爪錨の綱に飛びついた。綱が重みでたわんだので、彼の足先が海面をはいたが、けんめいな懸垂力を使ってよじ登った。破れた窓が横に来た。彼は足を振り、大きく割れ残った窓ガラスを蹴破ると、足から先に跳び込んだ。ドスンと音を立てて彼はキャビンの床に落ちた。

外の眩《まぶ》しい日光に馴れた目に、内部は暗かった。彼は立ち上がろうとして何かを踏みつけ、それが苦痛の叫びを上げた——それはさっきの傷ついたスペイン人で——斬り込み刀《カットラス》を抜いた彼の手は血でべっとりしていた。スペイン人の血。立ち上がった彼は上の甲板の梁にいやというほど頭をぶつけた。小さなキャビンは非常に天井が低く、五フィートそこそこだったからで、あまりにひどい衝撃のために、彼は気を失いかけた。しかし目の前にキャビンのドアがあり、彼は斬り込み刀《カットラス》を手に、よろよろとドアを通り抜けた。

頭上にどやどやと足音が聞こえ、背後と上のほうで銃声がつづいた——ボートとガレー船の船尾の間で、また撃ち合っているなと彼は思った。キャビンのドアを出たところは低い半甲板《ハーフ・デッキ》で、ホーンブロワーはそこをよろよろと通ってふたたび日光の中に出た。彼は船尾楼《プープ》の前端部の下の、メンデッキの狭くなった所にいるのだった。

　彼の前には、左右の漕ぎ手の列の間に狭い通路がずっと伸びている。彼はこれらの漕ぎ手たちを見下ろすことができた――二列に並んだ無数のひげ面、ぼうぼうに伸びたもつれ髪、日焼けしたひょろひょろの体がひしめき、櫓拍子《ろびょうし》をそろえて規則正しく体を前後させていた。

　それだけが一瞬に彼の得た奴隷たちの印象だった。その通路の向こう端に、船首楼《フォクスル》の後端部を背負って、鞭を持った監督が立っていた。彼はリズミカルに連続した掛け声を奴隷たちに向かってどなっている――たぶんスペイン語で数をかぞえて奴隷たちに拍子をとらせているのだろう。船首楼《フォクスル》に水夫が三、四人いる。その下には船首の隔壁を抜ける半幅のドアがいずれも大きく開かれてフックに止められており、ドアロを通してその奥に、水線すれすれに並んだ丸窓から差し込む光に照らされて、二門の大口径の大砲が見えた。砲手たちがそのわきに控えているが、二十四ポンド砲二門に必要な人数よりずっと少なかった。

　ホーンブロワーはウェールズがガレー船の乗組員をせいぜい三十人と踏んでいたのを思い出した。少なくとも一門の砲手たちは、雑用艇《ジョリーボート》の攻撃から船尾楼《プープ》を守るために後部へ召集されたのだ。

　背後の足音に彼はぎくりとして、斬り込み刀《カットラス》を構えてさっとふりかえると、斬り込み刀《カットラス》を手に半甲板からよろめき出て来たジャクスンだった。

「どたまをぶち割られちゃたまらない」ジャクスンが言った。

彼は酔っぱらいのように重ったるいしゃべり方だった。彼の言葉に重なって、二人の頭の高さにある船尾楼《プープ》からまた銃声がひびいた。

「オールドロイドがつづいて来ます。フランクリンは死にました」

二人の両側に、昇降梯子があって船尾楼《プープ》へ通じている。二人がそれぞれから上がるというのは理にかなっており、成算もありそうだったが、ホーンブロワーはもっといいことを考えついた。

「ついて来い」と彼は言い、右舷の梯子へ行き、そのときオールドロイドがひょっこり現われたので、彼にもついて来いとどなった。

昇降梯子の手摺り索は赤と黄のより綱だった——彼は片手にピストル、片手に斬り込《カット》み刀《ラス》を持って梯子を駆け上がりながらもそれに気づいた。一足上がると、目の高さが船《プー》尾楼甲板《プデッキ》より上に出た。狭い甲板に十二名以上の水夫が群がっていたが、二人は死んでおり、一人は手摺りに背をもたせてうめいており、二人は舵柄《チラー》についている。あとはみな手摺りから乗り出して雑用艇《ジョリーボート》へ目を向けている。

ホーンブロワーはいぜん狂おしいばかりの闘志で向こう見ずになっていた。彼は牡鹿のような跳躍を見せて最後の数段を飛び上がったにちがいない。そしてスペイン人たちへ躍りかかりながら狂人のような声をふりしぼっていた。ピストルを明らかに撃つ意志もなく発射したが、一ヤードしか間合いのない水夫の顔は血みどろの無残な形に崩れた。ホーンブロワーはピストルを捨て、二挺目を引き抜き、次のスペイン人が弱々しい防ぎの構えで振り上げた長剣にハッシと斬り込み刀《カットラス》を振りおろすと同時に、片手の親指が打ち金へ行った。彼は狂人のばか力で斬り込み刀《カットラス》を叩きつけ、振りおろし、割りつけた。片脇にジャクスンがおり、彼も声をからして叫びながら右へ左へ斬り込み刀《カットラス》を振りつけていた。

「殺せ！　皆殺しだ！」ジャクスンは叫んだ。

ジャクスンの斬り込み刀《カットラス》が舵柄《チラー》を取っている無防備の水夫の頭上にひらめくのがホーンブロワーの目に映った。そのとき、正面の敵へ斬り込み刀《カットラス》を叩きつけた彼へ、横合いから別の長剣が突いてくるのを目の隅で感じたが、ピストルがまた反射的に発射して彼を救った。片脇で別のピストルがはじけ——オールドロイドのだと思った——そして船尾楼《プープ》での戦いは終わった。

いったいどういう奇跡的な愚かさから、スペイン人たちはこの攻撃に不意を突かれたものか、ホーンブロワーはどうしてもわからなかった。彼らは船尾キャビンの水夫が負傷したことに気づかず、そのほうの守りは彼に任せていたのだろうか。それとも三人で十二人を襲うような、そんな破れかぶれなことができるなどとは、思いもしなかったのだろうか。それともまた、この三人が危険極まりない四爪錨の綱を伝って上がってきたとは気づかなかったのだろうか。あるいはまた——恐らくはこれだろうが——彼らも気が狂わんばかりの興奮に、すっかり気が転倒していたのだろうか。それというのも、雑《ジョ》用艇《リーボート》が四爪錨を引っ掛けてから船尾楼《プープ》が掃蕩されるまでの時間は、おそらく五分とはかかっていなかったからだ。

二、三人のスペイン人水夫が梯子を駆け下ってメンデッキに降り、奴隷の列の間の通路をとおって前部へ逃げていった。一人は手摺りに追いつめられて降参の身振りをしたが、ジャクスンの手がすでにそののど輪にかかっていた。ジャクスンは途方もない腕力の持主だった。彼は手摺り越しにスペイン人を押しつけ、どんどんのけ反らせておいて、一方の手で相手の腿《もも》をつかみ、船外へとんぼ返らせた。ホーンブロワーが押しとどめる暇もなく、水夫は悲鳴を残して落ちていった。

船尾楼甲板《プープデッキ》は、はねる魚でいっぱいなボートの底のように、身もだえする男たちで埋まっていた。一人はジャクスンとオールドロイドが摑むと膝立ちに起きた。それを二人は頭上に振りかざし、手摺りの向こうへ放り出そうとした。

「やめろ！」と、ホーンブロワーが言ったので、二人は不承不承、また男を血まみれの板張りの上にドスンと落とした。

ジャクスンとオールドロイドは酔っぱらいのようで、足どりはおぼつかなく、目はどんよりし、いびきのような息づかいだった。ホーンブロワーとてやっと狂気の発作から覚めはじめたところだった。彼は視界を染めた赤い靄を拭い去ろうとしながら目の汗を拭きふき、船尾楼《プープ》の前端まで出た。

前部の、船尾楼《プープ》のそば近くに、残りのスペイン人たちが集められていた。大人数の一団だ。ホーンブロワーが前へ進むと、なかの一人が彼にマスケット銃を撃ったが、弾丸は大きくそれた。下では漕ぎ手たちが相変わらずリズミカルに前へ後ろへ、前へ後ろへと体をゆさぶり、毛むくじゃらの頭と裸かの黒い体が櫓拍子に合わせて動いていた。監督の声に合わせているのだ。というのは、監督は（あとのスペイン人はその背後にかたまっていたが）まだ通路に立って音頭を取っていたからだ――「六《セイス》、七《シエテ》、八《オチョ》」

「やめろ！」ホーンブロワーは大声を張り上げた。

彼は右舷の漕ぎ手がすべて見えるように右舷へ歩いた。彼は手を挙げてまたどなった。毛だらけの顔が一つ二つ上向けられたが、オールはいぜん漕ぎ止まなかった。

「一《ウノ》、二《ドセ》、三《トレス》」監督が言った。

ジャクスンがホーンブロワーの片脇に現われて、いちばん間近の漕ぎ手を撃とうとピストルを水平に構えた。

「おい、それはやめろ！」ホーンブロワーは癇《かん》を立てて言った。彼はもう人殺しがヘドの出るほどいやだった。「おれのピストルを見つけて弾丸《たま》をこめてくれ」

彼は昇降梯子のてっぺんに、夢見る男のように――悪夢を見ている男のように突っ立った。ガレー船の奴隷たちはいぜん体を前後に振って漕ぎつづけている。十二、三名の敵はいぜん三十ヤード向こうの船首楼《フォクスル》後端の下に寄り集まっている。背後では傷ついたスペイン人たちが死苦を訴えてうめいている。漕ぎ手たちへまた呼びかけたが、前と同じように無視された。オールドロイドがいちばん冷静だったにちがいない、あるいはいちばん早くわれに返ったにちがいない。

「旗を降ろしますか？」と、彼が言った。

ホーンブロワーは夢から覚めた。船尾手摺りの上の旗竿《はたざお》には、赤黄の国旗がはためいていた。

「よし、すぐ降ろせ」

やっと彼の頭は冴え、もはや彼の視野はガレー船の狭い範囲に制約されなかった。彼は周囲を、青い青い海を見渡した。商船がいる。向こうにはインディファティガブル号がいる。背後でガレー船の白い航跡が泡立った――航跡はカーブしている。そのときはじめて、彼は自分が舵柄《かじ》を制御していることに気づき、この三分間、ガレー船は舵柄《かじ》を取らずに青い波を切りわけていたことに気づいた。

「舵柄《かじ》を取れ、オールドロイド」彼は命じた。

あのかすんだ遠方へ消えてゆくのはガレー船だろうか？　そうにちがいなく、その航跡の上に遠くロングボートがいる。そして向こうに、左舷船首の前方に、艦長艇《ギグ》がオールを休めており――ホーンブロワーはその舳と艉尾《とも》に立って手を振っている小さな人影を見ることができたので、それはスペイン国旗の降下を確認した合図であることがわかってきた。バーン――また一発マスケット銃が前部で鳴り、彼の腰のすぐわきの手摺りがすごい衝撃で弾丸をうけ、箔を押した砕片が日光をうけてきらきらと飛び散った。しかし彼はまたすぐわれに返り、死人をまたぎ飛び越えて走った。船尾楼《プープ》の後端まで行くと通路から死角に入り、撃たれても安全だった。まだ左舷船首前方に艦長艇《ギグ》が見えていた。

「右《スターボード》舵に取れ、オールドロイド」

ガレー船はゆっくり向きを変えた――船体が寸詰まりなので、オールで舵効を手伝わないと操船し難かったが――それでも間もなく回る船首が艦長艇《ギグ》を隠そうとした。

「舵、中央《ミジップ》！」

驚いたことに、ガレー船の船尾の下で泡立つ白波に弾みながら、まだ一人の生き残りと二人の戦死者を乗せた雑用艇《ジョリーボート》がついてきていた。

「ほかの連中はどうした、ブロムリー」ジャクスンがどなった。

ブロムリーが船外の海を指さした。彼らは、ホーンブロワーとあとの二人が船尾楼《プープ》を襲う用意をしていたときに、船尾手摺りから撃たれたのだった。

「いったいどうして、おまえは上がって来なかった？」

ブロムリーは右手で左腕をかかえた。腕が効かないことは明らかだった。いまここで人員を補充する術《すべ》はないが、それでもガレー船は完全に手中におさめねばならない。さもないと、アルヘシラスへ連れ去られてしまうことはわかりきっている。たとえ舵をこちらが支配していようと、オールを管理している者がその気になれば、船のコースを思いどおりにできるからだ。取るべき道は一つしかない。

狂い立った闘争心はもう潮の引くように引いてしまっていたので、ホーンブロワーは陰うつな気分だった。自分がどうなろうと平気だった。希望も恐怖も、さっきの高揚した状態と一緒に彼から失せていた。彼の心だけはまだ働いており、勝利をおさめるために為すべきことが一つでもあるかぎり、それを試みるべきだと彼にすすめ、そして彼の精神の気の抜けた不活発な状態のために、彼は自動人形のように、ためらいもなく無感情にその試みを実行することができた。

彼は船尾楼《プープ》前端の手摺りへ進み出た。スペイン人たちはまだ通路の向こう端にひとかたまりに集まっており、監督はいぜん櫓拍子をとっていた。彼がそこに立つと奴隷たちが顔を上げた。この上なく慎重に注意深く、彼は斬り込み刀《カットラス》を鞘《さや》におさめた。そのときまでずっと手に持っていたのだった。

「ピストルを、ジャクスン」彼は言った。

ジャクスンが二挺のピストルを手渡し、彼は同じく無感情の用心深さでピストルをべルトに差した。彼はオールドロイドをふり返った。スペイン人たちはその一挙手一投足に見とれていた。

「舵柄《チラー》から離れるな、オールドロイド。ジャクスン、ついて来い。命令するまで何もするな」

顔に日射しをいっぱいに受けて、彼は昇降梯子をすたすたと降り、通路へ歩き、通路を渡ってスペイン人のほうへ近づいていった。彼の左右では、ガレー船の奴隷たちの毛むくじゃらな頭と裸体が相も変わらずオールと一緒に揺れ動いていた。

彼はスペイン人たちに近寄った。長剣とマスケット銃とピストルがそわそわと動いたが、どの目も彼の顔に吸い付けられていた。背後でジャクスンがせき払いをした。わずか二ヤードのところでホーンブロワーは足を止め、じろっと一同を見渡した。それから手振りで、監督をのぞく全員を示した。そして船首楼《フォクスル》を指さした。

「前部《おもて》へ行け、全員だ」と、彼は言った。

彼の言ったことは理解できたにちがいなかったが、彼らはじっと彼を見つめて立っていた。

「前部《おもて》へ行くんだ」ホーンブロワーは手を振り、通路に足を踏み鳴らして言った。

積極的に異議を申し立てそうなのが一人だけいたので、ホーンブロワーはベルトからピストルを抜き、その男を射撃しようと考えたが、ピストルは発火しそこなうこともあるし、発砲のためにスペイン人が催眠状態から目覚める恐れもある。彼はその男を睨《にら》みつけた。

「前部《おもて》へ行けと言ってるんだ」

彼らは動きはじめ、ひょろひょろと立ち去りはじめた。ホーンブロワーは彼らが前部《おもて》へ行くのを見守った。いま彼の感情はよみがえりつつあったので、心臓は胸郭のなかで狂ったように動悸を打ちつづけ、気を鎮めるのがむずかしいほどだった。だが、うかつなことはできない。相手がすっかり姿を消し、監督に声をかけられるようになるまで待たねばならなかった。

「漕ぎ方やめ！」

彼は漕ぎ手たちを指さしながら監督の目を睨みつけた。監督の唇が動いたが、声にはならなかった。

「やめさせろ」ホーンブロワーは重ねて言い、こんどはピストルの床尾に手をかけた。それで充分だった。監督はカン高く声を張り上げて号令した。オール全部が穴をこする音をぴたりと止めると同時に、異様な静けさが船内をとらえた。こんどは、惰力《ゆきあし》だけで前進するガレー船の周囲で、海水がゴトゴトと鳴るのが手に取るように聞こえた。ホーンブロワーはふりかえってオールドロイドに大声で呼びかけた。

「オールドロイド！　艦長艇《ギグ》はどこにいる？」

「右舷艇首の方角にいます！」

「距離は？」

「二ケーブルです。いまこっちへ漕いできます」

「舵が効くうちにギグへ針路を取れ」

「アイ・アイ・サー」

艦長艇《ギグ》が手漕ぎで四分の一マイル来るのに、どのくらいかかるだろうか？　ホーンブロワーは竜頭蛇尾《りゅうとうだび》に終わりはしないかと恐れた。遅ればせながらスペイン人たちの間の感情の急激な反動を恐れた。漫然と待っていてはそういう結果を招くかもしれないし、彼としてもただ手をつかねて待っていてはならない。いぜんガレー船が水をわけて移動している音が聞こえたので、ジャクスンをふりかえった。

「この船は行き脚に伸びがあるな、ジャクスン、そうじゃないか？」彼はまるで天下泰平といった調子で、しゃべりながら笑って見せた。

「アイ・アイ・サー。そのようですね」びっくりしたジャクスンが言った。彼はそわそわとピストルをいじり回している。

「それに、あそこの、あの男を見ろ」ホーンブロワーは奴隷の一人を指さしながら語をついだ。

「あんなあ、あ、あごひげを見たことあるか？」

「い、いいえ」

「しっかりしゃべれよ、バカ。自然に口をきけ」

「そのう——何と言っていいのか、わからないんです」

「センスのないやつだな、ジャクスン。あの男の肩のみみず脹《ば》れが見えるか？　監督に鞭打たれてから、まだそんなに経ってないぞ」

「そうかもしれませんね」

ホーンブロワーはいら立ちをおさえ、また何かしゃべろうとしているとき、船側をガリガリとこする音が聞こえ、一瞬遅れて艦長艇《ギグ》の乗員がどやどやと舷側を越えて乗り込んできた。そのときの安堵《あんど》は筆舌に尽くせなかった。ホーンブロワーはすっかり気がゆるみそうになったが、体裁を考えた。彼は厳しい態度になった。

「ご無事で何よりです」チャッド海尉が両足をひょいと振って舷側を越え、船首楼《フォクスル》後端部のわきのメンデッキに降り立つと同時にホーンブロワーは言った。

「きみもな」チャッドは物珍しげに見回しながら言った。

「前部《おもて》にいる連中は捕虜です」ホーンブロワーは言った。「彼らを監禁したほうがいいかもしれません。差し当たってやることは、それだけのようです」

ほっとする暇はなかった。永久に緊張していなければならないように思われた。ガレー船が横付けしたとき、インディファティガブル号の水兵たちから歓声が上がるのを聞いたときでさえ、気持は張りつめ、それでいて頭はぼうっとしていた。ペルー艦長にもたもたと報告し、ジャクスンとオールドロイドの勇敢な働きを最高の言葉で賞揚しながらも、呆《ほう》けたように心も体もぐったりしていた。

「提督は喜ばれるだろう」ペルー艦長はホーンブロワーを鋭い眼差しで見つめながら言った。

「ありがとうございます」ホーンブロワーはそう言う自分の声を聞いていた。

「可哀そうに、ソームズを失った」ペルーが語をついで、「そこで新しく常勤当直士官が必要なのだが、わたしはきみに海尉心得を命じようと考えている」

「ありがとう存じます」ホーンブロワーはまだぼうっとしたまま言った。

ソームズは経験豊かな半白の髪の士官だった。彼は七つの海を航海し、何十回という戦闘に参加した。それでも、新しい情況に直面して、彼はガレー船の衝角の下から機敏にボートを救うことができなかった。ソームズは死に、そしてホーンブロワー海尉心得が後任となった。狂気じみた闘志、いやまったくの精神異常がこの昇進の約束をかちとったのだ。ホーンブロワーは自分が沈むことのできる狂気の暗い深淵には決して気がつかなかった。ソームズと同じく、インディファティガブル号の他のすべての乗組員たちと同じく、彼もガレー船に対する盲目的な憎悪に身を任せきっていたのであり、ただ幸運にも生き残ったにすぎなかったのだ。これは記憶に留めておく値打ちがあることだ。

8　海尉任官試験

　英国軍艦インディファティガブル号はジブラルタル湾へ滑りこんでいた。その艦尾甲板《コーターデッキ》には、ペルー艦長の傍に海尉心得のホーンブロワーが、人目を意識し、こちこちになって控えていた。彼は望遠鏡をはるかアルヘシラスのほうへ向けていた。二つの敵対する国の、主要な海軍基地がわずか六マイルしか離れていないというのは奇妙な状況であり、港へ近づきながらもアルヘシラスを厳重に監視する必要があった。というのは、スペイン艦隊が不意に出撃してきて、油断して入港するフリゲート艦に襲いかかる可能性がつねにあったからだ。

「帆桁《ヤード》を交差して八隻——九隻、碇泊しています」ホーンブロワーは報告した。

「ご苦労」ペルーが答えた。「上手回《うわて》し」

　インディファティガブル号は艦首を転じて錨泊地のほうへ向かった。

　ジブラルタル港はいつもの通り艦船がひしめいていた。それというのも、地中海方面における英国の海上作戦はすべてここを基地とすることを余儀なくされていたからだ。

ペルーはトプスルの下隅を帆桁《ヤード》に引き上げさせ（帆をおさめる用意）、舵をいっぱいに取らせた。やがて錨索《ケーブル》がゴーゴーと繰り出し、インディファティガブル号は錨《いかり》が効いてぐるっと艦尾を回した。

「わたしのギグを出してくれ」ペルーが命じた。

ペルーは彼のボートとその乗組員の配色に、濃いブルーと白を好んだ。――濃いブルーのシャツに白のズボンで、青いリボンの付いた白い帽子というあんばいだ。ボートは濃いブルーに白を配し、オールは柄《え》が白で、水かきが青だった。そのボートが港湾司令官へ挨拶におもむくペルーを乗せて海面にオールをそろえて進むとき、全体的な色彩効果はいかにもスマートそのものだった。彼が帰艦していくらも経たないうちに、使いの者がホーンブロワーのところへ飛んできた。

「艦長からの言伝てです。艦長室でお会いになりたいそうです」

「胸に手を当ててよく考えてみろよ」ブレイスガードル候補生が言った。「どんな罪を犯したんだ？」

「それがわかればいいんだがな」ホーンブロワーは心底からそう言った。

艦長に呼ばれて艦長室へ行くのは、いつの場合にもそわそわするものだ。ホーンブロワーは艦長室のドアに近づきながら生唾《なまつば》を飲みこんだが、勇気をふるい起こしてノックし、中へ通った。しかし警戒すべきことは何もなかった。ペルーは机からにこやかに顔を上げた。

「ああ、ミスタ・ホーンブロワー、この良い知らせを一考してほしい。明日、あそこにいるサンタ・バーバラ号で海尉任官試験がある。受ける心用意は出来ているだろうね」

ホーンブロワーは「そのつもりです」と言いかけたが控えた。

「イェス・サー」と言った――ペルーはだらしのない返答をひどく嫌う。

「よろしい。午後三時に、身分証明書と航海日誌を持ってあそこへ出向きたまえ」

「アイ・アイ・サー」

そんな重大な話題にしてはいたって簡潔な会話だった。ホーンブロワーはペルーから海尉心得を拝命して二カ月だった。明日は試験を受ける。もしも合格すれば、翌日には提督が辞令を承認し、ホーンブロワーはすでに二カ月先任の海尉になるのだ。しかしもしも失敗したら！　それで彼が海尉の階級に不適格であることがわかってしまうということだ。彼はまた候補生にもどされ、二カ月の先任期間はフイになり、次に受験ができるまで少なくとも六カ月はある。都合八カ月の先任期間の有無は非常に重大なことだ。それは以後の経歴にどこまでも付いて回ることだろう。

「明日下艦する許可を得たことをミスタ・ボールトンに話し、艦載ボートを一艘使用してよろしい」

「ありがとうございます」

「成功を祈る、ホーンブロワー」

それからの二十四時間、ホーンブロワーはノリーの『航海術概論』を読み直したり、クラークの『運用術総覧』を通読するだけでなく、彼の一張羅《いっちょうら》の軍服がきれいさっぱりとしていることを確かめたりもしなければならなかった。また准士官の主任コックを口説いて士官次室《ガンルーム》付きボーイにアイロンを温めさせ、首に巻くネッカチーフにアイロンをかけさせるのに気を使ったりした。ブレイスガードルがきれいなシャツを貸してくれたが、士官室の靴墨が乾いてかちかちになっているのを発見してかっかするようなひと時もあった。二人の候補生がそれをラードで軟らかくしてくれたが、その練り物をホーンブロワーの尾錠《びじょう》付きの靴に塗ってみると、さっぱりつやが出ず、士官室の毛の抜けたブラシとそのあと柔らかい布で懸命に磨いた末に、なんとか、海尉任官試験にはいていけるだけのつやが出た。それに三角帽はどうかというと——候補生居住区での三角帽の境遇は不遇で、いくつかの凹みはどうしても直せなかった。

「なるべく早めに脱いで脇の下にかかえるんだな」ブレイスガードルが入れ知恵をした。

「きみが艦側を上がってくるところまでは見ていまいよ」

ホーンブロワーが下艦するのを結局全員が見送る形になった。長剣を吊り、白い半ずぼん《ブリーチ》をはき、尾錠金飾りの付いた靴をはき、日誌の束を小脇にかかえ、精勤の証明書をポケットにおさめて、彼はボートに移った。サンタ・バーバラ号に運ばれ、艦側を上がって当直士官に来艦の旨を伝えたとき、冬の午後はすでにかなり過ぎていた。

サンタ・バーバラ号は獄屋に利用されている廃船だった。一七八〇年にカジス沖の海戦（下記英国提督がスペイン艦隊を敗る）にロドニー海軍大将の艦隊が拿捕した軍艦の一隻で、それ以来ずっと繋留《けいりゅう》されたまま朽《く》ちるに任され、マストがなく、平時には倉庫として、戦時には獄屋として利用されてきた。舷門には、マスケット銃に弾丸《たま》をこめ、銃剣をつけた赤い上衣の陸兵が警備していた。艦首楼《フオクスル》と艦尾甲板《コーターデツキ》にカロネード砲があり、艦内に向けられ、甲板《ウエ》中央部《スト》を掃射するように下向きになり、その甲板中央部《ウエスト》では、数名の捕虜がぼろをまとい悲しげに散歩していた。ホーンブロワーは艦側を上がる拍子に、艦内からぷーんと鼻をつく臭気を感じた。それもそのはずで艦内には二千人の捕虜が監禁されているのだ。

ホーンブロワーは乗艦と同時に当直士官へ名乗り出て、来艦の目的を告げた。

「ほほう、これはこれは」と当直士官――肩まで白髪を垂らした年配の海尉――が、ホーンブロワーのしみ一つない軍服と小脇の書類の束に目を走らせながら言った。「同類が十五人ばかりすでに来艦しておるし、それに、やれやれ、あそこを見ろ！」

まさに小型艇の艦隊とでもいおうか、ぞくぞくとサンタ・バーバラ号を目ざして接近してくるボートのそれぞれに、少なくとも一人は、三角帽をかぶり白い半ずぼん《ブリーチ》をはいた士官候補生が乗っており、中には、四、五名乗っているのも何艘かある。

「地中海艦隊のお若い紳士諸君《ヤング・ジエントルマン》は、みな肩章に野心がおありだな」と、海尉は言った。

「試験委員会が員数を調べるからそれまでちょっと待て！　わたしはきみたちの世話などしてはおれんのだ、若僧。後ろへ行って、あそこの左舷がわのキャビンで待っとれ」

そこはすでに満員で居心地が悪かった。ホーンブロワーが入ると、十五人の目が彼を評価するようにじろじろ眺めた。十八歳から四十歳までのあらゆる年齢の士官がおり、みな一張羅を着こみ、みなそわそわし——一人二人はノリーの『航海術概論』を膝の上に開き、疑問の個所を心配そうに読んでいた。少人数の一団は、おそらく元気づけのためだろう、ボトルを回し飲みしていた。

しかしホーンブロワーが入るやいなや、どやどやと新来者があとからやってきた。キャビンは窮屈になりはじめ、間もなくぎゅう詰めになった。四十人のうち半数は甲板に腰掛ける場所を見つけたが、あとの者は立っているほかなかった。

「四十年前に」と、どこかで大きな声が、「おれのじいさんはクライブ将軍（東インド会社の一事務員から身を起こした英国の将軍、政治家。彼がプラッシーの戦い（一七五七）に勝ったことでインドにおける英国の支配権を確立した）に従って出征して、カルカッタのブラック・ホール（一七五六年六月二十日の夜百四十六人の英国人捕虜が、ウイリアム砦の六メートル四方の小獄房に閉じ込められたが、大部分が窒息死をとげ翌朝まで生き残ったものはわずか二十三人だけだったという）の葬い合戦をやったんだ。もし彼が子孫の運命を目《ま》のあたりに見たらな！」

「飲めよ」と、別の声が言い、「心配なんぞ吹っ飛ばせ」

「四十人か」と、背の高いひょろりとした主計士官らしいのが頭数をかぞえて言った。

「このうち何人パスさせると思う？　五人か？」

「くだらん心配はよせ」片隅からさっきの酒好きの男の声がくりかえし、そのまま歌う調子になった。「失せろ、心配の虫、頼む、おれから立ち去って——」

「よせ、バカ者！」別のざらざらした声がした。「なんだ、その歌は！」

あたりの空気が長く引き伸ばされた下士官たちの号笛の音に満たされ、甲板の誰かが大声で号令をかけた。

「艦長クラスの来艦だぞ」誰かが注釈をつけた。

一人の士官がドアの隙間からのぞいた。

「ドレッドノート（恐れを知らぬ人間の意）・フォスターだ」と彼が報告した。

「彼は名うての難問屋だ、言ってみりゃあな」隔壁にずっくりもたれて腰をおろした、でぶの若い士官が言った。

またピーピーと号笛が鳴り渡った。

「造船所のハーベイだ」見張りが報告した。

三人目の艦長はすぐつづいて来た。

「ブラック・チャーリー・ハモンドだ」見張りが言った。「ギニー金貨をなくして六ペンス見つけたって面付きをしてるぞ」

「ブラック・チャーリーだって？」誰かが大声で応じてガサゴソと立ち上がり、ドアまで押しわけて出た。「どれ！　間違いない！　するとここにいるお若い紳士《ヤング・ジェントルメン》の一人は、結果を待つまでもないな。どんな結果になるか、おれはよくわかってるんだ。『あと半年、航海してくるんだな。何も知らんで試験を受けようとは何たる了見《りょうけん》だ』と来る。ブラック・チャーリーは、ペガサス号の副長だったとき、ポート・オブ・スペインで、おれがカッターからやつの愛犬のプードルを落として死なせたことを金輪際《こんりんざい》忘れねえんだ。さよなら、諸君、試験官たちによろしく」

そう言って彼は立ち去り、見ていると、さっきの当直士官に言い訳をし、通船を大声で呼んで彼の艦に連れていけとどなっていた。「少なくとも一人減った」さっきの主計士官が言った。

「――何の用だ?」

「試験委員会からの通達です」と、海兵隊員の伝令が言った。「最初の方、どうぞおいでください」

一瞬のためらいがあった。誰も最初の犠牲者になりたくはなかった。

「ドアにいちばん近い人」と、年かさの士官が言った。「きみが買って出てくれませんか?」

「おれが人身御供《ひとみごくう》になってやる」さっきの見張りが破れかぶれに言った。「祈るとき、おれのことを思い出してくれよ」

彼は上衣を引っ張ってしわを伸ばし、幅広いネクタイをひねってから出ていき、居残った者は陰気に静まって待った。ただ例の酒好きの候補生がまたひとあおり、ゴクゴクとのどを鳴らす音がせめてもの救いだった。さっきの任官志願者がけなげにも微笑をつくってもどって来るまでに、たっぷり十分間が経った。

「あと半年航海か？」誰かがきいた。

「いや」と、思いがけない返事だった。「三カ月だ！――次をよこすように言われた。きみがいいだろう」

「しかしどんなことを訊かれた？」

「まず航程線《ラム・ライン》の定義から始めた――だが、待たせないほうがいいぞ、悪いことは言わない」

三十人ほどの士官がいっせいに教科書を開き、航程線のところを読み直した。

「きみは十分間だった」主計士官が、時計を見ながら言った。「四十人に十分間ずつ――冗談じゃない、最後まで来ないうちに夜中になっちまうぜ。そんなことをするわけはない」

「試験官たちが腹ぺこになるだろう」誰かが言った。

「おれたちの血に飢えてな」別の者が応じた。

「フランスの裁判所みたいに、束にして片付けようってんじゃないか？」三人目が言った。

彼らの話を聞いていると、ホーンブロワーはギロチンの下でフランスの貴族たちが冗談口をきいているところを連想した。志願者たちが去り、志願者たちがもどり、ある者は憂うつそうに、ある者はにこにこしていた。キャビンはすでにかなり空《す》いてきた。

ホーンブロワーは腰をおろすスペースを取ることができたので、さりげなく、やれやれとばかりに溜め息をついて脚を伸ばしたが、溜め息を漏らしたとたんに、それは自分に対して見せたけれんであることに気づいた。

彼はこの上なくそわそわしていた。冬の夜のとばりが降りはじめ、艦上のよきサマリア人（聖書における苦しむ人の真の友）が暗くなってきたキャビンをいくぶんでも明るく照らしてやろうと、主計部から小ローソクを二本ばかりよこしてくれた。

「三人に一人の割で合格させている」と、例の主計士官が自分の番の用意をしながら言った。

「願わくはその三分の一に入れますように」

彼が出ていくとホーンブロワーはまた立ち上がった。次は彼の番だ。彼は半甲板から暗い夜気の中へ踏み出して、冷たい新鮮な空気を吸い込んだ。軽風が南のほうから吹いていたが、おそらく海峡の向こうの、アフリカの雪をかぶったアトラス山脈で冷やされて来るのだろう。月も星もなかった。そこへさっきの主計士官がもどってきた。

「急げ」と、彼が言った。「彼らはいらいらしている」

ホーンブロワーは歩哨のわきを通って艦尾キャビンへ行った。そこは眩しいばかりの照明で、彼は入りながら目をぱちくりさせ、何かの障害物に蹴つまずいた。そしてそのときになってはじめて彼は、ネッククロスをきちんと整えてこなかったことや、長剣が正しく腰に吊ってあるか確かめてこなかったことを思いだした。彼は机の向こうの、三つのいかめしい顔に対してからも、まだそわそわして目をぱちくりさせていた。

「どうした？」厳しい声がかかった。「名を名乗れ。時間が無駄になる」

「ホ——ホーンブロワーです。ホ——ホレイショ・ホ——ホーンブロワー。士——士官候補生——いえ、そのう、英国軍艦インディファティガブル号の海尉心得です」

「証明書類を、どうぞ」右手の顔が言った。

ホーンブロワーは書類を手渡し、それが吟味《ぎんみ》されるのを待っていると、左手の顔が出し抜けに口を切った。「きみはいまポートタックのクロースホールドで、強い北東風を受けながら、ドーバーを北二マイルに見て英仏海峡を間切《まぎ》って北上している。いいかね？」

「はい」

「いま、風が四ポイント（四十五度）回って、きみの艦は完全に裏帆を打つようになった。きみはどうするかね？　どうする？」

ホーンブロワーの頭が考えていたのは——その瞬間におよそものを考えていたと言え

るにしても——航程線のことだった。だからこの唐突な質問にあって、彼は問題の情況と同じく裏帆を打った（不意をつかれた意）。彼の口が開いて結んだが、ひと言も言葉にならなかった。

「もうマストはへし折られた」中央の顔が言った——黒い顔だ。これがあの〝ブラック・チャーリー・ハモンド〟だなとホーンブロワーはうなずいていた。試験のことを考えられなくても、そのことは考えられた。

「マストはへし折られた」左手の顔が言った。キリスト教徒の断末魔の苦悶を楽しむネロのような微笑を浮かべている。「ドーバーの白亜《はくあ》の断崖が風下にある。きみは重大なピンチに陥ったぞ——ええと——ミスタ・ホーンブロワー」

まさに重大なピンチ。ホーンブロワーの口がまた開いて結んだ。そのとき彼の鈍った心は、特にそれへ注意を払ったわけではないのに、さほど遠くないどこかで大砲の砲声が起こったのを聞いていた。試験官たちもそれについては何も話し合わなかった。一瞬遅れて、こんどはもっと遠い砲声が連続して起こり、これにはさすがの試験官たちもそろって立ち上がった。

彼らは戸口の歩哨を押しのけて、不作法にも、どやどやとキャビンを飛び出していった。ホーンブロワーもあとについて行った。彼らが甲板中央部《ウエスト》に出たとき、ちょうど信号弾が夜空に打ち上がり、炸裂《さくれつ》して無数の赤い星を降らせた。それは全面的な警報だった。錨泊地の海面を渡って、在泊艦船が戦闘配置につく太鼓のどろどろという轟きが聞かれた。左舷通路に残った受験生たちがひとかたまりになって、興奮した口調でしゃべっていた。

「あそこを見ろ！」一人の声が言った。

暗い海の半マイル向こうで、黄色い光が大きくなり、やがてそこにいる船が炎につつまれた。その船は満帆をあげて錨泊地へ入ってくるところだった。

「焼打ち船だ（敵の艦船を焼き払うために燃料や爆発物を満載点火して敵船の風上に流してやる船）！」

「当直士官！　わしのギグを呼べ！」試験官のフォスターがどなった。

焼打ち船が一列に並んで追風《おいて》をうけ、まっすぐ錨泊艦船へ向かって走っていた。サンタ・バーバラ号では、水兵や海兵隊員がどっと甲板へ溢れ出すやら、艦長連や受験生たちがそれぞれの艦へ帰るボートを大声で呼ぶやらで、てんやわんやの大騒ぎとなった。オレンジ色の一閃がぱっと海面を照らしたと思うと、すぐに続いて片舷斉射の轟きが聞こえてきた。何かの軍艦が焼打ち船を撃沈しようと砲火を浴びせているのだ。それらの燃上する船を在泊艦船に数秒間でも接触させれば、火は、乾いたペンキ塗装の木造部に燃え移り、タールを塗った索類や燃えやすい帆に延焼するので、消し止めようがなくなる。爆薬を満載している非常に発火しやすい艦の乗組員にとって、火炎は海のもっとも恐ろしい、もっとも戦慄すべき危険なのだ。

「おーい、そこの通船！」チャーリー・ハモンドがとつぜん大声でどなった。「おーい、通船！　ここへ付けろ！　横付けするんだ、バカ者！」

彼の目は二挺のオールが漕ぎ過ぎようとするのを素早く見て取った。

「船を付けろ、さもないと撃ち込むぞ！」フォスターが言い足した。「そこの歩哨、やつに一発かます用意をしろ！」

その脅迫に、小船は向きを変えて、ミズン投鉛台《チェーン》のほうへ滑ってきた。

「そら来たぞ、諸君」ハモンドが言った。

三人の艦長は走ってミズン投鉛台《チェーン》に飛び移り、ボートへ降りた。ホーンブロワーも三人のすぐ後ろについていた。できるだけ早く帰艦することが絶対の義務とはいえ、下級士官が自分を艦へ送らせるボートを捕まえられる見込みはほとんどないことを彼は知っていた。三人の艦長がそれぞれの目的地に着いたのち、このボートを利用してインディファティガブル号へ帰り着くことができる。彼のボートが艦側を離れる瞬間、艇尾座席《スターンシート》に飛び降り、ハーベイ艦長に激しくぶつかり、彼の長剣の鞘《さや》が船端にぶつかって鳴った。しかし三人の艦長はこの招かざる客をとやかく言わずに受け入れた。

「ドレッドノート号に付けろ」フォスターが言った。

「ばかな、わたしが先任だ！」ハモンドが言った。「カリプソ号に付けろ」

「カリプソ号だ」ハーベイが口をはさんだ。彼は自分で舵柄《チラー》を取り、暗い海面の彼方へボートを向けた。

「漕げ！　それ、漕げ、漕げ！」フォスターはいら立って言った。自分の艦が危険に瀕しているのに、自分が艦を留守にしている艦長の精神的苦痛ほどひどいものはない。

「あそこに一隻くるぞ」ハーベイが言った。

真正面に、小さいブリッグの焼打ち船がトプスルを揚げてこちらへ向かってきた。火明かりが見えたと思うと、見る間に火はとつぜん轟然と爆発して、打ち上げ花火の一組のように一瞬に全船をすさまじい炎でつつんだ。炎が船側のあらゆる開口部から噴き出し、甲板の昇降口から噴き立った。周囲の海面が鮮やかに赤々と輝いた。ブリッグが行き脚を止め、ゆっくり回りはじめるのが見えた。

「サンタ・バーバラの錨索《ケーブル》を突っ切るぞ」と、フォスターが言った。

「すれすれに通るな」ハモンドが言い添えた。「神よ、あそこにいる連中を助け給え。しばらく横に並ぶぞ」

ホーンブロワーはその廃船の下層甲板に監禁されているスペイン人とフランス人の捕虜二千人のことを考えた。

「誰かが舵を取れば、接触しないように向きを変えられる」フォスターが言った。「われわれがやるべきだ！」

そしてことは急速に運んだ。ハーベイは舵柄《チラー》を大きく引いた。「どんどん漕げ！」彼は漕ぎ手たちへ咆《ほ》えた。

彼は長剣の鞘を払い、オールの調整手ののど元に威嚇するように突きつけると、刃渡りに赤い火が映った。泣きべそをかきながら、調整手がオールを引き、ボートはさっと飛び出した。

「船尾突出部《カウンター》の下に付けろ」フォスターが言った。「わたしが飛びつこう」

やっとホーンブロワーは口をきく機会を見つけた。「わたしを行かせてください。わたしが操作します」

「来たければついてこい」フォスターが、即座に言った。「二人必要かもしれん」

ドレッドノート・フォスターという彼のあだなは彼の艦の名前に由来しているのだろうが、それはあらゆる場合にふさわしかった。ハーベイは焼打ち船の船尾下でボートを急旋回させた。焼打ち船はふたたび追風《おいて》を受けて速力を上げ、サンタ・バーバラへもろに向かっていた。

一瞬、ホーンブロワーはボートの中でそのブリッグの焼打ち船にいちばん近かったので、一刻の猶予もならなかった。彼は漕ぎ手座に立ち上がって跳躍した。手が何かを摑んだので、足を蹴り、もがいて、不恰好な動作で体を引き上げ、甲板によじ登った。

ブリッグは追風《おいて》を受けているので、火の手は後部へ吹きつけられていた。この船尾はただ恐ろしく熱いというだけだったが、ホーンブロワーの耳はゴーゴーと鳴る火音と、燃える木材のはぜる音やぶつかり合う音で満たされた。彼は舵輪へ行き、放射状の取っ手を摑んだ。舵輪は索輪《つなわ》で固定されていたので、彼はそれを解き放ってふたたび舵輪を握ると、下で舵板《ラダー》が海面に食いこむ手応えを感じた。彼は体重をかけて舵輪をきりきりと回した。ブリッグとサンタ・バーバラ号は左舷船首と右舷艦首で今にも衝突しそうだ。サンタ・バーバラ号の艦首楼《フォクスル》で心配の身振り手振りで騒ぐ群衆を炎が照らし出した。

「いっぱいに回せ！」フォスターの声がホーンブロワーの耳もとで咆えた。

「いっぱいに回します！」ホーンブロワーは言い、ブリッグがとたんに舵に答えて船首をまわし、衝突を避けた。

巨大な火柱がメンマストわきの昇降口《ハッチ》から噴き上がり、マストや装帆装置に燃え移り、同時に一陣の風が炎のうねりを後部へ吹きつけた。本能的にホーンブロワーは、片手で舵輪を持ちながら、片手でとっさにネッククロスを引ったくり、それで顔をおおった。炎は彼の周囲に渦巻き、そしてまた引いていった。

しかしその一瞬の注意のそれは危険だった。ブリッグはいっぱいに回した舵で回りつづけていたので、こんどは船尾を振ってサンタ・バーバラ号の艦首へぶつかろうとしていた。ホーンブロワーは死に物狂いで舵輪を逆にきりきりと戻した。炎のために船尾手摺りへ追いやられていたフォスターも戻っていた。

「風下へいっぱいに回せ！」

ブリッグはすでに舵効を見せていた。右舵船尾の側面をサンタ・バーバラ号の船体中央にぶつけると、すぐ離れた。

「舵、中央《ミジップ》！」フォスターがどなった。

わずか二、三ヤードの間隔で、焼打ち船はサンタ・バーバラ号の艦側をすり抜けた。心配した一団がブリッグをそのままに保とうとして舷側通路《ギャングウェー》ぞいに走っていた。艦尾甲板の別の一団は焼打ち船を突き離そうと一本の円材を持って待ち構えていた。ホーンブロワーの目の隅から、すれちがう彼らの姿が出はずれて見えなくなった。これで彼らは離れた。

「左舷船首方向にドーントレス号がいるぞ」と、フォスターが言った。「距離を取ってかわせ」

「アイ・アイ・サー」

ゴーゴーたる火勢はすさまじかった。この甲板の狭い場所で、いぜん息をつき、生きていられるのが信じ難いほどだった。ホーンブロワーは手と顔に恐ろしい熱気を感じた。マストは二本とも巨大な炎のピラミッドだった。

「右舵《スターボード》一点（十一度十五分）」フォスターが言った。「本船を中立地帯の浅瀬に座礁させよう」

「右舵《スターボード》一点」ホーンブロワーは復唱した。

彼はこの上なく高揚した気分の波に乗っていた。ゴーゴーたる火音が彼を夢中にさせ、一瞬たりと恐怖を感じなかった。そのとき、舵輪からわずか一、二ヤード前の甲板全面が燃え上がって口をあけた。炎が、口をあけた板張りの合わせ目から噴き出し、熱気はまったく耐え難くなり、合わせ目がだんだん後部へ裂けてくるにつれて、火は急速に船尾へ移ってきた。

ホーンブロワーは舵輪を固定する索輪を手探ったが、手が触れないうちに舵輪が彼の手の下で空転した。おそらく下の操舵索が焼き切られたのだろう。と思ったとたんに、足下の甲板が火熱に持ち上がり反りかえった。彼はよろめきながら船尾手摺りへ後じさった。フォスターがそこにいた。

「操舵索が焼き切れました」ホーンブロワーは報告した。

二人の傍で炎がゴーッと噴き立った。彼の上衣の袖が焦げてくすぶった。

「飛べ！」フォスターが言った。

ホーンブロワーはフォスターが後ろから押しているのを感じた――すべてが異常だった。彼は手摺り越しに身を投げ、空中にかかったとたんに恐怖に息を喘《あえ》がせ、体が海面に当たると全身から息が吹き出すのを感じた。海水が頭上を閉ざし、彼はもがいて水面に浮き上がりながらはじめて恐怖を味わった。水は冷たかった――十二月の地中海は冷たかった。一瞬間、衣服のはらむ空気の浮力が、体側の長剣の重みにもかかわらず彼を支えたが、目はまだ咆哮《ほうこう》する炎でくらんでいたので、闇の中に何も見えなかった。誰かが傍で水しぶきを上げた。

「彼らがわれわれの退船の備えに後についていた」フォスターが言った。「泳げるか？」

「イェス・サー。あまり得意ではありませんが」

「わしもそんなところだ」と、フォスターは言ってから声を張り上げて、「おーい！おーい！　ハモンド！　ハーベイ！　おーい！」

彼は声と同じく体を高く上げようとしてバシャッとのけ反り、バシャバシャ水を叩くうちに、海水が彼の口に流れ込み、何か言いかけた言葉がぶっと止まった。ホーンブロワーはだんだん弱っていく力で海面を叩きながらも、まだものを考える余裕は残っており――それは彼の気まぐれな心のいたずらだったが――はるかに偉い艦長たちもしょせんは死を免れない人間にすぎないのだという興味ある事実にちらっと思いをさいた。

彼は長剣のベルトをはずそうとしたが失敗し、その努力のために体が沈み、もがいて辛うじて水面に浮き出した。彼は息を切らして喘《あえ》いだが、もう一度試みてなんとか剣を鞘から半分ほど抜くことに成功し、あとは彼が悪戦苦闘するうちにそれ自体の重みですするっと抜けた。それでもこれと感じられるほどの救いは意識になかった。

そのときオールが水をはねかえし、船端にこすれる音と、大きな人声を聞いた。そして近づくボートの黒い影が見えたので、彼はせきこんで叫んだ。すぐにボートが寄ってきて、彼はあわてて船端にしがみついていた。

彼らはフォスターを艇尾《とも》から引き上げていたので、おとなしく船端につかまって自分の番を待つには大変な決心が必要だった。彼はこの圧倒的な恐怖にとらわれた自分を軽蔑しよじ登ろうとしてはならないとわかっていたが、じっと待った。ながら、この恐怖心に興味を感じていた。ボートの男たちが彼をぐるっと艇尾へ移せるように、船端を必死で摑んでいる手を交互に離して持ち替えるには、意識的な真剣な意志力を要した。

やがて彼らが引き上げてくれ、彼はほとんど気を失いかけてボートの底にうつ伏せに倒れこんだ。そのときボートの中で誰かがしゃべり、ホーンブロワーは肌に戦慄が走るのを感じ、力衰えた筋肉が緊張した。それというのも、話された言葉はスペイン語だったからだ――いや、とにかく知らない国語だ。おそらくスペイン語だろう。

ほかの誰かが同じ国語で答えた。ホーンブロワーはもがいて立ち上がろうとしたが、制止の手が彼の肩に置かれた。彼はごろりと寝返り、それに目が闇に馴れたので、長い黒い口ひげを生やした三つの浅黒い顔が見えた。この連中はジブラルタルの人間ではない。その瞬間に彼らが何者か見当がついた――錨泊地まで焼打ち船を操縦してきて火を点じ、ボートで逃げた乗組員の一部だ。フォスターがボートの底に二つ折りになって坐っており、いま膝の間から顔を起こし、あたりをじっと見回した。

「この連中は何者だ」彼が力弱く訊いた――水中で悪戦苦闘して、彼もホーンブロワーと同じように弱っていた。

「スペインの焼打ち船の乗組員だと思います」と、ホーンブロワーは言った。「われわれは捕虜です」

「たしかにな！」

そうと知って、彼もホーンブロワーと同様に行動を起こした。彼は立ち上がろうとしたが、舵柄《チラー》を取っているスペイン人が彼の肩に片手をかけて坐らせた。フォスターが相手の手を払いのけ、声を張って力なく叫んだが、舵柄《チラー》を取る男はそんなばかげた行為にだまされはしなかった。彼はきらっとベルトのナイフを抜いた。遠い浅瀬でなすところなく燃え尽きようとしているさっきの焼打ち船の火明かりが、ナイフの刃渡りに赤く走ったので、フォスターは争うのを止めた。人は彼を〝恐れを知らぬ《ドレッドノート》フォスター〟と呼ぶかもしれないが、彼も分別の必要を認めることができた。

「針路はどうだ？」彼は相手をいら立たせないように、ひっそりした口調でホーンブロワーに訊いた。

「北です。彼らは中立地帯に上陸して、包囲線に向かうつもりではないでしょうか」

「その見込みがいちばん大きい」フォスターは同意した。

彼はぎごちなげに首を回して港のほうをふりかえった。

「ほかに二隻、港外で燃えているな」と彼は言った。「港内に入ったのは三隻だな」

「三隻見ました」

「では被害はない。しかし大胆不敵なことをやりおったな。スペインのドンどもにそんな果敢な行為ができるとは誰も予想しなかっただろうが」

「焼打ち船の手は、われわれから学んだのではないでしょうか」

「われわれが『優腕《やさうで》を育てて剣をふるわせた』と言うのか？」

「考えられることです」

フォスターは、捕われの身となって、ナイフを抜いて警固するスペイン人に運ばれながら、詩句を引用して海軍の現状を話し合うような冷静な男だ。冷静という形容は彼のためにあるのかもしれない。ホーンブロワーは寒い夜風に吹かれ、濡れた衣類の中で震えており、今日一日の興奮と奮闘努力がすべて終わったいまはただ脱力感を覚えるばかりだった。

「おーい、そこのボート！」海面を越えて誰何《すいか》の声が渡ってきた。向こうの闇の中に中立地帯の警備員の黒い姿があった。艇尾座席《スターンシート》のスペイン人は大きく舵柄《チラー》を引いて、そこから真反対にボートを向け、二人の漕ぎ手は倍ましの力で漕ぎ出した。

「警備艇だ——」フォスターは言ったが、またナイフに威嚇されて急に言葉をのんだ。

もちろん、錨泊地のこの北端にはボートに乗った警備兵がいるだろう。彼らはそのことを考えてもよさそうなものだった。

「そこのボート、おーい！」ふたたび誰何《すいか》の大声がかかった。「オールを置け、止まらないと撃つぞ！」

スペイン人が応じなかったので、一瞬遅れてマスケット銃の閃光と銃声が来た。弾丸の音は聞こえなかったが、銃声は――彼らがまた向かっている――艦隊を警戒させるだろう。しかしスペイン人はあくまで目的を遂げるつもりだった。彼らは頑固に漕ぎつづけた。

「おーい、ボート！」

それは真正面の別のボートからの誰何だった。漕ぎ手のスペイン人たちは諦めて努力を止めたが、舵を取る男からどなられてまたすぐ動きはじめた。ホーンブロワーはほぼ真正面にいる新しいボートが見え、オールを休めて止まっているそのボートからまた誰何の声が聞こえた。舵を取るスペイン人が大声で何か命令すると、調整のオールが水を逆にかき、ボートは急に回った。また号令がかかり、二人の漕ぎ手はまたそろってボートを前進させ、ボートはまっすぐぶつかっていった。もし彼らが針路をさまたげるボートを転覆させることに成功すれば、追跡するボートが止まって味方を拾い上げる間に、彼らはまんまと逃げおおせるかもしれない。

全員が声の限りに叫び、すべては一瞬に終わったように思われた。ガシンと衝突の音があって、スペインのボートが英国のボートに乗り上げたとたんに、両方のボートがひどく傾いたが、転覆させるのは失敗だった。誰かがピストルを発射し、つぎの瞬間、追跡する警備のボートが急速に横付けしてきて、乗員が二艘のボートに飛び移った。誰かがホーンブロワーの上に飛びかかってきて、彼を絶息させ、彼ののどに手をかけて永久に息をつかせないとばかりに絞《し》めつけた。ホーンブロワーはフォスターが大声で抗議するのを聞き、つぎの瞬間、彼の襲撃者が手を放したので、警備ボートの士官候補生が英国海軍在泊艦艦長に対するこの手荒な扱いを詫《わ》びているのを聞くことができた。

誰かが警備艇のカンテラのおおいを取ったので、この明かりでフォスターの見る影もなく打ちのめされた姿が見えた。明かりは彼らのむっつりふさぎ込んだ捕虜たちを照らし出した。

「おーい、そこのボート！」また別の誰何《すいか》の声があって、また別のボートが闇の奥からぬっと現われ、こちらへ漕ぎ寄せてきた。

「ハモンド艦長だな！」フォスターは不気味にざらついた声でどなった。

「やれ、助かった！」ハモンドの言うのが聞こえ、ボートがぼんやり輪を描いた明かりの中へ漕ぎつけてきた。

「だが、ありがたくはないぞ」フォスターは苦々しげに言った。

「あんたたちの焼打ち船がサンタ・バーバラ号をかわしたあと、風が吹いて、こっちが追いつけないほど速く運んでいってね」ハーベイが説明した。

「この連中を精いっぱい漕がして追ってきたんだ」ハモンドが付け加えた。

「それでもスペイン人たちに助け上げられなかったら溺れるところだったぞ」フォスターが皮肉った。水中での悪戦苦闘の記憶がうずくにちがいない。「信頼できる艦長仲間が二人もいるのだから大丈夫だと思っていたんだがな」

「それはどういう当てこすりだね？」ハモンドがぴしゃりと返した。

「当てこすりではないが、単なる事実の陳述を当てつけと勘ぐる者もあるかもしれないな」

「それは、ハモンド艦長と同時にわたしに対して投げかけられた、聞き捨てならぬ言葉と考えるが」ハーベイが言った。

「これはみごとな明察だな」フォスターがやり返した。

「わかった」ハーベイが言った。「この連中を前にして言い争うわけにはいかない。あとで友人を挨拶に差し向ける」

「歓迎しよう」

「ではごゆっくりおやすみなされい」

「わたしからも」と、ハモンドが言った。「それ、漕ぎ方はじめ」

ボートは光の輪から漕ぎ出ていった。あとに残った聞き手たちは、人間の行動のこの奇妙な気まぐれにあっけにとられた——まず死から、つづいて捕われの身から救われた人間が、また理不尽にもふたたび危険に身を投じるとは……。フォスターは口を開く前にしばらくボートを見送っていた。たぶん早くもヒステリックな暴言を悔いているのだろう。

「朝までにやることがたくさんある」彼は身近の誰かに聞かせるよりは自分自身に聞かせるように言ってから、警備艇の士官候補生へ向き直った。「すまんが、この捕虜たちを引き取り、わたしを艦まで送ってくれたまえ」

「アイ・アイ・サー」

「彼らの言葉をしゃべれる者はここにいないか？　彼らを捕虜交換条約にもとづいて、交換条件ぬきにカルタヘナへ送り返すつもりだと説明してもらいたいのだが。彼らはわれわれの命を救ってくれた。せめてそれがわれわれにできるお返しだ」この最後の説明的な文句はホーンブロワーに向けたものだった。

「その通りだと思います」

「それにきみ、——火をも恐れぬわが友よ。きみに謝意を表させてもらいたい。きみは立派だった。もしもわたしが明日以後も生きているようならば、当局にきみの活躍を伝えることにしよう」

「ありがとうございます」一つの質問がホーンブロワーの唇で震えた。それを口に出すにはちょっと決心がいった。

「それで、わたしの試験ですが？　わたしの適任証は？」

フォスターは頭《かぶり》を振った。「あの試験委員会は二度と再開することはあるまい。きみは別の試験官の前に出る機会を待つことだな」

「アイ・アイ・サー」ホーンブロワーは声にはっきり失望をひびかせて言った。

「いいかね、ミスタ・ホーンブロワー」と、フォスターが真っ直ぐ向きなおって言った。「たしかきみは完全に裏帆を打ち、まさにマストを失いかけており、しかもドーバーの断崖が風下にあるという情況だったな。もう一分あったらきみは落第していたところだろうが——きみを救ったのはあの警報の銃声だ。そうじゃないかね？」

「そうだと思います」

「それなら、ささやかな慈悲に感謝することだ。ましてや大きな慈悲にはなおのこと感謝しなければな」

9　ノアの箱船

ホーンブロワー海尉心得は、外交官勤務のミスタ・タプリングと並んでロングボートの艇尾座席《スターンシート》に腰掛け、足もとは金貨の袋に囲まれていた。周囲にはオラン湾（アフリカ北西岸）の切り立った海岸がそびえ、行く手には、海面からなぞえにつづく丘の中腹一体に、無造作な手でばらりとまかれた大理石のブロックのような街並が日をうけて白く広がっていた。オールの水かきは、ボートの乗員たちが櫓拍子合わせてゆるいうねりを漕ぎ渡るたびに、あくまで澄み切ったエメラルド・グリーンの波面に食い入っていき、そしてここは彼らが地中海で最も青いあの海をあとにして以来はじめての青さだった。

「ここからの眺めはきれいだ」タプリングが近づいていく街を見つめながら言った。「だが、もっと近づいてよく見ると、目がごまかされていたことがわかってくる。それに鼻はどうだ！　真正信者（マホメット教徒）の我慢ならない臭いときたら、嗅いだことがない者にはわからない。あの突堤にボートを付けてくれ、ミスタ・ホーンブロワー、あそこに並んでいる三檣帆船《ジベック》（地中海に見られる帆船。三本マストに横帆と大三角帆を併用する）の向こうに」

「アイ・アイ・サー」ホーンブロワーの命令に、艇長《コクスン》が答えた。

「ここの海岸砲台には歩哨がいる」タプリングはあたりを鋭く見回しながら感想を口にした。

「まあ半分眠ったようなものだがね。それに二つの城の大砲に注意することだ。三十二ポンド砲にちがいない。石弾丸《いしだま》がいつでも撃てるように山と積まれている。石弾丸は衝撃力で砕《くだ》けて飛び散るので、大きさに似合わぬ損害を与える。それに、城壁もなかなか頑丈だ。奇襲攻撃《クー・デ・メン》でオランを占領するのは容易なことではないだろうな。万一、都督がわれわれののどを掻き切って、この金《きん》を取ってしまうことに決めたら、復讐してもらうまでにずいぶん暇がかかるだろうな、ミスタ・ホーンブロワー」

「そうなってからでは復讐してもらったところでありがたくないですよ」ホーンブロワーは言った。

「それもそうだな。しかしきっと今回は都督も危害を加えまい。鵞鳥《がちょう》が金の卵を生む――毎月ボートにいっぱいの金貨が貢《みつ》がれるとあれば、海賊のような都督だって当分は、船団にまばゆいばかりの期待を持つにちがいない」

「流せ！」艇長《コクスン》が号令した。「オール挙げ！」

ロングボートは滑るように突堤に横付けになり、手際よく鉤《かぎ》ざおで引き付けられた。木蔭に坐っている幾人かが、少なくとも目を、あるいは頭までも、回して英国海軍のボートの乗員を見た。数隻のジベックの甲板に、浅黒いムーア人たちが現われてこちらをじっと見下ろし、一人二人は大声で何か話しかけた。

「きっと異教徒たちの祖先の名前を称えているんだろう」タプリングが言った。「棒や石ならわたしの骨を砕くだろうが、名前ならいくら浴びせられても怪我はない、とくにこっちに通じない場合にはな。あの男はどこだ？」

彼は小手をかざして波止場をずっと見渡した。

「誰も見えません、クリスチャンらしいものは」ホーンブロワーは言った。

「あの男はクリスチャンではない。白人だがクリスチャンではない。敬意を表して白人と言うんだが――フランス・アラブ・レバノンの混血だ。英帝国オランダ駐在臨時領事で、方便上のマホメット教徒だ。真正信者であることには非常に深刻な不都合もあるんだけれどもね。いつも四人の妻はいらないだろうじゃないか、とくに怪しげな特権の代償に酒を断つときてはね」

タプリングが突堤の上にあがり、ホーンブロワーもつづいた。湾をのたりと渡ってくる、ゆるやかなうねりが下で慰めるようにそっと割れ、目のくらむような真昼の太陽の暑熱が、彼らの立っている敷石から照り返していた。

湾のずっと沖合に、錨《いかり》を入れた船が二隻――補給船と英国軍艦インディファティガブル号――が、あくまで青い、銀波にきらめく海面に横たわっていた。

「それでも土曜日の晩になると、いっそドルーリー・レイン（十七世紀以来のロンドンの大劇場）で芝居が見たいと思う」タプリングが言った。

ホーンブロワーはふりかえって市街の城壁を見た。それは海からの攻撃に対して街を守っているのだ。両わきに稜堡《りょうほ》のある狭い城門が波止場に向かって開いている。赤いキャフタン（トルコ人などの着る長袖、帯付きの衣服）を着た歩哨が何人も城門のてっぺんに見えた。城門の暗い蔭で何かが動いているが、日射しにくらんだ目でその正体を見わけることはむずかしい。

やがてそれが蔭から出ると、小さなグループで、彼らのほうへやって来た――半裸の黒人がろばを引き、ろばの背には、ずっと後ろの、尾の付け根に近く、青い長服を着た巨人が横向きに乗っていた。

「英帝国領事を迎えに出ようか？」タプリングが言った。「いや、向こうに来させよう」

黒人がろばを止めると、背中の男がするりと降り立ち、こちらへ来た――山のような大男で、長服の下のがに股でよちよち歩き、大きな粘土色の顔の上は白いターバンだ。その唇とあごから貧弱な口ひげとあごひげが突き出ている。

「これはこれは、デューラス様」タプリングが言った。「フリゲート艦インディファティガブル号の海尉心得、ホレイショ・ホーンブロワーをご紹介いたします」

デューラス様が汗の顔をうなずかせた。

「金《かね》を持ってきたかね？」彼はのどにからんだフランス語で訊いた。ホーンブロワーはその外国語に頭を順応させ、デューラスのくせの強い抑揚に耳を馴らすのにちょっと暇どった。

「ギニー金貨七千枚」と、タプリングがなかなかうまいフランス語で答えた。

「よろしい」デューラスがちょっと安心した口ぶりで言った。「ボートの中かね？」

「ボートの中にありますが、差し当たりボートの中に残しておきます」タプリングは答えた。「契約の条件はご記憶ですね？　肥えた牛四百頭、大麦千五百ファネガス。これだけが艀《はしけ》に積みこまれ、艀が沖の船に横付けされるのを見届けたら、金《かね》をお渡しします。積み荷は用意できるのですか」

「間もなくな」

「そうだろうと思いましたよ。いつ出来ますか？」

「すぐ――もうすぐだ」

タプリングが仕方なさそうに顔をしかめた。

「では、われわれは船に戻ります。明日、あるいは明後日、金貨を持って出直します」

デューラスの汗の流れる顔に驚きの色があらわれた。

「いや、それはいけない」彼があわて気味に言った。「あんたは都督のことを知らないのだ。彼は気が変わりやすい。もし金貨がここにあるとわかれば彼は牛を運ぶように命令を出す。金貨を持ち去れば、彼は動こうとしない。それに――それに彼はわたしのことを怒る」

「イーラ　プランシピ　マルス　エー」と、タプリングが言い、翻訳に気を奪われてぼんやりしたデューラスの表情に応えて、「王者の怒りは死を意味する。そうじゃないですか？」

「そうだ」と、デューラスが言い、こんどは彼がわからない言葉で何か言い、妙な身振りと一緒に指で空《くう》を突き、それから翻訳した。「願わくはそのようなことが起きないように」

「いかにも、そんなことにならぬように望みます」タプリングが相手の気を鎮めるよう、ないんぎんな態度で相槌を打った。「絞首綱も鉤《かぎ》も、鞭にしても、みな不愉快なものです。もしあなたが都督のところへ行き、穀物と家畜を運ぶに必要な命令を出すように説得してくださるなら、そのほうがよろしいかもしれませんが。もしできなければ、われわれは日没に立ち去ります」

　タプリングが時限を強調するために太陽を仰いだ。

「行こう」デューラスが恨めしそうな身振りで両手を広げた。「行こう。その代わり、どうか立ち去らないでもらいたい。たぶん都督はハレムで忙しいころだろう。そうなら誰も邪魔はできない。だが、何とかやってみよう。穀物はもうここに来ている――あそこのカスバ（土着民の居住地区）に置いてある。運ばなけりゃならないのは家畜だけだ。どうか辛抱して待ってほしい。お願いする。知っての通り都督は商取引に馴れていないのだ。まして無料送達の方法による商取引にはなおのこと不馴れなのだ」

デューラスがだくだくと顔を流れる汗を長服の片端で拭った。

「失礼。どうも気分が良くないので。しかし都督のところへ行く。行くから、帰るまで待ってください」

「日没まで」タプリングが容赦なく言った。

デューラスが黒人の下僕へ声をかけた。下僕はろばが投げかける影を利用しようと、腹の下に体を小さくしてうずくまっていたのだ。骨を折って、デューラスが大きな体重を持ち上げ、ろばの尻の上に乗った。また顔を拭い、ちょっと当惑気味にこちらを見た。

「待っていてくれ」そう言い残すと同時に、ろばが引かれて城門の中へ引き返していった。

「彼は都督が怖いんだ」タプリングが見送りながら言った。「わたしなら、怒れるサー・ジョン・ジャービス提督よりは、二十人の都督に会うほうがいいな。艦隊の食糧はすでに底をついているというのに、この上まだぐずぐずしていると聞いたら、提督はどうするかな？　わたしの腸を摑み出してネクタイにするだろう」

「こういう人間たちに、時間の正確さを期待するのは無理ですよ」ホーンブロワーは、責任のない人間の気やすさで、分別ありげに言った。しかし彼は英国海軍のことを考えた——味方もなく、同盟国もなく、数にまさる敵と嵐と病気と、そして今や飢餓とも直面しながら、敵対するヨーロッパ諸国の封鎖線を必死で確保しているのだ。

「あれを見ろ！」タプリングがとつぜん指さして言った。

それは、波止場を横切る乾いた渠溝の中に現われた一匹のネズミだった。眩《まぶ》しい太陽をものともせず、ネズミはしゃんと坐って世界を見回した。タプリングが足を踏み鳴らしてもネズミは大して警戒する気配を見せなかった。彼が二度目に足を踏み鳴らすと、ネズミはゆっくり向きを変えてまた排水孔の中へ隠れようとしたが、足をすべらせて一瞬、排水孔の口で身をよじって横たわり、それからまた立ち直って暗がりに消えた。

「年取ったネズミのようだ」タプリングが物思わしげに言った。「老衰じゃないかな。目も見えないのかもしれない」

老衰だろうとなかろうと、ホーンブロワーはネズミのことなど知ったことではなかった。一歩、二歩、ロングボートのほうへ引き返し、それにならって民間人の官吏も歩いた。

「メンスルを揚げて日蔭をつくれ、マックスウェル」ホーンブロワーは言った。「午後いっぱいここにいるからな」

「たいへん気楽だ」タプリングがボートのわきの石の繋索柱《ビット》に腰をかけながら、「こういう異教徒の港にいるのはね。誰かが逃げやしないかと心配する必要もなし。酒のことを心配する必要もなし、ただ去勢牛と大麦のことだけだ。それと、このほくちで火花を捕える方法と」

彼はポケットから出したパイプを吹いて、煙草を詰める用意をした。いまはボートにメンスルで日蔭ができて、水兵たちは、舳《へさき》に腰をおろして低い調子でだべっているものもあれば、艇尾座席《スターンシート》になるべく坐り心地よく寛《くつろ》いでいるものもあった。ボートは小さなうねりに乗ってのどかに揺れ、艇側と突堤の間で防舷材がきしむリズミカルな音が心を和《なご》ませ、街も港も焼きつける午後の暑熱のなかでまどろんでいた。

とは言うものの、ホーンブロワーのような活動的な気質の若者が、何もすることがない退屈さにいつまでも耐えるのは容易なことではなかった。彼は突堤に上がって脚を伸ばし、それからゆっくりと往ったり来たりした。白いガウンとターバンをつけたムーア人が海岸通りぞいの日向をよろよろとやって来た。足どりがおぼつかないので、揺れる体をしっかり支えるために股をかなり開いて歩いていた。

「さっき何とか言われましたね、マホメット教徒が酒をいみ嫌うとか何とか」と、ホーンブロワーは下の艇尾座席《スターンシート》にいるタプリングへ言った。

「必ずしもいみ嫌いはしない」タプリングは予防線を張って答えた。「公的《おおやけ》には禁じられているし、違法だし、反則だし、手に入れることはむずかしいが」

「するとここにいる男は何とかうまく手に入れたんですね」

「どれ」タプリングはごそごそと立ち上がった。待ちくたびれ、酒には大いに気のある水兵たちも、見ようとして舳から突堤に上がってきた。

「酒に足を取られているらしいな」タプリングが口を合わせた。

「向かい風に帆を上げてますね（ぐでんぐでんに酔っている）」と、マックスウェルがムーア人のよろけるのを見て言った。

「そしてすっかり裏帆を打った」タプリングが、ひどくよろけて半回転するムーア人を見て言った。

　半回転し終わったところで男はどしんと顔からころんだ。長い服から二度ばかり茶色の脚がぬっと現われてまた引っ込むと、彼は腕に頭をのせてぐったりと横たわり、ターバンが地面に落ちると、てっぺんにひと握りの髪を残してくりくり坊主に剃《そ》った頭が現われた。

「完全にマストが吹き飛ばされた」ホーンブロワーは言った。

「そしてひどい座礁だ」タプリングが応じた。

　しかしムーア人はいまやまったく正体なく横たわっている。

「ああ、デューラスが来た」ホーンブロワーは言った。

　城門をくぐって、小さなろばに乗った巨体が出てきた。もう一頭、堂々たる恰幅の男を乗せたろばがつづき、二頭とも黒人の奴隷に引かれており、そのあとに、マスケット銃と軍服らしい身なりから兵隊だとわかる十二、三人の浅黒い男たちが従っていた。

「都督の財務官だ」一同がろばから降りたとき、デューラスが紹介を兼ねて言った。「金貨を取りに行け」

　堂々たる恰幅のムーア人は彼らを尊大に見下した。デューラスは相変わらず太陽の暑熱に滝の汗を流していた。

「金貨はあそこにある」タプリングが指さして言った。「ロングボートの艇尾座席《スターンシート》に。われわれが買い付けることになっている補給物資を間近に見たとき、あんた方も金貨を間近に見ることになる」

　デューラスがそのアラブ人に通訳した。二人の間に口早な言葉が交わされたが、やがて財務官が譲歩したことは明らかだった。彼はふりかえり、あらかじめ打ち合わせてあったにちがいない手合図を城門へ送った。みすぼらしい行列が出てきた――全員がほとんど全裸の男の長い列で、白いの黒いの混血のが入り混じり、どの男も穀物の袋の重荷でよろけながら歩いていた。棒を持った監督たちが一緒に歩いていた。

「金貨を」と、デューラスが財務官から何か言われて切り出した。

　タプリングの指示で水兵たちが金貨の重い袋をみな桟橋に運び上げた。

「麦が突堤に運ばれたら、こちらも金貨をそちらへ運ぼう」タプリングがホーンブロワーへ言った。「わたしが穀物を調べる間、見張っていてくれ」

タプリングは奴隷の列へ歩いていった。そここで彼は袋をあけ、中をのぞき、金色の大麦の粒を手に取って調べた。他の袋は外から手で触った。

「百トンの大麦を一袋ずつ調べることはとてもできない」彼はホーンブロワーのところへ大股で戻りながら言った。「砂が詰まっているのも多いだろう。しかしこれが異教徒のやり方なのだ。値段もそれに見合ったものにしてある。結構です」

デューラスの合図と、監督のせきたてで、奴隷たちがどっと動きはじめ、小走りに桟橋のへりへ来て、横付けの艀《はしけ》へそれぞれの袋を落とした。先頭の十二人ほどが作業班に仕立てられ、積み荷を艀の底へ均等に仕分け、その間にも、他の者たちは体を汗にてらてら光らせて走り去り、新しい荷を取りにいった。同時に、浅黒い牧夫が二人、牛の小さな群を駆り立てながら城門から出てきた。

「いじけた小牛だな」タプリングが牛たちをじろじろ眺めながら言った。「しかし値が値だから仕方あるまい」

「金貨を」デューラスが言った。

それに応じてタプリングは足下の袋の一つを開け、手にいっぱいギニー金貨をすくい取り、指の間からザラザラと袋の中へ落ち込ませた。

「ここにギニー金貨五百枚」と、彼は言った。「見るとおり十四袋。艀が荷積みを終わって桟橋を離れたら、これはそちらのものです」

デューラスが大儀そうに顔を拭いた。膝が弱いらしく、背後に立っている辛抱強いろばにもたれかかった。

牛たちは別の艀の船端へ追い込まれており、次の群れがすでに現われて待っていた。

「心配されたより速く運んでいますね」ホーンブロワーは言った。

「哀れな奴隷たちを駆り立てているありさまを見たまえ」タプリングがもったいぶって言った。「どうだね！　人間の肉と血を無視すればことは速く運ぶ」

一人の黒人奴隷が重荷に耐えかねて地面に倒れた。彼は監督たちの棒でめった打ちにされても横たわったまま動かなかった。脚がわずかに動いていた。とうとう誰かが邪魔にならないように彼をわきへ引きずっていき、穀物は艀へ運びつづけられた。もう一隻の艀はたちまち牛でいっぱいになり、モーモーと咆《ほ》える群でぎゅう詰めになって動きが取れなくなった。

「都督は本当に約束を果たすつもりだ」タプリングが驚いて言った。「事前に頼まれたら、この半分で手を打つところだった」

桟橋にいる牧夫の一人が顔を手でおおって坐り込んでいたが、いまよろよろと横へ倒れた。

「あれは――」ホーンブロワーはタプリングへ言いかけ、そのまま二人は同時に頭に浮かんだ恐ろしい考えを持ちあつかって顔を見交わした。

デューラスが何か言いかけた。片手をろばの肩にかけ、片手を空に振りつけて手ぶりを示し、何かを言おうとしているようだったが、彼がしわがれ声で咆《ほ》えるように叫んだ言葉は何の意味もなさなかった。ただでさえ肥えている彼の顔がいっそうふくれ、表情はひどく引きゆがみ、頬は浅黒い肌色のためにどす黒く見えるほど充血していた。デューラスがろばにつかまるのをやめ、ムーア人と英国人の見ている前で、右へ左へときりきり舞いをはじめた。彼の声は弱って小声になり、脚ががくりとへたり、ぱったり四つんばいになり、そして顔を伏せるように崩れた。

「あれは疫病だ！」タプリングが言った。「黒死病だ！　九六年（一七九六年のこと。この物語は九四年から始まっているが）にスミルナ（トルコ西部の海港、現在のイズミル）で見たことがある」

彼とホーンブロワーは片端へ後じさり、兵隊と財務官は反対側へ退き、彼らの間の開けた場所に、横たわって震える奴隷が残された。

「疫病だ！　大変だ！」若い水兵の一人が悲鳴を上げた。放っておけばロングボートへすっ飛んでいっただろう。

「静かにしろ！」ホーンブロワーはどなった。彼も疫病と聞いてすくみ上がってはいたが、すでに体に深く刻み込まれた統制の習慣から出た言葉で、われ知らず恐慌を制止する結果になった。

「さっきこのことを思いつかなかったとは、わたしもバカだった」タプリングが言った。「あの死にかけのネズミ——酔っぱらっていると思ったあそこのあの男。なぜ気づかなかったのか！」

財務官の護衛隊を指揮する曹長と思われる兵隊が、奴隷の監督の頭《かしら》だった男と激しい口調で話し合い、二人とも瀕死のデューラスを見つめたり指さしたりしていた。財務官自身は長服をかき合わせて身をかばいながら足下に横たわる哀れな男を恐ろしげに見下ろしていた。

「さて？」ホーンブロワーはタプリングへ言った。「どうしますか？」

ホーンブロワーは危機に直面するや即刻行動を要求する気質の人間だ。

「どうする？」タプリングが苦々しげな微笑を浮かべて言った。「ここに残って朽ち果てるさ」

「こ、ここに残る？」

「艦隊はわれわれを決して戻らせはしない。三週間の隔離期間を無事に過ぎてからでなければな。最後の患者が発生してから三週間はだめだ。このオランで隔離だな」

「ばかな！」ホーンブロワーは驚きのあまり上司への敬意もすっかり忘れて言った。「誰がそんな命令をするもんですか」

「しないかね？　艦隊で伝染病が出たことはないか？」

ホーンブロワーは経験がなかったが、話にはいろいろ聞いていた――恐ろしい熱病で九割が死んだ艦隊が一度ならずあったという。一人について二十二インチずつのハンモックを吊る空間しかない、人間でいっぱいの船というものは、伝染病にとって恰好の温床だ。二十名のロングボート乗員のために、そんな危険を冒す艦長も提督もあろうはずがないことを彼は悟った。

突堤に横付けしていた二隻のジベックが急きょもやいを解いて離岸し、長大なオールの推進力で懸命に港から出ようとしていた。

「疫病は今日発生したばかりだ」ホーンブロワーは、胸がむかつくほどの恐怖にもかかわらず、強く身についた推論の習性から、じっと考えるふうにつぶやいた。

牧夫たちは仕事をやめ、岸壁に横たわっている仲間を遠く避けていた。城門の上では、警備兵が通行人たちを街へ追い返しているようだった――明らかに、疫病の噂がすでに市内に広がって恐慌を引き起こしていたにちがいなく、一方、警備隊はたった今、市民を近隣の地方へ流出させてはならぬという命令を受けたところなのだ。間もなく市内で恐ろしいことが続発することだろう。

財務官は彼のろばによじのぼろうとしていた。穀物運搬の奴隷の群れは監督たちが逃げると同時にたちまち消えてなくなった。

「このことを本艦に報告しなければならない」ホーンブロワーは言った。民間人の外交官であるタプリングは彼に対して権限を持たなかった。全責任はホーンブロワーにあった。ロングボートとその乗員はホーンブロワーの指揮下にあり、国王から権限を委ねられているペルー艦長から預かったものである。

恐慌の広がっていくさまは驚くべきものだった。財務官はもういなかった。デューラスの黒人奴隷は亡き主人のろばに乗って走り去っていた。兵隊たちもひとかたまりになってそそくさと立ち去っていた。いまや波止場は人影もなく、ただ死者と瀕死の患者がいるだけだった。海岸通りにそって、おそらく城壁の裾《すそ》に、誰もが求めてやまない、開けた土地への道があるだろう。英国人たちは足下に金貨の袋を置いて、ぽつんと立っていた。

「疫病は空気伝染するのだ」タプリングが言った。「ネズミたちさえ感染して死んだ。われわれはもう何時間もここにいる。われわれは――それ――」と瀕死のデューラスへあごをしゃくって――「と口をきいたり、彼の息がかかるほど側にいた。このなかで誰が最初になるかな？」

「その時が来ればわかります」と、ホーンブロワーは言った。気のめいるような情況に直面すると燃えてくるのは彼のあまのじゃくな性格だった。それにタプリングの言わんとすることを部下たちに聞かせたくなかった。

「しかし艦隊がいる！」タプリングがにがり切って言った。「この積み荷は――」と、人気のない艀へあごをしゃくった。一隻は牛でほぼいっぱい、一隻は穀物の袋でほぼいっぱいだ――「この積み荷は本来なら天の賜物になるはずだった。艦隊の全員が配給を三分の二に減らしているというのに」

「ばかな、何とかできますよ」ホーンブロワーは言った。「マックスウェル、金貨をボートにもどし、あの日除けを降ろせ」

インディファティガブル号の当直士官は、自艦のロングボートが街からもどってくるのを見た。軟風があってフリゲート艦とカロライン号（輸送用ブリッグ）は錨を軸に揺れ動いていたので、ロングボートは横付けする代わりに、インディファティガブル号の風下側の艦尾下につけてきた。

「ミスタ・クリスティー！」ホーンブロワーはロングボートの舳に立って大声で呼びかけた。

当直士官のクリスティーは艦尾手摺りへ行った。

「何の用だ」彼はいぶかって訊いた。

「艦長に話さなければならないんです」

「それじゃあ上がってきて話せ。いったい何を――？」

「話していいかどうか、うかがってください」

ペルー艦長が艦尾キャビンの窓に現われた。大声で交わす話が聞こえないはずがなかった。

「何かね？　ミスタ・ホーンブロワー」

ホーンブロワーはニュースを伝えた。

「風下から動くな、ミスタ・ホーンブロワー」

「イエス・サー。しかし補給物資は――」

ホーンブロワーは状況をかいつまんで説明し、懇請した。

「そいつはあまり慣例のないことだな」ペルーは考えこんだ。「それに――」

たぶんロングボートの全員は間もなく疫病にかかって死ぬだろうという考えを、彼は声に出して言いたくなかった。

「われわれは大丈夫ですが、あれは艦隊一週間分の食糧です」

それが肝心な点だ、死活問題だ。ペルーは、もしかしたら一隻の輸送用ブリッグを失うことと、補給食糧を獲得することの得失を秤にかけてみなければならなかった。いや、もっと比較にならぬほど重大なのは、それによって艦隊は地中海の出口を監視する任務をつづけることができるという点だ。その観点から見たとき、ホーンブロワーの進言はいっそう重みを加えた。

「うん、よかろう、ミスタ・ホーンブロワー。きみが糧秣《りょうまつ》を運んでもどるまでに、こちらは乗組員を移乗させておく。きみをカロライン号の指揮官に任命する」

「ありがとうございます」

「ミスタ・タプリングは引き続ききみの船に便乗することになる」

「諒解です」

そういうことで、ロングボートの乗員が、長い大きなオールと取っ組んで汗みずくの苦闘の末に、二隻の艀を湾内に漕ぎ出してみると、カロライン号は無人のまま錨を入れて揺れており、インディファティガブル号からは何本もの好奇心に駆られた望遠鏡が成り行きいかにと見守っていた。ホーンブロワーは六人の水兵と一緒にブリッグの船側をのぼった。

「こいつはノアの箱船みたいですね」マックスウェルが言った。

その喩《たと》えは適切だった。カロライン号は平通甲板《フラシュ・デッキ》（船首尾間が一続きの甲板）で、甲板の利用できる場所はすべて仕切り壁で区分けされて家畜を入れる囲いになっており、船上の作業の便をはかって、囲いの上に板を掛け渡した通路があり、これが事実上はひと続きの甲板になっていた。

「それに動物もいろいろいますよ」別の水兵が言った。

「だが、ノアの動物たちは二頭ずつ自分で歩いて乗り込んだんだ」ホーンブロワーは言った。「われわれはそれほど運がよくない。それにまず大麦を積み込まなければならない。艙口《ハッチ》の蓋を開けさせてくれ」

これが平常の場合なら、インディファティガブル号から二、三百名の作業隊が来て、艀から荷を積み込む荷役《にやく》をさっさと片付けるところだろうが、今はロングボートの乗員十八名でやらなければならない。だが幸いなことに、ペルー艦長が前もって考慮し、思い遣り深くも、各船艙《ホールド》から脚荷《バラスト》（船に安定を与えたり吃水を大きくするために船底に積む石、砂など）を片付けさせておいてくれた。さもなかったら彼らがこの労作業をまっ先にやらなければならないところだったが。

「テークルに並んで付け」ホーンブロワーは言った。

最初の穀物袋の束が艀からゆっくりと空中へ吊り上がり、舷側をゆらゆらと越え、カロライン号の船艙《ホールド》へ降りるのを、ペルー艦長は見た。

「彼は大丈夫だろう。抜錨して出帆してくれ、ミスタ・ボールトン」

荷役作業を監督しているホーンブロワーは、メガホンで呼びかけるペルー艦長の声を聞いた。

「成功を祈るぞ、ミスタ・ホーンブロワー。三週間したらジブラルタルで待命しろ」

「諒解です。ありがとうございます」

ホーンブロワーが向き直ると、一人の水兵が額に拳を当てていた。

「失礼ですが、牛たちが啼いているのが聞こえますか？　このすごい暑さで、水を欲しがっているんです」

「ちっ」

これでは日暮れまでに牛たちを積み込むことはとうていできまい。彼は少人数の作業班を荷役に残し、その他の部下と一緒に艀の哀れな牛たちに水をやる段取りをはじめた。カロライン号の船艙《ホールド》の半分は水樽と飼料が積み込まれていたが、ポンプとホースで艀へ水を落とすのはやっかいな仕事だったし、下にいる哀れな牛たちは水を嗅ぎつけたとたんに右往左往しだして手がつけられなくなった。ホーンブロワーは艀が大きく傾き、危うく転覆しそうになるのを見た。部下の一人が——幸いにも泳げる男だったが——あわてて艀から海中へ飛び込み、圧し殺されるのを免れた。

「ちっ」ホーンブロワーはまた舌打ちしたが、それが決して最後ではなかった。

熟練者の助言がないのだから、彼は航海中の家畜の扱い方を覚えることから始めねばならない。やることなすこと一つ一つが実地の教訓だ。現役の海軍士官がまったく奇妙な任務にたずさわったものである。ホーンブロワーが部下に作業中止を命じたのは暗くなってかなり経ってからだった。そして部下を起こしてまた作業に取りかからせたのは夜明け前だった。

穀物袋の最後の荷が積み込まれ、いよいよ牛たちを艀から吊り上げる作業と取り組まなければならなくなったのは、まだ朝の早いうちだった。水不足と乏しい飼料で艀の一夜を過ごした牛たちは、とても軽く扱えるようなご機嫌ではなかったが、それでも牛がぎっしり詰まっている最初のうちはまだ楽だった。腹帯がいちばん手近の牛からぐるりと掛け回され、テークルが吊り上げ、牛はぶらぶら揺れながら上がって、舷側通路《ギャングウエー》の切れ目から甲板へ降ろされ、囲いの一つに吊り降ろすのは簡単だった。どなったりシャツを振ったりして、水兵たちは大いに面白がったが、次の牛が暴れ出し、甲板じゅう彼らを追い回し、いまにも角で突き殺そうとしたときは途方に暮れ、牛が囲いに迷い込み、横棒がうまく下りて閉じ込めることができるまでひと騒動だった。ホーンブロワーは、太陽が東の空にぐんぐん昇っていくのを見ていると、それを面白がるどころではなかった。

そして艀が空いてくればくるほど、牛の暴れ回る余地が多くなった。腹帯をかけるのに一頭ずつ捕まえることは命がけの冒険だった。それにまた、それらの半ば野生の牛たちは、仲間が順々にモーモー啼きながら彼らの頭上へ宙吊りになって引き上げられるのを見ても、おとなしくならなかった。

半日も経たないうちに、ホーンブロワーの部下たちは戦闘を終えたあとのようにぐったりしてしまい、嵐の夜、マストの高みに登ってトプスルを縮帆して行くような、通常の艦内勤務と代われるものなら、誰だって喜んでこんな珍奇な仕事はご免こうむることだろう。ホーンブロワーが艀の中を丈夫な円材でいくつかに仕切ることを考えつき、とたんに作業は楽になったが、それでも手間取り、作業が終わらぬうちに早くも死傷する牛が二頭も出た——群れのなかで弱い牛たちが艀の中で暴れる仲間に踏みつぶされたのだ。

その上、気を散らすことがあった。浅黒いムーア人がオールを漕ぎ、例の財務官が艇《と》尾《も》に坐ったボートが海岸から漕ぎ出してきたのだ。ホーンブロワーはタプリングに折衝を任せた――少なくとも都督だけは金《かね》を要求することまで忘れるほど疫病に仰天していないにちがいない。ホーンブロワーは、ボートに風下へ充分離れているように命じ、金《かね》はラム酒の空樽に入れてそちらへ流された。

夜が来ても、船上の囲いに入った牛はせいぜい半数で、ホーンブロワーは飼料と水の心配をし、牧羊生活の経験がある乗組員の一人から上手に聞き出したヒントには、ひったくるように飛びついた。それでも夜がまだ明けきれぬころから彼は部下をまた作業に駆り立てねばならず、甲板を暴れ回って囲いに入りたがらない狂い立った牛から、命からがら通路へ逃げ上がったタプリングの姿を見て、やっと一時の満足感を味わったりする始末だった。

そして最後の牛が無事におさまったころにはもう、ホーンブロワーは次の問題に直面していた――部下の一人がお上品に〝汚れ物〟と名付けた代物を処理する問題だ。飼料――水――汚れ物の処理。甲板いっぱいに積んだ牛たちは、十八人の乗組員に休む暇を与えず、操船上の要件なども何も考えることができずに働きつづけさせるだけの仕事を約束しているようだった。

しかし部下が忙殺されていると好都合な点もある、とホーンブロワーは暗たんたる思いで考えた。作業が始まってからというもの、ただの一度も疫病の話が出なかったからだ。カロライン号が停まっている錨地は北東風に対して吹きさらしだったから、北東風が吹かないうちに船を外洋へ持ち出すことが必要だった。

彼は部下を呼び集めて当直の組みわけをした。航海術を知っているのは彼だけで、従って艇長《コクスン》のマックスウェルと次席のジョーダンを当直士官代理に任命しなければならなかった。誰かが料理係を志願したので、ホーンブロワーは集まった部下をひとわたり見回してから、タプリングをコック助手に任命した。タプリングは異議を申し立てようと口を開いたが、抗議をぴたりと打ち切らせるものがホーンブロワーの表情にはあった。掌帆長《ボースン》もいず、船匠《だいく》もいず——船医もいないと、ホーンブロワーは憂うつな気分で自分に言い聞かせた。しかし考えて見ると、もしも医者の必要が生じたとしても、ありがたいことに短時間のことだろうと思った。

「左舷当直、ジブとメン・トプスルを広げろ」ホーンブロワーは号令した。「右舷当直、索巻き機《キャプスタン》につけ」

こうして、英海軍全体の語り草となった、英国海軍輸送用ブリッグ、カロライン号の航海がはじまった（後日の就役の折半直《ドッグ・ワッチ》の間にこの乗組員たちが尾ひれを付けて大いに派手な物語に仕立てたおかげである）。カロライン号は西部地中海を当てどなくさ迷って三週間の隔離期間を過ごした。いよいよジブラルタルに向かうとき、西寄りの風と常時内側へ流れている海流によってジブラルタルに行き着けない所へ運ばれては困るので、常に海峡付近に一時停船《ヒーブツー》していることが必要であり、そのためにカロライン号は牧畜場の悪臭をたなびかせながら、スペイン海岸とアフリカ海岸の間で間切《まぎ》っていた。

カロライン号は使い古したぼろ船だった。ちょっとでも波が立つと船体はふるいのように水が漏った。そして水兵たちはしょっちゅうポンプ作業をしていた。浸水を排水しているか、甲板洗いのために海水を汲み上げているか、あるいは牛たちにやる清水を汲み上げているか、いつもどれかをやっていた。

この船のトップ・マスト以上のマスト、帆、索具《リギン》は、疾風となるともうほとんど操船できない代物だった。船が骨折って進むとき、甲板の合わせ目はもちろん漏水して、口に出せない汚物の滴をひっきりなしに下層へ落とした。一つの慰めは新鮮な肉が供給できることで――ホーンブロワーの部下の何人かはこの三カ月味わったことがない馳走だった。ホーンブロワーは一日に一頭ずつ屠って、食べさせた。地中海のこの気候では、肉の味を落とさずに貯蔵することはできないからだ。そんなわけで乗組員たちは毎日ステーキと新鮮な舌《タン》のおおばん振舞いで大喜びだった。乗組員の中には生まれてこの方、ビフテキを一度も食べたことがない者が多かった。

しかし清水は悩みの種だった――一般の艦長船長にとってもそうだが、ホーンブロワーにとってそれは比較にならない大きな心配事だった。何しろ牛たちはいつも渇えていたからだ。二度、ホーンブロワーは明け方を狙ってスペイン海岸に奇襲隊を上陸させ、漁村を占拠し、村の小川で水樽を満たした。

それは危険な冒険で、二度目の上陸にその危険が現われた。というのはカロライン号がふたたび陸地から離れるために、爪を立てるようにして何とか走りだそうとしているときに、スペインの沿岸警備のラガー（二、三本マストに、四角い縦帆をもつ船）が岬のかげから満帆をあげて滑るようにやって来たのだ。マックスウェルが先に見つけたが、それを報告できないうちにホーンブロワーが見つけていた。

「わかっている、マックスウェル」ホーンブロワーは努めて落着いた声で言った。

彼は望遠鏡をラガーへ回した。距離は三マイルそこそこで、しかもちょっと風上寄りにおり、カロライン号は退路をすべて陸地でふさがれ、湾内に追い込まれた形だった。ラガーはこちらの二本マストに対して三本マストで走れるし、一方カロライン号は不恰好にかさばった上部構造のために、風に対して八ポイント（九十度強）以上に近づくことができないのだ。ホーンブロワーは見つめるうちに、この十七日間の積もり積もったいら立ちが沸き返って噴きこぼれた。こんなばかげた任務を彼に押し付けた運命に激怒した。彼はカロライン号を憎悪し、カロライン号の不恰好さ、この悪臭、この積み荷を憎悪した。この絶望的な立場に彼を陥した運命を呪った。

「くそ！」ホーンブロワーは怒気にかられ、上甲板の通路で文字通り地団駄を踏んだ。「くそ、畜生め！」

彼は怒りに手舞い足舞いしていた。自分でもおかしいくらいだった。しかしあの狂おしいばかりの闘志がたぎっているからには、戦わずして彼が屈服するはずもなく、彼の精神的な発作は結局、行動計画の生みの苦しみだった。スペインの沿岸警備艇には何人ぐらい乗組員が乗っているのか？　二十名？　それは表向きの数字だろう——ラガーは小規模な密輸の阻止を目的とした船にすぎない。ラガーは四門の八ポンド砲を持っているにしても、不意を突けばこちらにもまだ勝ち味はある。

「ピストルと斬り込み刀《カットラス》で武装しろ」彼は言った。「ジョーダン、二人を選んで、三人はここに姿を見せていろ。あとの者は隠れていろ。隠れ込め。そう、ミスタ・タプリング、あなたも一緒にひと働きしてもらいます。武装してください」

満船した家畜運搬船から抵抗を受けようとは誰も予測していないだろう。こちらの乗組員はせいぜい十二、三名と踏み、まさか二十名の統制ある一隊が乗り組んでいようとは思っていないだろう。問題は手の届くところまでラガーを引き寄せることだ。

「できるだけ風に立てろ」ホーンブロワーは下の舵手へ声をかけた。「飛び移る用意をしろ。マックスウェル、もしおれの命令をうけずに姿を現わす者がいたらきみの手で射殺しろ。わかったか？　これは命令だ、命令に従わないときは命がないものと思え」

「アイ・アイ・サー」マックスウェルが答えた。

ラガーは楽々とスピードを上げて接近してきた。薄明かりの中でも、鋭い艇首の下に白波が見える。ホーンブロワーはちらっと上へ目を走らせ、カロライン号が何の旗もかかげていないことを確かめた。それで彼の計画は戦時法規の下に合法的になった。ラガーがカロライン号の船首越しに発砲すると同時に砲声と硝煙が上がった。

「一時停船《ヒーブツー》するぞ、ジョーダン」ホーンブロワーは言った。「メン・トプスル回せ。下手舵」

カロライン号は風上へ切り上がってごろんごろんと揺れながら止まり、いかにも降服した無力の船と見えた。

「音を立てるなよ」ホーンブロワーは言った。

牛たちが哀れっぽく啼いた。ラガーがやって来る。もう乗組員の姿もはっきり見える。ホーンブロワーは一人の士官がメン横静索《シユラウド》に取りついて移乗する身構えをしているのを見ることができたが、他の者はまったく何の懸念も持っていないようだった。みな不恰好な上部構造を見上げ、そこから聞こえる農場の騒音を笑っているようだった。

「待て、まだまだ」ホーンブロワーは制した。

ラガーが横付けしてきたとき、ホーンブロワーは自分が武装していないことにとつぜん気づき、肌の下で血が沸騰《ふっとう》した。部下にはピストルと斬り込み刀《カットラス》をとれと命じた。タプリングにも武装するように助言したのに、自分自身が武装していないことはころっと忘れていた。しかしその失敗を取り戻すのはもう手遅れだった。ラガーから誰かがスペイン語で呼びかけたので、ホーンブロワーは意味が通じない身ぶりに両手を広げた。ラガーが横付けした。

「続け！」ホーンブロワーは叫んだ。

彼は上部構造物の上を横切り、ごくりと生唾を飲むと、横静索《シュラウド》にいる士官を目がけて両船の間隙を飛んだ。空を切って飛びながら、もう一度ごくりと生唾を飲んだ。彼は全体重でもってその不運な男の上に落ちかかり、男の両肩を摑み、一緒に甲板へ落ちた。カロライン号が乗組員をラガーへどっと繰り出すと同時に背後で鬨《とき》の声が上がった。突進する足音、ガタガタ、ガチャガチャという音。ホーンブロワーは空手で立ち上がった。マックスウェルが斬り込み刀《カットラス》で一人の男を叩き切ろうとしているところだった。タプリングは斬り込み刀《カットラス》を振り回し、狂人のようにわめきながら艇首へすっ飛んでいった。そしてすべては終わった。驚きあわてたスペイン人たちは防戦に片手を挙げることもできなかった。

そんなことがあって、カロライン号は隔離期間の二十二日目に、捕獲した沿岸警備艇を風下側に従えて、ジブラルタル湾に入った。やはり牛舎のふんぷんたる臭いを後ろに引いていたが、少なくとも、ホーンブロワーが報告のためインディファティガブル号に乗艦したときには、ブレイスガードル候補生に応じる返事をちゃんと用意していた。

「やあ、ノア、シェムとハム（ノアの長男と次男）は元気かい？」ブレイスガードルが訊いた。

「シェムとハムは敵船を拿捕したよ」ホーンブロワーは言った。「ミスタ・ブレイスガードルが同じことを言えないのは残念だな」

しかしホーンブロワーが艦隊の兵站《へいたん》部長のもとに出頭したとき、部長はさすがのホーンブロワーも返答のできない感想を持っていた。

「何かね、ミスタ・ホーンブロワー、きみは部下に新鮮な牛肉を食べさせたと言うのかね？　十八名の人間に一日一頭ずつ？　船上には食糧の蓄えが充分にあったにちがいないのだが？　たいそう無茶なぜいたく三昧《ざんまい》だったな、ミスタ・ホーンブロワー。きみには驚いたよ」

10　公爵夫人と悪魔

ホーンブロワー海尉心得は、インディファティガブル号が拿捕したスループ（一本マストの縦帆船の一種）、ル・レブ号を、ジブラルタル湾に持ち込んで投錨しようとしていた。

彼は神経質になっていた。もし誰かが彼に、地中海艦隊の望遠鏡が全部彼に向けられていると思っているのではないかと尋ねたら、彼はそんな取り止めもない想像を一笑に付したことだろうが、気分はまるでそんなふうだった。穏やかな追風の風力をこれほど注意深く測ったり、錨泊中の大きな戦列艦と戦列艦の間隔をこれほど熱心に目測したり、ル・レブ号が錨《いかり》を軸に振れ回るのに必要な余地海面をこれほど用心深く計算したりした者はかつてなかった。

彼の下士官ジャクスンは前部に立ってジブを降ろす命令を待ち構え、ホーンブロワーの大声の号令で敏捷に行動した。

「下手舵《ブレイル・アップ》」ホーンブロワーがつづいて命じると、ル・レブ号は風上へ船首を回した。

「縦帆を絞れ！」

ル・レブ号は微速で前進し、風が帆から抜けると行き脚が次第に落ちた。

「投錨《レッコー》！」

錨が錨索孔《ホーズホール》から錨索《ケーブル》を引き出して落ちていくと、錨索《ケーブル》が渋るようにゴーゴーと鳴った――快い錨の水しぶきの音が、旅の終わりを告げた。ホーンブロワーは、ル・レブ号に錨が効いてくるのを注意深く見守り、やがてちょっと緊張を解いた。拿捕船を無事に持ち込んだ。戦隊司令官《コモドー》（艦隊行動中の諸艦の長のうち最も上席の艦長）――インディファティガブル号のサー・エドワード・ペルー艦長――がまだ帰港していないはずだから、港湾司令官に報告するのはホーンブロワーの任務だった。

「ボートを舷外に吊り出せ」彼は命令し、それから人道主義的な任務を思い出して、

「それから捕虜を甲板に上がらせてもいい」

彼らはこの四十八時間、下に監禁してあった。反乱による再拿捕の恐怖はすべての拿捕船回航指揮官の悪夢だからだ。しかし地中海艦隊が周りじゅうにいるこの湾内に来ればその危険も終わった。二人の水兵が艦長艇《ギグ》のオールを漕いで海面を渡っていき、十分後にはホーンブロワーが司令官に到着の報告をしていた。

「あの船は加速性がいいと言うのかね？」と、司令官が拿捕船を眺めながら言った。

「イェス・サー。それになかなか操縦しやすいです」と、ホーンブロワーは言った。

「購入して就役させよう。急使用船舶は決して充分とは言えない」司令官はじっと考え

込むふうに言った。

その言葉からもしやと予期するものがあったにしても、厳封された公文書を受け取り、開封して読んだとき、それはホーンブロワーにとって嬉しい驚きだった——英国海軍スループ艦ル・レブ号を彼の指揮下に置くことを〝ここに軍命令として通達するものであり——〟、英本国宛ての急送公文書を彼の責任において預かり〝可及的速やかに〟プリマスへ進発することとあった。これは独航の指揮艦だ。これで再び英国を見ることができる（彼が最後に英国の土を踏んでから三年になる）し、これは職業的にもはなはだ名誉なことだ。

しかし同時に配達された別便があり、ホーンブロワーは読んだが、前ほど得意な気分にはならなかった。

「サー・ヒュー陸軍少将閣下およびダルリンプル夫人は、本日三時より総督官邸において催される晩餐会に、ホレイショ・ホーンブロワー海尉心得のご参席をいただければ幸甚に存じます」

なるほどジブラルタル総督およびその夫人と晩餐をともにするというのは楽しいことかもしれないが、それはいくらよく見ても困惑の入り混じった楽しみにすぎなかった。それと言うのも、衣装箱《シー・チェスト》一個しか持たない一介の海尉心得は、まずそういう改まった宴席にふさわしい身なりをととのえる必要に迫られたからだ。

そうは言うものの、いざ造船所の修理用船台から総督官邸へと出向く段になると、一人の若者が興奮に胸のときめくのを覚えないはずはなかった。とくに友人のブレイスガードル候補生――彼は裕福な家庭の生まれであり仕送りも充分だった――が、チャイナ・シルクの最上等の白ストッキングを貸してくれたのだからなおさらだ。ブレイスガードルの脛《すね》は肉付きがよく、ホーンブロワーのは痩《や》せていたが、そのへんの不都合はうまく手加減をしてごまかしてあった。まいはだ（古い麻綱などをほぐして麻くずのようにしたもの。船の張板の合わせ目などに詰める）で作った二つのパッドと、医務室からくすねた絆創膏で、ホーンブロワーはいまや誰に見られても恥ずかしくない脚線だった。これならば左脚を前に踏み出してお辞儀をしても、ストッキングにしわが出来る心配はないし、ブレイスガードルが言ったとおり、どんな紳士も自慢に思うだろう脚を意識していささか得意だった。

総督官邸に着くと、例によって磨き立てた不活発な総督付副官がホーンブロワーの世話をして奥に案内した。彼はサー・ヒューにお辞儀をした――赤ら顔の小うるさい老紳士だった。それからダルリンプル夫人にお辞儀をした――赤ら顔の小うるさい老婦人だった。

「ホーンブロワーさん」夫人が言って、「ご紹介しますよ――奥さま、こちらがル・レブ号の新しい船長ホーンブロワーさん。こちらはホーフィデイル公爵夫人」

公爵夫人ほどの人が！　ホーンブロワーはパッド入りの脚を踏み出して爪先立て、手を左胸に当て、窮屈な半ずぼん《ブリーチ》が許すかぎり深くお辞儀をした――インディファティガブル号に乗り組んだとき持ってきた半ずぼん《ブリーチ》だが、あのころはまだ育ち盛りだった。公爵夫人の無遠慮な青い目、それに昔は美しかっただろう中年の顔。

「じゃあこれが問題の人ね？」公爵夫人が言った。「ねえ、マチルダ、あたしを武装した歩兵に預けてくれる？」

　そのアクセントの意外な俗っぽさに、ホーンブロワーはぎょっとした。たいていのことには心用意が出来ていたが、麗々《れいれい》しく着飾った公爵夫人がセブン・ダイアルズ（ロンドン市の一区域で当時の悪の巣）のアクセントでしゃべろうとは思いもかけなかった。彼は上目遣いで見返した。背を伸ばすのを忘れていたから、あごを突き出し、手はまだ胸に当てたままだった。

「あなた、芝生の上のガチョウみたいよ」公爵夫人が言った。「いつキスされるかと思っちゃうじゃないの」

　彼女は両手を膝についてあごを突き出し、それを左右に振りつけて、喧嘩をしかけるガチョウにそっくりの真似をしたが、それがホーンブロワーの恰好にもよく似ていたと見えて、他の客たちが面白がってドッと笑った。

　ホーンブロワーは顔を赤らめ、どぎまぎして立っていた。

「若い人をいじめちゃだめね」公爵夫人が彼の弁護に回って肩を軽く叩いた。「まだ若いんだから、何も恥ずかしがることないのよ。第一、その若さで船を任されるなんて、自慢してもいいことじゃないの」

この優しい言葉でさらにどぎまぎするところを、晩餐の用意がととのったという発表で救われたのは幸いだった。ホーンブロワーは当然ながら、他の下級士官と一緒に、食卓の中ごろの、〝その他大勢〟の組に入った――サー・ヒュー総督は公爵夫人とテーブルの正面に、またダルリンプル夫人は一人の提督と反対側の正面に着席した。それに男の数に比べて婦人はずっと少なかった。これは当然のことだ。ジブラルタルは、少なくとも軍事的に見た場合、包囲された要塞なのだからだ。従ってホーンブロワーの左右に婦人はいなかった。右手にはさっき案内してくれた副官が席に着いていた。

「公爵夫人のご健康を祈って」と、正面の提督がテーブルをひとわたり見まわしてグラスを上げた。

「ありがとう」公爵夫人が言った。「危うく命拾い。誰が救助に来てくれるのかと心配してたの」

彼女はなみなみと注がれたグラスを口へ運び、おろしたときには空《から》だった。

「陽気で愉快な道連れができたね」副官がホーンブロワーに言った。

「どうして夫人がわたしの道連れに？」ホーンブロワーはすっかり面喰らって訊いた。

副官が哀れむように見返した。

「じゃあまだ知らされていなかったのか？　例によって、当事者が最後に知らされるということか。あんたは明日、急送公文書をもって出帆するとき、奥方を英国までお連れする光栄に浴すことになっている」

「神よ、わたしの魂に祝福を」ホーンブロワーは言った。

「神様がそうしてくださるように祈りましょう」副官がワインをかぎながら敬けんに言った。「この甘口のマラガは粗末な代物だ。オールド・ヘアーが九五年に大口売り込みの安物を買ってね、それ以来、代々の総督がそれを使い切るのを義務だと思っているらしい」

「それはそうと、あの夫人はどういう人ですか」ホーンブロワーは訊いた。

「ホーフィデイル公爵夫人」と、副官が答えた。「ダルリンプル夫人の紹介を聞かなかった？」

「しかし公爵夫人らしい口のきき方じゃないですよ」

「そう。老公爵は夫人と結婚したころには、もうろくしていてね。彼女は宿屋の後家さんだった、と彼女の友人たちは言っている。おかやき連中の悪口とも言えるが」

「しかし夫人はここで何をしているんです？」

「英国へ帰国の途中なんだ。フランス軍が侵入したときフィレンツェにいたという話だ。彼女はリヴォルノ（イタリア北西の港市）までたどり着いて、沿岸航路の船を買収してここまで来た。サー・ヒュー総督に帰国のルートを探してくれと頼み、サー・ヒューが提督に依頼した

――総督は公爵夫人のためとあれば誰にでも、どんなことでも頼むだろう。それが友人たちから宿屋の後家だったと言われるような公爵夫人でもね」

「なるほど」

テーブルの上座からにぎやかな笑いさざめきがどっと起こり、公爵夫人が総督は冗談がわかるかどうか確かめでもするように、ナイフの柄で総督の緋色の上衣をまとった肋骨を突っついていた。

「こんどの帰国の航海は、陽気な騒ぎにこと欠かないだろうな」副官が言った。

ちょうどそのとき、煙の上がるサーロインがホーンブロワーの前に置かれたので、肉を切りわけることと作法を思い出す必要に迫られて、ほかの心配はすべて消え失せた。彼は大きな肉切りナイフとフォークを非常に注意深く両手に取り、周囲の同席者を見回した。

「肉をお切りしましょうか、奥さん？　お嬢さん？　そちらの方は？　よく焼けているところですか、半焼けのところですか？　このこんがりした脂肪《あぶら》身のところも少しつけますか？」

暑い部屋の中で、大切り身と格闘する彼の顔に汗が流れ落ちた。ほとんどの客がもう一方の皿からの切り盛りを望んだのは幸いだった。彼は自分の手仕事のとりわけ下手な仕上げを隠すいちばん手っ取り早い手段として、ずたずたになった切り身を二枚ばかり自分の皿に取った。

「テッアンから来た牛肉か」副官が鼻をくんくんさせた。「固くて筋が多いな」

総督の副官にとってはさもあろう――定員過剰のフリゲート艦に乗って、海上を走り回ってきたばかりの若い海軍士官にとっては、この食べ物がどんなにうまいものか、彼には察しがつかないのだ。公爵夫人のお守りを勤めなければならないという思いすらホーンブロワーの食欲を完全には減退させなかった。そして最後の幾皿かの料理、メレンゲやマカロンなどの菓子、カスタードと果物――いちばん最近食べたプリンが先週の日曜日の、干しブドウ入りの焼直しという若者にとっては、すべてが恍惚とするばかりだった。

「そういう甘い物は男の味覚をそこねる」と、副官が言った――ホーンブロワーもこれは大いに気になった。

一同はいま正式な乾杯に移っていた。ホーンブロワーは国王陛下と王室のための乾杯に立ち、それから公爵夫人のためにグラスを上げた。

「それにこんどは敵のために」と、サー・ヒューが言い、「彼らの財宝を積んだガレオン船が大西洋横断を図るように」

「もう一つおまけに、サー・ヒュー」と、向こうの正面から提督が、「スペイン艦隊がカジスを出る決心をするように」

テーブルの周りから、ほとんど野獣のような唸《うな》り声が起こった。出席している海軍士官のほとんどが、この数カ月間、もしスペイン艦が出てきたら捕捉せんものと、大西洋上を遊弋《ゆうよく》していたジャービス提督指揮下の地中海艦隊の所属だった。ジャービスは物資補給のために一度に二隻ずつ持ち艦《ぶね》をジブラルタルへ帰さねばならなかったので、ここにいる士官たちはたまたまジブラルタルに入っていた二隻の戦列艦から来た連中だった。「ジョニー・ジャービスがそれを聞いたら、アーメンを唱えるだろう」と、サー・ヒューが言った。「ではスペイン艦隊のために乾杯してくれたまえ、諸君。そしてどうか彼らがカジスから出てくるように」

それを機に婦人たちが席を離れて、ダルリンプル夫人のそばに集まったので、ホーンブロワーは礼を失せずに席を立つ口実ができたとたんに、こっそり逃げ出した。独航の指揮艦で船出する前に、深酒してはならないと心に決めていたからだ。

たぶん、あの公爵夫人の便乗のことが有効な反対刺激剤になったのだろう。ホーンブロワーは最初の指揮艦のはじめての航海について、あまり心をわずらわせずにすんだ。彼は夜明け前——地中海の短い白々明けさえまだ始まらぬうち——に起き出して、彼の大切な艦《ふね》が、海と、それに海上に蝟集《いしゅう》する敵と戦える状態にあることを確かめた。それらの敵と渡り合うために、四門の役に立たない四ポンド砲を持っていた。つまりどの敵からも安全でないということだ。彼の艦《ふね》は海上でいちばん弱い艦《ふね》なのだ。それと言うのも、いちばん小型のブリッグ商船でももっと強力な武器を載せているからだ。従って、すべての弱い生物と同様に、彼の唯一の安全は逃げることにある――ホーンブロワーは薄明かりの中でマストを仰いだ。あそこに、命と頼むことになるかもしれない帆が揚げられるのだ。

彼は部下の当直士官――ハンター候補生と航海士のウィニアットの二人――と一緒に当直日誌を調べ、十一名の乗組員全員が各自の任務を把握していることを確認した。そうしてあとに残ったことは、いちばんスマートな航海用の軍服を着、努めて朝食をとり、公爵夫人を待つことだけだった。

幸い、彼女は早々とやって来た。総督閣下と夫人は彼女を見送るために、はなはだ不愉快な時間に起きなければならなかったわけである。ハンター候補生が興奮をおさえて、総督のランチの接近を報告した。

「ありがとう、ミスタ・ハンター」と、ホーンブロワーは冷静に言った――たとえついこの間まで、インディファティガブル号の帆桁《ヤード》や支索《ステー》の間で大将ごっこ（大将になった者のする通りを他の者がまねて、間違えたら罰を受ける遊び）を一緒にやっていた間柄であっても、これは職責上ぜひ必要なことなのだ。

ランチは艦側でぐるっと回り、きちんとした身なりの二人の水兵が梯子を引っ掛けた。ル・レブ号は乾舷《フリー・ボード》の小さい船だったから、乗船は婦人にとっても何ら問題はなかった。総督は、ル・レブ号で鳴らす号笛礼の二区切りで登舷し、ダルリンプル夫人があとに従った。それから公爵夫人が上ってきて、そのあとが公爵夫人の侍女だった。これは若い女で、かつての公爵夫人がこうであったにちがいないと思われるような美女だった。副官二名がそのあとに従ったので、このころにはもうル・レブ号の猫の額ほどの甲板はすっかり人で埋まり、公爵夫人の荷物を運び上げる余地がなかった。

「あなたさまの居室へご案内いたしましょう」総督が言った。

ダルリンプル夫人がちっぽけなキャビンを見て同情し、ぎゃあぎゃあ言った。なるほど簡易ベッドが二つでほぼ全室が埋まり、上は甲板を支える横梁に必ず頭がぶつかるというあんばいだ。

「何とか生きて行けるわ」公爵夫人が苦にしない調子で言った。「これでも、タイバーン（ロンドンの死刑執行場）への短い命の旅をする多くの人たちに言わせりゃ、高嶺の花よ」

副官の一人がいよいよ最後の、急送公文書の包みを取り出し、受領証にホーンブロワーの署名を求めた。最後の別れの言葉が交わされ、ヒュー総督とダルリンプル夫人が号笛の鳴り渡るなかを退艦した。

「揚錨機《ウインドラス》につけ！」ホーンブロワーはランチの乗員がオールへ身をかがめた瞬間にどなった。

しばらく気合いのこもった作業がつづいて、ル・レブ号の艦首が錨の上まで寄った。

「起錨《アンカー・アウェイ》しました、サー」ウィニアット航海士が報告した。

「ジブあげ！」ホーンブロワーはどなった。「メンスルあげ！」

ル・レブ号は、帆が張り上がり、舵が水を摑むと、追風を受けて回頭した。全員が錨を掛けたり帆を張ったりに忙殺されていたので、敬礼のために旗を半旗にしたのはホーンブロワー自身だった。

こうしてル・レブ号は穏やかな南東風を受けてしずしずと錨地を離れ、狭い水道から入ってくる最初の大西洋のうねりを受けて舳をぐんと下げた。片舷の天窓を通して、その最初の横揺れで何かが落ちたカタンという音と女の悲鳴が聞こえたが、下のあの婦人に注意をさく暇はなかった。いま彼は望遠鏡を目に当て、まずアルヘシラスへ、それからタリファへ向けた――ル・レブ号のような無防備な獲物をひっ捕えようと、充分に手の揃った私掠船か軍艦が飛び出してくる可能性は充分にある。

昼前の当直時間がどんどん過ぎていったが、そのあいだ彼は緊張を解くことができなかった。ル・レブ号はマロキ岬を回り、彼はサンビセンテ岬へ針路を定めた。やがてスペイン南部の山脈が水平線に沈みはじめた。トラファルガル岬が右舷艦首の方向に認められたとき、やっと彼は望遠鏡をたたみ込み、夕食のことを考えはじめた。自分の艦の艦長であることは愉快だし、自分の好きなときに夕食を注文できるということは嬉しいものだ。

彼は足の痛みから、長く立っていすぎたことにはじめて気づいた――連続十一時間。

もし将来もいろいろな独航艦の長になるとしたら、こういうやり方をしていたのでは体がもたないだろう。

下に降りた彼はロッカーの上に満足げにくつろぎ、コックをやって公爵夫人のキャビンのドアをノックさせ、彼の挨拶と一緒に万事不自由はないかどうか尋ねさせた。公爵夫人のキンキンした声が、何も要《い》らないし、夕食さえ欲しくないと言っているのが聞こえた。彼はおうように肩をすくめ、若い食欲で夕食を平らげた。夜の闇が迫り始めたので、彼はふたたび甲板に出た。ウィニアット航海士が当直に立っていた。

「靄《もや》が濃くなって来ました」と、彼が言った。

その通りだった。太陽は水っぽい靄に包まれて、水平線にかかったまま見えなくなっていた。これは順風の代償として仕方のないことだと彼は承知していた。この辺の緯度では冬季、つめたい陸風が大西洋に吹き出した場所に霧が発生するのは毎度のことだった。

「朝までには濃い霧になるぞ」彼は顔を曇らせて言い、夜間の命令を修正して、針路を最初に意図した西微北から真西へ変更した。たとえ霧になっても間違いなくサンビセンテ岬から充分な距離を取って通過するようにしたかったからだ。

それは些細なことでありながら、一人の人間のその後の一生を左右しかねないことの一つだった。ホーンブロワーは後になってたっぷり時間ができたときに振り返ってみて、もしその針路変更をしなかったら、どんなことが起こっていただろうかと考えてみた。その夜の間、彼はたびたび甲板に上がって、次第に濃くなってくる靄の奥に目を凝《こ》らしていたが、危機が到来したときには、下に降りてちょっと仮り寝をしているところだった。彼を起こしたのは水兵で、肩を激しくゆさぶっていた。

「起きてください。艦長。起きてください。ハンター候補生の使いです。甲板《デッキ》に来てくださいませんかと言っておられます」

「すぐ行く」ホーンブロワーは目をしばたたいて眠気を覚まし、ごろっと寝返って吊り《コッ》寝台《ト》を抜け出した。

明けそめのごくかすかな光が、あたりに立ち込める霧に、わずかながら明るみを与えていた。ル・レブ号は舵効速力がやっと保てる程度の追風を受けて、荒れ模様の波に傾いていた。ハンターは気づかいに緊張した様子で舵輪を背にして立っていた。

「ほら!」と、彼はホーンブロワーの姿を見るが早いか言った。

彼は半ば声をひそめて言い、興奮のために、鑑長に対して当然付けるべき〝サー〟を落としたが——興奮のために、ホーンブロワーもその言い落としに気づかなかった。ホーンブロワーは耳を澄ました。当然あるはずの艦の騒音が聞こえた。——ル・レブ号が傾くときに滑車が立てる音、艦首の波音。と、そのとき別の船の音が聞こえた。別の滑《ブロ》車《ツク》の音がしている。波が別の船首の下でざわめいている。

「近くに並んでいる船がいるな」ホーンブロワーは言った。

「イェス・サー。それに艦長を呼びに下へ行かせたあと、号令の声が聞こえました。それがスペイン語で――とにかく外国語でした」

恐怖の緊迫感が霧のようにこの小さな艦を包み込んでいた。

「総員呼集。静かにだぞ」ホーンブロワーは言った。

しかし命令を出しながら、そうしたら何かの役に立つだろうかと考えた。部下を各自の部署につけることができる、四ポンド砲につかせて砲弾《たま》をこめることができる、だが、もし霧の中のあの船が商船よりいくらかでも強力だとしたら、すでに恐るべき危機に瀕しているのだ。それから彼は努めて気休めを考えた――あの船は財宝に船腹をふくらませたスペインのガレオン船ではなかろうか、そうなら、大胆に乗り込めば、あの船は自分の戦利品になり、自分は一生安楽だ。

「ヴァレンタイン・デイ、おめでとう」彼のわきで女の声がかかり、彼は仰天して飛び上がりそうになった。公爵夫人が便乗していることをすっかり失念していたのだった。

「大きな声は止めてください！」彼がひそめた声で強く言ったので、夫人は驚いて急に言葉を呑んだ。彼女は湿った空気に備えて長マントとフードですっかり身を包んでいたから、この暗さと霧の中ではそれ以上のこまかいところは見られなかった。

「うかがうけど――」彼女が言いかけた。

「黙って！」ホーンブロワーは低声で制した。

荒い声が霧の奥から聞かれ、他の声が号令をくりかえし、呼び子が吹かれ、騒々しい音が伝わってきた。

「あれはスペイン語ではないですか？」ハンターがひっそりと訊いた。

「確かにスペイン語だ。当直を呼べ。待て！」

時鐘《タイム・ベル》の二連打する音が海面を渡ってきた。朝の当直の四点鐘（午前六時）だ。と、その瞬間、それがこだましたかのように、四方八方で時鐘が聞かれた。

「しまった！　本船は艦隊のまっただ中にいるぞ」

「それに大型艦です」

総員呼集で加わっていたウィニアットが付け加えた。「彼らが当直を呼ぶとき、五つも六つも違う呼び子が聞こえました」

「すると、スペイン艦隊が出ているんだ」ハンターが言った。

そしておれの定めたコースがそのまっただ中へ本艦を持ち込んでしまった、とホーンブロワーは苦々しく心の中でつぶやいた。この偶然は何とも腹立たしく、胸の張り裂ける思いだった。しかし彼はそのことについてよけいな言葉を吐かないように自制した。スペイン艦隊がカジスから出るようにというヒュー総督の乾杯を思い出して、ふと唇に出かけた激しい愚弄の言葉をも押し殺した。

「やつらは帆を掛け増している」彼が口に出したのはそれだった。「スペイン野郎は、まるで太ったインド貿易船のように夜は荒天準備をする。夜明けになって、やっとトゲンスルを張るんだ」

霧を通して四方八方から、滑車《ブロック》の中の心車（綱のかかるみぞのある車）がキリキリと高く鳴る音や、揚げ索《ハリヤード》を引く水兵たちが足を踏みつけて行く音や、甲板にロープが投げられた音や、無数の声のおしゃべりが聞き取れた。

「帆を張るのに、ずいぶん騒々しいことだな、ばか野郎ども」ハンターが言った。

彼が緊張感に苦しんでいることは、霧の奥をうかがおうと懸命に目を凝らすことでも明らかだった。

「うまくすると、やつらは本艦とコースが違うということもある」ウィニアットはもっと分別のある口をきいた。「そうなら間もなくすり抜けるだろう」

「まずだめだろうな」ホーンブロワーは言った。

ル・レブ号はあるかなしかの風をほぼ真後ろから受けて走っている。もしスペイン艦隊が風に向かって間切《まぎ》ろうとしているか、あるいは風を真横に受けているならば、艦はかなり大きな角度で本艦のコースを横切ることになり、従って最寄りの艦《ふね》から聞こえる声や音が今ごろはずっと小さくなっているか、あるいはもっと大きくなっているはずだが、それらしい様子はいっこうにない。

　恐らく、ル・レブ号は、夜のあいだ縮帆していたスペイン艦隊に追いついて、そのまった中へ入り込んでしまったと見るべきだろう。そうだとすれば、次になすべきことが問題で、帆を減らすか、一時停船《ヒーブツー》するかして、スペイン艦隊をふたたび先行させるか、あるいは帆を張り増してすり抜けるかだ。

　しかし数分間が経つうちに、艦隊とスループ艦とは事実上同じコースを取っていると言ってよい明らかな証左が現われた。そうでなければ、どの艦《ふね》かの近くを通らないはずがないからだ。差し当たってはこのままでも、霧がかかっている限りは安全だ。

　しかし昼間になると、それはあまり期待できない。

「コースを変えられませんか？」ウィニアットが訊いた。

「待て」

　明るみを増している微かな曙光の中に、ひときわ濃い霧の塊りが流れ過ぎるのを彼は見たのだ――長く霧を期待できない明白な徴候だ。そう思った瞬間、彼らは霧堤から走り出て、かなり開けた海面に入った。

「あっ、あそこにいる！」ハンターが言った。

　士官も水兵も急にあわてふためいて、うろうろしだした。

「じっとしてろ、バカ者！」ホーンブロワーは声をきしらせた。彼の神経の緊張がその激しい端的な言葉を捌け口に噴き出した。

一ケーブル（約百八十五《メートル》）足らずの右舷がわに、三層の戦列艦が平行して走っていた。前方にも左舷がわにも、まだおぼろな影のように、他の軍艦の輪郭が見て取れた。どう考えても逃れようはなかった。いまできることはただ、それらの戦列艦と同じく、当然ここにいるべきもののように、このまま走りつづけることしかない。暢気《のんき》なスペイン海軍のことだから、向こうの当直士官が、ル・レブ号のようなスループ艦は艦隊に所属していないことを、知らずにいる可能性もある——あるいは奇跡的に、もしかしたら一隻いるという可能性もなきにしもあらずだ。とにかく、ル・レブ号はフランス製で、フランス式の装帆だった。

舷側を並べて、ル・レブ号と戦列艦は大きな波を越えて帆走した。彼らは五十門の大口径砲の直射距離内にあり、狙いよく撃てば一発で撃沈できる。ハンターは低い声で口ぎたない呪いの言葉をつぶやいてはいたが、おのずからそこには節度があった。向こうのスペイン側の甲板から望遠鏡で見ても、スループ艦の上には何の疑わしい動きも発見できないだろう。また霧の塊りがかすめ過ぎ、そして彼らは新たな霧堤の中に深くまぎれ込んでいた。

「神様、感謝します！」ハンターが言った。この現在の敬けんな態度と、さっきまでの罰当たりな罵詈雑言との現金な変わり身などいっこうに気にかけていなかった。

「下手《したて》回し」ホーンブロワーは言った。「左舷開き《ポート・タック》に回せ」

静粛にやれと言い聞かせる必要などなかった。一人一人が現在の危険をよく承知していた。ル・レブ号は音もなく風上へ艦首を向けて一時停船《ヒーブツー》し、帆脚索《シート》が声もなくたぐり込まれ、巻きつけられた。するとスループ艦は艦首を精いっぱい風に向けて弱い風に傾き、左舷艦首で大きな塊りのような波を受けはじめた。

「いま彼らのコースを横切っている」ホーンブロワーは言った。

「うまく行けば、彼らの前でなく、後ろを通れるかもしれませんね」ウィニアットが言った。公爵夫人がまだマントとフードにくるまって、なるべく邪魔にならないように、右後ろに立っていた。

「奥様は下に行かれたほうがよろしいのではございませんか？」ホーンブロワーはせいぜい努力して、固苦しい言葉づかいで訊いた。

「いいえ、ここにいさせてください」公爵夫人が言った。「とても下は我慢できなくて」

ホーンブロワーは肩をすくめたが、新たな心配が起こると、すぐまた彼女の存在を忘れていた。彼は下へ飛び込んでいって、ふたたび出てくると、例の二通の大きな封書を持っていた。彼は手摺りから索止め栓《ビレービン》を抜き取り、細びきで封書をその棒に非常に入念に結えつけた。

「ねえ、ホーンブロワーさん」と、公爵夫人が言い、「何をしてらっしゃるのか教えてくださいな」

「もし本艦が拿捕されても、これを投げ込めば必ず沈むようにしておきたいと思いまして」

「そしたら、それは永久に失われてしまうでしょう?」

「スペイン側に読まれるよりはましです」ホーンブロワーは精いっぱい辛抱強く言った。

「わたしが預かってあげてもいいことよ。本当に預かってあげてよ」

ホーンブロワーはきっと彼女を見返した。

「だめです。彼らはあなたの手荷物を調べるかもしれません。おそらくやるでしょう」

「手荷物ですって! まるでわたしがそれを手荷物の中に入れるとでもいうようね! わたしはそれを肌に付けるわ——まさか肌を探りはしないわ。決して見つからないわ、ペティコートの中に隠しておけば、絶対大丈夫よ」

それらの言葉には野蛮なほどの現実味が感じられて、ホーンブロワーをたじろがせたが、しかし同時に、彼女の言っていることにも一理はあると認めざるを得なかった。

「もし彼らがわたしたちを捕まえても」と、公爵夫人がつづけて、「そうならないように祈るけど、もし捕まえても——決してわたしを永く捕虜にしておかないわ。そうでしょ? わたしをリスボンへ送るか、できるだけ早く英国の船に乗せようとするわ。そうすれば公文書は結局のところ届けられるでしょう。遅くても、ぜんぜん届かないよりはいいわ」

「それはそうです」ホーンブロワーは考え込んで言った。

「自分の命のように守ってみせるわ。絶対に手放さないと誓うわ。持ってることなど誰にも言わないわ。英国の官憲に渡すまでは」

彼女は気取りのない率直な誠意を表情に見せてホーンブロワーの目と対した。

「霧が薄れてきました」ウィニアットが言った。

「早く！」公爵夫人が言った。

これ以上とやかく言い合っている時間はなかった。ホーンブロワーは巻きつけた細びきから封書を抜き取って彼女に手渡し、索止め栓《ビレーピン》を手摺りの元のところに差し込んだ。

「まあ、このフランス風ファッションのしゃくなこと」公爵夫人が言った。「ペティコートに隠すと言ったけど、本当にそうだわ。胸にはこんな大きな物を入れるゆとりがないもの」

確かに、彼女のガウンの上体部はまったく窮屈そうだった。ウェストの線は腋の下まで上がっていて、そこからずっと足下まで、解剖上の構造とは関係なく下体部が長々と垂れていた。

「そのロープを一ヤードほどちょうだい、早く！」

ウィニアットがナイフでロープを切り、彼女に渡した。すでに彼女はペティコートをたくし上げており、ぎょっとしたホーンブロワーはあわてて視線をそらしたが、その前に、彼女のストッキングの上端からのぞく、つややかな白い高腿が目に入ってしまった。霧は確かに薄れはじめていた。

「もう見ていいことよ」公爵夫人が言ったが、ホーンブロワーが視線をもどしたとき、彼女のペティコートはまだ裾が落ちかけているにすぎなかった。「手紙はシュミーズの中、約束どおり肌身に付いてるわ。こういうディレクトワー（フランス革命当時の執政内閣時代風の）・ファッションには、誰ももうコルセットは着けないのよ。だからシュミーズの上から腰にロープを結えつけたわ。一通は胸にぺったり、もう一通は背中にぺったり。何かへんな感じがあって？」

彼女はホーンブロワーに点検させて、ぐるっと回って見せた。

「いえ、何も見えません。奥様にお礼を申さなくてはなりません」

「ちょっと太った感じがあるけど、スペイン側が真相を勘付きさえしないかぎり、何と感じようと構うことではないわ」

一瞬、何もする必要のない休止の間があって、ホーンブロワーは戸惑いを覚えた。婦人とシュミーズやコルセットについて――あるいはそれを着けているとかいないとか――話し合うというのは、何やら奇妙なものだった。

濡れたような太陽が、まだ水平の高さに近く、霧を射し通して彼の瞳に光っていた。メンスルが甲板の上に濡れたような影を投げかけた。刻々に、太陽は輝きを増していた。

「そらいた」ハンターが言った。

行く手の視界は急速に開け、数ヤードから百ヤードに、百ヤードから半マイルに広がった。海面は軍艦でいっぱいだった。六隻を下らない艦姿がはっきり見えており、その四隻が戦列艦、二隻が大型フリゲート艦で、それぞれの檣頭に赤と金のスペイン国旗を掲げ、それにもっと一目瞭然、スペイン艦隊である目印に、大きな木の十字架が斜桁《ガフ》の外端に下がっていた。

「また下手回《したて》しだ、ミスタ・ハンター」ホーンブロワーは言った。「霧の中へもどれ」

助かる見込みはそれしかない。こちらへ向かって進んでくるそれらの艦《ふね》は必ず誰何《すいか》するはずだし、それを全部避けることは望めない。ル・レブ号は大きく傾きながら急回頭したが、いま抜け出した霧堤は渇えた太陽に吸い取られてすでに希薄になっていた。前方に長くたなびいて漂う霧が見えたが、それも次第に薄れながらふわふわと巻いて彼らから遠ざかっていた。

ずっしりと響く砲声が彼らの耳に届いたと思うと、右舷艦尾の斜め後方に間近く、砲弾が水柱を噴き上げて、すぐ前の波の斜面に突き通った。ホーンブロワーが視線を回すと、追尾してくるフリゲート艦の艦首から、ちょうど今、ぱっと上った砲煙の名残りが見えた。

「右舷《スターボード》二点」彼は舵手に命じながら、同時に、フリゲート艦のコースと、風向きと、他の軍艦の方位と、そのちぎれ雲のような霧の、薄い最後の核の方位を一瞬に測ろうとしていた。

「右《スターボード》　舵二点」舵手が復唱した。

「フォアとメンの帆脚索《シート》！」ハンターが言った。

また砲声が起こり、こんどは遙か後方だったが、真後ろだった。ホーンブロワーは不意に公爵夫人のことを思い出した。

「下へ行かなけりゃだめです、奥様」彼は厳しく言った。

「ああ、いや、いや、いや！」公爵夫人は怒ったような激しい語気でつづけざまに拒んだ。「お願い、ここにいさせて。あの船酔いの侍女が死にたがって寝ている所になんか降りられるもんですか。あんな悪臭箱みたいなキャビンはまっぴら」

あのキャビンにいたところで安全なわけではない、とホーンブロワーは思い直した――ル・レブ号の外板《がいはん》は脆《もろ》くて砲弾《たま》除けなどの役には立たない。船艙《ホールド》の水線下にいれば女性たちは安全かもしれないが、そうすると牛肉の樽の上にぺったり伏せなければならない。

「前方に帆船！」見張員が金切り声で叫んだ。

その辺の靄が薄れて、一隻の戦列艦の輪郭がその奥からぬっと出てきた。一マイルとは離れていず、しかもほとんどル・レブ号と同じコースだ。ドカン――ドカンと、後方のフリゲート艦から砲声が起こった。それらの砲声で、いまはもうスペイン艦隊全体が、何か異常なことが起こっていると勘付いているはずだ。行く手の戦列艦はこの小さなスループ艦が追跡されていることを知っているのだろう。一発の砲弾が、あのいつもの震え上がらせる音を立てて、間近の空気をつん裂いた。前方の軍艦《ふね》はこちらの行くのを待ち受けているのだ。ホーンブロワーはその艦《ふね》のトプスルがゆっくり回っているのを見た。

「帆脚索《シート》につけ!」ホーンブロワーは言った。「ミスタ・ハンター、帆の向きをいっぱいに変えろ」

ル・レブ号はふたたび回頭し、左舷がわに狭くなってくる間隙のほうへ向かっていた。後方のフリゲート艦が進路をさえぎろうと向きを変えた。その艦首からさらにぱっぱっと硝煙が上がった。胆《きも》のつぶれるような音で、一弾がホーンブロワーから数フィート以内をかすめ過ぎたので、その風が彼をよろけさせた。メンスルに穴があいていた。

「奥様、あれはもう威嚇射撃ではありません――」

そのとき発砲したのは戦列艦だった。うまく距離をとり、上甲板の大砲の数門に兵員を配置していた。それはまさにこの世の終わりが来たかのようだった。一弾がル・レブ号の船体に命中し、そのためまるでこの小さな艦が分解するかのように、足下で甲板が揺れるのを感じた。と、同時にマストに命中し、支索《ステー》や横静索《シュラウド》がばらばらになって、破片があたり一面に雨のように降ってきた。マスト、帆、帆杠《ブーム》(帆のすそを張る円材)、斜桁《ガフ》などのあらゆるものが彼らの頭上から舷側越しに風上側へ落ちた。それらの破砕物は海中に引きずり、無力な破船をその最後の行き脚でぐるっと回した。船尾の小さなグループは一瞬ぼうっとしてたたずんだ。

「誰も怪我はないか？」ホーンブロワーはわれに返って言った。

「ほんのかすり傷程度です」誰かの声が答えた。

戦死者がないというのは奇跡のように思われた。

「船匠《だいく》助手、ビルジを測れ」と、ホーンブロワーは言ってから、気を落着けて、「いや、やめろ。今の命令は撤回する。スペインのやつらが本艦を救えたら、やつらにやらせろ」

一斉射撃でこれだけの損傷を与えた戦列艦は、すでにふたたびトプスルに風をはらんで針路を転じ、遠ざかりつつあり、一方、追跡してきたフリゲート艦は急速に接近してきた。泣き叫ぶ人影が後部昇降口からはい登ってきた。それは公爵夫人の侍女で、恐怖に気が転倒して船酔いを忘れているのだった。公爵夫人はかばうように彼女に腕を回し、慰めようとした。

「奥様は手荷物をととのえておかれたほうがよろしいですね」ホーンブロワーは言った。「きっと、あなた方は間もなくスペイン艦隊と一緒によそ〈、〉へ行かれることになるでしょうから。……ここより居心地がいいように祈ります」

まるで異常なことは何も起こっていないかのように、まるで間もなくスペイン艦隊の捕虜になる運命を知らぬげに、彼はさりげない調子で口をきこうと、懸命に努力していた。しかし公爵夫人は、いつもきっと引き結んだ彼の口元の動きを見、その手が固く握り締められているのを見逃がさなかった。

「何と言っていいか、こんなことになって本当にお気の毒に思っているのよ」公爵夫人は言った。その声が憐みをふくんで優しかった。

「そんなふうにおっしゃられると、ますますつらくなります」ホーンブロワーは無理にも微笑をつくった。

スペインのフリゲート艦は、風上側に一ケーブルほどの距離で、風上に艦首を向け変え停船しようとしていた。

「艦長、お願いです」ハンターが言った。

「うん？」

「まだ戦えます。命令を出してください。やつらが乗り込もうとするとき、ボートに砲弾を投げ込むんです。一度は撃退できますよ、きっと」

ホーンブロワーは胸を嚙むみじめな思いから、すんでのところで「バカなことを言うな」と一喝《いっかつ》しそうになったがこらえた。彼はフリゲート艦を指さすだけにとどめた。二十門の大砲が水平射撃の距離よりはるか近くからこちらを睨《にら》んでいる。フリゲート艦が舷外に吊り出している当のボートは、レブ号の乗組員の少なくとも二倍の人数が配備されているだろう――レブ号は多くのスポーツ用ヨットと大差ない大きさだ。勝ち目は十に一つ、いや百に一つもなく、万に一つしかない。

「わかりました」ハンターが言った。

いまフリゲート艦のボートは着水を終わり、艦側から突き離されようとしていた。

「あなたに内密のお話があるんだけど、ホーンブロワーさん」公爵夫人がとつぜん言った。

ハンターとウィニアットがそれを聞き、立ち聞きできない距離へ引き退った。

「何でしょうか？　奥様」ホーンブロワーは言った。

公爵夫人は泣きじゃくっている侍女にまだ腕を回したまま、まっすぐ彼を見つめて立っていた。

「あなたと同様、わたしはもう公爵夫人ではないのよ」

「何ですって！　どなた――どなたですか、それでは」

「キティ・コバム」

その名前に、ホーンブロワーは何か思い当たるものがあったが、ただその程度だった。

「あなたは若すぎて、この名前に思い出はないわね、ホーンブロワーさん。いいのよ。最後の舞台を踏んでから五年になるんですものね」

そうだ。女優キティ・コバムだ。

「いまくわしく話している暇はないわ」公爵夫人が言った――スペイン艦のボートはこちらへ向かって波の上に躍っている。「でもフランス軍がフィレンツェに進軍してきたとき、あれはわたしの重なる不幸のだめ押しにすぎなかったのよ。わたしは彼らから逃げたとき無一文だった。かつての女優に誰が援助の労を取るものですか――裏切られて見捨てられた女優にね。わたしに何ができて？　でも公爵夫人――それは別の話だから今はお預け。ジブラルタルのダルリンプルばあさんもホーフィデイル公爵夫人のためにひと肌脱ぐことはできなかったわ」

「なぜそんな称号を選んだんですか」ホーンブロワーはわれ知らず訊いていた。

「彼女のことを知っていたから」公爵夫人はちょっと肩をすくめて言った。「彼女の役を演《や》るために知ったの。それで彼女を選んだ――わたしはいつもお芝居以上にうまく性格的な役を演《や》った。しかも出ずっぱりの役で決して退屈させなかった」

「それよりわたしの公文書を！」ホーンブロワーはとつぜん思いついて慌てて言った。

「返してください、早く」

「ぜひと言うならば……」公爵夫人は言った。「でもスペイン人が来たときにはまだ公爵夫人でいられるわ。この公文書は命より大切に守って見せるわ――誓うわ、誓うわ！任せてくだされば、一カ月と経たないうちに届けてみせるわ」

ホーンブロワーはその哀願する目を見つめた。彼女はスパイかもしれない——あの公文書をスペイン側に取られないうちに海中へ投じようとするのを言葉巧みに思い止まらせたではないか。いや、しかし、スパイだからといって、レブ号がスペイン艦隊のまっただ中にまぎれ込むことまで予想できるはずがないではないか。

「わたしはお酒を利用したわ、たしかに」公爵夫人は言った。「飲んだわ。ええ、お酒に憂さを晴らしたわ。でも、ジブラルタルでは素面《しらふ》で通してよ、そうでしょう？ そして英国に帰るまでは一滴でも口にはしないわ——ただの一滴でも。お願い、艦長さん——お願い。後生です。わたしの国のためにわたしが尽くせることをやらせてください」

十九歳の男が——生まれてこの方、女優というものと一言も交わしたことのない者が、決断しなければならないというのは妙なことだった。荒々しい声が艦側から聞こえ、スペインのボートが鉤《かぎ》ざおを引っ掛けようとしていることがわかった。

「では、預かっていてください」ホーンブロワーは言った。「できるときに届けてください」

彼は夫人の顔から目を離していなかった。彼女の表情に勝利の輝きを探っていた。もし何かそんなものを見て取ったら、とっさに彼女の体から公文書をむしり取ったことだろう。が、彼が見たものはただ自然な喜びの表情だけだったので、彼女を信頼する決意をしたのはこのときだった——さっきではなかった。

「ああ、ありがとう、艦長さん」公爵夫人が言った。

スペイン艦のボートはいま横付けを終わり、スペイン人の士官がぎごちない恰好でよじ登ろうとしていた。彼は四つんばいになって甲板にたどりつき、立ち上がった。ホーンブロワーは彼を迎え入れるために進み出た。捕える者と捕えられる者が一礼を交わした。スペイン人の言うことがホーンブロワーには理解できなかったが、士官が使っているのが正式の口上であることは明らかだった。

スペイン士官は艦尾にいる二人の女を見つけると、驚いて口をつぐんだ。ホーンブロワーはスペイン語になっているようにと願いながら、急いで紹介した。

「セニョール　エル　テネンテ　エスパニョール」と言い、あちらは「セニョーラ　ラ　ドゥケサ　デ　ワルフデール」

その称号は明らかに効果があった。士官は深々と一礼し、彼の礼を公爵夫人はつんと澄ましたお高い態度で受けた。ホーンブロワーは公文書が無事なことを確信できた。

スペインの捕虜として、こうしてこの水びたしになった自分の艦の甲板に立っているみじめさを、いくぶん緩和してくれるものがあった。待つうちに、遙か風下側から、ごろごろと重なる雷鳴が風に逆らって渡ってくるのが聞こえた。いや、雷鳴がそんなに長くつづくはずはない。聞こえたものは、戦闘中の軍艦――戦闘中の艦隊の、片舷斉射にちがいない。彼方のサンビセンテ岬付近で、英国艦隊がついにスペイン艦隊を捕捉したのだ。

砲声は次第に熾烈《しれつ》になった。レブ号の甲板にはい登っていたスペイン人たちの間に動揺が起こり、一方ホーンブロワーは捕われの身となるのを待って脱帽したまま立っていた。

捕虜になるというのは恐ろしいことだった。いったん無感動な状態が終わると、ホーンブロワーはそれがいかに恐ろしいことかを実感しはじめた。たとえサンビセンテ岬でスペイン艦隊が大打撃をこうむったという知らせを聞いても、それで捕虜であることの悲惨と絶望は救われなかった。それは物理的な状態のゆえではない——ほかの捕虜の准士官たちと一緒に、フェロル（エル・フェロル。スペイン北西部の海港）で、あいた帆布小屋に一人当たりの床面積十平方フィートなどということではない——そんなことなら下級士官が航海中に辛抱しなければならないことと大同小異だったからだ。恐るべきは自由の喪失、捕虜であるという事実だった。

そんな期間が四カ月つづいた後、最初の手紙がめぐりめぐってホーンブロワーの手元まで届いた。スペイン政府は、万事にわたって非能率的で、その郵政組織はヨーロッパ中で最もお粗末だった。それにしても、手紙は宛て先が何度か改められた末に、こうして無事に彼の手に届いた。もっともその変わった名前に戸惑っていた間抜けなスペインの下士官から、ひったくるも同然にして取ったのだったが——。ホーンブロワーは筆跡に覚えがなかったので、封を切って手紙を開いたとき、その挨拶の書き出しから見て、一瞬、誰か他の者の手紙を開いてしまったのかと思った。〝いとしい坊や〟で始まっていた。さて、そんな呼び方をするのはいったい誰だろう？

彼は夢うつつで読んだ。

いとしい坊や――

あなたの下さった物が目的地に着いたと聞いて喜んでもらえることと思います。届けたとき、あなたが捕虜になっていると聞かされ、あなたのために胸が張り裂けるように痛みました。先方はあなたのしたことに満足しているということも話してくれました。それにその提督の一人はドルーリー・レインの株主です。そんなことを誰が予想したでしょう。でも彼がわたしに微笑したので、わたしも微笑を返しました。そのときは彼が株主だとは知らなかったので、わたしはただ和んだ気持から微笑しただけでした。そしてあの大事な荷物を持って出会った危険や危機について彼に語ったことはみな、ただ芝居じみたものでしかなかったかと思います。でも彼は信じてくれ、わたしの微笑とわたしの冒険にとても心を打たれて、シェリーにわたしの役を作るように注文してくれて、どう、いまわたしは、いつものように悲劇的な母親の役で主役と並ぶ脇役をやり、大向こうからとても受けています。年を取ることにも償いはあるものだと、これもいま気づいているところです。それにこの前あなたに会って以来、お酒を口にしたことはないし、これからも二度とないでしょう。わたしの提督がもう一つわたしに約束してくださって、次の捕虜交換のときにこの手紙をあなたへ送付してくださるそうです――これはわたし以上にあなたにとって意味深いことでしょう。わたしはただこの手紙が折良くあなたの手に届いて、呻吟《しんぎん》するあなたの慰めになることを願うばかりです。

夜ごとあなたのために祈りつつ。

永遠にあなたの心の友

キャサリン・コバムより

呻吟するあなたの慰めに？　たぶん少しはなるだろう。公文書が届けられたことがわかって、多少の慰めにはなる。それに閣下たちが喜んでくれたというまた聞きの報告にも多少の慰めはある。公爵夫人が舞台で立ち直ったことがわかったことだって、多少の慰めにはなる。しかしそれを全部合わせても、いまのみじめさに較べればものの数ではない。

そこへ衛兵が来て、彼を司令官《コマンダント》のところへ連れていった。司令官のわきに、通訳として勤務するアイルランド人の裏切り者がいた。司令官の机の上にはさらにたくさんの書類があった――どうやら、キティ・コバムの手紙を届けたのと同じ交換条約によって、司令官のもとに届けられたものらしかった。

「こんにちは」と、司令官はいつもていねいで、椅子をすすめた。

「こんにちは。いろいろありがとう」ホーンブロワーは少しずつだが熱心にスペイン語を覚えていた。

「きみは昇進した」と、アイルランド人が英語で言った。

「な、なんだって？」

「昇進だ。ここに通達状がある――『スペイン当局は士官候補生兼海尉心得ミスタ・ホレイショ・ホーンブロワーがその賞賛すべき行為により仮決定が確認された旨の通達を受けた。海軍本部ではミスタ・ホレイショ・ホーンブロワーがただちに任官軍人の特権を認められるであろうとの確信を表明している』というわけだ、きみ」

「わたしからも祝意を申し述べる」司令官が言った。

「どうもありがとう」ホーンブロワーは言った。

司令官はこの扱いにくい青年にも快い微笑を向ける、心優しい老紳士だった。彼はつづけてさらに何か言ったが、ホーンブロワーのスペイン語は相手の使う難しい言葉をとてもこなせなかったので、お手あげのホーンブロワーは通訳のほうを見た。

「あなたは士官に任命されたのだから、捕虜士官用の収容所へ移されることになるだろう」

「ありがとう」

「あなたの階級の給与の半額を支給される」

「ありがとう」

「それに捕虜宣誓（釈放されても逃亡や反抗はしないという宣言）が承認される。宣誓すれば、毎日二時間、町と近隣を訪れることは自由である」

「ありがとう」

たぶん、それからの長い月日の間、毎日二時間でも宣誓によって自由が与えられたことは、彼の不幸を多少とも軽減しただろう。小さな町の街筋をぶらついたり、一ぱいのチョコレートかワインを飲みながら――金があればの話だが――スペインの兵隊や水兵や町民とていねいな骨の折れる会話をする自由。しかし風と日光をいっぱいにうけた岬の山羊の小径を、海と親しく語らいながらぶらついて二時間を過ごすのはさらに良く、これは捕虜の胸の悪くなるみじめさを緩和したかもしれない。食糧もいくらか良くなり、居住区もいくらか良くなった。そして頭にはいつも、いまや自分は海尉なのだ、国王陛下の辞令を持っているのだという思いがあった。それにもしもだが、万一戦争が終結して釈放されることにでもなったら、年俸の半額ではとても食べられない――戦争が終わったら海尉の雇い口などないだろうから――そんな思いがあった。しかし自力で昇進をかちとったのだ。当局の信任をかちとったのだ——これは彼の孤独な散歩のときに考えるといい慰めになった。

やがて南西の強風が吹きすさぶ日が来て、風は大西洋の彼方からヒョーヒョーと吹きつけていた。風は三千マイルの海を渡ってくる間、さえぎるものもなく力を強め、波をしわ立てて競い走る山脈のような高波をつくり、高波は轟きとしぶきを上げてスペインの海岸線に打ちつけていた。

ホーンブロワーは足場を保つために前こごみになりながら、着古した長外套をかき合わせて、フェロル港を見下ろす岬の上に立っていた。風があまりに強くて、風に向かっては息がつきにくいほどだった。風に背を向ければもっと楽に息がつけたが、そうすると風に彼の伸びほうだいの髪が逆立って目の上までかぶさり、長外套は頭にかぶるほど吹きまくられ、おまけに体が吹き立てられて、いまのところまだ帰りたくないフェロルへの坂道を、ととと小刻みな足取りで押しもどされてしまうのだった。二時間、彼は一人ぼっちで自由で、この二時間は貴重だった。大西洋の空気を呼吸でき、歩け、この時間中は好きなことをやれた。遠い海をじっと見つめることもできた。

この岬からは、英国の軍艦を見つけることも珍しいことではなく、そういう軍艦は、スペイン海軍の動きに監視の目を注ぎ、もし沿岸を航行する艦があれば、摑みかかろうとして、海岸線ぞいにゆっくり進んでいるのだろう。ホーンブロワーの二時間の自由時間中にそういう艦《ふね》が通ると、彼は、ちょうど渇えて死にかけた男が手の届かないところに下げられた水のバケツを見つめるように、じっとたたずんでその艦影を食い入るように見つめるのだった。トプスルの艤装の型、塗装の具合など、あらゆる細部を目におさめ、そしてわが身のみじめさに断腸の思いをするのだった。戦争捕虜として二年目も終わろうとしていたのだ。

二十二カ月間、毎日二十二時間、フェロル要塞のたった一つの部屋の中に、他の五人の下級海尉たちとかたまって、掛け金と鍵のもとに呻吟してきたのだ。そして今日、風はゴーゴーと彼のそばを吹き過ぎ、無法な自由の叫び声を張り上げていた。彼は風に正対して立ちつくしていた。

目の前にはラ・コルニャの町が横たわり、角砂糖に似た白い家々が坂の道々に散らばっていた。彼とラ・コルニャの間には、風に白波立ったラ・コルニャ湾の全空間が広々と開け、左手にはフェロル湾の狭い入り口があった。右手には大西洋があった。そこの低い絶壁の裾から、ディエンテス　デル　ディアブロ——悪魔の牙——の凶悪な岩礁が北のほうへ長く張り出し、風に駆り立てられて競い走る大波の行く手を直角にさえぎっていた。三十秒の間隔で、大波が次々と岩礁にぶち当たっては砕け、その衝撃力はホーンブロワーが立つ堅固な岬さえ打ち震わせるほどだったし、一つ一つの大波は砕けてしぶきになり、しぶきはたちまち風に巻かれて吹き流され、あとにはまた岩礁の黒い牙が長々と露われるのだった。

ホーンブロワーは岬の上に一人ぼっちではなかった。彼から数ヤードのところで、見張り番に立つスペイン陸軍の砲兵が一人、涙ぐんだ目で望遠鏡をじっとのぞき、絶えず沖の水平線ぞいに望遠鏡を動かしていた。英国と戦争状態にあるかぎり、寝ずの番をすることが必要だ。艦隊がとつぜん水平線から現われ、フェロルを占領するため小部隊を上陸させ、造船所の施設や艦船を焼き払うかもしれない。

今日はその望みがない、とホーンブロワーは思った――あの荒らびる風下の海岸に軍隊を上陸させられるものではない。

しかしやはり歩哨は確かに、風の真向かいに望遠鏡を向けて、焼きつけられたようにじっと見つめていた。歩哨は涙の出る目を上衣の袖で拭き、また見つめた。ホーンブロワーは歩哨の注意を引きつけているのが何かは知る由もなかったが、同じ方角をうかがった。歩哨は何やらひとり言を漏らし、やがてくるりと向きを変えると、小さな石造りの番兵詰所へ駆け降りていった。そこには岬の上の砲台の大砲に兵員を配置するために、分遣隊が駐屯《ちゅうとん》しているのだった。

歩哨は軍曹と一緒にもどってきて、軍曹が彼の望遠鏡を取り、歩哨が指さす風上の方角をのぞいた。二人は下等なガイェヨ（スペイン北西部のガリシア語）なまりで訳のわからないことをぺらぺらとしゃべった。二年間の着実な勉強で、ホーンブロワーはカスチール語（スペインの標準語）ばかりかガリシア（スペイン北西部）の方言ものにしていたが、この咆《ほ》える風の中では、一言も聞き取れなかった。やがて、ちょうど軍曹が同意してうなずいたと同時に、ホーンブロワーは彼らが話し合っているものを自分の肉眼で見た。灰色の海の彼方の水平線に浮かぶ、薄い灰色の四角いもの――帆船のトプスルだ。船はラ・コルニャかフェロルの湾内に逃げ込もうと、強風をうけて走っているのにちがいなかった。

船がそんなことをやるのは無謀なことだ。なぜなら、風上に船首を向けて一時停船《ヒーブツー》してからラ・コルニャ湾に入るというのは決して容易な業ではないし、フェロル湾の狭い入り口を見つけるのはさらにもっと困難なことだからだ。慎重な船長なら苦労しても沖出しして、風が落ちるまで充分な操船余地のある海面で一時停船《ヒーブツー》するものだ。「スペインの船長たちと来たら」と、ホーンブロワーは肩をすくめてひとりごちた。が、英国海軍が海上を暴れ回っているとき、できるだけ速く港に入りたいと彼らがいつも願うのは当然だ。

しかし軍曹と歩哨は、たった一隻の船が現われただけにしては騒ぎすぎるように思われた。ホーンブロワーはもう我慢ができなくなって、しゃべっている二人へじりじりと寄っていき、心の中で不馴れな国語の文章を組み立てていた。「失礼ですが、あなた方」と、彼は言い、それからまた風に負けない大声でもう一度話しかけた。「失礼ですが、あなた方、見ているのは何ですか？」

軍曹がちらっといちべつし、それから、どういう結論に達したものか知るべくもなかったが、望遠鏡をよこした――ホーンブロワーはひったくろうとする手を辛うじて制した。

望遠鏡を目に当てると、はるかによく見えた。三本マストの大型帆船の装帆をした船が、小さく縮帆したトプスルで（それでもその帆面は広げすぎて賢明とは言えないが）こちらへ向かってめちゃくちゃに突っ走っているのが見えた。と、次の瞬間、もう一つの灰色の四角が見えた。別のトプスル。別の船。そのフォア・トップマストはメン・トップマストより目に見えて短く、そしてそればかりでなく、船全体の感じになじみがあった――あれは英国の軍艦だ。手前の船を急追して突進してくる英国のフリゲート艦で、相手はおそらくスペインの私掠船だろう。きわどい追跡だ。フリゲート艦が追いつく前に、スペイン船がこの海岸砲台の援護下に走り着くかどうかによって、これは実に危険なことになるだろう。

彼が目を休めようと望遠鏡をおろしたとたんに軍曹がひったくった。彼はこの英国人の顔を見守っていたのだ、そしてその表情から、何を知りたいのかを読み取ったのだ。沖のその二隻の帆船は、彼が隊長をふるい立たせて警報を出さずにいられないような動き方をしていた。

軍曹と歩哨は番兵小屋に駆けもどっており、数分すると、砲兵たちが崖っぷちの砲台につくためにどやどやと飛び出してきた。そして間もなく一人の騎馬将校が馬を乗っ立てて小径をのぼってきた。望遠鏡のいちべつで彼には充分だった。彼が蹄《ひづめ》の音をひびかせて砲台へ下っていったと思うと次の瞬間、そこから一発の砲声が他の防備陣地に警報を送った。するとそれにこたえる旗がサン・アントンの旗竿に上がるのが見えた——そこでも別の砲台がラ・コルニャ湾を守っているのだ。港湾防備のすべての大砲がいまや兵員配置を終わり、射程内に入るいかなる英国艦に対しても容赦はしない構えだった。

追うものと追われるものはすでにラ・コルニャまでの距離の優に半分を走っていた。もう二隻とも、岬の上のホーンブロワーの目に、水平線を越えて船体まですっかり現わしており、二隻が灰色の海面を狂い立ったように突っ走っているのを見ることができた——ホーンブロワーは一瞬、二隻ともトップマストかその下の帆をいまにも吹き飛ばされるぞと思った。フリゲート艦はいぜん半マイル後方におり、あの波立ちで大砲を命中させたいのなら、もっとずっと距離を詰めなければなるまい。

ちょうどそこへ、あの司令官《コマンダント》と幕僚が、ドラマのクライマックスを見ようと、蹄の音を立てて小径を駆け上がってきた。司令官はホーンブロワーを見つけると、スペイン流の礼法で帽子を取って会釈したが、ホーンブロワーのほうは無帽なので、同じように礼儀正しくお辞儀を返した。彼はぜひ頼みたいことがあって司令官のほうへ歩み寄った——

—鞍の前輪に手をかけ、聞き取れるように大声で言わなければならなかった。

「わたしの外出時間はあと十分で終わります」とどなった。「時間を延ばしてよろしいですか？　ここにいさせていただけませんか？」

「よろしい、いたまえ、セニョール」司令官は寛大に言った。

ホーンブロワーは追跡を見物し、同時に防御の準備態勢を詳細に観察した。捕虜宣誓はしてあったが、この紳士協定のどれも、彼が目に見えるものをすべて頭の中に書き留めることまで妨げはしない。いつかは自由の身になろうし、そうすればいつかは、フェロル要塞の防備態勢をすっかり知っていることが役に立つかもしれない。岬の上の大勢のグループでも、一人一人が追跡を見守っていたので、二隻が船脚を競《きそ》って近づいてくるにつれて興奮は次第に高まった。

英国艦の艦長はスペイン船より百ヤードかそこら沖のほうへ位置を保っていたが、どうしても追いつくことはできなかった——実のところ、スペイン船のほうが次第に水をあけつつあるようにホーンブロワーには思われた。しかし英国フリゲート艦が沖側にいるということは、その方角への逃げ道が遮断されていることを意味する。陸岸から方向を転じればスペイン船のリードは僅かながらも縮まるだろう。スペイン船はラ・コルニャ湾かフェロル湾に入り込まなければ運命は定まる。

いまやスペイン船はラ・コルニャ岬と一線に並んでいるので、いよいよ舵をいっぱいに取って湾内へ向かい、錨が岬の風下側でうまくかかることを期待するときだ。しかし風がこれだけの強さで絶壁と岬に吹きつけていると、思いがけないことが起こるものだ。

湾内から吹き出した一陣の逆風が、ちょうど風上へ船首を回して一時停船《ヒーブツー》しようとしていたスペイン船をとらえて裏帆を打たせたにちがいない。ホーンブロワーは船がよたつくのを見、吹き出しの力が死ぬと同時にぐっと傾くのを見た。強風がまた船をとらえた。船はほとんど横倒しになって横たわり、船体が復原したとたんに、ホーンブロワーはそのメン・トプスルに瞬間的なギャップが口を開けるのを見た。

それは瞬間的だった。――ギャップが現われたときからトプスルの寿命は一瞬間しかなかったからだ。ギャップができたと思うと、たちまち帆は持続力を損われると同時にのれんのように吹き裂かれて消えた。そのバランスをとる推力を失うと、船は操縦不能になった。フォア・トプスルに吹きつける強風がふたたび船を風見のようにぐるっと風下へ向き変えさせた。もし小さな帆布をずっと後方に張る時間の余裕があったら船は助けられただろうが、そのような囲まれた海面では時間の余裕がなかった。一瞬、船はラ・コルニャ岬の鼻を回ろうとした。が、次の瞬間、船は永久に機会を失った。

それでもまだ、フェロル湾の口に針路を取れるチャンスはある。風はほぼ追風だからやればやれる――ほぼだが。フェロル岬に立つホーンブロワーは、下のあの揺れ返る甲板のスペイン船長と一体になって考えていた。

その船長が難所として船乗りの間に有名なその狭い入り口へ向かうため船の針路を保とうと努力するのが見えた。船長は船を針路に乗せ、船が湾口を飛ぶように走る数秒間、スペイン船は十に一つの可能性をものにして、みごと湾口への突入に成功するかに見えた。と、そのとき吹き返しがふたたび船を襲った。

もし舵の効きが速かったら、あるいはなおも無事だったかもしれないのだが、帆の推力があまりにも勝っていたから、船は舵に応える動きがのろくさくならざるを得なかった。ヒューヒューと鳴る風が吹きつけて船首をぐるっと回したので、船の運命が定まったことも一瞬に明白だったが、スペイン船長はあくまで勝負を捨てなかった。その低い断崖の足下に彼の船を座礁させる気はなかった。

彼は舵をいっぱいに取らせた。崖からはね返る風を利用して、フェロル岬から一気に離れ、なんとか沖へ出るチャンスを摑もうと果敢な試みを見せた。

果敢な試み、だが始めたとたんに失敗に帰する運命だった。事実彼は岬をうまく離れたが、風がまたもその船首を吹き回したので、船首から先に、船は〝悪魔の牙〟の長いぎざぎざな線へ真っ向から突っ走っていった。ホーンブロワー、司令官、そして全員が、悲劇の幕切れを見おろそうと岬を横切って走った。

追風をまともに受けて駆動力がかかり、途方もないスピードで、船は岩礁へと突進した。岩礁に近づくにつれて大きな巻き波が船を乗せて、いっそうスピードを速めるように思われた。

次の瞬間、船はどし上げ、その大波が砕けてしぶきを噴き上げて船をすっかり包みこんだので、一瞬、船は視野から消えた。しぶきの霧がはれたとき、船は姿を一変させてそこに横たわっていた。

三本のマストはすでに台座ごと根こそぎなくなっていたので、それはただ白く泡立つ海面からぬっと浮き出た黒い廃船にすぎなかった。船のスピードと後押しの波がほとんど岩礁を乗り越えるところまで船体を運んでおり――きっと船底をちぎり取りながらだったろう――そして船は海面から高く出ている船尾で引っ掛かり、船首のほうは岩礁の風下の比較的穏やかな海面すれすれにつかっていた。

船上にはまだ生存者がいた。ホーンブロワーは彼らが船首楼《フオクスル》前端部の下陰に避難してうずくまっているのを見ることができた。また大西洋の大波がどっと押し寄せてきて、〝悪魔の牙〟で炸裂し、しぶきで破船を包みこんだ。しかしそれでも船は、クリームのような泡立ちに映えて黒々と、ふたたび姿を現わした。船は船体を破壊した岩礁の風下側に、船丈《ふなたけ》の大部分を充分にかばえるだけ岩礁から離れていた。

その甲板上に、ホーンブロワーは哀れな生存者たちがうずくまっているのを見ることができた。彼らはもうしばらく寿命がある――もし運がよければ、たぶんあと五分ぐらい生きるだろう。もし運が悪ければ、五時間も――。

彼の周りじゅうでスペイン人たちが呪いの言葉をわめき散らしていた。女たちはすすり泣いていたし、男たちの中には英国フリゲート艦へ怒りをこめて拳を振り回しているものもあった。フリゲート艦は犠牲者の破滅に充分満足し、適時に艦首を風上へ向けて、こんどは荒天用の帆をかかげて、ふたたび外海へじりじりと出ていこうとしている。

眼下のあの哀れな連中が死ぬのを見るのは恐ろしいことだ。もし普通より大きな波が岩礁に砕けて噴き立ち、破船の船尾を高く押し上げて船を沈めなくても、船はやはり割れて、生存者たちは破砕物と一緒に波に巻かれて運び去られてしまうだろう。また、もし船が砕けるのに長い時間がかかれば、あそこに避難している呪われた男たちは、ひっきりなしに打ちかかる冷たいしぶきに耐え切れなくなるだろう。

彼らを救うために何か手が打たれねばならないが、ボートが岬を回って〝悪魔の牙〟の風上から破船に行き着けるものではない。それは考え直す必要がないほど明白なことだった。しかし――ホーンブロワーがそれに代わる方法を工夫しはじめたとたんにさまざまな考えが先を競って頭に浮かんだ。

馬上の司令官がスペイン海軍士官に激した口調で話しかけ、海軍士官は大手を広げて、いかなる試みも望みがないと言っていた。それにもかかわらず――何しろこの二年間、ホーンブロワーは捕虜だった。うっ屈した思いが捌け口を求めていたし、二年間も拘禁のみじめさをなめた今となっては、自分が生きようと死のうと知ったことではなかった。

彼は司令官のところへ歩み寄り、議論に割って入った。

「司令官、わたしに彼らを救わせてください。たぶんあの小さい湾からがいいでしょう――たぶん漁師の中には一緒に来てくれる者も何人かいるでしょう」

司令官は海軍士官を見、士官は肩をすくめた。

「何か方法が？」司令官が尋ねた。

「造船所から岬越しにボートを運んだらどうかと思うんです」彼はスペイン語で自分の思い付きを言うのに悪戦苦闘しながら説明した。「ただし速いことしないとだめです――大至急です」

彼は破船を指さした。大波が〝悪魔の牙〟をおおって噴き立つ光景が彼の言葉に力を添えた。

「ボートをどうやって運ぶつもりだね？」司令官が訊いた。

この風に逆らって自分の計画を怒鳴るのは英語でも骨が折れることだったろうが、スペイン語でそれをやるなどとうていできることではなかった。

「造船所で見せます」彼はどなった。「説明できません。とにかく急がなければなりません！」

「すると造船所へ行きたいというのだね？」

「ええ――もちろんです」

「わたしの後ろに乗りなさい」司令官は言った。

無器用にホーンブロワーはよじ登って馬の尻にまたがり、司令官のベルトにつかまった。馬がくるっと回り、速歩《だく》で坂を下りはじめると、彼は恐ろしい勢いで司令官にぶつかった。町民と駐屯軍のひまな連中がわきについて走った。

フェロルの造船所は、英国の封鎖のおかげで、ちょうど根を取られた木のように次第に衰えて、ほとんど名ばかりの組織だった。スペインの中央から最も遠い片隅に位置しているのだが、内陸部との連絡路がこれまた最悪の道路ばかりで、物資の補給は海路に依存していた。しかしその頼みの補給物資も沖を巡航する英国艦隊にとってはとかく当て外れな貧弱な獲物だった。最近立ち寄ったスペイン艦隊がこの貯蔵物資をほとんど総ざらいに持っていってしまったし、造船所の人員の多くが同時に水兵として強制徴募されてしまったからだ。

しかしホーンブロワーが必要とするものはすべてそこにあることを、彼は注意深い観察のおかげで知っていた。彼は馬の尻からすべり降り——いら立っている馬の本能的な足蹴を奇跡的に避けながら考えをまとめた。彼は低い大きな荷車を指さした——車のついた単なる台で——これは牛肉の大樽とブランデーの小樽を桟橋へ運ぶのに使われているものだ。

「馬を数頭」彼が言うと、自発的に十二、三人が一連の馬を車につなぐ仕事にとりかかった。

突堤のわきには十二、三艘のボートが浮いていた。テークルと二股起重機《シヤーース》もあり、いずれもが重量物を持ち上げて移すのに必要な装置だ。一艘のボートの下に吊り鉤《スリング》を掛け、吊り上げて回すのは、ほんの一、二分の仕事だった。これらのスペイン人たちは動作が緩慢で懶惰だということになっているが、敏速な行動の必要性を吹き込み、やる気をとらえ、斬新な計画を与えれば、懸命に働き——そしてその何人かは熟練した労働者でもあった。オール、マストに帆（帆が必要になることはあるまいが）、舵板《ラダー》、舵柄《チラー》、それにあか汲みバケツとすべて揃った。一組が倉庫からボートの架台を持って駆けもどり、これが荷車にすえ付けられるとすぐ、荷車はテークルの下に引き戻され、ボートが架台の上に降りた。

「空樽をいくつか」ホーンブロワーは言った。「小さいやつがいいな——そう」

浅黒いガリシア地方人の漁師がすぐホーンブロワーの意図を摑み、彼のたどたどしい言葉を口早な説明で補足した。栓をしっかり差された、空の水樽が一ダースほど運ばれてくると、浅黒い漁師たちが荷車にのぼり、水樽をボートの漕ぎ手座の下に縛りつけはじめた。うまく固定すれば、万一ボートが船端まで水でいっぱいになっても樽がボートを浮かしつづける。

「六人欲しい」ホーンブロワーは荷車の上に立ち、群衆を見回してどなった。「小型ボートに馴れている漁師六人」

ボートの中で水樽を縛りつけていたさっきの浅黒い漁師が、仕事から顔を上げた。

「役に立つ人間を知ってる」と、彼は言った。

彼は大声で一連の名前を呼ぶと、六人の男が進み出た。たくましい、深く日焼けした連中で、彼らの顔には、困難と戦うことに馴れた男たちの、人を頼まぬ気組みがうかがえた。その浅黒いガリシア地方人が彼らの船長であることは明らかだった。

「では行こう」ホーンブロワーは言ったが、ガリシアの漁師が押し止めた。

ホーンブロワーは彼の言ったことが聞こえなかったが、群衆の数人がうなずいて走り去り、清水の樽一本と、ビスケットが入っているにちがいない箱をかついで、よろけながら急いでもどってきた。ホーンブロワーは、外海へ吹き流される可能性を忘れていた自分が腹立たしかった。いぜん馬にまたがったまま、鋭い目で今までの準備を見守っていた司令官は、この用意もちゃんと目におさめた。

「捕虜宣誓を忘れないように」彼は言った。

「確かに宣誓してあります」ホーンブロワーは答えた――心はずむこのしばらくの間、彼は捕虜であることを本当に忘れていた。

水と食糧が艇尾座席《スターン・シート》の下へ安全にしまい込まれると、漁船の船長はホーンブロワーの目を引き、うなずきの応答をうけた。

「行こう」彼は群衆へどなった。

蹄鉄が敷石をカッカッと踏みしめ、荷車がガタガタと揺れて動きだした――男たちがそれぞれ馬のくつわを取り、左右を囲み、ホーンブロワーと漁船の船長は行列の中の凱旋将軍のように荷車の上に乗っていた。

彼らは造船所の門を通り抜け、小さな町の平坦な大通りを進み、やがて曲がって、岬の背梁をなしている尾根へ登る急な山道へかかった。群衆のやる気はいぜん衰えが見えなかった。馬たちが坂道で力みだすと、百人の男が後押しをし、左右に取り付いてふん張り、馬の引き革をひっぱって荷車を丘へ走り上げた。

頂きで山道は小径になったが、荷車はいぜんガタガタと揺れはずみながら道をたどった。その小径からさらにもっと悪い小径がわかれ、下り斜面を巻いて曲折し、ヤマモモやテンニンカの灌木の林を抜けると、やがて砂浜の小さな入江が正面に開けた――これはホーンブロワーが最初に思い浮かべた場所だった。天気のいい日に、漁師たちがその浜で地引網を引いているのをたびたび見ていたし、彼自身は、もしも英国海軍がフェロルに急襲を計ることがあったら、ここは上陸部隊に恰好の場所になると考えて記憶に留めておいたのだった。

風は相変わらず吹き荒んでいた。ヒーヒーとホーンブロワーの耳に鳴った。見えてきた海は波頭を白く崩して立ち騒いでおり、やがて彼らは斜面の肩を回ると、海岸から風上側へずっと突き出た〝悪魔の牙〟の線を見ることができ、そしていぜんそのぎざぎざの牙に危なっかしい恰好で破船がかかっており、沸き返る泡に映えて黒々と見えた。誰かがそれを見て大声を張り上げ、全員が荷車をえんさえんさと引いたので、馬は実際に駆け足になり、荷車は跳ね躍って途中の障害物を乗り越えた。

「ゆっくり」ホーンブロワーはどなった。「ゆっくりだ！」

もしもここまで来て車軸を折るか車輪をへしゃげさせようものなら、この試みはばかげた失敗に終わるのだ。馬上の司令官は自ら大声で命令を下してホーンブロワーの叫び声に力を添え、自国民の向こう見ずな熱狂ぶりを制した。より平静に、荷馬車は小径を下りつづけ、砂浜の外れに着いた。風は湿った砂をも吹き上げて、彼らの顔へ刺すように吹きつけたが、ここにはほんの小さな波しか砕けていなかった。この浜は海岸線の引っ込んだところにあり、南西風はこの浜をちょっと外れて吹いており、それに風上に〝悪魔の牙〟があるので、この海岸線とほぼ平行した向きで競い寄せる大波の軍勢を砕いて防いでいるのだ。

車輪が砂地に飛び込み、馬たちは波打ち際で止まった。数十人の自発的な手が馬を荷車からはずし、百もの自発的な腕が車を海の中へ押し出した――これらの作業はすべてそうした無数の人力が利用できたので容易だった。

最初の波が車の荷台にかぶって砕けると同時に、乗組員がよじ登って身構えた。この辺には岩があったが、腰まで水につかった兵隊や造船所の職工たちの強力無比な牽引力が荷車を強引に引いて岩から岩を越えさせた。ボートはほとんど浮いて架台を離れたので、乗組員が押して乗り出すと、とたんに風がボートを振り回した。彼らはそれぞれオールを摑み取り、五、六回強く漕ぎ返すと、ボートは思い通り動くようになった。

ガリシア人の船長はすでに艇尾《とも》で掛け金に舵取りオールを入れており、舵板《ラダー》と舵柄《チラー》には手をつけようとしなかった。彼は力をふるってオールを取りながら、ちらっとホーンブロワーを見た。彼は暗黙のうちにその任務をホーンブロワーに任せていた。

風に逆らって身をこごめたホーンブロワーは艇尾座席《スターンシート》に立ち、岩をぬって難破船に近づくルートを見計らっていた。海岸とあの役に立った浜はもう信じ難いほど遠くへ離れ去っており、ボートは風に咆えつかれながら、巻き波を切り抜け乗り越えて懸命に漕ぎ出していった。

そのようなごった返しの波の中では、ボートの動きも定まらず、ひっきりなしにあらゆる方角へよろめきつづけた。幸いにも乗組員たちは破砕する海面で漕ぐのに馴れていたので、彼らのオールはボートを進めつづけ、おかげで船長は舵取りオールを強く引きつけてその狂気じみた騒乱の海面にボートを導くことができた。

ホーンブロワーは進路を見計らっては身振りで船長に水先案内をすることができたので、従って船長はボートがとつぜん予期せぬ波をくらって転覆させせられることのないように、必要な注意力をすべて波のほうへ集中することができた。風が咆え、そしてボートは荒立つ波とぶつかるたびに、ぐんと持ち上がっては縦揺れをしたが、それでも一ヤードまた一ヤードと必死にかちとって難破船へ寄っていった。その波立ちにおよそ何か秩序らしきものがあったとすれば、それは波が〝悪魔の牙〟の突端をぐるっと回ってくることだった。従ってボートは用心深く舵を取らねばならず、波を舳《へさき》で受けるために向きを変えては、また進路をもどし、風に逆らって危なっかしい数ヤードをかちとるといった具合だった。

ホーンブロワーはちらっと漕ぎ手たちへ視線をさいた。一瞬のゆるみもなく彼らは全力をふりしぼっていた。いっときの休止も許されるはずがなく、オールを引いてはぐっと力み、引いては力むさまに、ホーンブロワーは人間の心臓と筋肉がこんなに耐えられるものかと一驚したほどだった。

しかし彼らはじりじりと難破船のほうへにじり寄っていた。ホーンブロワーは、風としぶきの合間合間に、いまやその傾斜した甲板のずっと張り出した全面を見ることができた。船尾楼《プープ》前端部の下に、寒さと恐怖におののく人間たちの姿を見ることができた。そこの誰かがこちらへ腕を振るのが見えた。次の瞬間、彼の注意はそらされた——二十ヤードほど前方に、とつぜんぎざぎざな怪物が波面を破って躍り出たからだ。

とっさには、それが何か想像できなかったが、やがてまたそれが高く躍り出たので、こんどはそれとわかった——折れたマストの根本の部分だ。それは、その上端と船体に取り付けられたまま、まだ残っているたった一組の横静索《シュラウド》によって、いぜん船につなぎ止められていた。そして風下へ漂っているマストは、まるで海中の海神が怒って人間たちを威嚇するかのように、一波ごとにがくんがくんと揺れては躍り上がっているのだった。

ホーンブロワーはその危険物へ、舵取りオールの船長の注意を喚起し、応答のうなずきを受けた。船長の「ノンブレ　デ　ディヨス」という叫び声が風に巻かれて消え去った。彼らはマストから距離をとり、そしてそれと平行に漕ぎ進むとき、ホーンブロワーははじめて判断を助ける固定物を得て、自分たちの前進速力をはっきり掴《つか》むことができた。それによると、オールの死に物狂いのひと漕ぎごとに、血のにじむような数インチがわずかにかちとられることがわかったし、風が吹きつのって突風になって吹きつけるとき、オールの水かきはいたずらに海中をくぐって、ボートはぴたりと止まるか、あるいはむしろ後退することがわかった。一インチ刻みの前進は、ただもう測り知れぬ労力を犠牲にしてかちとられているのだった。

いま彼らはマストを通り過ぎ、海面につかった船の舳に近づき、〝悪魔の牙〟にもかなり近く、岩礁の向こう側で波が炸裂するたびに、しぶきを滝のようにかぶるようになった。ボートの底に数インチたまった海水が前へ後ろへ船底を洗って流れていたが、それをかい出す暇も機会もなかった。いまこそこの苦心の救助作業全体で、いちばん油断のならない場面だ——ボートを壊さずに生存者を収容できるところまで船側に近づかねばならないのだ。

難破船の船尾のまわりに害意に満ちた岩の牙があり、また前方には、ときどき海面上に出る船首楼《フオクスル》が見えたが、船体中央部は海面下にあった。しかし船は左舷に少し傾斜して、彼らのほうへ甲板を見せており、これは接近を容易にした。

次の大波が岩礁に砕ける一瞬前、海面がもっとも低く下がるときに、ホーンブロワーは立ち上がって首を伸ばし、甲板が水面まで下がる船体中央部の中ほどの船側には、岩がないことを確認できた。あそこだ——あの一点へ舵を取れと船長に指図し、やがてボートがそこへ向かうと、彼は両腕を振って、船尾楼《プープ》前端部のかげにいる小さなグループの注意を引き、ボートが近づこうとしている場所を指さして見せた。

波が岩礁に炸裂し、難破船の船尾を越えてどっと打ち込み、ボートをほとんど水浸しにした。ボートは渦を巻いて流れる海水の中で前へ後ろへ振れ回ったが、空の水樽がボートを浮かしつづけ、舵取りオールの素早い操作と懸命な漕力が、難破船にも岩礁にも激突させられるのを防いだ。

「それ今だ！」ホーンブロワーは叫んだ——この決断の瞬間に、英語を使おうと問題ではなかった。ボートはさっと前進し、一方、生存者たちは避難所に体を結びつけていた綱から身をほどいて、ボートのほうへずるずると甲板を滑り降りてきた。

たった四人しかいないのを見ていささかショックだった――二十人か三十人いた乗組員たちは、船が岩礁にどし上げたとき、波にさらわれたにちがいなかった。ボートの舳が難破船めがけて進んだ。船長の大声の号令でオールが水中で止まった。一人の生存者が勇気をふるって舳へ身を投げた。全オールのひと搔きと、舵取りオールのひと引きで、ボートはふたたび鼻先を進め、次の生存者がボートの中へ飛び込んだ。

そのとき、波を見計らっていたホーンブロワーは、次の砕け波が岩礁を越えて立ち上がるのを見た。彼の警告の叫び声で、ボートは後退して安全な場所へ――比較的安全な場所へ――もどり、一方、残りの生存者たちは船尾楼下の避難所へ甲板をかき登ってもどった。波が炸裂して轟き、泡がざわめき、しぶきが霰のように音を立てて降り注ぐと、彼らはまた難破船へじりじりと寄った。三人目の生存者が飛ぼうと身構え、タイミングを取り損い、海中に落ち、そして誰も二度とふたたび彼の姿を見なかった。彼は寒さと疲労で手足がきかず、石のように沈んで消えたが、哀悼にさく時間の余裕などなかった。四人目の生存者は機会を待って一気に跳躍し、無事に舳に降り立った。

「ほかには？」ホーンブロワーがどなると、首を横に振って応えた。彼らは八人の命を賭けて三人の命を救ったのだった。

「行こう」ホーンブロワーは船長に言ったが、命ずるまでもなかった。

すでに彼は、風がボートを難破船から、岩礁から——そして海岸線から吹き離して漂わせるに任せていた。ときどきオールの強いひと漕ぎを入れるだけで、舳を風と波に立てておくには充分だった。

ホーンブロワーは打ち込む波に洗われながらボートの底に気を失って倒れている生存者たちを見下ろした。彼はあか汲みバケツを取って、彼らのかじかんだ手に無理に握らせた。動きつづけていなければ死んでしまうからだ。

そのときになって彼は周囲に暗闇が迫っていることに気づき愕然《がくぜん》とした。ただちに次の行動を決定することが焦眉の急務だった。オールを握る男たちはもはやこれ以上一刻も漕ぎつづけられる状態ではなかった。もしボートを漕ぎ出したあの砂浜の入江にもどろうとすれば、あの海岸の沖にある物騒な岩場の中にいる間に、夜の闇と疲労困憊の両方に襲われて身動きつかなくなるかもしれない。ホーンブロワーはガリシア人船長のわきに腰をおろした。船長は先を競って襲ってくる波を油断なく見守りながら、無駄のない言葉で意見を述べた。

「暗くなってきた」船長はちらっと空を見回して言った。「岩場がある。連中は疲れてる」

「引き返さないほうがいい」ホーンブロワーは言った。

「そうだ」

「じゃあ沖に出なければだめだ」

海上封鎖勤務の数年間、風下の海岸をさけて間切《まぎ》りつづけた数年間に、操船余地を求める職業意識がホーンブロワーの骨のずいまで染み込んでいた。

「そうだ」船長はまだ何か言い足したが、風と言葉不案内のおかげで、ホーンブロワーには聞き取れなかった。船長は大声で言い直し、舵取りオールから割《さ》くことのできた片手で簡単明確なパントマイムを付け加えた。

「シー・アンカー」ホーンブロワーは読み取った。「その通りだ」

彼は消えていく海岸をふりかえり、風向きを測った。風はいくらか南寄りにもどっているようだった。つまり海岸が遠ざかり気味になる。この状態がつづくかぎり、夜の間ずっとシー・アンカーにかかっていても、海岸に打ち上げられる危険はない。

「よし」ホーンブロワーは声にして言った。

彼が相手のパントマイムを真似て見せると、船長が賛成の眼差しをちらっと返した。彼がひと声どなると、前部の二人の男がオールを引き上げ、シー・アンカーを組み立てる仕事に取りかかった――長いもやい綱に一組のオールを取り付けて舳から繰り出すだけの簡単な物だった。これだけの強風が吹いていると、ボートにかかる風圧でその浮きにはかなりの張力がかかり、舳を波に立てておくことができる。ホーンブロワーはシー・アンカーが海面をしっかり把握しはじめるのを見守った。

「よし」彼はまた言った。

「よし」船長が舵取りオールを取り込みながら言った。

ホーンブロワーはずぶ濡れになったまま長いあいだ冬の強風にさらされていたことに、いまやっと気づいた。彼は寒さで感覚を失い、体はおさえようもなく震えていた。彼の足下に、三人の生存者の一人が力尽きて横たわっていた。ほかの二人は海水のほとんどを汲み出すことに成功し、その労働の結果、意識がはっきりして、きびきびしていた。オールを漕ぎつづけてきた男たちは漕ぎ手座にぐったりとうなだれて坐っていた。船長はすでにボートの底で、その力尽きた男を抱き起こしていた。ヒーヒーと吹き荒ぶ風をさけて、漕ぎ手座より低く、ボートの底に身を寄せ合ってうずくまろうとするのは、彼ら全員に共通の衝動だった。

そうするうちに夜が彼らの上に降りしいた。ホーンブロワーは自分が他の人間の体の接触を喜んで受け入れているのに気づいた。彼は体に回される腕を感じ、自分の腕を他の誰かの体に回した。彼らの周囲にはまだいくらかの水が床板の上をざわざわと動き回っていた。

彼らの上には相変わらず風がカン高く、野太く咆えていた。ボートは波が下を通り過ぎるたびに、まず舳で立ってから、艇尾《とも》で立ち、一つ一つの波頭にのぼる瞬間に、シー・アンカーに鼻面をおさえられているので、がくんがくんと胴震いをした。

数秒ごとに新たなしぶきがぱっと渦巻いてボートに吹き込み、彼らのちぢこまった体の上に降りかかった。

それから間もなくだったろうが、ボートの底にしぶき込んだ海水がたまったために、彼らは互いに回した腕を解き、闇の中で手探りながら、またあか汲みの仕事にとりかかった。ひとしきりして、彼らはまた漕ぎ手座の下にうずくまって身を寄せ合うことができた。

激しい寒さと疲労の悪夢のさなかに、ホーンブロワーは腕を掛けている体が不自然に硬直していることに気づいた。それは、彼らが力を合わせて三度目のあか汲みに取りかかろうとしたときだった。船長が生気をよみがえらせようと努力していたその男は、船長とホーンブロワーの間に横たわって息絶えていた。船長は闇の中で死体を引きずり、艇尾座席《スターンシート》の下に押し込んだ。

そしてまた夜がつづき、寒い風と冷たいしぶき、急激な動揺がつづぎ、縦揺れ《ピッチング》、横揺《ローリ》れ《ング》がつづき、起き上がり、あかを汲み、うずくまり、がたがたと胴震いをする。それはおぞましい拷問だった。

ホーンブロワーは闇が薄れてくる最初の兆しを見たとき、とうてい自分の目を信じる気になれなかった。が、やがて灰色の曙光が次第に灰色の海に広がってくると、彼らはやっと救われて次の行動を思案した。だが明るさが増すと同時に、その問題はすぐに解決された。ボートの中に立ち上がった漁師の一人が、しわがれ声で叫び、北の水平線を指さした。そこに、もうほとんど船体まで現わした一隻の帆船が荒天帆をかかげて一時《ヒーブ》停船《ツー》しているのだった。船長はちらっと船をいちべつして――彼の視力は驚くべきものだったにちがいない――すぐ船の正体を見わけた。

「英国のフリゲート艦だ」と、彼は言った。

ボートがシー・アンカーにかかって一時停船《ヒーブツー》していたように、その艦《ふね》も風下に同じだけの余地をとって一時停船《ヒーブツー》していたにちがいない。

「合図しろ」ホーンブロワーは言ったが、誰も反対しなかった。

手元にある唯一の白い物はホーンブロワーのワイシャツしかなかったので、彼は寒風に胴震いしながら脱ぎ、オールにまきつけて檣根座《マスト・ステップ》にかかげた。船長はホーンブロワーが裸の上体に滴の下がる上衣を着ているのを見ると、彼の厚いブルーのジャージーを思い切りよくくるっと脱いで差し出した。

「ありがたいが、結構だ」ホーンブロワーは断わったが、船長はたってすすめた。にたっと大きく笑って、彼は艇尾座席《スターンシート》の下に横たわっている硬直した死体を指さし、ジャージーの代わりに死人の服を着るからと言った。

言い合いは、漁師の一人からさらに上がった叫び声で中断された。フリゲート艦が風上へ来るのだ。三段に縮帆したフォア・トプスルとメン・トプスルに、ようやく落ちはじめた強風の間歇的《かんけつてき》に吹きつける風をうけて、こちらへ向かってくる。ホーンブロワーは英国艦が来るのを目にし、ちらっとふりかえると、南の水平線にかすむガリシアの山脈が見えた――一方にはぬくもり、自由、友情が、一方には孤独と捕われの生活がある。フリゲート艦の風下に入って、ボートは狂ったように上下し、揺れ返った。

たくさんの物珍しげな顔がこちらを見おろしていた。ボートの人間たちはこごえ、手足がけいれんして身動きできなかった。フリゲート艦は一艘のボートを降ろし、二人の敏捷な水兵がボートに乗り移った。ロープがフリゲート艦から投げられ、小滑車でブリーチズ（ズック製ズボン式の救命浮器）がボートに降ろされると、英国水兵たちはスペイン人たちが順にブリーチズに入るのを手伝い、フリゲート艦の甲板へ吊り上げられる彼らの揺れをおさえてやった。

「わたしは最後に行く」ホーンブロワーは水兵たちがふり向いたとき言った。「わたしは国王陛下の海軍士官だ」

「ふざけるな、薄のろ！」水兵たちが言った。

「あの死体も上げてくれ。然るべく葬ることができる」

硬直した死体が宙をゆらゆらと上がるのはグロテスクだった。船長はホーンブロワーと最後に上がる名誉を争おうとしたが、ホーンブロワーは受け付けようとしなかった。そして最後に水兵たちは彼がブリーチズに足を通すのを手伝い、ロープで彼の腰を巻いて固定した。艦の横揺れ《ローリング》で目が回るほど揺れながら彼は上がっていった。やがて上で水兵たちが吊り綱を下げたり縮めたりして彼を甲板に引き込み、そして五、六人の腕が彼を支え、そっと甲板に降ろした。

「さあ、着いたぜ、無事安全にな」

「わたしは国王陛下の海軍士官だ」ホーンブロワーは言った。「当直士官はどこにいる？」

信じ難い、乾いた衣服を着て、ホーンブロワーは間もなく、英国フリゲート艦サーティス号の、ジョージ・クローム艦長のキャビンで、熱い水割りラムを飲んでいた。クロームは沈うつな面持ちの痩せた青白い男だったが、ホーンブロワーは彼が第一級の士官であることを聞き及んでいた。

「あのガリシアの連中は立派な水兵になる」クロームが言った。「強制はできないが、たぶん何人かは、廃船の牢屋へ行ったとたんに志願するだろう」

「艦長」ホーンブロワーは言って、ためらった。海尉風情が艦長ほどの上官と議論するのは無躾だ。

「何だね？」

「あの男たちは人命救助のために来たのです。捕虜にすべきではありません」

クロームの冷たい目がいっそう氷のようになった——下級士官が艦長と議論すべきで

ないと思った通りだった。

「きみはわたしに命令をするのかね？」

「とんでもありません」ホーンブロワーはあわてて言った。「海軍本部訓令書を読んだのはだいぶ前のことですので、わたくしの記憶の誤りかと思いますが——」

「海軍本部訓令書だって？」クロームは声の調子を少し変えて言った。

「わたくしの思い違いかと存じますが、同じ訓令が他にも二つ適用されていたのを憶えているように思います」

司令官級の艦長でも海軍本部訓令書に違反すれば立場が危なくなる。

「考慮しよう」クロームは言った。

「死者を収容させました」ホーンブロワーはつづけた。「たぶん然るべき方法で葬っていただけるのではないかと思ったからです。あのガリシアの漁師たちは自分の生命を危険にさらして彼を救ったのですから、彼らも喜ぶと存じますが」

「カトリック式葬儀か？　彼らの自由裁量に任せるように命令しよう」

「ありがとうございます」

「ところで、きみ自身のことだが。きみは海尉としての任官辞令を持っているそうだな。司令官に再会するまで、きみは本艦で勤務することもできる。あとはきみの考え次第だ。インディファティガブル号が誰かを解任するという話は聞いていないから、法的にきみはまだあの艦《ふね》の名簿に記載されているかもしれない」

彼がまた熱い水割りラムをひと口飲んだとき――悪魔がホーンブロワーを誘惑しに来たのはそのときだった。ふたたび英国軍艦にいる喜びは、痛いほど強かった。ふたたび塩漬けの牛肉と堅パンを味わい、そして二度と大豆やエジプト豆を味わわないですむ。自由になれる――自由になれるのだ！　またもスペイン側に捕えられるなどという可能性はごくまれだ。ホーンブロワーは虜囚の身の暗たんたる生活を胸苦しいまでにはっきりと思い出していた。いま、ひと言も言わなければそれですむのだ。一日二日沈黙をつづけさえすればいいのだ。

しかし悪魔は長く彼を誘惑しなかった、ただ水割りラムの次のひと口を飲むまでのことだった。そして彼は悪魔を背後に押しのけ、ふたたびクロームの目に対した。

「残念です、艦長」と、彼は言った。

「何がだね？」

「わたくしは捕虜宣誓をしてここに来ております。浜を出る前に約束してきました」

「ほう？　そうなると話は違ってくる。もちろんきみがそうしたことはきみの権限内のことだ」

捕虜になった英国の士官たちによって捕虜宣誓が行なわれることは誰も問題にしないほど当たり前のことになっていた。

「普通の形式でだったんだろうね」クロームがつづけた。「つまり逃亡を許らないというような？」

「イェス・サー」

「それで、結局、きみの決意は？」

もちろんクロームも、捕虜宣誓のような個人的な問題について、一人の紳士の決意を左右しようとすることはできなかった。

「わたくしは、機会があり次第、もどらなければなりません」ホーンブロワーは言った。

彼は艦の揺れを感じ、わが家のようなキャビンを見回し、そして彼の胸は傷心に痛んだ。

「少なくとも今夜は本艦で夕食をとって眠るがいい」クロームが言った。「風がおとなしくなるまで、接岸はしないつもりだ。できるときに休戦の白旗をかかげてきみをラ・コルニャへ送ろう。それから捕虜の扱いについては、訓令書に何と書いてあるか調べておこう」

ラ・コルニャ港にあるサン・アントン要塞で、歩哨が上官たちのもとへ、英国艦が射程外に一時停船《ヒーブツー》してボートを降ろしていることを注進したのは、あるよく晴れた朝のことだった。歩哨の責任はそこで終わったので、帆をあげてスマートに走り込んでくるカッターが白旗をひるがえしているのを、上官が見守るわきで、彼はのんびり見物することができた。カッターはマスケット銃の射程に入って一時停船《ヒーブツー》し、上官の誰何《すいか》に応えて、誰かがボートの中に立ち上がり、まぎれもないガルレゴなまりで返事をしたときは、歩哨もちょっぴりたまげた。浮き桟橋に着けるように指示されて、カッターは十人の男を上陸させると、またフリゲート艦めざして港を出ていった。

九人の男は大声で笑ったり叫んだりしていた。十人目の、いちばん若い男は、ちらりとも感情をのぞかせず顔を固くこわばらせて歩き──他の者たちが、見るからに愛情をこめて、彼の肩に腕を回したときも、彼の表情は変わらなかった。その冷静な若者が誰であるか、わざわざ歩哨に話して聞かせようとする者はなかったし、彼も興味はなかった。その一団が船でラ・コルニャ湾を渡りフェロルのほうへ去ってしまうと、彼はその出来事をころっと忘れた。

フェロル要塞で、士官用監獄として使用されている営舎に、一人のスペイン陸軍将校が入ってきたのは、もう春も間近いころのことだった。

「セニョール・ホーンブロワーは？」彼は尋ねた──少なくとも片隅にいるホーンブロワーには、彼がそう言おうとしているのだとわかった。スペイン人たちが彼の名を舌足らずに発音するのになじんでいた。

「何ですか？」彼は立ち上がりながら言った。

「わたしと一緒に来ていただけますか？　司令官の使いで迎えに来ました」

司令官はにこにこ顔だった。彼は両手で急送公文書を持っていた。

「これはね」と、彼は文書をホーンブロワーに振って見せて、「個人的な命令書だ。これには海軍卿フエンテサウコ公爵が連署されてはおるが、署名は宰相、プリンス・オブ・ピースおよびアルカディア公爵になっている」

「イエス・サー」と、ホーンブロワーは言った。

彼はこの瞬間にある期待を持ちはじめそうなものだったが、捕虜生活の間に、何も期待しなくなる時期が来るのだ。彼はむしろその変わった肩書――いまスペインでその名が通りはじめた「プリンス・オブ・ピース」のほうに興味があった。

「こう書いてある――『われら、カルロス・レオナルド・ルイス・マニュエル・デ・ゴドイ・イ・ボエガス、カソリック・スペイン国王陛下の宰相、プリンス・オブ・ピース、アルカディア公爵兼第一王子、アルカディア伯爵、神聖なる金羊毛勲爵士、サンチャゴ聖勲爵士、カラトラバ最高勲爵士、スペイン陸海軍総司令官、ガルディア旅団長、二大洋の総司令官、騎兵・歩兵・砲兵隊総司令官』――いや、とにかく、これはあなたを自由の身にするため直ちに手続きを取るようにと、わたし宛てに届いた命令書だ。わたしは『貴殿自身の危険をも顧みず人命救助に尽くした貴殿の勇気と自己犠牲』を認めて、あなたを休戦の白旗のもとに、あなたの同胞の手へ送り返すことに決定した」

「感謝します」と、ホーンブロワーは言った。

◆◆用語解説◆◆

本文中に割注で説明したものが多いので、ここではその補遺の程度に止めたことをご諒承下さい。

上手回《うわて》し・下手回《したて》し　前者は「タック」を参照のこと。後者はその逆、つまり風下へ回ること。

おもて　船首楼《フォックスル》や船首部の俗称。ときには船首楼下にある水夫部屋を意味することもある。反対語はとも〔船尾《プープ》（楼）〕

風上側から襲う　これによって相手の船を風下の海岸や岩礁に追い詰めたり、こちらの帆で風をさえぎって相手のスピードを落とし、操船の自由を奪うことができる。「相手の風下にいる」ということは従ってその反対に、不利な位置にいることを意味する。

がぶる　相撲の「がぶり寄り」から連想できるとおり、船がひどく揺れることを意味する船員の俗語。「がぶる」「がぶられる」などのように使われる。

クロースホールド（詰め開きまたは一杯開き）　帆船が性能一杯に風上へ切り上がって

（できるだけ風の方向に近い角度で）走る状態をいい、帆走法のうちでいちばん大切で、またむずかしいとされている。どの程度まで切り上がって走れるかはもちろん帆船の性能によって異なるが、斜め前方から風が吹いても船はこの方法で前進（ほぼ直進）することができる。

甲板　船では（現在も）これをデッキまたは「こうはん」と呼び、「かんぱん」と発音することはまれ。

シー・アンカー（海錨）　アンカー（錨）のことではない。船首または船尾から流して水中に浮遊させ、船首を風上に保つ一種のタコ。臨機応変に現場のありあわせの物で作ることが多い。

時鐘《タイム・ベル》　乗組員に時刻を告げる鐘。零時半を一点とし、三十分ごとに一点ずつ増して、四時の八点鐘（八時と十二時も八点となる）で一区切りとし、また一点から始まる。俗に八点鐘と呼ぶのはこのため。打ち方は二点ずつ連打し、奇数は最後に一点を加える（ただし六時半から七時半までの点数を変えて打つ習慣があるが複雑になるので説明を割愛する）。各八点鐘が当直交替時である。

檣楼（トップ）　各マストの中ほどに設けた見張所。戦闘部署ともなる。

艦（船）尾甲板《コーターデッキ》　帆船では最も主要な甲板。今日の船のブリッジと上級船客の遊歩デッキを兼ねたようなもの。艦長、船長、当直士官などはつねにここで操船指揮をとる。

タック（タッキング）　方向転換法の一つ。その方向によって、ポート・タック、スターボード・タックという。ポートは左、スターボードは右の意。従って本文中にもあるとおり「ポート・タックのクロースホールドで帆走する」という操船法も出てくる。つまりこれは左斜め前方から風を受けながら、風上へ切り上がって左旋回するという意味になる。

中甲板と甲板中央部　中甲板《ツイン・デッキ》は下層甲板と甲板との間の空間部分のこと。甲板中央部《ウエスト》は中央部上甲板のことで、船首部と船尾部との中間の露天甲板をさす。

波とうねり　波は正確には「風波《ふうは》・風浪《ふうろう》」のことで、付近海域の風によって起こる波動。うねりは遠い海域の風浪が伝播してきた丸やかな峯の長いもの。従って現場に風がなくてもうねりはある場合がある。訳文でも区別した。

バラスト（脚荷）　船脚や船体の前後左右のバランスを調整するもの。近来の船は二重の船底を仕切ってバラスト・タンクを設け、海水の増減によって調整できるが、昔時は俵に石や砂を詰めたものを船倉内に積み込んだ。

ヒーブツー（ヒービング・ツー）　停船の意味で、帆と舵を使って前進後退をくりかえしながら一時的に一定の場所に停止する方法。実際はいくぶんかずつ徐々に風下方向に流されていく。

ビルジ　外板からしみ込んだ海水や、囲壁の結露の滴が船底にたまった汚水。それを溜める所を「ビルジ・ウェル」といい、船匠《だいく》が毎日測深することは今日の船でも同じ。

ブルワーク（舷縁） 低い露天甲板などの船側の波よけの外板。いわば庭の板べいか石べいに当たる物と思えばよい。ブルワークのないところは手摺りで囲ってある。「舷側からのぞく」と言えばブルワークか手摺り越しにのぞくことである。

ボースン 掌帆長。現在は甲板長という。近代の軍艦の兵曹長にあたり、士官ではないが、この名称はその船に精通したベテランの船乗りという語感を伴う。

間切《まぎ》る 風上（風の吹いてくる方向）に向かってジグザグに走ることを「間切って走る」という。「風に向かって走る」と言うのもこのこと。和船ではこの帆走法とそれに必要な装帆をついに発見できず、いわゆる「帆かけ船」はつねに「風待ち」せざるをえなかった。

マスト 本文中、マストが構成部分に分解する描写がある。中型以上の帆船のマストは一本の柱でなく、上からトップ・マスト、ミドル・マスト、ローワー・マスト、マスト・ヒール（根もと）とつながったもの。

マストの種類 三本のマストの船では、前からフォアマスト（前檣）、メンマスト（大檣）、ミズンマスト（後檣）。二本マストの船ではふつう後檣をメンマストという。ミズンマストがあれば多くは三本マストの帆船である。

靄《もや》と霧 視界一キロを目安に、それ以上を靄、それ以下を霧と考えてよい。文学作品では必ずしも厳密でないことは当然だが、外国の作家はかなり正確に使いわけていることに留意ねがいたい（前出、風波とうねりの区別に至っては実に厳密である）。

訳者あとがき

日本人で鞍馬天狗を知らない人がいるだろうか。もちろんこれは実在した人物ではない。小説の主人公にすぎない。それでいて鞍馬天狗はわれわれ日本人の心の中に実在する人物なのである。現実に存在した人物たち以上に鮮かにわれわれの心の中に生きている人物である。虚構の人物であることを承知していながら、実在した桂小五郎や坂本龍馬と新しい時代を語り合う鞍馬天狗を、われわれは少しもばかばかしいと感じない。

ある小説を読んで、あとあとまでその登場人物が心の中に息づいており、やがてその人物は実在したことにしてしまわなければ気がすまなくなるということがある。私はこれこそ小説の醍醐味《だいごみ》だと思っている。

前置きが長くなった。実は、本書の主人公ホレイショ・ホーンブロワーが英国人の鞍馬天狗なのである。英国人でホーンブロワーを知らない人はいない。あとで詳しくご紹介するが、大仏次郎に「鞍馬天狗」シリーズがあるように、作者C・S・フォレスターに「ホーンブロワーもの」シリーズと呼ばれて親しまれている十二冊のシリーズがある。伝え聞くところによると、故チャーチル首相も座右において愛読したという。まさに英国の国民文学である。

余談めくが、どんなに高級な文学作品であっても、読者の頭には訴えるが人の胸に生きることはできない作品があるようだ。私にはむずかしい文学理論はわからないが、恐らくこれはその作品の、いわゆる文学的評価の問題ではなさそうだ。人の頭に残るのと、人の胸に生きるのとは、どうやら別のことであるらしい。もしこれは言い過ぎでも、両者必ずしも一致しないとは言うことができよう。ロマンというものを考えるとき、このことは重要な鍵になりそうである。

私が素朴すぎるのかも知れないが、子供時代から今日までに読んだ小説を考えてみて、またあの楽しさを味わいたいと、いつも心のどこかで期待している類いの作品は、例外なく、理屈で納得した上でその良さがわかった作品ではない。近来の小説は高級になりすぎた。私のような素朴な小説好きは、いろいろ高級な小説を読まされていながらいつも心のどこかに欲求不満がうずいている。落語にあるが、ソバの通ぶった男が、死に際に、一度タレをたっぷりつけて食ってみたかったと告白する、あれに似たような心持ちである。恥をさらすのはこの位にして本題に進もう。

「ホーンブロワー・シリーズ」は、主人公ホレイショ・ホーンブロワーが全巻を通じての主人公で、彼がはじめて海に出た十七歳の士官候補生時代から、七つの海にたぐい稀な名提督になるまでの、波乱万丈の一代記である。

しかし一代記といっても、十二冊の各巻はそれぞれ独立した長篇として読むことができるし、実は各巻がまた幾つかの痛快な、手に汗にぎる中篇のエピソードで構成されている。現にそのエピソードのあれこれが抜き出されて、英米の雑誌に載り、それだけで独立した中篇として読者を堪能《たんのう》させている。全巻が出来上がるまでの経緯も、全部が書下ろし長篇として書かれたものばかりではなさそうだ。恐らく読者の要望もだしがたくて書かれたエピソードが少なくないのだろう。が、それにもかかわらず、フランス革命から、ナポレオン帝政時代を経て、英国が七つの海を制覇《せいは》するまでの時代を背景にして、それらのエピソードは、成長していく主人公を生き生きと描き出し、まったく自然に有機的につながり呼応して、全体がこの海のヒーローの一代の絵巻物になっている。

主人公ホーンブロワーは、訳者が余計なことを言うまでもなく、お読みになればすぐわかるとおり、決してスーパーマンとして描かれていない。例えば、船には酔っぱらうし、帆船乗りのくせにマストの高みで高所恐怖症みたいに胴震いしたりで、決してはじめから海の男たるべき適性に恵まれていない。こういう性格の設定が、いたるところで巧まざるユーモアになり、またサスペンス充分なドラマを成立させている。この主人公が何十年にわたって、どの世代の読者からも愛されつづけてきた大きな理由は、こうした主人公の個性と人間味ゆたかな性格の魅力にあるのだろう。

主人公の性格は、あちこちに散らして描かれている特徴や言動を、抜き出して並べてみると、たいへん興味深い。そうしてみると、この主人公が虚構の人物でありながら、英国人の心の中では確たる実在の人物である理由がうなずかれる。とくにこの一篇『海軍士官候補生』から読み始められる日本の読者は、この主人公を理解しやすく、親しみやすいのではなかろうか。

この一篇を「ホーンブロワー・シリーズ」の翻訳紹介の第一作に選ぶべきだと考えた理由の一つはそこにあった。もちろんシリーズ中の優れた作品の一つだからでもある。いま一つには、同じ海の国ではあっても日本では、さまざまな原因から、英国人ほどには海や船になじみがないので、「ヘッドやハリヤードも知らない」主人公と一緒に海に乗り出していく方がなじみやすいのではないかと、そんな老婆心も手伝ってのことだ。


本書『海軍士官候補生』(Mr. Midshipman Hornblower) は、このシリーズの第一作ではない。この作品は一九四八、四九、五〇年に「サタデー・イヴニング・ポスト」に分載され、五〇年に一巻として上梓されたものである。すでに三八年には、“Ship of the Line”が出版されていたのだから、本書はそれから十年後に書かれたことになる。

しかし主人公の一代記として見るとき、本編はその海の一生のスタート(一七九四年一月から約四年間）を飾るべく書かれた作品である。このことは作者の筆つきからもうかがえる、作品と主人公に対する愛着や情熱、そして自信のようなものからも明らかだし、事実それにふさわしい出来ばえになっている。

また余談めくが、国境を越えて愛され、長く人々の胸に生きつづける人物を創り出したということは、作者にとって何にも替えようのない喜びであり誇りであろうと思う。私事にわたるが、私の拙い創作にも、桑野二等航海士とか大滝海事補佐人など、読者に好かれていろいろの長短編に登場させることになった人物があり、作者自身にとっても、一生のある時期に深く知りあった知己のような錯覚があるものである。もちろんこれらの人物は、ホーンブロワーに較べるべくもないのだが、それでさえもこういう実感がある。ましてこのような主人公を創り出した作家にとって、ホーンブロワーはいったいどのような存在として作家の心に生きているものだろうか。

こうした人物を一生に唯一人でも創り出すことは、作家一生の念願にちがいないし、そういう人物の創出は、作品の、あるいは作家自身のどんな文学的評価よりも、作家にとっては、あるいは創作という仕事にとっては、はるかに本質的なことであるにちがいない。それに較べれば、その時代の文学的評価など、まったく影の薄い、世俗的なことではなかろうか。

作者C・S・フォレスター Cceil Scott Forester は、一八九九年にカイロで生まれた。父親がこの地（当時エジプトは英領）に外交官として駐在していたときだ。フォレスターは長じて医学を学んだが、学位を取らずに中退し、文筆生活に転向した。彼の出世作は、二十四歳のときに書いた“Payment Deferred”という長編小説で、後にこれはチャールズ・ロートン主演で映画化された。

一九三二年に、彼はハリウッドと契約し、以後三九年まで、毎年十三週間をアメリカで過ごした。第二次世界大戦が勃発するに及んで、彼は英国情報省に入り、のち海軍に従軍してつぶさに海上生活を体験し、このときの体験と取材をもとに“The Ship”“Sink the Bismarck!”『ビスマルク号を撃沈せよ』（邦訳あり）など、一連の海戦ものが生まれた。彼はベーリング海に航海して取材し、米海軍についても作品をものしている。また“The African Queen”『アフリカの女王』（邦訳あり）は、ハンフリー・ボガードとキャサリン・ヘップバーンの共演で映画になったのをご記憶の方も多いと思う。あの尼僧が印象的だった。

フォレスターはベーリング海への取材航海のとき動脈硬化症で倒れ、不自由な体になったが、創作力はますます旺盛で、「ホーンブロワー・シリーズ」によって前述のような主人公を創り出したのも主としてその前後のことである。その後、家族とカリフォルニアに在住し、一九六六年五月、同地で亡くなった。

フォレスターの主要作品は、あとで一括してご紹介するが、そのリストの題名だけをみても明らかなとおり、彼は海洋国イギリスの現代海洋文学の、名実ともに代表的作家にふさわしい多くの海洋小説を書き、ニコラス・モンサラット『非情の海』、アリステア・マクリーン『女王陛下のユリシーズ号』、ハモンド・イネス『メリー・ディア号の遭難』、P・M・スコット『人魚とビスケット』（いずれも邦訳あり）など、優れた海洋文学と並んで、あるいはその先輩格として、活躍していた。多くの文学的に優れた現代物の海洋小説があるにもかかわらず、C・S・フォレスターの名を永久に世界の海洋文学史上にとどめる作品は、恐らくこの、いわば時代海洋小説である「ホーンブロワー・シリーズ」であろうと、私は考えている。

私事になるが、先年の七月十五日の夜、NHK・FM放送の「文化講演会」で、私は「海洋文学とロマンチシズム」という演題で四十五分ほど拙いおしゃべりをした。私は海洋文学についてごく浅薄な私見を語っただけだが、作家とその作品の実例を挙げて紹介した部分で、もちろんフォレスターを言い忘れることはできなかったし、彼の代表作として、ためらわずに「ホーンブロワー・シリーズ」を紹介した。放送当時ちょうどこの訳にとりかかろうとしていたときでもあったが、決して宣伝の意図からではなく、十年以上も前から「ホーンブロワー・シリーズ」を愛読し、いろいろな翻訳出版関係の方方にも推薦してきた私として、このシリーズを挙げずにはいられなかったし、やっと日本の読者に翻訳紹介できる機会が与えられた喜びも、自らその語調にこもっていたに相違ない。

この講演で、限られた時間内に、優れた現代の海洋作家とその作品を選んで紹介しなければならなかったとき、何の作為もなかったが、選んだ結果は、ほとんど全部が英国の作家という偏《かたよ》ったものになった。もちろん他にも理由や制約があっての選択ではあったが、無作為にそういう結果が出た理由の一端は、やはり英国が海洋文学の長い伝統をもち、今日もなお名実ともに海洋文学の〝本家〟であるからにちがいない。

それに引き較べて、同じく海洋国であるわが国の海洋文学は、何ともはやおさむい話である。この講演でも触れ、また同年の八月七日のＮＨＫテレビの教養特集「大航海の記録」の座談会でも思わず口にしたことだが、日本では、徳川幕府の鎖国政策だけでなく、遣隋使、遣唐使の遠い昔から、日本人と海（あるいは船）とが緊密な結び付きをもつべき大事な時機に、必ず鎖国がくりかえされ、一般国民が海へ乗り出すことが国禁になった時代があまりにも多く、あまりにも長かった。

また、日本民族の主体はもともと農耕民族で、冒険よりは安住を求める民族性であった。その上に、海の方を向けば首が飛びかねないとなれば、山紫水明の農産物豊かな国土という理由も手伝って、日本人が海に背を向けて生活するようになったのも無理からぬことだろう。世界のどの国民よりも自然を理解し、自然を愛する国民と自任する日本人であるはずなのに、その自然は、詩歌を見てもわかるように、箱庭式の限られた自然のなかの、花鳥風月でしかなくて、海洋国でありながら、外洋にはまったく関心のない国民性が出来上がってしまったのではなかろうか。私はこれを七不思議の一つに数えている。

偉そうなことを言うなと叱られるかも知れないが、自分はあっぱれ目覚めた人間だなぞと自惚《うぬぼ》れたことは決してない。私はただ偶然にも、五十余年間を海と船で生きてきた父を持ったから、たまたま海に強くひかれてきたにすぎない。そうでなかったら、私も百パーセント日本人なのだから、恐らくは海に何の関心も持たずに終ったことだろうと、つねづね考えている。

しかし今日までの海と日本人の結び付きについては絶望せざるをえなくても、これからは違うはずである。希望的観測ではない。

近年来、海洋開発の必要が真剣に叫ばれている。これは宇宙開発よりもはるかに人類の死活と関わる重大問題だからである。海は海中も海底も開発されねばならない。海洋の開発——狩猟的な在来の漁業から栽培漁業への発展や、海水・鉱物資源の利用、潜水航海による輸送力の増強などなど——は、やがて焦眉の急務となる。

狭い国土の四囲を海にかこまれた日本では、この問題はさらに深刻であろう。また日本人が人類の発展にもっとも貢献できるのもまた海洋開発の道においてである。こんどこそ必ず日本人も海に関心と理解をもたずにはいられなくなる。いや、すでにその時代の兆《きざし》は現実に見えはじめている。

二十世紀の後半には、海中海底に開拓の歌がひびきわたり、第二の大航海時代、大探険時代が始まる。人間はふたたび、忘れかけていた冒険心を目覚まされずにはいないはずである。その頃には男も女も差別なかろう。

下手な理屈はやめよう。理屈を並べるまでもなく、「冒険」ということばには、われわれの心のどこかを揺さぶり、何かを掻き立てる不思議な魅力を感じる。時あらば目覚めんとする何かが、われわれの心と体のどこかに眠っているからにちがいない。

現在は、第二の大航海時代、大探険時代の黎明期《れいめいき》なのだ、と私は見ている。ラジオでもテレビでも、私は臆せずそう断じた。私はそう信じて疑わない。そして、冒険とは、過去の人間の行動や生活への郷愁や回顧趣味のなかにしか存在しないものではなく、ふたたび近い未来のわれわれ自身の生活の、重要な要素になることを思い付いたとき、私はこうした作品を、新たな魅力と、現実性をさえも感じながら読み楽しむことができたのである。と同時に、明治以来の偏狭で性急な教養主義がいまだにわざわいして、楽しい小説は低俗であり、冒険小説は少年読物と思われているわが国と、冒険小説が大人の文学の一ジャンルとして確立されている英国などと思い較べて、ある感慨を抱かざるをえない。

思い付くままに綴って、とりとめのない「あとがき」になったことをお許し願いたい。そして拙い訳ながら、この第一巻が「ホーンブロワー・シリーズ」への案内役として、いささかでもお役に立つようにと祈るばかりである。どうぞ一夜を、この主人公とともに楽しくお過ごし下さい。

以下、作者の主要作品名をご紹介しておく。なお簡単な「船と海の用語解説《グローサリー》」を添えてある。いくらかでも作品鑑賞のお手伝いになれば幸いである。

昭和四十八年一月

＊海の男／ホーンブロワー・シリーズ

Mr. Midshipman Hornblower　本書
Lieutenant Hornblower『スペイン要塞を撃滅せよ』ハヤカワ文庫ＮＶ58
Hornblower and the Hotspur『砲艦ホットスパー』ハヤカワ文庫ＮＶ59
Hornblower and the Atropos『トルコ沖の砲煙』ハヤカワ文庫ＮＶ70
The Happy Return『パナマの死闘』ハヤカワ文庫ＮＶ80
Ship of the Line『燃える戦列艦』ハヤカワ文庫ＮＶ87

Flying Colours『勇者の帰還』ハヤカワ文庫NV101
The Commodore『決戦！ バルト海』ハヤカワ文庫NV124
Lord Hornblower『セーヌ湾の反乱』ハヤカワ文庫NV138
Admiral Hornblower in the West Indies『海軍提督ホーンブロワー』ハヤカワ文庫NV172
Hornblower Companion『ホーンブロワーの誕生』ハヤカワ文庫NV185
Hornblower in Crisis（未完の絶筆『ナポレオンの密書』（光人社）と短篇集。うち二篇を『ホーンブロワーの誕生』に収録）

＊その他
The Captain from Connecticut
Randall and the River of Time
Brown on Resolution『たった一人の海戦』徳間文庫
The General『鬼将軍』ハヤカワ文庫NV159
The Gun『青銅の巨砲』ハヤカワ文庫NV121
The Good Shepherd『駆逐艦キーリング』ハヤカワ文庫NV222
The Ship『巡洋艦アルテミス』パシフィカ

Payment Deferred
The Peacemaker
The Sky and the Forest
To the Indies
The Nightmare
The African Queen『アフリカの女王』ハヤカワ文庫ＮＶ191
Sink the Bismarck!（The Last Nine Days of the Bismarck）『ビスマルク号を撃沈せよ』出版共同社

＊伝記
Nelson『ネルソン提督伝』東洋書林

＊戯曲
Nurse Cavell

＊雑録
Marionettes at Home

The Naval War of 1812
Hunting the Bismarck

新・訳者あとがき

今年は昭和で数えると七十九年にあたる。右の初版の「訳者あとがき」は昭和四十八年（一九七三年）のものだから、三十一年目にこうして新しい「訳者あとがき」を添えることができるのは、まことに感慨深いものがある。

当時、日本で帆船小説の翻訳が出せるのは初めてのことだったから、帆船の世界の用語を日本語に訳した前例がなく、まさに〝解体新書〟で、暗中模索したものだった。本篇の冒頭の部分に、初めて軍艦に乗り組んだホーンブロワー少年が、古参の水兵から、「きみは便所《ヘッド》と揚げ索《ハリヤード》の違いがわかるのか」とからかわれるシーンがあるが、それはずばり訳者《わたし》自身が言われているのだった。

それに、もちろん、読者の方々にとっても帆船の世界は、いわば処女地のようなものだから、少しでも理解を助けるためには、例えば、現行の「メン横静索《シュラウド》」とはできず、「大檣《メインマスト》の横静索《シュラウド》」と説明的な用語にして、あとは、簡単な線図でイメージを伝えるしかすべがなかった。後年、〈ボライソー・シリーズ〉に入ってから、訳者《わたし》自身が立体的な概念図を描いて載せるようになったが、当時はそれをするだけの知識も心のゆとりもなかった。帆船の世界を再現するのが精一杯だった。そんな不十分な訳出なのに、夢かと思うほど大勢の読者がついてくださった。こうして、今日に至る帆船小説の翻訳が始まった。

顧みれば、昭和三十年代の半ばに、神田の古本屋で、このシリーズのペーパーバックと出会ったのがきっかけだった。通読してたちまち惚れ込んだ。自分の海洋小説を減らしても、これを訳出紹介すれば大成果ありと読んだが、甘かった。関係するすべての出版社に話を持ちかけたが、はねつけられた。「日本で海のものはダメです。ましてシリーズなんてとんでもない。会社が潰れちゃいますよ!」と、申し合わせたかのように同じ答えが返ってきた。これが逆転するのは口説き十年の後のことだった。

しかし、待望の時は来た。昭和四十年代の半ばに、筑摩書房で「世界ロマン文庫」が発刊され、その中で本篇一巻が入ることになった。一巻だけでも欣喜雀躍して、訳出に取りかかったのだった。そう、あとの苦労はともかく、それは確かに契機となった。ついに昭和四十七年、このシリーズ全巻をハヤカワ文庫NVで訳出紹介できることになった。そしてなんと、翌年の春から刊行されるや、爆発的な反響があり、読者ばかりか、世間一般にも、いわゆる帆船ブームを呼び、子供の文房具にまで帆船が付く盛況となった。さらにはこれを機に、日本の海洋小説も長い冷たい冬を脱して、訳者《わたし》の願っていた春が訪れた。帆船ブームに乗ろうとあれば、日本の歴史の帆船時代をということで、八幡船ものや水軍ものの小説が、白石一郎さんたちによって数多く書かれて、読書界に新風を吹き込むことになったのだった。

その後は順風満帆だった。ただ、作者のC・S・フォレスターが亡くなっていたので、残念ながら、〈海の男／ホーンブロワー・シリーズ〉は十一巻（含む別巻）で終わった。もっとも、主人公のホレイショ・ホーンブロワーはそれによって不老不死の命を得たと言えないこともないが。それに、帆船小説の要望はいぜん衰えず、ほかに面白い帆船ものはないか、それもシリーズはないかと乞われ、アダム・ハーディーの〈FOXシリーズ（三崎書房）〉と〈海の勇士／ボライソー・シリーズ（ハヤカワ文庫NV）〉が相次いで刊行される運びとなった。前者は個人会社のために資力がつづかず、中断のやむなきに至ったが、後者は大勢のファンの皆様に愛好されて現在に至っており、これもすでに二十余年をへて、第二十六巻まで出て、なお続刊中である。そしてさらに一昨年から、パトリック・オブライアンの「英国海軍の雄ジャック・オーブリー・シリーズ（ハヤカワ文庫NV）」も始まった。そして、その最近刊『南太平洋、波瀾の追撃戦』に基づく映画「マスター・アンド・コマンダー」もユニバーサル、二十世紀フォックス、ミラマックスの共同で作られ、日本ではこの二月末から全国で一斉公開される。こうして日本でも、帆船時代の海洋冒険小説が、三十一年をへてなお愛好されつづけていることは、翻訳史上に動かしがたい事実と言っても、あながち妄言ではないと思う。

こうして振り返ると、昭和三十年代の半ばに本シリーズと偶然に出会ったことは、まことに運命的であり、もしその出会いがなかったら？　と考えるにつけ、感慨一入だ。

私事にわたって恐縮だが、昭和三十六年に、早川書房から「日本ミステリ・シリーズ」が刊行され、その第二巻として、創作の処女長篇小説『衝突針路』を出していただき、その「あとがき」で、自分は船乗りの子としての宿命と考えて、日本に海洋文芸を根づかせるため「コケの一念」で、海洋ものの創作と翻訳に生涯をかけると誓った。そして今日までこうしてつづけてこられたのは、一重に早川書房のお蔭で海洋作家・翻訳家になれたからであり、このことは断じて忘れてはならない。

昨年五月、米国イオンド大学から名誉博士号（海洋文学）を授与され、長年にわたる海洋ものの創作と翻訳による貢献を顕彰するというのが授与の事由だった。また、映画「マスター・アンド・コマンダー」の日本語字幕監修を「ミスタ・ヤスクニ・タカハシに依頼するように」と、「ハリウッド本社から社命として来ました」とのことで、訳者《わたし》は快諾したのだった。こうして、日本ではなく、外国から顕彰されたり指名されたりするのは、何やら妙な感じだが、「コケの一念」のささやかな足跡がこうして認められたことは、嬉しくもあり光栄でもある。かつて、あるたいへん偉い方から、「一つの分野に固執するのは、みずから自分の無能を証明するものである」とおおやけに難じられもして、本シリーズが出せるまでは孤独感に苛まれたこともしばしばだったが、やってきてよかったと、今は心から感じている。そして、ここに三十一年ぶりで、本篇の訳語等を現行のものに直した版も出していただけることになったのだから、感慨は尽きない。

これもファンの皆様のご支援の賜物と、衷心より感謝しております。船乗りの父から何ものにも替えがたい遺産、健康体をもらった訳者《わたし》は、生涯この道を進んでゆく所存ですので、末永くご鞭撻くださいますよう、重ねてお願いいたします。

〔追記〕

二〇〇二年と二〇〇三年の二度にわたり、英本国でテレビ映画化された「ホーンブロワーもの」が、日本でも放映されてたいへん好評でした。「ボライソーもの」などからこの世界に入ってこられた読者の方々が、それを機に本シリーズに興味を持ってくださったようで、とても嬉しいことです。こんど本篇の新組みのゲラの訳者校正をしながら、じっくりと読み返してみて、作者フォレスターが英国で海洋小説の中興の英主と讃えられたのも宜《むべ》なるかなと、改めて領いたことでした。拙訳ながら、ホーンブロワーを読まずして帆船小説を語るなかれ、と言わせていただきたい。

平成十六年一月

訳者略歴　1925年生，1947年早稲田大学理工学部中退，作家，翻訳家　訳書『ハートの刺青』マクベイン，『海底牧場』クラーク，『無法のカリブ海』『若き獅子の凱歌』ケント（以上早川書房刊）他多数

HM=Hayakawa Mystery
SF=Science Fiction
JA=Japanese Author
NV=Novel
NF=Nonfiction
FT=Fantasy

海の男／ホーンブロワー・シリーズ〈1〉

海軍士官候補生《かいぐんしかんこうほせい》

〈NV36〉

一九七三年二月二十八日　発行
二〇一〇年六月　十五日　二十五刷
（定価はカバーに表示してあります）

著者　セシル・スコット・フォレスター
訳者　高《たか》橋《はし》泰《やす》邦《くに》
発行者　早川　浩
発行所　株式会社　早川書房
郵便番号　一〇一‐〇〇四六
東京都千代田区神田多町二ノ二
電話　〇三‐三二五二‐三一一一（大代表）
振替　〇〇一六〇‐三‐四七七九九
http://www.hayakawa-online.co.jp

印刷・信毎書籍印刷株式会社　製本・株式会社明光社
Printed and bound in Japan
ISBN978-4-15-040036-1 C0197